HERA LIND | *Gefangen* in Afrika

Gerti Bruns, aufgewachsen während des zweiten Weltkrieges, ist eine typische Frau jener Zeit: Trotz großer Entbehrungen kämpft sie sich durch. Warum verliebt sie sich in Leo Wolf, einen Aufschneider, der sie eigentlich nur schlecht behandelt?

Anfangs behandelt er sie gut. Ihr Märchentraum wird wahr: Sie lebt als angesehene Bankiersgattin im Wohlstand. Erst als er sie nach Afrika lockt, wo er längst eine Zweitfamilie hat, zeigt er sein wahres Gesicht: Er will die Söhne, und sie steht mittellos und ohne Papiere da!

Der Traum von Afrika wird für Gerti und ihre Kinder bald zum Albtraum, und die eindrucksvollen Schilderungen ihrer Ängste zeigen, wie ausweglos ihre Situation ist. Wie gelingt es Ihnen, sich derart in die Gefühle Ihrer Heldinnen einzufühlen?

Einerseits muss ich Frau Gerti Bruns ein großes Kompliment machen: Sie hat perfekte Vorarbeit geleistet, indem sie mir ihre Erlebnisse, Gefühle, Ängste, Sorgen und Hoffnungen aufgeschrieben hat. Andererseits bin ich mit einer guten Portion Fantasie ausgestattet, die mir ermöglicht, mir ihre Situation genau vorzustellen. Während des Schreibens entstehen im Kopf detaillierte Bilder von Landschaften, Gerüchen, Geräuschen, Farben; Dialoge entwickeln sich, Personen erwachen zum Leben. Wenn die Protagonistin dann sagt: »Ja, genau so war es!«, bin ich glücklich.

Schicksalsschläge sind im Leben unausweichlich. Machen sie einen in jedem Fall stärker?

Sie fordern einen heraus, und wenn man nach dem ersten Schock in die Hände spuckt und sagt: »So, dieser Situation stelle ich mich jetzt!«, kann man über sich hinauswachsen.

Jede Mutter wird nachvollziehen, dass man Kräfte entwickelt, von denen man nicht wusste, dass man sie hat. Im Nachhinein ein solches Buch über ihr Leben in der Hand zu halten, ist für Gerti Bruns sicher der schönste Lohn ihrer Tapferkeit. Ich freue mich sehr für sie.

HERA LIND

Gefangen in Afrika

Roman nach einer wahren Geschichte

Diana Verlag

Vorbemerkung

Dieses Buch erhebt keinen Faktizitätsanspruch. Es basiert zwar zum Teil auf wahren Begebenheiten und behandelt typisierte Personen, die es so oder so ähnlich gegeben haben könnte. Diese Urbilder wurden jedoch durch künstlerische Gestaltung des Stoffs und dessen Ein- und Unterordnung in den Gesamtorganismus dieses Kunstwerks gegenüber den im Text beschriebenen Abbildern so stark verselbstständigt, dass das Individuelle, Persönlich-Intime zugunsten des Allgemeinen, Zeichenhaften der Figuren objektiviert ist.

Für alle Leser erkennbar erschöpft sich der Text nicht in einer reportagehaften Schilderung von realen Personen und Ereignissen, sondern besitzt eine zweite Ebene hinter der realistischen Ebene. Es findet ein Spiel der Autorin mit der Verschränkung von Wahrheit und Fiktion statt. Sie lässt bewusst Grenzen verschwimmen.

MIX
Papier aus verantwortungsvollen Quellen
FSC
www.fsc.org FSC® C014496

Das für dieses Buch verwendete FSC®-zertifizierte Papier *Holmen Book Cream* liefert Holmen Paper, Hallstavik, Schweden

3. Auflage
Originalausgabe 12/2012
Copyright © 2012 by Diana Verlag, München,
in der Verlagsgruppe Random House GmbH
Umschlaggestaltung | t.mutzenbach design, München
unter Verwendung eines Fotos von © plainpicture/Kitao; shutterstock
Satz | Greiner & Reichel, Köln
Druck und Bindung | GGP Media GmbH, Pößneck
Alle Rechte vorbehalten
Printed in Germany 2012
978-3-453-35646-7

www.diana-verlag.de

Für Bernd und Thomas

1

Nebenan wurde das Bett frisch bezogen. Ich hörte das gestärkte Laken knistern, als es von fachkundigen Frauenhänden glatt gestrichen wurde. Neugierig schielte ich um die Ecke: Flinke, geübte Finger schlugen es um die Matratze.

»Na, Frau Wolf? Wollen Sie mir helfen?«

Frau Ursula, die nette Hausbesorgerin, schaute sich schelmisch nach mir um.

»Ja, gern!« Unauffällig ließ ich die Zigarettenschachtel in meiner Hosentasche verschwinden und streckte schon die Hände aus.

»Aber nicht doch!« Frau Ursula grinste über das ganze Gesicht. »Sie sind doch zur Erholung da und nicht zum Arbeiten!«

»Aber das bisschen Bettenbeziehen ...« Ich spürte, wie ich rot wurde, weil ich auf sie hereingefallen war.

»Frau Wölfchen, Frau Wölfchen!« Ursula stemmte die Hände in die Hüften und schüttelte tadelnd den Kopf. »Jetzt sind Sie gerade mal zwei Wochen hier und haben höchstens ein Pfund zugenommen. Der Chefarzt reißt mir den Kopf ab, wenn ich Sie hier arbeiten lasse!«

Gegen die robuste Hausbesorgerin kam ich mir klein und winzig vor. Sie wog mindestens doppelt so viel wie ich.

»Wer ... ähm ... ich meine, welche neue Patientin kommt

denn hier rein?« Ich sah mich neugierig nach einem neuen Namensschild um.

»Keine Ahnung«, sagte Frau Ursula und schüttelte energisch die Kissen auf. »Ich bin ja nur fürs Grobe da! Eure Seelenklempner wissen da sicher mehr!«

»J. Bruns«, las ich. Bis heute Morgen hatte Lilli Jacob hier gewohnt, eine lustige dunkelhaarige Frau in meinem Alter, mit der ich viel Spaß gehabt hatte. Obwohl wir Ende vierzig waren, hatten wir uns gefühlt wie im Mädcheninternat, wenn wir nach dem Lichtlöschen am Abend noch in die Raucherecke geschlüpft waren und im Morgenrock halbe Nächte verquasselt hatten. Hier im Rehazentrum wurden müde Krieger wieder aufgepäppelt, gestrandete Fische wieder ins Leben spendende Nass zurückgeworfen und traumatisierte Seelen getröstet. Meine Kurfreundin Lilli war erst vor einer Stunde als »gesund und normalgewichtig« entlassen worden. Natürlich hatten wir uns versprochen, in Kontakt zu bleiben, aber eine merkwürdige Leere, ein Sehnen nach Zweisamkeit hatten von mir Besitz ergriffen. Hier stand ich nun mutterseelenallein und hatte noch mindestens acht Kurwochen vor mir. Draußen war es kalt und grau, der dichte Tannenwald voll ungeschmückter Weihnachtsbäume wiegte sich tapfer im Dezemberwind. Diesmal würde ich Weihnachten nicht bei meinen Söhnen verbringen, und das brach mir fast das Herz. Professor Lenz hatte mir ein »Erschöpfungssyndrom« bescheinigt, das mit Unterernährung, Schlaflosigkeit, Panikattacken und nervöser Unruhe einherging. Wir schrieben das Jahr 1987, und ich stand mit achtundvierzig rechnerisch in der Mitte meines Lebens, war aber körperlich und seelisch bereits komplett am Ende. Mein Blick irrte durch das leere Zimmer, glitt über die blank gewienerten Fußböden, das Waschbecken, das noch keine Spuren menschlicher Anwesenheit aufwies, den Schrank mit den fünf Holzbügeln, an denen noch keine Kleider hingen, und das Nachtkästchen, auf dem kein Schmöker mit Eselsohren lag. Lilli und ich hatten uns unsere Bücher ausgeliehen und uns im Wintergarten der Kurklinik oft gegenseitig unsere Lieblingsstellen vorgelesen. Wir hatten unsere Ängste und Sorgen miteinander geteilt und am Ende meist zusammen gelacht. Wir kannten alle unsere Geheimnisse und waren dicke Freundinnen geworden. Hoffentlich würde »J. Bruns« keine moralinsaure alte Jungfer mit einem nervösen Magenleiden sein, die humorlos auf ihre Mittagsruhe pochte und abends genervt an die Wand klopfte, wenn ich meine Lieblingsmusik hörte. In den vier Wochen, die ich nun hier war, hatte ich zum ersten Mal seit Langem so etwas wie Leichtigkeit und Übermut gefühlt, so ein Prickeln, als könnte das Leben doch noch die ein oder andere schöne Überraschung für mich bereithalten.

Wer auch immer »J. Bruns« sein mochte: Wir würden hoffentlich eine Menge Spaß miteinander haben.

2

Als ich im Sommer 1939 geboren wurde, brach gerade der Zweite Weltkrieg aus. Das vorletzte armselige Gehöft kurz vor dem Steinbruch war mein Elternhaus. Es war ein winziges, windschiefes Häuschen in einem vergessenen Schwarzwaldtal, das mein Großvater noch selbst gebaut hatte. Es maß fünf- undfünfzig Quadratmeter, besaß kein fließend Wasser, und die verwinkelte Wohnküche war so klein, dass ich keinen Platz am Tisch hatte und auf einer Kiste unter der Stiege sitzen musste. Über eine Hühnerleiter kletterte man in die zwei Kammern im Obergeschoss. Hier hauste meine Tante, die Schwester meines Vaters. Sie war eine alte Jungfer, nichts wert und darum eine Schande für uns. Wir Kinder durften nicht mit ihr sprechen, und wenn wir es heimlich doch taten, gab es Schläge.

Die ärmliche Ortschaft hieß Glatten und lag am Flüsschen Glatt, das mal plätschernd, mal rauschend unsere Einöde durchzog. Sie hatte achthundertfünfzig Einwohner, die mehr schlecht als recht ihr Dasein fristeten. Sommers wie winters schufteten sie, ohne nach rechts und links zu schauen. Es gab keine Alternative: entweder überleben oder verhungern. Man kann sich heute gar nicht mehr vorstellen, in welch bitterer Armut und Kälte ich aufgewachsen bin. Und mit Kälte meine ich nicht nur die frostigen Temperaturen innerhalb unserer unbeheizten, feuchten Mauern. Mit Kälte meine ich Lieblosigkeit, Schläge, Hunger und Angst. Angst vor meinen eigenen Eltern. Mein Gitterbett stand in ihrem düsteren Schlafzimmer, in dem sie sich nicht mehr berührten. Meine Eltern stritten und schrien sich an, manchmal schlug mein Vater meine Mutter, während die Gitterstäbe unheimliche Schatten auf die grauen Wände warfen und draußen der Sturm heulte.

Mein Großvater, ein einfacher Straßenwart, hatte nach dem Ersten Weltkrieg alle verwertbaren Steine und Balken zusammengetragen und daraus mithilfe von Lehm und Stroh mein Elternhaus zusammengeschustert. Die kalten Steinfußböden waren mit Sand ausgestreut; erst als mein Vater heiratete, legte er Linoleum und Fliesen in die kargen Räume. Gegen einen Stromanschluss hatte sich mein Vater immer vehement gewehrt. Das sei ihm zu teuer, doch schließlich konnte ihn die Angestellte vom Elektrizitätswerk doch überzeugen: »Sonst lebst du ja wie im Mittelalter, Gottlieb! Deine Karoline wird bestimmt lieber mit einem elektrischen Bügeleisen arbeiten als mit dem mit glühenden Kohlen gefüllten Ding hier! Schau, du hast schon wieder einen schwarzen Fleck auf dem Hemd!«

Verärgert hatte sich Gottlieb den durchgeschwitzten Hemdkragen, der schon zweimal gewendet und hundertmal geflickt worden war, vom Hals gerissen und ihn seiner Frau hingeworfen. Karoline war froh, dass sie dafür keine Kopfnuss von ihm bekam.

Wie oft war ein mühsam gewaschenes Hemd, ein von Hand gestärkter Kragen, ein bretthartes kaltes Bettlaken, das tagelang in der Stube zum Trocknen gehangen hatte, im letzten Moment durch die Kohle verdorben worden! Dann brach meine Mutter in bittere Tränen aus und musste mit der schweren körperlichen Arbeit von vorn beginnen. Wäschewaschen bedeutete, die Wäsche in Trog oder Sack zum Waschhaus ins Dorf zu schleppen, sich auf der Holztrommel die Finger wund zu scheuern, sich die Schrunden und Blasen an den Händen entweder mit heißem Wasser zu verbrühen oder mit eiskaltem Schwemmwasser blau zu frieren, die nasse Wäsche die vier Kilometer zu uns ins Tal zurückzuschleppen und sie dann dort in der winzigen Wohnstube aufzuhängen. Sobald wir Kinder laufen konnten, mussten wir mit zum Waschhaus. Ich sehe uns drei noch den Handkarren mit Schmutzwäsche ins Dorf hinunterziehen. Die zusammengeknoteten, ausgebeulten Bettlaken sahen aus wie dicke Eisbären mit Ohren. Sie thronten im Handwagen, sie durften fahren, aber ich musste barfuß nebenher laufen. Als Erstes musste der große Waschkessel beheizt werden. Wir hatten auf dem Hinweg bereits Brennholz gesammelt, so viel unsere kleinen Hände tragen konnten. Die Mutter steckte es in die Ofenklappe und stocherte mit dem Schürhaken, bis endlich die Flamme unter dem Kessel züngelte. In der Zwischenzeit musste die fleckige, stark verschmutzte Wäsche eingeweicht werden. Träge schwamm sie in der kalten Brühe und wurde dann auf einem großen Brett mit Kernseife geschrubbt. Die Hände meiner Mutter waren keine zärtlichen Hände mit gepflegten Fingern, die nach Mami und Handcreme, nach Wärme und Trost dufteten. Sondern grobknochig und schmutzverkrustet – Hände, die nur zum Arbeiten und Schlagen da waren. Die nötigen zwei Mark für das Waschmittel hatte meine Mutter oft nicht dabei. Dann versuchten wir, die Wäsche mit kalter Asche zu waschen, ein Unterfangen, das die Wäsche oft mehr verschmutzte, als sie zu säubern. In solchen Momenten schlug Mutters Hand noch schneller zu als sonst, und wir hüteten uns, sie zu reizen.

Kochte das Wasser im Kessel, wuchteten wir mithilfe von

langen Stöcken die Wäsche hinein. Der beißende Geruch nach Seifenlauge schießt mir noch heute in die Nase. Die Mutter trug einen dunkelblauen Kittel mit lila Blümchen, ihr stand der Schweiß auf der Stirn, während sie mit aller Kraft mit dem Holzstampfer im kochend heißen Bottich herumrührte und sich Schweißgestank unter den Laugengestank mischte. Die Wände des Waschhauses waren feucht, die Fenster beschlagen, sodass wir durch den heißen Dunst bald völlig durchnässt waren. Wie Walfischfänger zogen wir die Wäsche schließlich an langen Stöcken aus dem Kochwasser, ließen sie in eine bereitstehende Zinkwanne mit kaltem Wasser fallen und spülten die Seifenlauge so gut wie möglich aus. Dann hievten wir die tropfnasse, schwere Wäsche mit vereinten Kräften in eine Wringe, wo wir Kinder dann den einen Hebel drehten, während Mutter auf der anderen Seite in die Gegenrichtung drehte. Die kleinen blauen Äderchen an der Schläfe meiner Schwester Sieglinde schwollen an, so sehr drückten und pressten wir. War der letzte Tropfen Wasser aus der Wäsche gewrungen, begann das Wäscherecken. Mutter stand auf der einen Seite des Lakens, wir auf der anderen. Unsere Hände umklammerten je einen Zipfel, und dann hieß es ziehen, bis die Mutter zufriedengestellt war und wir die Wäsche falteten. Wir gingen ein paar Schritte aufeinander zu, sie nahm unsere Zipfel, wir bückten uns rasch und griffen nach dem Lakenschnitt, damit das frisch gewaschene Leinen nicht auf den schmutzigen nassen Lehmboden hing. Dann begann die Prozedur wieder von vorn, bis alle Wäschestücke zusammengefaltet auf einem Haufen lagen. Wir trugen sie zum Handkarren und zogen ihn wieder den kilometerlangen Waldweg hinauf zu unserem Häuschen. Dort wurde die Wäsche in der Stube ausgebreitet, oder, wenn das Wetter günstig war, über eine

Stange vor das Haus gehängt. Und wehe, wenn uns Kindern einmal etwas aus der Hand fiel! Wehe, wenn der Wind eines der Teile wieder von der Stange wehte! Wehe, wenn etwas auf den lehmigen Boden fiel! Dann sauste der Teppichklopfer auf unseren nackten Po, der für uns Kinder stets sichtbar in Reichweite stand.

Spätabends wurde dann im Schein der Küchenlampe, die wir erst seit Kurzem hatten, Wäsche geflickt. Das Stopfen der großen Löcher in den Socken war das Schlimmste. Wehe, wenn unsere kleinen Hände nicht das gewünschte Muster über dem Stopfpilz zustande brachten und sich ein Garnknubbel über der Ferse bildete! Schließlich musste Vater in diesen Socken zwölf Stunden am Tag arbeiten. Wenn uns die Kunst des Stopfens nicht gelang, gab es von der Mutter Kopfnüsse, harte Schläge mit der flachen Hand auf den Hinterkopf und in den Nacken. Fielen uns Kindern bei der mühsamen Arbeit die Augen zu, wurden wir davon auf unsanfte Weise wieder geweckt.

Meine Mutter Karoline war vom Leben enttäuscht. Die Geburten ihrer beiden Töchter waren die Hölle gewesen, es hatte ihr beide Male fast den Leib zerrissen. Ich weiß noch, wie ich im Gitterbett stand, an einem nassen Zuckertuch lutschte und zusah, wie sie morgens ihre inneren Organe, die keinen Halt mehr in ihrem ausgeleierten Bauch fanden, mithilfe enger kratziger Bandagen fest zusammenzurrte, mit schmerzverzerrtem Gesicht und voller Selbstverachtung. Ich wagte es schon als Kleinkind nicht, Bedürfnisse anzumelden. Ich hatte keine. Auf der Welt sein bedeutete schuften, hungern, leiden und dulden. Stillhalten und bloß nicht aufmucken. Am besten, man erregte keinerlei Aufmerksamkeit.

Meine Geburt war die zweite große Enttäuschung für Gottlieb gewesen: wieder nur ein Mädchen. Und dann auch noch so ein winziger, dunkeläugiger, dürrer Wurm, über und über mit schwarzen Haaren bedeckt! Ein Kind, mit dem man als einfacher Arbeiter keinen Staat machen konnte. Bettelleute waren wir, die von der Hand in den Mund lebten. Im Tal der Ausgestoßenen in der Steinbruchsiedlung.

Mein Vater, Gottlieb Franz, war das jüngste von sechzehn Kindern. Die Geschwister empfanden ihn als überflüssigen Esser. Solange er die Mutterbrust bekam, war er ihnen egal, aber als er groß genug war, mit am Tisch zu sitzen, versteckten sie seinen Holzlöffel. Tagelang bekam der kleine Gottlieb nichts zu essen. Seine Eltern vermissten ihn irgendwann und befahlen den Geschwistern, den Anderthalbjährigen zu suchen. Sie fanden ihn in einem Winkel des Heuschobers, ausgetrocknet und kraftlos im Stroh. Sie hielten ihn für tot, aber als er sich regte, wurde er an den Tisch getragen und gefüttert. Die Geschwister mussten hungern, bis der Kleine wieder zu Kräften gekommen war.

Er hatte das Haus, das sein Vater zusammengeschustert hatte, geerbt. Dafür musste er seine fünfzehn Geschwister auszahlen. Für sechs Pfennige die Stunde verdingte er sich in der ortsansässigen Rasierklingenfabrik. Auch meine Mutter hatte sich dort bis zur Geburt von Sieglinde, meiner vier Jahre älteren Schwester, krumm geschuftet, um die Schulden an Schwägerinnen und Schwäger abzuarbeiten. Die Geburt ihrer Töchter erlöste Karoline vom Alltag in der Fabrik, von den verächtlichen Blicken der Vorarbeiterin, stürzte sie aber in ein anderes, wesentlich härteres Schicksal: Das Schicksal einer Mutter, die ihre Kinder nicht lieben, nicht ernähren, nicht aufblühen lassen kann. Sicher liebte sie uns, Sieglinde und mich, aber auf ihre Art. Zeigen konnte sie es nur mit einem gequälten Lächeln, dann und wann. Ansonsten wurde ihr Rücken noch krummer, ihr Gesicht noch abweisender, und sie selbst unnahbarer als je zuvor: für ihren Mann und für uns Kinder gleichermaßen.

Um ihr Überleben zu sichern, bauten meine Eltern sich eine kleine Landwirtschaft auf, die neben der Fabrikarbeit und dem Haushalt auch noch bewältigt werden musste.

Mit uns unter einem Dach hausten in Scheune und Stall eine Kuh, zwei Ziegen, acht Hennen, ein Gockel und ein Schwein. Alles Mäuler und Schnäbel, die gestopft werden mussten, mit Nahrung, die wir uns vom Munde absparen mussten. Wir hungerten während des Krieges und auch noch Jahre danach, ganz einfach weil wir es gar nicht anders kannten. Das quälende nagende Hungergefühl war während meiner gesamten Kindheit gegenwärtig, es wurde zur fixen Idee. Ständig malte ich mir aus, wie ich es anstellen könnte, auf allen vieren unbeobachtet zum Schweinetrog zu kriechen und die Kartoffelschalen und Brotrinden darin heimlich aufzuessen. Aber ich hätte Schläge dafür bekommen, harte kalte Schläge mit dem Gürtel oder dem Schürhaken, auf das nackte Gesäß, und das stand dann letztlich nicht dafür. An den beißenden Hunger konnte ich mich eher gewöhnen als an die Schläge, die eine zusätzliche Demütigung bedeuteten.

Meine Mutter fühlte sich im hintersten Winkel unseres Tals von der Welt isoliert. Sie hätte ins Dorf gehen können, die vier Kilometer am Fluss entlang über den Waldweg nach Glatten, aber was sollte sie da? Zu kaufen gab es nichts – nur knapp rationierte Lebensmittelmarken –, und verspotten lassen musste sie sich sonntags sowieso.

Der Hohn und Spott der übrigen Dorfbewohner, der uns entgegenschlug, wenn wir armen Bauern in unseren zerschlissenen, notdürftig zusammengeflickten Nachkriegsfähnchen zur Kirche gingen – ausgezehrt und apatisch mein Vater, das Gesicht unter einem schwarzen Hut versteckt meine Mutter und barfuß wir Kinder –, hallt mir noch heute in den Ohren.

3

Als draußen Schritte über den Flur hallten, spähte ich neugierig auf den Gang hinaus. Wenn das nicht »J. Bruns« war! Hoffentlich war die Neue nett! Ich sah blank geputzte Halbschuhe, die sich im Linoleum spiegelten, und dachte: Das ist ja ein Mann! Ein schmaler, hochgewachsener Mann mit kurzen dunkelbraunen Haaren, Jeans und Lederjacke hielt eine halb gefüllte Reisetasche in der Hand und blieb zögernd vor der Nachbartür stehen.

Suchend sah er sich um. Er wirkte wie alle Menschen, die Neuland betreten: unschlüssig und ein kleines bisschen verlegen.

»Ja, hier sind Sie richtig, Herr Bruns!« Die Nachtschwester eilte mit quietschenden Gummischuhen herbei und öffnete einladend die Tür. »Bitte schön, Herr Bruns. Ich hoffe, das Zimmer gefällt Ihnen!«

»Ja, danke«, hörte ich den Mann mit einer angenehm ruhigen Stimme sagen. »Es ist sehr hübsch und sauber.« Er schien ein genügsamer Typ zu sein, denn Luxussuiten waren unsere Kemenaten wirklich nicht. Praktisch, quadratisch, weiß und steril, aber was das Wichtigste war: ruhig. Hier draußen am Waldrand sagten sich buchstäblich Fuchs und Hase Gute Nacht, und die nächste Großstadt mit ihren Blechlawinen, klingelnden Straßenbahnen, aufdringlichen Leuchtreklamen und den gestressten Menschenmassen war meilenweit weg. Auch mein Reutlingen. Kurz bekam ich heftige Sehnsucht nach meinen beiden Jungs. Aber Bernd und Thomas waren bei meiner Freundin Gitta und ihrem Mann Walter in besten Händen. Ich wusste, ich musste das hier durchstehen, um wieder zu Kräften zu kommen, denn sonst würde ich über kurz oder lang wieder zusammenklappen.

»Ich hoffe, es macht Ihnen nichts aus, dass Sie hier von lauter weiblichen Kurgästen umgeben sind«, hörte ich die Nachtschwester sagen, während sie geräuschvoll das Fenster öffnete. Die kühle, klare Nachtluft schien bis in mein Zimmer zu dringen. »Der Männertrakt wird über die Weihnachtsfeiertage renoviert.«

»Oh, das ist mir egal.« Der Mann warf seinen Koffer auf das Bett, und ich hörte ihn mit langen Schritten auf und ab gehen. Wahrscheinlich räumte er seine Siebensachen ein. Ich stellte mir vor, wie er ein Buch auf den Nachttisch legte, sein Rasierzeug auf die gläserne Ablage über dem Waschbecken und die Lederjacke auf einen der hölzernen Bügel im Schrank hängte.

»Wenn Sie was brauchen, bitte einfach klingeln!« Die Nachtschwester war schon wieder unterwegs ins Schwesternzimmer, wo sie unsere Tablettenrationen und Diätpläne zusammenstellte.

Ich ließ mich auf mein Bett plumpsen. Aha, ein Mann also! War das nun gut oder schlecht? Eine neue Freundin, mit der ich abends auf dem Bett sitzen und plaudern konnte, wäre mir am liebsten gewesen, und ich musste mich erst mal an den Gedanken gewöhnen, eine Art »Fremdkörper« auf unserem Flur zu haben. Sollte ich ihm das kleine Adventsgesteck bringen, das ich für meine neue Nachbarin gebastelt hatte? Eine rote Kerze auf frischem Tannengrün, verziert mit kleinen roten

Schleifen und einem kleinen Gipsengel? Auf einmal kam es mir kitschig vor.

Das Fenster wurde wieder geschlossen, bald darauf wurde es still.

Ich kaute an meinem Daumennagel. Eigentlich war jetzt Zeit für meine heimliche Abendzigarette.

»J. Bruns« legte sich jetzt bestimmt schlafen. Vielleicht hieß er Joachim. Oder Jochen. J wie Jedermann. Sicherlich war er müde und erschöpft von der Anreise, auch er hatte ziemlich dünn ausgesehen. Alle, die hier ankamen, waren ausgelaugt und ausgebrannt, hatten schwere Krankheiten hinter sich oder große Sorgen und Nöte zu überwinden.

Ich schnappte mir meine Zigarettenpackung und huschte an seinem Zimmer vorbei, unter dessen Tür ein fahler Lichtschein zu sehen war. Gemütlicher Kerzenschein war das sicherlich nicht.

Der Raucherraum befand sich in einer abgetrennten Ecke des Wintergartens. Seufzend ließ ich mich dort in einen Sessel fallen, zog den Rauch tief in die Lunge und hing meinen Gedanken nach, bis mir ein kühler Luftzug sagte, dass die Tür aufgeschoben worden war. Hinter dem Zigarettenqualm erkannte ich Jedermann, der sich fast schüchtern hereinschob.

»Entschuldigung«, sagte er verlegen. »Ich wollte nicht stören.«

Er störte doch nicht! Wobei denn?!

»Wenn Sie rauchen wollen, ist das der einzige Ort, wo es erlaubt ist«, hörte ich mich sagen. Jedermann schob sich nun ganz durch die Tür. Er lächelte mir zu, die ich da rauchend und fröstelnd im roten Morgenrock neben der Stehlampe hockte. Mit angezogenen Knien, die ich mit den Armen um-

20

schlang, als wollte ich mich gegen etwas schützen. Und auf einmal fühlte ich wieder dieses Prickeln.

»Ich rauche nicht, aber wenn es Ihnen nichts ausmacht, bleibe ich einen Moment.«

Jedermann streckte mir die Hand hin, und sie fühlte sich kühl und trocken an. »Jürgen Bruns. Ich bin gerade aus Göttingen angekommen.«

Jürgen also. Er sah wirklich gut aus: Ernste graue Augen blickten aus einem schmalen Gesicht, die Nase war gerade geschnitten, der Mund wirkte besonnen. Seine Kleidung war das, was man »gepflegt« nennt, und er roch schwach nach einem herben Aftershave. Das genaue Gegenteil von einem lauten Platzhirsch. Insgeheim atmete ich erleichtert auf. Er war ganz anders als Leo.

»Gerti Wolf«, sagte ich. »Aber hier nennen mich alle Wölfchen, weil der Name Wolf nicht so richtig zu mir passt!«

Wolf, das passte zu Leo, meinem Ex-Mann. Leo Wolf war ein gefährliches Raubtier und ich das Schaf, das er damals in seine Fänge bekommen hatte. Nur der gemeinsame Name verband uns noch. Plötzlich spürte ich, wie eine lächerliche Röte über meinen Hals kroch. Das war ja wohl mehr als peinlich! Was ging den großen Braunen mit dem blanken Schuh mein Spitzname an? Vielleicht glaubte er, ich wollte mich gleich bei ihm anbiedern? Hastig hüllte ich mich in eine neue Rauchschwade, damit er mein verlegenes Gesicht nicht sehen konnte. Aber zu meiner Erleichterung lächelte Jürgen Bruns, wobei ein Grübchen in seiner rechten Wange erschien. Er pflückte ein gebatiktes Kissen vom Stuhl und ließ sich langbeinig darauf nieder: »Wahrscheinlich sind Sie ein zäher kleiner Wolf, der sich ganz schön durchbeißen musste im Leben!«

Da hatte er weiß Gott nicht unrecht.

In dem Sommer, in dem ich gerade fünf geworden war, hockten wir Mädchen auf dem voll beladenen Leiterwagen, der ächzend den Waldweg hinaufrumpelte. Unter unseren stelzendünnen braun gebrannten Beinen pikste uns unsere bescheidene Ernte von den Feldern weiter unten hinter dem Dorf, die mein Vater gepachtet hatte. Es waren die unfruchtbarsten, abschüssigsten und steinigsten Felder weit und breit, sodass mein Vater sie sich gerade noch leisten konnte. Unsere Kuh Liesel schleppte die Last schnaubend über Geröll und Wurzelwerk. Vorn auf dem Kutschbock hockte zusammengesunken der Vater, vielleicht war er in einen Sekundenschlaf gefallen. Er war immer müde, konnte im Stehen schlafen und, wie die Mutter höhnte, sogar im Gehen. Hatte er seine großen glasigen Augen geschlossen, sah er aus wie ein alter knorriger Baum. Die Mutter ging mit einem Stock in der Hand neben der Kuh her und schlug auf ihr mit Kot verklebtes Hinterteil, sobald sie ihr zu langsam wurde. Dann schlug die Kuh mit dem Schwanz, und ein Pulk schillernder Schmeißfliegen flog auf.

Am Wegesrand wiegten sich die Birken und Schlehen, und ich sah blinzelnd in die Sonne und sog den Sommertag gierig in mich auf. Die Vögel zwitscherten übermütig, während der eiskalte Bach talwärts sprudelte und versuchte, sie mit seinem Glucksen zu übertönen. Meine Muskeln und Knochen schmerzten von der Feldarbeit, denn wir waren um vier Uhr früh aufgestanden und zu unseren handtuchschmalen Feldern gefahren, hatten nicht ein Hälmchen, nicht ein vertrocknetes Äpfelchen, keine runzelige Schlehe und keine erdverkrustete Mohrrübe übersehen. Wir hatten uns Brennnesseln in den Mund gestopft und Beeren und zur Mittagszeit altbackenes

Brot in Wasser eingeweicht und an den säuerlichen Krusten gelutscht, bis sie ganz süß schmeckten. Mittlerweile waren unsere mageren Ärmchen zerkratzt, die Knie blutig, unsere Finger voller Blasen und die Schultern verbrannt, aber dies war ein köstlicher Moment: Ausruhen durften wir uns, wenn auch nur für die halbe Stunde des Rückweges.

»Gottlieb! Wach doch auf! Wir sind an der Kreuzung! Das Mistvieh will nicht bergauf!«

Meine Mutter rammte dem schlafenden Vater den Stock in die Seite, und der schrak hoch und zog die Zügel an. Geradeaus ging es ins nächste Tal, rechts bergauf zu unserer Arme-Leute-Siedlung.

»Steh, Liesel, steh!« Mit einem Ruck hielt der Leiterwagen, und auch wir Mädchen wurden unsanft aus unseren Tagträumen gerissen. An dieser Stelle mussten wir immer abspringen und schieben helfen.

Der Vater sprang ab und humpelte um den Wagen herum, um uns herunterzuhelfen. Zuerst war meine Schwester Sieglinde an der Reihe. Die Neunjährige stand auf und ließ sich in die ausgebreiteten Arme des Vaters fallen – einer der wenigen Momente in unserer Kindheit, wo so etwas geschah. Ich war auch schon aufgestanden und zum hinteren Ende des Wagens gelaufen, um mich jauchzend in die väterlichen Arme zu werfen, als sich die Kuh Liesel plötzlich mit ungeahnter Kraft ins Geschirr warf. Ich höre noch heute das knirschende Ächzen der Deichsel und sehe den Staub aufwirbeln: Wie ein Pfeil flog ich durch die Luft und knallte mit dem Kopf auf die Pflastersteine. Sofort verlor ich die Besinnung. Die Kuh floh panisch mitsamt dem Wagen querfeldein, und mein Vater rannte ihr nach, um weitere Katastrophen zu verhindern.

Meine Mutter musste mich Ohnmächtige den ganzen

weiten Weg bis nach Hause tragen. Sie wusste nicht, ob ich noch lebte oder tot war. In der Steinbruchsiedlung hingen die Leute neugierig in den Fenstern oder lehnten sich über ihren Gartenzaun:

»Na, Karoline? Hat sie schlappgemacht?«

»Tja. Einen Arzt haben wir nicht in Glatten!«

»Am besten, du legst die ins Bett, die Kleine wird schon wieder!«

»Wie alt ist sie jetzt? Fünf? Wenn sie heiratet, ist alles wieder gut!«

Keiner der Nachbarn half meiner Mutter. Keiner bot an, sie ins nächste Kreiskrankenhaus zu bringen. Alle glotzten und sparten nicht mit gönnerhaften Ratschlägen.

»Am nächsten Dienstag kommt die Krankenschwester wieder ins Tal der Vergessenen. Dann schicken wir sie bei dir vorbei!«

»Heile, heile Segen, drei Tage Regen!«

»Da hast du einen Esser weniger, sei doch froh!«

»Was lässt du die Kinder auch auf dem Leiterwagen fahren! Sie haben doch Beine, können doch laufen!«

Unter Gespött und Gefeixe kam meine Mutter schließlich erschöpft in unserer Behausung an und legte mich in mein Gitterbett. Ja, mit fünf Jahren war ich so klein, dass ich dort immer noch hineinpasste. Drei Tage lang war ich ohnmächtig, und meine Eltern standen unbeschreibliche Ängste um mich aus. Dann kam die Krankenschwester.

»Wenn sie nach drei Tagen immer noch nicht aufgewacht ist, wird sie sterben«, sagte sie mit Kennerblick und rührte Zucker in ihren Kaffee.

»Und wenn … doch?« Panik schnürte meiner Mutter die Kehle zu.

»Dann gib ihr was zu essen!« Kopfschüttelnd machte sich die Krankenschwester davon. Wie konnte man nur so begriffsstutzig sein? Wenn ein Balg aus der Ohnmacht erwacht, hat's halt Hunger.

Tatsächlich musste ich ins Leben zurück, zurück hinter die grünen Gitterstäbe im Schlafzimmer meiner Eltern.

Das war der einzige Moment, in dem ich sah, wie sie sich alle umarmten. Sie sprangen auf, rannten in die Küche, die Mutter im weiten Flanellnachthemd, der Vater im gerippten Unterhemd, und bereiteten mir ein Festmahl, bestehend aus Mehlsuppe mit Rosinen. Der Duft nach süßer Milch, vermischt mit ihrem strengen Schweißgeruch, steht mir noch heute in der Nase.

Kaum war die riesige Beule an meinem Hinterkopf abgeschwollen, musste ich wieder mit aufs Feld. Es war die kurze Zeit der Ernte, bevor der erste Herbststurm an den Zweigen unserer Obstbäume rüttelte, und der unbarmherzig lange Winter vor der Tür stand, in dem es nichts zu ernten gab.

Natürlich durfte ich nicht mehr auf dem Leiterwagen mitfahren und wollte das auch gar nicht. Noch heute leide ich unter Höhenangst, und der kalte Angstschweiß steht mir auf der Stirn, wenn ich ein Flugzeug besteigen muss.

»Und? Mussten Sie?«

Jürgen Bruns beugte sich leise vor und sah mir ins Gesicht. Ich hatte inzwischen drei weitere Zigaretten geraucht, mit zitternden Fingern drückte ich gerade den letzten Stummel im Aschenbecher aus.

Wie lange hatten wir hier schon gesessen? Es war bestimmt schon Mitternacht.

»Ja«, versuchte ich ein harmloses Lachen, »allerdings.«

Mein erster Flug war gleich ein Langstreckenflug von Kapstadt nach Frankfurt, und zwar mit gefälschten Papieren. Mein erster Flug war eine Flucht. Eine panische, kopflose Flucht mit meinen Söhnen, aus einem Land, in dem ich keine Rechte besaß, aus einem Land, in dem ich in Todesgefahr schwebte, aus einem Land, in dem mein ärgster Feind auf mich lauerte: Leo Wolf, der Vater meiner Kinder und mein damaliger Mann.

Ich war nicht sicher, ob und wann ich das Jürgen Bruns alles erzählen würde. Aber ich merkte gleich, dass er ein guter Zuhörer war, der aufrichtig Anteil nahm an meinem Schicksal. Eine angenehme Wärme stieg in mir auf. Ich, die ich immer fröstelte, sobald die Temperatur unter fünfundzwanzig Grad sank, ich, die ich mich nachts an meine drei Wärmflaschen klammerte, um überhaupt einschlafen zu können, ich, die ich keine fünfzig Kilo wog und nicht ein Gramm Fett zum Verbrennen hatte, ich notorische Raucherin, die sich anders nicht beruhigen konnte, fror in Gegenwart dieses Mannes nicht.

Auf Anhieb fasste ich Vertrauen zu ihm und erzählte ihm von meiner schweren Kindheit. Von der harten Feldarbeit, dem ständigen Hunger.

»Sind Sie deswegen heute noch so dünn?«

Jürgen Bruns ließ seinen Blick besorgt über mich gleiten, und schon wieder schoss mir die Röte ins Gesicht.

»Ich war mein Leben lang eine halbe Portion«, entgegnete ich verlegen. Spätestens jetzt würde Jürgen Bruns bemerken, dass ich so gut wie keinen Busen hatte. Für so einen Luxus wie einen runden weiblichen Busen hatte mein Körper keine Reserven gehabt. Ich konnte froh sein, eine Größe von 1,57 Metern erreicht zu haben. Meine kurzen schwarzen Haare unterstrichen meinen knabenhaften Typ. Bald würde Jürgen Bruns jegliches Interesse an mir verlieren.

»Es ist weit nach Mitternacht.« Jürgen Bruns stand auf und streckte seine langen Glieder. »Danke, dass Sie mir gleich am ersten Abend so viel über sich erzählt haben.«

»Ich hoffe, ich habe Sie nicht gelangweilt. Sie sind sicherlich todmüde nach der langen Anreise!«

»Das stimmt«, sagte er lächelnd und hielt mir die Tür auf. »Und ich muss ehrlich sagen, als ich feststellen musste, dass wir keinen Fernseher auf dem Zimmer haben, war ich fürs Erste schon enttäuscht. Aber jetzt ...« Er ließ mich galant vorgehen und löschte das Licht im Raucherzimmer. »...haben Sie meinen ersten Abend spannender gestaltet, als ich das je zu hoffen gewagt hätte!«

»Sie nehmen mich auf den Arm.« Mit hochroten Ohren stiefelte ich neben ihm über den schummrigen Gang.

»Was praktisch ein Leichtes wäre«, sagte Jürgen Bruns grinsend. »Aber das würde ich natürlich nie wagen.«

Die Nachtschwester saß in ihrem Glaskasten und beugte sich über ein Kreuzworträtsel. Sie schien uns gar nicht zu bemerken. Ein Hauch von Verbotenem, eine Spur von nächtlichem Abenteuer kribbelte in meinem Bauch. Vielleicht wollte sie auch nichts merken. Sie gönnte uns Patienten unsere Bekanntschaften, und vielleicht gönnte sie mir nun auch diesen kleinen Flirt.

»Aber nun haben Sie noch gar nichts von sich erzählt«, flüsterte ich fast schuldbewusst, als wir vor Jürgen Bruns' Türe stehen blieben.

»Dazu haben wir ja noch alle Zeit der Welt«, gab er zurück. Er streifte meinen Arm. »Gute Nacht, kleine Wolfsfrau.«

Mit diesen Worten verschwand er in seinem Zimmer.

Ich schlich nach nebenan in meines. Vor dem Spiegel über dem Waschbecken blieb ich stehen und betrachtete mich mit den Augen, mit denen er mich sehen musste. Ich war regelrecht ausgemergelt. Nie im Leben würde er etwas an mir finden. Kopfschüttelnd ging ich ins Bett.

Dort legte ich das Ohr an die Wand und lauschte. Schlief er schon? Las er noch? War er in Gedanken noch bei mir? Oder suchte er gerade nach Möglichkeiten, mir in Zukunft aus dem Weg zu gehen? Er konnte einfach sagen, dass ihn mein Zigarettenqualm störe. Dass er ein anderes Zimmer wünsche. Dass er Ruhe brauche. Dabei wünschte ich mir nichts sehnlicher, ihm weiter aus meinem Leben erzählen zu dürfen.

4

Meine Schwester schlief lange Zeit allein in der kalten Abstellkammer unter der Stiege, in der auch sämtliche Vorräte aufbewahrt wurden. Erst als ich fünf Jahre alt war, durfte ich meinen Strohsack im Gitterbett verlassen und mit ihr die schmale Pritsche teilen. Wir zerrten an der dünnen Wolldecke, die nicht mal für eine von uns reichte. Trotzdem fühlte ich mich bei ihr geborgen. In den Regalen standen Dörrobst und die Gläser mit dem Eingemachten, die Johannisbeer- und Stachelbeermarmelade von unseren Sträuchern im Vorgarten, die ohne Zucker eingekocht wurde, denn Zucker war nach dem Krieg Mangelware. Daher war die Marmelade immer von einer pelzigen Schimmelschicht bedeckt, aber wir aßen sie trotzdem. Die wenigen Dosen mit Dörrfleisch, die meine Mutter dort hortete, waren für besondere Anlässe wie den Besuch des Pfarrers oder der Krankenschwester reserviert. Auch der selbst gekelterte Most in ein paar klebrigen Flaschen, auf denen stets Fliegen herumkrabbelten, blieb seltenen Festen vorbehalten. Nie im Leben hätten wir gewagt, davon zu naschen. Wir Kinder bekamen einmal in der Woche ein Glas Saft, und zwar sonntagmorgens vor der Kirche. Wahrscheinlich hoffte meine Mutter, dass wir davon kurzfristig rote Wangen und ein gesundes Aussehen bekommen würden.

In der Vorratskammer roch es modrig, und vor dem vergitterten Fenster sah man Wolkenfetzen und ein paar Fichtenzweige, die sich im Winde bogen. Ab sechs Uhr morgens knatterten draußen Lastwagen vorbei, die Sand und Dreck aufwirbelten und unser Häuschen in eine gelbliche Staubwolke hüllten, von der wir husten mussten. Auf dem Hinweg waren die Lastwagen leer, heulten aber im zweiten Gang bergauf. Auf dem Rückweg waren sie mit Felsbrocken und Geröll beladen.

Meine Schwester musste mich vor der Schule in den Kindergarten bringen, schließlich war ich vier Jahre jünger als sie. Schon die Siebenjährige zerrte mich Dreijährige bereits am frühen Morgen über den dunklen Waldweg in Richtung Dorf. Die Mutter wollte mich aus dem Weg haben, und wenn wir nicht um halb sieben aus dem Haus waren, prügelte sie uns hinaus. Der Kindergarten war evangelisch, die Schule meiner Schwester hingegen streng katholisch. Dort wurde sie jeden Morgen von der Lehrerin vor dem Rest der Klasse verprügelt: Weil sie mich in einen gottlosen Kindergarten gebracht hatte. Da mussten Zeichen gesetzt werden. Wenn das jeder machen wollte, wären wir bald ein Volk von Heiden. Und so hatte meine Schwester jeden Morgen die Wahl: Entweder die Mutter zog ihr eines mit dem Schürhaken über, wenn sie sich weigerte, mich lästigen Klotz am Bein mitzunehmen. Oder aber die Lehrerin gab ihr zehn Schläge mit dem Lineal auf die offene Hand. Die Klasse musste laut mitzählen. Verachtung für die asozialen Heiden aus der Steinbruchsiedlung schwang in so mancher Schülerstimme mit. Schließlich kamen viele reiche Bauernkinder noch aus der Nazischmiede: hart wie Kruppstahl, dumm wie Stroh.

Als ich vier Jahre alt war, begriff ich, dass es eine Frage der Taktik war, um die Schläge und den Spott herumzukommen.

Ich bat meine Schwester, mich einfach an einer einsamen Stelle unten am Bach zurückzulassen, bis ihre Schule aus war, und mich dann wieder mit nach Hause zu nehmen. Zu Hause habe ich dann meiner Mutter von den Spielen und Liedern im Kindergarten erzählt. So haben wir uns zwei Jahre lang vor den Schlägen gerettet.

Tag für Tag saß ich vier Stunden lang auf einem Stein und schaute in die wechselnden Strömungen der Glatt. Ich warf Steinchen hinein und ließ meine kindlichen Fantasien mit den Wellen ziehen. Es gibt wohl kaum ein Kind auf der Welt, das sich so viel mit einem Bach zu erzählen gehabt hat. Und das so viele Steine zu Freunden hatte.

»Was ist? Kommen Sie nicht mit auf unsere Winterwanderung?« Jürgen Bruns hatte an meine Zimmertür geklopft und lehnte nun abmarschbereit im Türrahmen. Er hatte eine Pudelmütze auf und hielt Lederhandschuhe in den Händen.

»Nein, leider. Ich darf noch nicht.« In dicken Socken und Jogginghosen saß ich im Schneidersitz auf dem Bett und hörte Musik.

»Sie dürfen nicht? Waren Sie ein unartiges Mädchen?« Um seine Mundwinkel zuckte es, als er mich schelmisch ansah. »Dabei habe ich mich schon so auf die Fortsetzung Ihrer Lebensgeschichte gefreut! Was mache ich jetzt ohne Sie in dieser Einöde?«

Ich bekam wieder dieses Kribbeln. »Professor Lenz sagt, ich sei noch zu schwach.«

»Sie sind zu schwach, um … spazieren zu gehen?« Fassungslos nahm Jürgen Bruns die Mütze ab, weil ihm offensichtlich heiß geworden war.

»Na ja, ich bin vor zwei Wochen in Ohnmacht gefallen …«

Betreten schaute ich auf den flauschigen rosa Bettvorleger. »Und jetzt muss ich erst mal ein bestimmtes Gewicht erreichen, sagt Professor Lenz. Sonst kann er es nicht verantworten.« Meine Stimme wurde piepsig.

»Und da rauchen Sie wie ein Schlot!« Jürgen Bruns klopfte mit seinen Lederhandschuhen in die hohle Hand, so als wollte er mich dafür verhauen.

»Das ist mein einziges Laster, Ehrenwort!« Ich schlug die Augen nieder und versuchte ein schelmisches Grinsen. »Ohne mein Nikotin hätte ich so manche Lebenskrise nicht überstanden.«

»Sie brauchen etwas ganz anderes als Beruhigungs-Drogen.« Jürgen Bruns machte einen Schritt vorwärts und stand in meinem Zimmer. Sein Blick fiel auf das von mir gebastelte kleine Weihnachtsgesteck.

»Das ist entzückend! Selbst gemacht?« Er griff mit seinen langen schmalen Fingern danach und drehte es bewundernd hin und her.

»Also eigentlich …« Ich schluckte trocken. »Eigentlich habe ich es für Sie gemacht.«

Schon wieder errötete ich verlegen und hatte das dringende Bedürfnis nach einer Zigarette.

»Für mich?« Verwirrt deutete Jürgen Bruns auf seine Brust. »Wie komme ich denn dazu? Ich meine, für mich hat noch nie jemand was gebastelt, und das hier ist … einfach vollkommen!«

Ich biss mir auf die Unterlippe. Er musste ja nicht wissen, dass ich es bereits vor seiner Ankunft für meine nächste Zimmernachbarin gemacht hatte, die nun ein Zimmernachbar war.

»Ich wollte Ihnen eine Freude machen«, sagte ich leise.

»Das haben Sie, und was für eine!« Jürgen Bruns beugte sich zu mir herunter und streifte mit dem Handrücken meine Wange. »Dann werde ich jetzt mal alleine durch den Wald stapfen. Und dabei an Sie denken.«

Er drehte sich um und zog die Tür hinter sich zu. Mein Blick irrlichterte zum Tisch. Das Geschenk! Er hatte das Geschenk stehen lassen! Was hatte das zu bedeuten? Hohle Worte? Oder wollte er einen Grund haben, wiederzukommen?

Ich warf mich rücklings aufs Bett und schloss die Augen.

Weihnachten in meiner Kindheit: Meine Mutter, fein gemacht, so gut es eben ging, stapfte mit Sieglinde und mir zur Weihnachtsfeier im Kindergarten. Dort kam der Nikolaus, ein furchterregender Mann mit weißem Bart, begleitet von wunderschönen Engeln in weißen Kleidern und mit goldenen Flügeln. Für jeden von uns hatte er ein kleines Geschenk dabei, das er geheimnisvoll aus seinem Sack zog.

Ich klammerte mich ängstlich an Mutters Rocksaum, bevor ich es wagte, mit gesenktem Blick zwei Schritte vorzutreten und es in Empfang zu nehmen.

Es war ein liebevoll gebasteltes Gesteck mit einer roten Kerze, und an den kleinen grünen Zweigen waren winzige Holzfigürchen befestigt. Die durfte ich behalten! Es waren meine ersten Spielsachen, und ich fühlte mich wie im Märchen. Wir saßen im Kreis und sangen zur Gitarre wunderschöne Lieder, die von Frieden und Freude, von klingelnden Glöckchen und vom Christkind handelten. Ein riesiger Weihnachtsbaum mit bunten Kugeln und glitzernden Lichtern stand mitten im Raum. Unsere staunenden Kinderaugen müssen mit den Kerzen um die Wette geleuchtet haben. Unter dem Baum stand eine raffiniert beleuchtete Krippenlandschaft, über der ein

Stern blinkte, und prächtig ausstaffierte Gestalten bestaunten das Jesuskind. Plötzlich begriff ich, dass dieses Jesuskind genau so arm war wie wir. Es hatte auch nichts anzuziehen und keine Schuhe an den winzigen Füßchen, obwohl doch Winter war. Wahrscheinlich hätte es sich über eine warme Decke und Söckchen mehr gefreut als über Gold, Weihrauch und Myrrhe. Ansonsten interessierte ich mich sehr für den riesigen Teller mit Gebäck und Schokolade: Die Köstlichkeiten waren mit buntem Zuckerguss verziert, daneben lagen pralle Mandarinen, Nüsse und glänzende, pausbäckige Äpfel. Ich konnte kaum fassen, dass ich dort tatsächlich einmal hineingreifen durfte. Jedes Kind bekam ein kleines Säckchen an einer Kordel und durfte es mitsamt duftenden Zimtsternen, Vanillekipferln, Nüssen und Mandarinen nach Hause tragen. Ich hütete meines wie einen Schatz und steckte immer wieder mit geschlossenen Augen die Nase hinein: so himmlisch musste es im Paradies duften! Aber wie kam man da nur hin? Seit der Sache mit Eva, die aus Neugierde und Übermut einen verbotenen Apfel vom Baum gepflückt hatte, mussten wir alle in diesem irdischen Jammertal leben, schuften, frieren, hungern und darben. Manchmal hatte ich schon einen ziemlichen Zorn auf diese Eva. Warum hat der eigentlich niemand den Apfel aus der Hand geschlagen und ihr ordentlich mit dem Schürhaken den Hintern verdroschen? Dann wäre uns viel erspart geblieben.

Meinen Vater haben wir damals bestürmt, doch auch zu Hause so ein Weihnachten zu feiern: »Nur ein kleines bisschen feierlich, bitte, bitte, lieber Vater! Nur eine Kerze oder zwei, und vielleicht ein Lied, ein paar Holzfigürchen und einen Baum, bitte, Vater, einen Baum!«

»Ihr seht wohl den Wald vor lauter Bäumen nicht!«

»Und Kekse, Mutter, bitte, nur ein paar kleine selbst ge-
backene Kekse!«

»Woher soll ich denn das Geld für die Zutaten nehmen?
Butter und Eier könnten wir uns ja noch vom Munde absparen, aber wisst ihr, was Mehl, Zucker und Backpulver kosten?«

Nein. Wir wussten nur, dass andere Kinder das alles hatten
und wir nicht.

Der Vater hockte in seinem blauen Fabrikdrillich erschöpft
am Tisch. Doch als er unsere Kostbarkeiten bestaunte, kam so
etwas wie Leben in das versteinerte Gesicht. Seine abgearbeite-
ten, verschwielten Hände drehten die Figürchen hin und her,
und sein Blick ging in die Ferne. Ein Jahr später trauten wir
Kinder unseren Augen kaum: In der Stube hing ein winziges
Tannenbäumchen von der Decke, und darunter stand eine alte
Apfelsinenkiste, die er eigenhändig zum Stall umfunktioniert
hatte. Drei selbst geschnitzte Holzpüppchen stellten Maria,
Josef und das Jesuskind dar. Wir konnten es nicht fassen, dass
das Christkind auch zu uns in die Arme-Leute-Siedlung gekommen war, ins vorletzte Haus des vergessenen Tales. Wir
knieten staunend und betend davor. Nach Weihnachten war
die ganze Pracht wie von Zauberhand wieder verschwunden,
aber zuverlässig zum vierundzwanzigsten Dezember tauchte
sie jedes Jahr wieder auf. Und jedes Mal hatte das Wunder
noch an Pracht dazugewonnen: Da waren noch mehr Püpp-
chen, die Hirten darstellten, da hatte das Jesuskind ein Bett-
chen aus Stroh, eine winzige Decke. Maria war nun in ein
blaues Gewand gekleidet, Josef rauchte Pfeife, aus Kastanien
waren Schäfchen geworden, und an den Apfelsinenkisten-
wänden klebten Tapetenreste. Sogar eine Küche mit Öfchen,
Pfännchen, Töpfchen und Schüsselchen war vorhanden! Nun
konnten wir dem Jesuskind mit Brotkrümeln und Wasser ein

Süppchen kochen. Dass mein Vater auch weiche Züge besaß, hat er nicht nur mit dieser Krippe bewiesen.

Als ich in die zweite Klasse ging, hatte uns die Lehrerin als Hausaufgabe gegeben, einen Eulenspiegel aus Buntpapierstückchen zu kleben. Natürlich hätten wir das auch aus alten Zeitungen machen können. Im Plumpsklo auf dem Hof gab es genug davon. Man konnte aber auch dieses wunderbare Lack- und Buntpapier kaufen, für 20 Pfennige ein Heft mit sechs verschiedenfarbigen Blättern. Hinten Spucke drauf, und die Papierfitzelchen klebten dort, wo man sie haben wollte. Ich wollte, wollte, wollte einmal auch haben, was die anderen Kinder hatten!

Deshalb schlich ich nach der Schule in die Küche und zog mit zitternden Fingern die Schublade auf, in der mein Vater seine Kupfermünzen für sein wöchentliches Bier aufbewahrte. Ein einziges Bier gönnte er sich, am Samstagabend in der Dorfkneipe, in der er immer abseitssaß, weil er nicht dazugehörte, aber wo man ihn immerhin duldete. Auf dieses eine Bier freute er sich die ganze Woche.

Mich hastig umschauend stellte ich sicher, dass die Mutter gerade im Stall beschäftigt und der Vater noch nicht von der Fabrik zurück war. Dann nahm ich die Pfennigmünzen in meine schmutzige kleine Kinderhand und rannte so schnell mich meine Beinchen trugen zurück ins Dorf. Im dortigen Schreibwarenladen erstand ich ebenfalls so ein wunderbares Buntpapierheftchen. Ich würde den schönsten Till Eulenspiegel der ganzen Klasse kleben, aus Hunderten von sorgfältig ausgerissenen Papierfitzelchen, in allen Farben des Orients! Das würde mir endlich einen Zweier einbringen, das Lächeln der Lehrerin, und vielleicht sogar ein Lob der Mutter!

Aufgeregt kam ich ein zweites Mal heim, der Vater beugte

sich schon über die Suppe, brockte altes Brot hinein und schlürfte sie anschließend in sich hinein. Arglos zeigte ich ihm das Buntpapierheftchen, blätterte stolz die sechs verschiedenen Farben vor ihm auf: Gelb, Orange, Rot, Grün, Blau und Schwarz. Vielleicht würde sogar noch etwas übrig bleiben, als Tapete für die Weihnachtskrippe!

Vaters Blick wurde starr, und der hölzerne Suppenlöffel fiel auf den Tisch.

»Wo hast du das Geld dafür her?«

Die Mutter, die am Herd hantierte, drehte sich entsetzt um, und ihr entfuhr ein ungläubiges Schnauben. Sie wischte sich die Hände an der Kittelschürze ab und griff nach dem Kochlöffel.

Mit einem Mal wurde mir kläglich bewusst, dass ich etwas Unrechtes getan hatte. Ich hatte gestohlen!

Dafür würde es jetzt eine fürchterliche Tracht Prügel geben. Doch ich war mehr als nur bereit, die verdiente Strafe über mich ergehen zu lassen, Hauptsache, ich durfte das bunte Heftchen behalten!

»Aus der Küchenschublade«, sagte ich tapfer und versteckte das Heft schützend hinter meinem Rücken. Sollte er mich ruhig schlagen, aber das Buntpapier durfte dabei nicht beschädigt werden!

Zu meiner Überraschung schlug mich Vater jedoch nicht. Seine Augen füllten sich mit Tränen, als er sagte: »Schau, Kleines, zwanzig Pfennig sind für unsereinen eine Menge Geld! Weißt du, wie viel ich pro Stunde in der Fabrik bekomme?«

Ich schluckte. »Sechs Pfennig«, sagte ich mit belegter Stimme und drohte mich auf einmal an dem Heftchen zu verbrennen.

»Wie viele Stunden muss ich also für dein Heftchen arbeiten?«

»Zwei?«

»Fast vier«, sagte der Vater. Er nahm meine Hände und sah mich eindringlich an. »Und schau mal, wie verfallen unser Häuschen ist. Die Tür schließt nicht mehr richtig, beim Fenster fehlt eine Scheibe, und der kalte Wind pfeift herein, die Stiege ist morsch, der Putz im Schlafzimmer rieselt aufs Bett, und die Mama hat seit fünf Jahren immer nur denselben Kittel an.«

Meine Mutter wandte sich abrupt ab und ich sah, wie sie sich über dem Suppentopf die Augen wischte.

»Was willst du jetzt mit dem Heftchen machen?«

Meine Finger ließen das ersehnte Heft los, und es fiel auf das fleckige Wachstuch neben die Brotbrocken und die Suppe.

»Vorsicht!«, sagte der Vater, und ein winziges Lächeln erhellte seine Züge. »Wenn es schmutzig wird, nimmt es die Verkäuferin nicht mehr zurück.«

Meine Eltern weinten beide, als ich das Heftchen vorsichtig an mich nahm, es unter meine Schürze steckte und mich erneut barfuß auf den Weg ins Dorf machte.

Ich rannte wie von der Tarantel gestochen zum Laden und war unendlich erleichtert, als die Verkäuferin es mir wieder abnahm. Eine Stunde später lagen die Kupferpfennige wieder in der Schublade.

Noch am selben Abend brachte mir der Vater zum Trost alte Pappe aus der Fabrik mit. Die zerrissen wir gemeinsam und klebten damit einen graubraunen Eulenspiegel zusammen. Seine mageren Hände arbeiteten gewissenhaft. Die Mutter spendierte etwas Sirup als Klebstoff. Sie putzte sich mit dem Kittelzipfel die Nase, weil ihr bei unserem Anblick die Tränen kamen. »Sind doch Kinder, Gottlieb«, sagte sie, während sie sich abwandte. »Sind doch Kinder!«

Am nächsten Abend brachte der Vater einen alten Karton mit, den wir mit ein paar Kohlestrichen zu einem Mühle-Spielbrett umfunktionierten. Meine Mutter stellte uns aus hellen und dunklen Knöpfen die nötigen Spielfiguren zusammen, und dann spielten wir Mühle. Der Vater saß geduldig auf seinem Schemel und zeigte uns die Spielzüge. Als ich zum ersten Mal durch Zufall eine Mühle zusammenbrachte, riss ich jubelnd die Arme hoch, schnappte meinem Vater einen Knopf weg, und er lachte zahnlos. »Sind doch Kinder«, sagte er zu meiner Mutter Karoline, die am Herd stand.

An diesem Samstag kaufte sich der Vater kein Bier, sondern meiner Schwester und mir am Sonntag nach der Messe je eine Kugel Eis. Es war das erste Eis meines Lebens.

5

»Na, wie war die Wanderung?«

Erwartungsvoll hielt ich der Gruppe, die gerade durchgefroren über den Garten hereinkam, die große Tür des Wintergartens auf. Natürlich hatte ich wieder rauchend in meinem Glaskasten gehockt und die Minuten gezählt, bis es endlich Mittagszeit war.

Mein Herz begann sofort zu klopfen, als ich Jürgen Bruns sah, der so ziemlich als Letzter eintrudelte. Er schien sich angeregt mit der blassen blonden Angelika, einer eher stillen Mitpatientin zu unterhalten, die fürchterlichen Stress mit ihrem Mann hatte. Während dieser Kur wollte sie über eine eventuelle Scheidung nachdenken. Sofort spürte ich einen schmerzhaften Stich.

»Oh, es war klasse, wir haben einen Schneemann gebaut und eine wilde Schneeballschlacht gemacht.« Lachend klopften sich die Spaziergänger den Matsch von den Schuhen. »Schade, dass du nicht dabei warst, Gerti.«

»Du wärst erfroren vor Kälte!«

Der laute Georg konnte es nicht lassen, mich ständig vor den anderen anzubaggern. »Dich hätte ich gern mal eingeseift ...« Grinsend verpasste er mir einen Knuff und ging händereibend Richtung Speisesaal: »Das riecht ja verdammt lecker, was gibt es denn ...?«

Meine Augen suchten die von Jürgen Bruns, und als er meinen Blick erwiderte, wusste ich, dass ich mir wegen Angelika keine Sorgen zu machen brauchte.

»Wir haben Sie vermisst«, sagte er leise und streifte wie zufällig meine Schulter, als er sich bückte, um seine Schuhe auszuziehen.

»Ich Sie auch«, hörte ich mich antworten. Sofort wurde ich wieder rot. Tatsächlich hatte ich in seiner Abwesenheit gefühlte zwanzig Zigaretten geraucht und die Sekunden gezählt, bis er wiederkam.

»Ich bin schon mal im Speisesaal. Soll ich euch einen Platz frei halten?« Angelika schien auch wieder richtig Appetit zu haben.

»Ja, warum nicht?« Fragend sah ich Jürgen Bruns an. »Gehen Sie essen?« Ich selbst hatte das eigentlich gar nicht vorgehabt. Ich bekam einfach nichts runter.

»Also wenn ich neben Ihnen sitzen darf?«

»Ja, klar, also, ähm … gern!« Ich stammelte wie eine Dreizehnjährige. Was war nur mit mir los? Allein schon beim Gedanken an Schweinefleisch mit Sahnesauce, Kartoffeln und Möhren drehte sich mir der Magen um. Aber man konnte ja mal eine Ausnahme machen.

»Gibt es hier eine feste Sitzordnung?« Jürgen Bruns lief erwartungsvoll neben mir her.

»Ja, aber die kann man ändern.«

»Ich bitte darum. Aber zu meinen Gunsten! Ich gehe nur noch kurz Hände waschen. Und Ihr Weihnachtsgeschenk hole ich dann nach dem Essen ab!«

Er hatte es also nicht vergessen. Er suchte wirklich nach einem Grund, mich noch mal auf meinem Zimmer zu besuchen!

Mein Herz tanzte Tango, als ich mich an den Tisch setzte, als hätte ich einen Bärenhunger. Unschuldig schaute ich in die Runde.

»Du, Gerti, der hat ein Auge auf dich geworfen«, sagte Angelika lächelnd, als sie mir den Brotkorb reichte. »Und gute Manieren hat der! Wahrscheinlich pinkelt der sogar im Sitzen! – Butter?«

Butter und Sahne haben wir damals auch selbst gemacht, nach dem Krieg. Von der Milch, die unsere Liesel hergab, mussten wir den größten Teil an einer Sammelstelle abliefern. Wer das nicht tat, riskierte Kopf und Kragen. Aus dem bisschen, das wir selbst behalten durften, machte meine Mutter Sahne, und wir mussten ihr dabei wie immer helfen. Das war sogar spannend: Unsere Zentrifuge wurde von Hand bedient. Man drehte an einer Kurbel, und die Milch schlug Blasen, bis dicke klumpige Sahne aus der einen Zentrifugenform quoll und entrahmte Milch aus der anderen. Davon wurde Buttermilch gemacht. Die klebrigen Sahnebrocken sammelte unsere Mutter in einem Steinkrug, der so lange stehen blieb, bis sie angedickt war und Mutter davon Butter machen konnte. Auch das war wieder eine langwierige Kurbelarbeit, und als Butter konnte man das Ergebnis dieser Bemühungen letztlich nicht verwenden. Das Ganze war ja so ranzig! Aber es diente der Mutter als Koch- und Bratfett.

Manchmal verirrten sich Flüchtlinge in unser abgelegenes Tal, in unsere Siedlung der Ausgestoßenen. Dann stellte ich fest, dass es noch schlimmere Armut gab. Ihre Augen waren groß und glasig, ihre ausgezehrten Gesichter apathisch und leer. Sie sahen aus wie der leibhaftige Tod. Wir Kinder fürchteten uns und versteckten uns unter der Stiege, wenn sie bei uns bettelten. Die Mutter gab ihnen immer etwas, eine halbe Tasse Malzkaffee, einen Brocken Brot, einen Schöpfer wässriger Suppe, einen Klumpen Fett. Bei den reichen Bauern hätten sie nichts bekommen, berichteten sie. Alle hätten ihnen die Tür vor der Nase zugeschlagen, der letzte hätte ihnen höhnisch den Weg in die Arme-Leute-Siedlung gewiesen: »Sechs Kilometer bergauf, immer am Fluss entlang. Da wohnen euresgleichen, zu denen könnt ihr euch gesellen.«

Nie haben die Landwirte mit den großen Bauernhöfen weiter unten im Tal mit irgendwas ausgeholfen. Im Gegenteil, wir mussten noch denen aushelfen, auf ihren Feldern, damit wir Linsen und Ähren lesen durften. Dabei fand meine Mutter einmal eine Feige, die vor Ameisen nur so wimmelte. Die hat sie an der Kittelschürze abgewischt und dann zwischen Sieglinde und mir geteilt. Wir Kinder haben uns darauf gestürzt und mit geschlossenen Augen den süßen Geschmack genossen. Zucker war ja Mangelware, etwas Süßes gab es bei uns nicht.

Meine Schwester Sieglinde hatte eine Schulfreundin, Renate, deren Eltern reiche Bauern waren. Wenn sie sich manchmal von der Arbeit davonstahl und zum Spielen zu Renate lief, schlich ich hinterher, denn diese Leute hatten jeden Tag frisch gebackenen Kuchen und Platten voll belegter Butterbrote auf dem Tisch. Dann wartete ich stundenlang am Gartenzaun vor ihrem mit Silbertannen umfriedeten Grundstück und warf begehrliche Blicke auf den Gartentisch, auf dem sich Bleche mit frischem Pflaumenkuchen bogen. Ich sah Renate und Sieglinde am Tisch sitzen und mit Puppen spielen, sie fütterten sie mit Kuchenkrümeln und flößten ihren porzellanenen Mündern Kakao ein. Der Hund bekam schließlich, was die Puppen nicht schluckten.

Der Hunger rumorte in meinen Eingeweiden, und schwarze

Punkte tanzten vor meinen Augen. Einmal sackte ich einfach vor ihrem Gartentor zusammen. Als Renates Eltern mich Elendshäufchen sahen, schickten sie auch Sieglinde fort. Wir sollten heimgehen, hier gäbe es nichts zu erbetteln. Die Dorfkrankenschwester, die zufällig an diesem Tag in der Nähe war, wurde von den Bauersleuten zur Beruhigung ihres Gewissens gerufen. Sie waren schließlich anständige Christen, die sich nichts zuschulden kommen ließen. Sie nahm mich an die Hand und brachte mich zu meinen Eltern zurück. Obwohl ich inzwischen sieben oder acht war, sah ich aus wie eine Vierjährige. Die Krankenschwester erklärte meinen Eltern, dass dies ein Zeichen chronischer Unterernährung sei, und verordnete mir zwei Wochen Bettruhe und Aufbaukost.

Daraufhin bot mein Vater den reichen Bauern seine Dienste an, um Essen für mich zu organisieren. Er wollte nichts geschenkt haben, er wollte dafür arbeiten.

Sie schickten ihn auf die Felder und in ihre Ställe und Scheunen zum Rattenfangen. Ja, mein Vater hat für mich Ratten gefangen. Sonst wäre ich wahrscheinlich verhungert. Für jeden Schwanz zwanzig Pfennig, das war der Deal. Mein Vater kroch auf allen vieren im Dreck herum und fing die Ratten mit bloßen Händen. Als er das nötige Geld zusammenhatte, kaufte er beim Schrotthändler Mäusefallen und stellte sie bei den reichen Bauern auf.

Nach einigen Hundert toten Ratten bekam mein Vater das für mich so wichtige Essen.

Ich durfte zwei Wochen lang zurück in mein grün gestrichenes Gitterbett, zurück auf meinen Strohsack, und wurde einer Art Gänsemast unterzogen: nicht bewegen, nicht laufen und nichts tragen, dafür dreimal täglich etwas essen. Der Vater legte ein Holzbrett über die Gitterstäbe, das war mein Tablett.

Täglich bekam ich ein Glas Saft. Zwei ganze Wochen lang. Anschließend war die paradiesische Zeit vorbei, und der Vater fing keine Ratten mehr.

Sieglinde wurde von Renate nie wieder eingeladen, und zuerst war sie sehr böse auf mich, aber dann sah sie ein, dass ich nichts dafür konnte. Unsere Namen wurden mit Zorn und Verachtung erwähnt, wir waren die Bettelkinder aus der Steinbruchsiedlung, kein Umgang für die Bauernkinder. Statt eines Schulbrots steckte uns unsere Mutter eine Handvoll getrockneter Schlehen in die Schürzentasche. Warfen wir in der Pause einen hungrigen Blick auf das dick belegte Wurstbrot eines Bauernkindes, wandte sich dieses verächtlich ab: Zigeunerkind, Bettelkind, Hungerleidermädchen.

Sonntags auf dem Weg zur Kirche holten wir immer Oma Bärbel ab, eine alte, zahnlose Frau aus der Nachbarschaft. Sie war schon fast blind und hätte den Weg allein nicht geschafft. Eines Tages, wir gingen gerade zur Ostermesse, fiel mir etwas Ungewöhnliches an Oma Bärbel auf.

»Warum ist dein Gesangbuch heute so dick, Oma Bärbel?« Neugierig schaute ich auf das abgegriffene, in Kunstleder eingebundene Gebetbuch, das sich heute so merkwürdig wölbte. Vielleicht hatte sie ein Butterbrot für uns dabei? Oder ein Osterei?

Die Oma klappte das Gebetbuch auf, und wir schreckten entsetzt zurück: Das Gebiss von Opa Willi, ihrem Mann, grinste uns daraus entgegen. Es lag zwischen »Herr, wir kommen schuldbeladen« und »Großer Gott, wir loben dich«.

»Warum nimmst du Opa Willis Zähne mit in die Kirche?«

»Damit er nicht ohne mich den Sonntagsbraten isst.«

Auch unsere Mutter hatte heute einen Braten für uns gemacht, aus einem unserer Zicklein, das der Vater gestern geschlachtet hatte. Das jämmerliche Schreien des kleinen Tieres hatte ich noch nicht vergessen. Es war eines meiner wenigen Spielgefährten gewesen. Aber an Ostern durfte und musste man einen Braten essen, das war sozusagen Christenpflicht, denn gefastet hatten wir seit Aschermittwoch genug. In der Kirche saß ich dann zwischen den anderen Mädchen auf den lehnenlosen Kinderbänken, links die Mädchen, rechts die Buben, und erzählte den anderen von Opa Willis Gebiss im Gebetbuch, bis die ganze Bankreihe verstohlen anfing zu kichern. Endlich, endlich stand ich einmal im Mittelpunkt, ich hatte einen Treffer gelandet, und ein unglaubliches Glücksgefühl stärkte mir den Rücken. Es war gerade Wandlung, und ein Messdiener schlug feierlich den Gong.

»Ping!«, machte ich in meinem Übermut, und die ganze Bankreihe schüttete sich vor Lachen. Das blieb nicht ohne Folgen. Statt des österlichen Sonntagsbratens gab es fürchterliche Schläge von meiner Mutter. »Wenn du mir noch einmal solche Schande machst, erschlage ich dich!«

»Ich habe es nicht mit Absicht gemacht, es tut mir leid, ich will es nicht wieder tun!«

Der Vater hockte auf seinem Schemel und hatte die Hände vor das Gesicht geschlagen. Für wen hatte er denn wochenlang Ratten gefangen, sich vor den feinen Bauern in den Staub geworfen? Und nun war ich schon wieder so übermütig, dass ich ihm Schande machte, am heiligen Osterfest, ausgerechnet vor diesen hochmütigen Leuten, die schon immer gewusst hatten, dass wir zu nichts nütze waren! Ein Schlag nach dem anderen sauste auf mein blankes Hinterteil nieder, bis irgendwann die Haut aufplatzte, und ich spürte, wie mir das Blut über meine Schenkel rann.

Sieglinde hockte angsterfüllt auf der Ofenbank. Bei jedem

Schlag zuckte sie wimmernd zusammen, bis oben plötzlich die knarrende Holztür aufging, und die Tante, mit der wir nicht sprechen durften, bleich und gespenstisch im Gegenlicht der Dachluke stand und spottete: »Ja, so ist es recht, Karoline, schlag deine Kleine doch tot, dann bist du sie los!« Dann zeigte sie mit ihrem mageren Finger auf meinen Vater, ihren Bruder: »Aber dafür hättest du sie nicht zwei Wochen lang mästen müssen!«

»Ach, verschwinde in deine Kammer, in meine Erziehung lasse ich mir nicht reinreden!«

Meine Mutter warf einen Teller nach ihr, der klirrend auf der Stiege zersprang.

Sie schlägt dich ja nicht zum Spaß, sagte ich mir. Sie schlägt dich, damit ein besserer Mensch aus dir wird. Du hast es verdient, du hast die heilige Ostermesse gestört. Gott ist traurig, dass es solche Kinder wie mich gibt, ich bin kein bisschen besser als die übermütige Eva aus dem Paradies, und er weiß genau, warum er uns immer hungern lässt.

Bald hatte ich gelernt, dass jedes Gefühl, glücklich, übermütig und ausgelassen zu sein, ein Grund war, geschlagen zu werden.

Als ich eines Tages von der Schule nach Hause kam, drehte sich die Mutter zu mir um. »Wir haben Besuch. Oben im Heu, ein armer Köter. Ich habe versucht, den Strick abzumachen, der um seinen Hals geknotet ist, aber das Viech fletscht die Zähne und knurrt mich an. Bevor ich ihn in die Suppe tu … Kannst ja mal nach ihm schauen!«

Mit fliegenden Beinen kletterte ich die Stiege hinauf. Ganz hinten lag ein struppiger brauner Hund im Stroh. Seine Augen waren stumpf, und sein Schwanz schlug zaghaft auf den

Boden, als er mich kleines Kind sah. Ich verscheuchte vorsichtig die Fliegen, die seine verklebten Augen umschwirrten, und redete mit meinem hohen Kinderstimmchen auf das geschundene Tier ein: »Hallo, du! Wo kommst du denn her? Bist du zu uns gelaufen, damit wir dir helfen, ja? Und wir wollen dir auch helfen, wenn du uns nur lässt!« Vorsichtig tastete ich nach dem Strick um seinen Hals, zuckte aber zurück, als er knurrend die Lefzen hob und die Zähne fletschte. Hastig kletterte ich über die Hühnerleiter zurück in die Küche, erbettelte mir drei kleine Kartoffeln und eine Schere. Leise sprach ich mit dem Tier, stellte ihm den Napf mit den Kartoffeln hin und wartete, bis es diese Delikatesse heißhungrig verschlungen hatte. Dann näherte ich mich erneut und schaffte es, den Strick durchzuschneiden. Der Hund leckte mir dankbar die Hand, während ich die Schnur ganz langsam aus seinem wunden, blutverkrusteten Fleisch zog. Er winselte, aber mit unendlicher Geduld gelang es mir, sein Vertrauen zu gewinnen. Schon bald legte er mir seine feuchte Schnauze in den Schoß, wobei er mich unverwandt dankbar ansah.

Es war Liebe auf den ersten Blick.

Als der Vater aus der Fabrik heimkam, hatte ich entsetzliche Angst, er könnte meinen neuen Freund vertreiben, mich schimpfen oder schlagen. Am schlimmsten wäre es gewesen, er hätte den Hund geschlagen. Aber er hatte Mitleid mit dem Hund, und ich durfte ihn behalten. Er wurde mein Mäx, mein treuer Begleiter, und hat noch so manches Kinderabenteuer mit mir durchgestanden.

Anders verlief die Sache mit dem Kätzchen. Beim Versuch, frisches Trinkwasser für Mäx aus dem Graben im Garten in eine verrostete Blechbüchse zu schaufeln, schnitt ich mir am scharfkantigen Deckel das letzte Glied des rechten Mittelfingers ab. Das Blut spritzte, und mir wurde schlecht, als ich die Fingerkuppe im Wassergraben davonschwimmen sah. Kopflos wie ein Huhn rannte ich panisch zu Oma Bärbel und brach schreiend vor ihrer Haustür zusammen.

Sie verband mir den Finger fest mit Mull, und fasziniert sah ich zu, wie das Blut den Verbandsstoff braun färbte. Um mich von meinen Schmerzen abzulenken, führte sie mich in den Stall, wo fünf junge Kätzchen im Heu lagen. Die Mutter leckte ihre Jungen sauber, und Oma Bärbel sagte:

»Zum Trost für deinen verlorenen Finger darfst du dir jetzt eines aussuchen.«

Ich drehte mich überwältigt zu ihr um, der Schmerz war vergessen. »Wirklich, Oma Bärbel?«

»Na ja, einen Liter Milch hätte ich gern dafür. Ihr habt doch eure Kuh Liesel.«

»Und ich darf es wirklich behalten?«

»Wie ich schon sagte: Einen Liter Milch im Tausch gegen das schönste Kätzchen.«

Ich brauchte lange, bis ich mich für ein Weißes mit grauen Flecken entschieden hatte. Es gab überraschend hohe Piepstöne von sich, und seine winzigen Pfoten krallten sich an meine Brust, während ich es wie eine Kostbarkeit zu unserem Haus hinuntertrug. Die Mutter war inzwischen vom Feld zurück und fegte mit einem Besen die Stube.

»Was hast du denn mit deinem Finger gemacht?«

»Och, das ist nicht weiter schlimm.«

»Und was soll das Katzenvieh? Hast du mit dem Köter noch nicht genug?«

»Oh, Mutter, stell dir vor, Oma Bärbel hat es mir geschenkt!« Meine Augen strahlten, und in meiner Stimme lag ein Flehen.

»Geschenkt?«, fragte die Mutter gedehnt und stützte sich auf ihren Besen. »Oma Bärbel und geschenkt?«

»Na ja, sie will nur eine winzige Kleinigkeit dafür, nur einen Liter Milch …«

»Einen LITER. So!« Die Mutter lehnte resolut den Besen an die Wand, setzte sich auf ihren Hocker und zog mich auf ihren Schoß. »Weißt du, wie viel ein LITER ist?!«

Ich zeigte mit dem Daumen und dem verstümmelten Finger eine bechergroße Menge an. »So viel …?«

»Das ist noch nicht mal ein Viertelliter.« Die Mutter stieß ein Seufzen aus, das sich nicht gerade vielversprechend anhörte. »Viermal so viel, und dann noch mehr.« Sie nahm Vaters Blechtasse aus dem Holzregal und stellte sie mit Schwung auf den Tisch. »Viermal diese Tasse und zwar randvoll. Das ist ein Liter.« Sie stellte ihren Kaffeebecher, den von Sieglinde und meine Blechtasse nebeneinander.

Meine Augen wurden groß und rund. Das war allerdings viel Milch. Mehr als die ganze Familie innerhalb einer Woche zu trinken bekam.

Oma Bärbel war aber auch maßlos!

An meine Brust gedrückt hielt ich das maunzende Kätzchen, das ich auf keinen Fall wieder hergeben würde.

»Es hat auch schon einen Namen!«, piepste ich übereifrig. »Es heißt Lilli!«

»Und deine Lilli braucht zusätzlich Milch«, sagte die Mutter kopfschüttelnd. »Das ist ausgeschlossen.«

»Aber bitte, Mutter, sie ist doch so süß, und ich weine auch gar nicht wegen meinem Finger …«

»An deinem Finger bist du selbst schuld«, setzte die Mutter ungnädig nach, räumte die Tassen wieder ins Regal und stand so rüde auf, dass ich von ihrem Schoß purzelte. Das Katzenbaby bohrte seine Krallen in meine Haut. »Du kannst froh sein, dass ich dir keine Tracht Prügel verpasse.«

Ja, das war so in meiner Kindheit. Hatte man sich verletzt, bekam man noch Schläge obendrein.

»Darf ich Vater fragen, wenn er nach Hause kommt?«

Vater hatte mir schließlich auch Mäx erlaubt.

»Fürs Erste bringst du das Katzenvieh in den Stall zu Mäx. Der Vater soll es nicht sofort sehen. Ich glaube nicht, dass er auf Oma Bärbels Bedingungen eingehen wird. – Und du gehst jetzt sofort ab ins Bett, marsch, ich will kein Wort mehr hören.«

Niedergeschlagen schlich ich in meine Kammer und betete zum lieben Gott, dass der Vater mir das Kätzchen erlauben würde.

Als ich am nächsten Morgen hoffnungsvoll in die Küche kam, hörte ich ein merkwürdiges Klatschen aus dem Stall nebenan.

»Was macht der Vater?«, schrie ich panisch. Wen schlug er? Sieglinde? Mäx?

Die Mutter zuckte die Schultern. »Ich habe es dir doch gesagt! Ein Liter! Die Alte hat sie ja wohl nicht alle!« Sie schlug sich mit der flachen Hand an die Stirn und knallte mir meinen Malzkaffee hin. »Da, trink, und dann ab in die Schule!«

Plötzlich pochte mein Finger wie eine tickende Zeitbombe. Die Hoffnung auf das Kätzchen hatte meinen Schmerz ausgeblendet. Halb wahnsinnig vor Angst stolperte ich in den Stall. Dort stand breitbeinig mein Vater und schlug das kleine Kätzchen wiederholt gegen die Wand.

»Halt! Vater! Was machst du da! Du schlägst es ja tot!« Ich schrie und kreischte, aber er führte sein Werk fort wie jemand, der gewissenhaft einen Teppich ausklopft. »Mutter! So hilf mir doch! Er tut Lilli weh!« Gelähmt vor Schmerz spürte ich, wie ein lauwarmer Strahl an meinen Strümpfen herunterrann.

Meine Blase entleerte sich, und ich stand in einer Urinlache.

Vater ließ das tote Kätzchen fallen und verschwand durch die Stalltür nach draußen.

Er war schwerhörig, auch für die Gefühle seines Kindes. Mäx schnupperte an dem toten Tier. Vielleicht wollte er es fressen, er hatte ja sonst nichts! Ich wollte hineilen und es aufheben, aber meine Mutter riss mich von hinten an den Haaren.

»Dass du dich unterstehst, hier in die Gegend zu pinkeln!« Wimmernd versuchte ich, mich loszureißen.

»Was habe ich dir gesagt?«, schrie die Mutter und schlug mir mit der flachen Hand ins Gesicht. »Ich habe dir doch gesagt, dass du das Kätzchen nicht behalten kannst. Oma Bärbel ist eine unverschämte Person, und der Vater hat nur getan, was ich ihm aufgetragen habe! Und zur Strafe gehst du jetzt mit der vollgepinkelten Hose in die Schule! Aber dalli! Und wenn ich hören muss, dass du zu spät gekommen bist, setzt es heute Abend was mit dem Riemen! – Los, ab, aber sofort!«

Ich rannte laut schluchzend in meinen nassen, stinkenden Sachen in die Schule, mitsamt meinem pochenden, blutenden Finger, dessen Kuppe irgendwo in der Glatt schwamm, und wäre am liebsten genauso tot gewesen wie das Kätzchen.

Aber als ich von Schluchzern geschüttelt in die Schule kam, hatte niemand Mitleid mit mir, weder die Lehrerin noch die Kinder. Sie zeigten lachend auf mich und wandten sich angewidert ab. »Gerti-in-die-Hose-Macher, Gerti-in-die-Hose-Macher«, höhnten ihre schrillen Kinderstimmen im Chor. Ich sank auf meinen Schemel und duckte mich, bis ich glaubte, unsichtbar zu sein. Dann träumte ich mich fort.

6

»Hallo, Gerti? Sie träumen ja!«

»Oh, ja, ähm was … Entschuldigung, ich habe Sie gar nicht kommen hören.« Schnell setzte ich mich in meinem Liegestuhl auf. Tatsächlich hatte ich nach einer Massage im Ruheraum unter einer flauschigen Wolldecke meinen Tagträumen nachgehangen. Ich sollte mich wenig bewegen und viel ruhen, so Herr Professor Lenz, und gleichzeitig so viele Kalorien zu mir nehmen wie möglich. Hätte ich fünfzig Kilo erreicht, dürfte ich an den Spaziergängen der anderen teilnehmen.

»Haben Sie wenigstens was Schönes geträumt?« Jürgen Bruns ging vorsichtig neben mir in die Hocke und zupfte fast zärtlich an den Fransen meiner Wolldecke.

»Ich … ich weiß gar nicht … Nein, ich glaube nichts Schönes.«

»Dabei ist doch nächste Woche Weihnachten! Ihr Gesteck steht übrigens auf meinem Nachttisch. Sobald das große Licht gelöscht ist, zünde ich immer noch für ein Viertelstündchen die rote Kerze an.«

Jürgen Bruns sah mich lächelnd an.

»Nur ein Viertelstündchen?« Ich griff nach dem Glas Wasser neben mir, weil ich einen ganz trockenen Mund hatte.

»Ja, denn wenn ich sie länger brennen lasse, ist sie bald abgebrannt. Und das passt ja irgendwie nicht zu dem Stand unserer Beziehung …« Er sah amüsiert zu, wie ich gierig trank. Wahrscheinlich schüttete ich mir die Hälfte davon auf meinen rosa Plüschanzug, den ich hier auf Kur trug. Ich sah bestimmt aus wie ein verkleckertes Kleinkind. Mich wunderte, dass Jürgen Bruns überhaupt Interesse an mir hatte. Meine streichholzkurzen pechschwarzen Haare und meine knabenhafte Figur – was reizte ihn an mir?

»Aber wir haben doch keine Beziehung …« Hastig stellte ich das Glas wieder ab und ärgerte mich, dass meine Finger dabei zitterten.

»Nein, natürlich nicht.« Jürgen faltete die Hände und ließ sie unter seinem Kinn ruhen. Er sah mich abwartend, ja fast bittend an. »Was machen Sie denn an Weihnachten?«

»Ich? Nix! Also ich meine, ich fahre nicht nach St. Moritz zum Skifahren oder so …«

Er wirkte überrascht. »Dürfen Sie nicht heim?«

»Nein. Unter fünfzig Kilo komm ich hier nicht wieder raus, sagt der Doc.« Mir wurde schwer ums Herz. »Das ist das erste Weihnachten, das ich nicht mit meinen Jungs verbringe.«

»Wie alt sind sie denn?« Jürgen Bruns sah mich mitfühlend an.

»Sie sind Mitte und Anfang zwanzig und feiern mit ihren Freundinnen.«

»Oh. Na ja, also ehrlich gesagt, freut mich das sehr. Das liegt dieses Jahr wohl im Trend …«

»Wie meinen Sie das?« Ich sah ihn durchdringend an.

»Mit der Freundin feiern?«

Jürgen Bruns wurde tatsächlich ein bisschen rot und zupfte verlegen an der Wolldecke. »Ich bleibe an Weihnachten nämlich auch hier.«

»Aber Sie wiegen doch mehr als fünfzig Kilo?«

Ich versuchte, meine plötzliche Freude durch Blödeleien zu vertuschen. »Wartet Ihre Frau nicht mit dem Gänsebraten auf Sie?«

»Erstens wartet weder Frau noch Gans«, konterte Jürgen Bruns. »Und zweitens habe ich mal im Schwesternzimmer einen Blick auf die Patientenliste geworfen, nur so, interessehalber.« Er starrte konzentriert auf seine Hände. »Es werden tatsächlich nur zwei Patienten über die Feiertage hier sein.«

Mein Herz machte einen nervösen Hopser, und er sah mir mit einer Intensität in die Augen, die mir die Luft zum Atmen nahm. »… Nämlich Sie und ich. Nur wir beide, und da haben wir unendlich viel Zeit, einander kennenzulernen.«

Mein Vater hatte eine Geliebte. Sonntags nach dem Mittagessen fuhr er fein gemacht in die Stadt. Er sah wirklich rührend aus in seinem zu weiten Jackett und der fleckigen Hose, die er unter der Brust mit einem Gürtel festhalten musste. In seinem viermal gewendeten Hemdkragen, seinen gestopften Strümpfen und den immer wieder neu zusammengenagelten Schuhen. Mit dem Bus fuhr er nach Freudenstadt, während meine Mutter im unförmigen Kittel weinend am vergitterten Fenster stand und ihm nachsah. Nachdem sie ihm zwei Mädchen und keinen ersehnten Sohn geboren hatte, der ihm bei der schweren Arbeit helfen, ja sein mühsam erkämpftes »Elternhaus« erben konnte, rührte mein Vater sie nie wieder an.

»Du glaubst doch nicht, dass du mich noch fesseln kannst?«, hatte ich ihn einmal sagen hören und nicht verstanden, was er damit meinte. »Da fesselt mich eine ganz andere! Die zieht wenigstens hübsche Kleider an und riecht gut!«

»Ich habe dich aus Liebe geheiratet«, hatte Mutter geschluchzt. »Aus Liebe bin ich mit dir in dieses finstere Loch am Steinbruch gezogen, weil ich mein Leben mit dir teilen wollte! Du Hungerleider! Dir macht das Hungern ja nichts aus, aber mir!« Dabei hatte sie sich mit beiden Händen an die Brust getrommelt. »Mir macht es was aus, und den Kindern!«

»Wo geht er hin, warum nimmt er mich nicht mit?« Ich stand neben der Mutter und teilte ihre Trauer, spürte, dass er ihr etwas antat, das sie ihm nicht antun konnte. Er tat etwas Verbotenes, etwas, das Spaß machte, während Mutter hier stand, das Geschirr waschen, die Stube kehren, die Tiere füttern und die Wäsche flicken musste. Sie wartete vergeblich darauf, dass jemand sie freundlich anlächelte, sie liebte und begehrte.

»So lauf ihm doch nach!« Plötzlich kam Leben in die Mutter. »Du bist doch sein Kind!«

Wenn schon nicht sie, sollte wenigstens das gemeinsame Fleisch und Blut über ihn wachen. Wenigstens an diese Verantwortung wollte sie ihn noch ketten.

Ich rannte mit klopfendem Herzen den Berg hinunter. Die Mutter hatte mir einen Auftrag erteilt, sie erachtete mich als ihre Verbündete. Am Marktplatz bestieg der Vater den Bus, und ich schrie: »Vater, wohin fährst du? Nimm mich mit, ich bin doch dein Kind!«

Der Vater zuckte zusammen, er wollte nicht auffallen. Ein schreiendes Kind, das ihm barfuß hinterherrannte, das verkraftete er nicht, das war ihm zu viel. Also durfte ich mit einsteigen, und wir saßen nebeneinander auf der Rückbank. Ich staunte, denn ich war noch nie mit dem Bus gefahren.

»Wo fahren wir hin?«

»Nach Freudenstadt, zum Zirkus.«

»Was ist das, Zirkus?«

Der Vater war verlegen, als wir ausstiegen. Die vollbusige,

wasserstoffblonde Dame mit den hochtoupierten Haaren, dem kurzen Rock und den echten Nylonstrümpfen wartete schon mit dem Moped auf ihn. Aber er nickte ihr nur kurz zu und wies mit dem Kinn auf mich. Anschließend schob er mich zum Festplatz am Rande der Stadt, wo ein Zirkuszelt stand. Ein paar versprengte Wohnwagen standen im Sand, und es roch wild und würzig nach Pferden und anderen Tieren. Ein Tanzbär wurde an einem Nasenring durch die Manege geführt, und mein Herz machte einen glücklichen Hopser nach dem anderen. Ich ließ Vaters Hand nicht los, und es war mir egal, dass er eine Geliebte hatte. Er hatte sie stehen lassen, für mich. Vielleicht hatte er mit ihr in den Zirkus gehen wollen?

Nun, da hatte sie eben Pech gehabt. Er ging mit mir. Ich war ihm mehr wert. Ein nie gekanntes Glücksgefühl erfasste mich, und ich vergaß den Auftrag der Mutter.

Wir saßen auf niedrigen Bänken in der hintersten Reihe. Anschließend kaufte er mir eine Kugel Eis und sagte, die Mutter brauche das nicht zu wissen. Das sei eine Sache nur zwischen uns beiden, ich sei jetzt sein Sohn. Das machte mich unendlich stolz. Der von ihm ersehnte Sohn war ich!

Von nun an nahm er mich überallhin mit: Dränagen legen auf den nassen Feldern, Holz machen im Wald, Igel fangen für die Bürstenbinder, Ratten fangen für die reichen Bauern – es gab dafür Geld –, überallhin, wo Männerarbeit war. Sogar am Samstagabend in die Wirtschaft, wo er dann sein Bier trank. Was mir noch heute wehtut, ist, dass meine Mutter nie irgendwo hindurfte. Sie war die Magd für Haus und Hof, ohne je einen Pfennig Geld in der Tasche zu haben.

An diesem Abend bekam ich von meiner Mutter die letzten Schläge meines Lebens.

Sie hatte mit angehaltenem Atem in der Tür gestanden und darauf gewartet, dass ich Vater bei ihr verriet, aber ich tat es nicht.

»Wo seid ihr gewesen?« Ihre Gesichtszüge waren hart und kalt, als sie merkte, dass ich umgeschwenkt war, dass ich nicht mehr ihre Verbündete war, sondern seine.

»Wer ist sie? Wie sieht sie aus, was hat sie, was ich nicht habe?«

Ich zuckte mit den Schultern, steckte die Hände in die Schürzentaschen, presste die Lippen zusammen. Ich wollte sie nicht kränken.

»Das werde ich dir nie verzeihen!«, zischte die Mutter, und ihre Augen verengten sich zu winzigen Schlitzen.

»Ich habe nichts getan!«, verteidigte ich mich. »Wir waren nur im Zirkus und haben Eis gegessen! Was ist denn daran verboten? Der Vater hatte zwei Eintrittskarten, eine für sich und eine für … mich.« Da zerrte sie mich an den Haaren ins Schlafzimmer, drückte mich mit ihrem gesamten Körpergewicht über mein altes Gitterbett und zerdrosch einen Skistock auf mir.

Die ganze Wut und Enttäuschung einer ungeliebten Frau, deren Leben eine einzige Qual war, entlud sich in einem Schwall hasserfüllter Hiebe auf meinem nackten Hinterteil. Hinzu kam, dass ich nicht zu ihr gehalten hatte, sondern zu ihm. Das verdoppelte ihren Schmerz und damit den meinen. Die Schläge zischten durch die Luft wie Peitschenhiebe, und ich konnte ein Wimmern nicht unterdrücken, obwohl ich doch Vaters Sohn war, und Söhne heulen nicht.

Erst als der Skistock zersplitterte und sie lauter heulte als ich, fiel ihre Wut von ihr ab. Schwer atmend stand sie da, während ihr dicke Tränen übers Gesicht liefen.

Ich rappelte mich auf und lief über Stock und Stein zu meinem Vater, der Nachtschicht in der Fabrik hatte. Dort zeigte ich ihm meine Striemen und Platzwunden. Zum ersten Mal war ich sicher, dass ich ihn auf meiner Seite hatte. Ich wollte Trost, vielleicht eine Umarmung, ein paar aufmunternde Worte. Ich wollte für den Rest der Nacht in seiner Nähe sein, vielleicht auf einem Pappkarton ein bisschen schlafen.

Doch die Reaktion meines Vaters verblüffte mich wieder einmal. Er ließ alles stehen und liegen, nahm mich an der Hand und rannte mit mir den ganzen Weg nach Hause. In seinen Augen stand unbändige Wut. Mit der Kraft eines Bullen zerrte er mich, die ich vor lauter Schmerzen kaum laufen konnte, über den nächtlichen Hohlweg. Zu Hause griff er zum Schürhaken und ließ ihn auf meine Mutter niedersausen. Mit Abscheu, aber auch mit seltsamem Entzücken sah ich zu. Er verdrosch sie nach Strich und Faden, dann ließ er den Schürhaken fallen, klopfte sich die Hände ab und stapfte wieder durch die Dunkelheit zurück in die Fabrik.

Das war das letzte Mal, dass ich von meiner Mutter geschlagen worden war.

Auf dem Höhepunkt dieses ganzen Elends tauchte eines Tages Tante Ella, eine ältere Schwester meines Vaters, bei uns auf. Tante Ella hatte mehr Glück gehabt als meine Mutter, sie hatte einen reichen Bäckermeister geheiratet und halb Wilhelmsweiler gehörte schon ihr. Aber was nützte ihr der Reichtum, wenn ihr einziger Sohn tot war! Mit sechzehn war er im Krieg gefallen, und Tante Ella saß mal wieder weinend bei uns am Küchentisch und rührte in ihrem Malzkaffee. Meine Mutter tätschelte ihr unbeholfen den Arm. »Ja, bei Gott, schwere Zeiten sind das, schwere Zeiten!«

»Dabei hätte der Bub die Bäckerei erben sollen!« Tante Ella legte ihr Gesicht auf die Arme und weinte hemmungslos. »Wer soll denn nun die Bäckerei erben!«

Tja, das konnten wir ihr auch nicht sagen. Wir wären schon froh gewesen, wenn sie uns nur eine Semmel oder ein halbes Brot mitgebracht hätte.

»Und dem Josef geht's auch nicht gut, gar nicht gut«, heulte Tante Ella weiter. »Der hat ja auch in den Krieg gemusst und ein Bein verloren! Wie soll er das denn ganz alleine schaffen mit der Bäckerei! Ich bin ja auch nicht mehr die Jüngste!«

Wir schauten sie betroffen an und schwiegen. Onkel Josef war reich und angesehen in Wilhelmsweiler, aber das war bestimmt nicht so viel wert wie zwei gesunde Beine.

Schließlich hob Tante Ella den Kopf und sah ihre Schwägerin Karoline entschlossen an:

»Gibst mir halt deine zwei Mädels mit, Karoline. Sie sollen es gut bei mir haben.«

Meine Mutter verstand nicht. »Wie ist das gemeint?«

»Na, hier wird sowieso nichts aus ihnen – ich würde sie adoptieren, mein Josef ist einverstanden, und am Ende erben sie die Bäckerei! Und unser großes Haus und die anderen Filialen!« Fordernd blickte sie meine Mutter an. »Also, Karoline! Was zögerst du noch! Sie können später eine gute Partie machen und einen Bäckermeister heiraten, genau wie ich!«

»Ich soll dir meine Kinder … verkaufen?«

»Nein, verkaufen nicht. Geld würde ich dir keines dafür geben. Das fehlte ja noch!«

»Aber wenn du sie adoptierst, muss ich sie ja ganz offiziell hergeben!« Alle Farbe war aus Mutters Gesicht gewichen.

»Ja, du müsstest schon mitkommen aufs Gericht, und der Gottlieb auch, und ihr müsstet beide unterschreiben, dass ihr kein Anrecht mehr auf die Kinder habt und für immer auf sie verzichtet!«

»Aber Ella, das kannst du doch nicht im Ernst von mir verlangen!« Meine Mutter konnte das Ausmaß ihres Vorschlages gar nicht begreifen. »Glaubst du wirklich, ich bleibe für den Rest meines Lebens allein hier mit dem Gottlieb, dieser tauben Nuss, und mache die ganze Arbeit mit dem Haushalt und den Viechern?«

»Na ja, Arbeit hättest du dann ja nicht mehr so viel, und zwei Mäuler weniger zu stopfen!« Tante Ella vertrat ihren Standpunkt mit der ihr eigenen Logik. Sie schnäuzte geräuschvoll in ihr Taschentuch. »Du solltest froh sein, dass ich dir deine Rotzblagen abnehme und sie durchfüttere, bis sie das Bäckerhandwerk gelernt haben!«

Sieglinde und ich hockten mucksmäuschenstill auf unserem Bänkchen unter der Stiege. Einerseits erschien mir das Angebot von Tante Ella doch gar zu verlockend: In einer Bäckerei lernen dürfen, in Wilhelmsweiler, weit weg von hier, wo wir warme Sachen bekommen würden und jede ein Bett für sich allein! Andererseits hatte ich panische Angst davor, dass meine Mutter auf diesen Kuhhandel eingehen und uns regelrecht verschenken würde. Waren wir ihr denn gar nichts wert? Ängstlich sah ich zwischen Mutter und Tante hin und her.

»Bei euch sollen meine Kinder aufwachsen? Mit dem Auto durch die Stadt kutschiert werden? Womöglich noch am Sonntag im Park spazieren gehen wie dein verwöhnter Rudi, Gott hab ihn selig?«

»Ihr könntet uns ja ab und zu besuchen«, räumte Tante Ella großzügig ein.

»Also ich denke gar nicht daran«, schnaubte meine Mutter schließlich und schlug mit der flachen Hand auf den Tisch.

»Seit zwölf Jahren ziehe ich sie groß. Ich habe ihnen jeden Handgriff eingebläut, damit sie mir helfen. Ich habe mir das Essen vom Munde abgespart und sie zur Schule geschickt, aber ganz sicher nicht, damit du sie mir wegnimmst und in der Stadt mit ihnen angeben kannst!«

Es gab ein heftiges Wortgefecht zwischen den ungleichen Schwägerinnen, das damit endete, dass Tante Ella schwer beleidigt aufstand und mit ihrem schwarzen Haarnetz über der Dauerwelle empört im Türrahmen stehen blieb. »Dann habt ihr von mir nie wieder was zu erwarten!«

»Ich bitte dich, du hast doch Beziehungen in der Stadt, du kennst doch so viele Leute, Ella. Kannst du dich nicht umhören, ob jemand von deinen Kunden ein paar gebrauchte Kinderkleider übrig hat?« Die Mutter fasste ihre Schwägerin beschwichtigend am Arm. »Sie haben wirklich nur das, was sie am Leibe tragen! Eine lange Hose oder einen Trainingsanzug, es kann auch von einem Buben sein …«

Tante Ella riss ihren Kostümärmel aus den Händen meiner Mutter. »Hast du nicht gehört, was ich gerade gesagt habe? Entweder ich nehme die Mädchen jetzt mit, oder sie verrecken in diesem Loch! Dann bleibst du mit diesen Kindern gestraft!«

Sieglinde und ich standen abwartend im Raum. Wir würden es beide nie wagen, mit der Tante zu gehen, denn die Mutter würde uns zurückprügeln.

Tante Ella zog etwas aus der Nylontasche, die an ihrem Arm baumelte. Es war ein köstlicher halber Marmorkuchen, schwarz der Schokoladenguss, cremig der Teig. Uns lief das Wasser im Mund zusammen. Sie hatte uns also doch etwas mitgebracht! Vielleicht wollte sie uns Kinder damit locken? So könnte euer Leben jetzt jeden Tag aussehen, wollt ihr es euch nicht doch noch mal überlegen?

Sie balancierte den Kuchen auf dem Handteller, um ihn dann ganz langsam, heute würde ich sagen, wie im Film, aber wir hatten noch nie einen gesehen, zu Boden fallen zu lassen. War das ein Versehen? Oder tat sie das etwa mit Absicht?

Der Kuchen landete in einer Schlammpfütze. Gackernd schossen die Hühner herbei und pickten danach, bevor das Schwein sich wonnig grunzend über den Rest hermachte.

Tante Ella sandte meiner Mutter noch einen letzten verächtlichen Blick, dann drehte sie sich auf dem Absatz um und klapperte auf ihren halbhohen Lackschuhen von dannen.

Kurz darauf bekam Onkel Josef am Backofen einen tödlichen Schlag. Er war von Holzheizung auf Elektrizität umgestellt worden. Mit seinem Krückstock war er an die gefährlichen Leitungen gekommen. Tante Ella hat daraufhin ziemlich schnell einen anderen Bäckermeister geheiratet, der bereits zwei Töchter mitbrachte. Die haben dann die Bäckereien und die Häuser in Wilhelmsweiler geerbt.

Als ich zwölf Jahre alt war und aussah wie acht, bemerkte ich an meiner Schwester Sieglinde gewisse Veränderungen. Wir teilten uns ja noch die schmale Pritsche in der Abstellkammer, sie war sechzehn und mit der Schule fertig. Seit einiger Zeit ging sie bei einem Bäcker in die Lehre, natürlich war es nicht die Großbäckerei, mit der uns die Tante vor ein paar Jahren gelockt hatte, sondern eine ärmliche kleine Backstube unten im Dorf. Um drei Uhr früh kroch sie aus unserer körperwarmen Kuhle und machte sich für den Arbeitstag fertig. Eigentlich genoss ich es immer, wenn mir die löchrige Wolldecke noch einmal für drei Stunden ganz allein gehörte. Doch diesmal hörte ich meine Schwester frühmorgens würgen, und als ich besorgt nach ihr sah, erbrach sie sich gerade in den Schweineeimer.

»Was ist denn los, Sieglinde? Bist du krank?«

»Ich weiß nicht, ich fühl mich jetzt jeden Morgen so elend ...« Sie war grün im Gesicht und spuckte Galle.

»Soll ich die Mutter wecken?«

»Untersteh dich, sie wird mich nur schlagen!«

»Hast du was Falsches gegessen?«

»Sehr witzig. Habe ich jemals was Richtiges gegessen?«

»Ich weiß nicht, du siehst in letzter Zeit fast ein bisschen dick aus ...«

Ich sank auf die Ofenbank und musterte die ungewohnte Wölbung am Bauch.

»Vielleicht hast du zu viel Brot und Kuchen genascht?«

»Dafür würde ich Schläge vom Meister kriegen! Das ist streng verboten!«

Sieglinde beugte sich schon wieder über den Eimer und kotzte sich die Seele aus dem Leib. »Erwähne bloß das Wort Kuchen nicht!«

»Aber was ist es dann?« Ratlos schaute ich meine arme Schwester an, die den Eimer draußen im Wassergraben entleerte und ihn ausspülte.

»Dass du mir bloß den Eltern nichts sagst!«

Ich versprach es natürlich, aber einige Wochen später schienen sie doch etwas von Sieglindes seltsamem Zustand zu bemerken. Ihr Bauch war nur noch runder und praller geworden, obwohl sie sich jeden Morgen erbrach, und auf einmal hörte ich meine Mutter schreien: »Wer ist der verdammte Kerl?«

»Der Geselle, Mutter, es war der Geselle!«

Sieglinde wimmerte um ihr Leben, als die Mutter den Schürhaken von der Wand riss und auf sie eindrosch. Obwohl Sieglinde schon sechzehn war, legte die Mutter sie genau wie mich früher über das Gitterbett und schlug ihr den nackten Hintern blutig. Sie tat mir so leid, denn sie war doch sowieso schon so elend und krank! Und warum war die Mutter so wütend auf den Gesellen, dass sie ihn »verdammter Kerl« nannte? Hatte er Sieglinde vielleicht doch zu viel Kuchen und Rosinenbrötchen gegeben, dass sie sich so nachhaltig den Magen verdorben hatte?

Als der Vater aus der Fabrik kam, berichtete ihm die Mutter wutschnaubend, was mit Sieglinde los war, und ich bekam so eine Ahnung davon, dass es mit ihrem Kleinod zu tun haben musste. Was das genau war, wusste ich nicht. Die Mutter schrie, was für eine unsägliche Schande das für die ganze Familie sei. »Die Leute verachten uns sowieso schon, und jetzt tust du uns das auch noch an!« Sie schrie Schimpfworte, die sie schon für Vaters Geliebte übriggehabt hatte und noch viele andere, die ich noch nie gehört hatte. Hure! Was war eine Hure? Eine Hure Heu? Aber es hieß doch Fuhre!

»Ich habe nicht gewusst, was da passiert, ich hatte keine Ahnung! Der Hansi hat mich in die Vorratskammer gezogen, er will mir was zeigen, hat er gesagt. Darin war es dunkel, und dann dachte ich, er will mich kitzeln und habe gelacht, bis er … Ich weiß nicht, es hat ja nur eine Minute gedauert. Es hat wehgetan und geblutet, und ich habe gesagt, er soll das lassen. Da hat er gelacht, und schon war es vorbei!«

»Hach Gott, sie ist so dumm, sie ist so was von stroh-dumm«, schnaubte mein Vater. »Hast du ihr denn nie etwas gesagt?«

»Glaub ja nicht, wir ziehen dir dein Bankert auch noch groß, du kannst es dir ja mit Stricknadeln selbst aus dem Leib reißen, denn das Geld für die Engelmacherin haben wir nicht!«, brüllte meine Mutter und schlug mit den Fäusten auf

Sieglinde ein. »Du niederträchtiges, undankbares triebhaftes Geschöpf. Du bist auch nicht besser als dein Vater, nicht einen Deut besser!«

Ich war völlig perplex, dass Vater Sieglinde nun nicht zu Hilfe kam und nicht seinerseits die Mutter verdrosch, so wie er es bei mir getan hatte. Im Gegenteil! Er wurde weiß vor Zorn, und seine Hände zitterten, als er seinen Gürtel mit der mächtigen Schnalle aus der Hose zog und damit ebenfalls auf die arme Sieglinde eindrosch.

»So hört doch auf, ihr schlagt sie ja tot!«, flehte ich und warf mich dazwischen. Ich hielt meine Hände schützend über sie und bekam nun selbst den Riemen und die Schnalle zu spüren.

Meine Schwester robbte unter das Ehebett meiner Eltern, wo sie sich wie ein Igel zusammenrollte. Ganz hinten an der schimmeligen, feuchten Wand blieb sie liegen, stundenlang. Erst als meine Eltern Stunden später zu Bett gegangen und eingeschlafen waren, kroch sie zerschunden und gedemütigt hervor. Die Haare hingen ihr verklebt vor dem Gesicht, als sie zur Tür humpelte und ihre Jacke vom Haken riss. In dieser Nacht ist Sieglinde von zu Hause weggelaufen. Sie gab mir noch einen Abschiedskuss. »Danke, dass du mir geholfen hast, Gerti. Ich hau ab, ich weiß nicht wohin, aber überall auf der Welt ist es besser als hier.«

Ich zog mir die Decke ans Kinn und weinte die ganze Nacht.

Sie war der einzige Mensch gewesen, an den ich mich nachts Halt suchend schmiegen konnte.

Am nächsten Morgen stand die Mutter am Spülstein und wusch sich unter den Armen. Als sie im winzigen, halb blinden Spiegel sah, wie ich vorsichtig aus der Vorratskammer gekrochen kam, drehte sie sich um, und ich befürchtete schon, sie würde ihre Wut über Sieglindes Verschwinden an mir auslassen. Doch sie sagte nur mit einer unglaublichen Verachtung in der Stimme: »Gerti, ich sage dir, lass nur die Finger von den Männern, die wollen nur Schweinerei.«

Ich konnte mit dieser Information nichts anfangen. Was war das, Schweinerei? Mit Sand werfen? In die Hose machen? Auf dem Plumpsklo danebenmachen? Ins Heft klecksen? Den Dreck vom Schweinestall ins Haus bringen?

Das alles war bei uns schon als »Schweinerei« mit Schlägen bestraft worden. Aber halb totgeschlagen hatten die Eltern uns deshalb nie. Nur gestern die Sieglinde. Das mit Hansi musste eine ganz besonders schlimme Schweinerei gewesen sein.

Ich vermisste meine Schwester. Viele Nächte habe ich mich in den Schlaf geweint und nie verstanden, was eigentlich passiert war.

Ein Jahr später war sie unglücklich verheiratet; ihr Mann schlug sie und ließ sie hungern, sie kam mit dem Kind nach Hause und flehte meine Eltern unter Tränen an, wieder bei uns wohnen zu dürfen. Es war eine Tochter, ein kleines Mädchen, das ich zärtlich in die Arme nahm. Ich wiegte es in meinen Armen und sang ihm etwas vor, weil die Eltern Sieglinde so laut anschrien, dass das kleine Mädchen weinte. Dann habe ich ihm zur Beruhigung meinen nicht ganz sauberen Finger in den Mund gesteckt, und als es daran saugte, empfand ich ein nie gekanntes Glücksgefühl. Dieses Vertrauen, diese Hingabe! Meine kleine Nichte! Ihre Enkelin! So niedlich und unschuldig! Dieser Anblick musste meine Eltern doch erweichen!

Aber meine Eltern prügelten Sieglinde mitsamt dem Kind aus dem Haus, und ich habe meine Schwester viele Jahre nicht wiedergesehen. Mit ihrem Mann Hansi hat sie schließlich eine

Bäckerei in der Nähe von Karlsruhe aufgemacht. Sie musste weiterhin schuften, bekam keine Liebe, dafür drei weitere Kinder. Ein ganz normales deutsches Frauenschicksal in der Nachkriegszeit.

7

»Jetzt weiß ich endlich, an wen du mich erinnerst!«

Jürgen Bruns saß mir im Raucherzimmer gegenüber und beugte sich leicht vor.

»An wen?« Ich nahm hastig einen nervösen Zug.

»Kennst du *Frühstück bei Tiffany*?«

»Nein. Ich kenne nur das Frühstück in der Klinik.«

»Audrey Hepburn.«

»Du meinst, diese … Schauspielerin?«

»Genau. Du hast dieselbe zierliche Figur, denselben mädchenhaften Charme und dasselbe Leuchten in den Augen.«

»Ich habe ein …« Ich sollte ein Leuchten in den Augen haben? So erschöpft wie ich war, konnte das gar nicht stimmen. Meine Augen waren glanzlos, und bevor ich Jürgen Bruns getroffen hatte, wollte ich eigentlich immer nur schlafen. Schon die Gespräche mit Krankenschwestern und Ärzten hatten mich ermüdet.

»Das sagst du jetzt nur, weil du sehen willst, wie ich rot werde.«

»Nein, wirklich, Gerti.« Jürgen berührte mich sanft an der Schulter. »Als ich dich zum ersten Mal gesehen habe, dachte ich, dieses Zauberwesen kenne ich von irgendwoher. Ich habe nächtelang wach gelegen und darüber nachgegrübelt. Und auf einmal wusste ich es: Audrey Hepburn.«

Mir wollte kein Laut über die Lippen kommen. Das war doch eine Schönheit! Ein Weltstar! Mein Herz zog sich zusammen vor Freude, gleichzeitig versuchte ich, meine Verlegenheit so gut es ging zu unterdrücken.

Plötzlich schrillten in mir alle Alarmglocken. Ich würde nie wieder auf einen Mann hereinfallen! Nie wieder süßen Versprechungen und Komplimenten erliegen. Was war mir alles passiert, nur weil ich so gutgläubig und vertrauensselig gewesen war! Jürgen Bruns. Abgesehen davon, dass er gut aussah und angenehm zurückhaltend war, wusste ich doch gar nichts über meinen Mitpatienten. Er konnte gut zuhören, und ich hatte Vertrauen zu ihm gefasst. Vielleicht war das ein Fehler?

»Jetzt habe ich dir schon so viel aus meinem Leben erzählt und du mir noch gar nichts«, versuchte ich Land zu gewinnen. Meine Finger zitterten leicht, als ich die Asche abstreifte. Ich sah ihm direkt in die Augen. »Was ist mit dir?«

»Was willst du wissen?« Jürgen Bruns lehnte sich auf seinem Stuhl zurück und verschränkte die Arme. Ein Mann zum Verlieben. Welchem Schauspieler er ähnlich sah, konnte ich im Moment nicht sagen. Er hätte einen Cowboy spielen können, natürlich den Guten, der am Ende das Böse besiegt. Oder einen Naturburschen, der die Försterstochter vor der Gerölllawine rettet. Ein Mann mit der berühmten Schulter zum Anlehnen. Mein Kopf schwirrte wie ein Karussell.

»Irgendeinen Schwank aus deinem Leben!«

Ich paffte nervös und sah ihn aufmunternd an.

»Meine Kindheit war ähnlich armselig wie deine. Mein Frühstück bestand aus einer Steckrübenscheibe, und in der Schule bekamen wir das sogenannte Schwedenessen. Das war eine Schulspeise, die von der schwedischen Bevölkerung gespendet wurde. Ohne das Schwedenessen hätten wir Kinder die Nachkriegsjahre wohl nicht überlebt.«

Ich warf Jürgen einen verständnisvollen Blick zu, hütete mich aber, ihn zu unterbrechen. Wir wussten beide, wie sich Hunger anfühlt, und so sahen wir heute noch aus. Auch Jürgen war viel zu dünn.

»Nach der Schule habe ich bei einer Schiffsausrüstungsfirma als Lehrling angefangen.« Jürgen schaute ins Leere. »Dort mussten wir Schwerstarbeit verrichten. Unsere Arbeit bestand darin, verrostete Ketten zu säubern. Später bin ich sogar auf einem kleinen Küstenmotorschiff mitgefahren, durch Dänemark, Schweden, Norwegen und Finnland.«

Ich sah Jürgen mitfühlend an. »Das war vermutlich kein Traumschiff.«

Er lächelte schwach. »Nein, das war die Hölle. Die Kälte schnitt uns in die Hände, und unsere Gesichter waren voller Frostbeulen. Nachts hatten wir vier Stunden Ruderwache, und selbst wenn wir dann in den klammen Kajüten lagen, vorne am Bug, wo immer das Packeis drandonnerte, konnte man kein Auge zutun. Damals war ich so abgemagert, dass alle dachten, ich hätte Krebs.«

Ich wischte mir verstohlen eine Träne aus den Augenwinkeln. Hastig zündete ich mir eine neue Zigarette an und hüllte mich in Rauch.

Jürgen sah mich ungläubig an. »Weinst du etwa? Meinetwegen?«

»Quatsch!« Krampfhaft versuchte ich, mir meine Gefühle nicht anmerken zu lassen.

»Ich kann dir auch noch was Lustiges erzählen!« Jürgens Augen bekamen Lachfältchen.

»Seemannsgarn?«, fragte ich so beiläufig wie möglich.

»Alles wahr.« Etwas an seinem durchdringenden Blick sorgte dafür, dass ich weiche Knie bekam.

»Unser Steuermann war mal in Bremerhaven in einem zwielichtigen Viertel unterwegs und wollte sturzbetrunken mit einem Freudenmädchen aufs Schiff. Ich hatte Nachtwache und stand fröstelnd am Bug. Es war gerade Ebbe, und die beiden Schnapsdrosseln mussten über eine an der Kaimauer angebrachte Eisenleiter zum Schiff hinuntersteigen.«

Ja, diese rutschige Hühnerleiter konnte ich mir bildlich vorstellen.

»Unser Steuermann war das gewohnt, aber das Freudenmädchen fiel zwischen Kaimauer und Schiff ins eiskalte Wasser.«

Schaudernd zog ich die Schultern hoch.

»Der Steuermann taumelte einfach in seine Kajüte und pennte sofort ein, während die Dame des horizontalen Gewerbes in dem Eiswasser um ihr Leben paddelte. Sie schrie um Hilfe, und ich reichte ihr einen langen Stock, an dem sie sich über Wasser halten konnte. Aber sie erreichte weder die unterste Sprosse der Eisenleiter noch die Strickleiter zu unserem Schiff. Beides lag etwa drei Meter über dem Wasserspiegel.«

»Und? Hast du sie gerettet?«, krächzte ich ängstlich.

»Inzwischen waren meine Kumpel von dem Geschrei aufgewacht und warfen ihr Seile zu. Sie klammerte sich daran, und wir zogen mit vereinten Kräften, als wir bemerkten …«

Jürgens Mundwinkel zuckten, und er unterdrückte ein Lachen.

»Was? Was habt ihr bemerkt?« Gespannt starrte ich ihn an und vergaß ganz das Rauchen.

»Na ja, es war wie in einem Horrorfilm. Plötzlich fiel ihr Bein ab.«

»WAS?« Mir wurde ganz übel. Das war wirklich Seemanns-garn, oder?

»Ja. Sie hatte ein Holzbein, das sich in den grauen Wellen von dannen machte. Die Frau hing am Seil und versuchte sich festzuhalten, aber erstens war sie zu schwach und zweitens betrunken. Drittens besaß sie nun endgültig kein Gleichge-wicht mehr. Immer wieder plumpste sie in die eiskalte Drecks-brühe zurück, während das Bein beschloss, nach Übersee zu schwimmen.« Er schüttelte belustigt den Kopf.

Ich wusste nicht, ob ich lachen oder ihn nur fassungslos anstarren sollte.

»Irgendwann haben wir die Frau da rausgezogen und auf die Planken gelegt. Wir haben sie so gut es ging abgetrocknet, aber sie musste ja nun mal irgendwann nach Hause.«

»Mit einem Bein.«

»Eben. Das war das Problem. Wir wollten ablegen, mussten aber die Dame vorher heil an Land kriegen. Unser Steuer-mann hat das alles verpennt. Wir haben die Gute dann auf eine Palette gelegt, mit der wir sonst Kisten und Säcke an Deck schafften, sie darauf festgebunden und mit dem Kran an Land gehievt.« Jürgen beendete seine Geschichte mit einem amüsierten Schmunzeln. »So. Und jetzt bist du wieder dran.« Er rutschte ein Stück näher an mich heran und legte seinen Arm auf meine Stuhllehne. Dabei glitt seine Hand wie zufällig über meinen Rücken. Wie hypnotisiert saß ich da. Ich war total verwirrt.

»Du hast gerade erzählt, wie deine Schwester samt Baby von deinen Eltern vom Hof gejagt worden ist. Damals warst du dreizehn.«

»Ja.« Mein Mund war plötzlich wie ausgetrocknet.

»Und? Wie lange hast du es noch zu Hause ausgehalten?«

Lag seine Hand immer noch auf meiner Stuhllehne? Sie schien zu brennen, so heiß war sie plötzlich.

Ich schluckte, zwang mich aber, mit meiner Geschichte fortzufahren.

Jedes Jahr kam eine Händlerin in unsere Siedlung, die Samenbestellungen fürs nächste Jahr entgegennahm. Meine Mutter hatte einen winzigen Gemüsegarten neben dem Küchenfenster, die einzigen Blumen, die bei uns wuchsen, waren Frühlingstulpen, denn die machten keine Arbeit. Aber für Salat und Tomaten, Kresse und Zwiebeln, Kräuter und Beerensträucher brauchte sie alljährlich Samen.

Ich hatte dem Besuch der Samenhändlerin schon seit Wochen entgegengefiebert. Diese Frau hatte nämlich ein Auto! Sie war der einzige Mensch außer Pfarrer und Krankenschwester, die sich damals mit einem motorisierten Untersatz in unsere Steinbruchsiedlung verirrte. Meine Volksschule hatte ich in diesem Sommer mit Ach und Krach abgeschlossen. Ich war keine gute Schülerin gewesen, wann hätte ich denn auch lernen sollen? Die Schulaufgaben musste ich abends nach der Feldarbeit erledigen, am Küchentisch mit der verschmierten Wachstuchtischdecke neben meinen sich anschweigenden Eltern. Oft sackte ich schlafend über meinem Heft zusammen, um am nächsten Morgen von der Lehrerin für nicht gemachte Hausaufgaben Schläge mit dem Holzlineal zu kassieren. Ein Junge aus meiner Klasse, Robert, ein Bauernsohn, hatte eine Zeit lang Mitleid mit mir und nahm mich mit zu sich nach Hause, wo ich seine Aufgaben abschreiben durfte. Von seinem Elternhaus lief ich abends im Dunkeln nach Hause, wo ich dann wieder Ärger mit meinen Eltern bekam, weil ich nicht in Haushalt und Stall mitgeholfen hatte. Aber als Roberts Eltern sahen, wie ungepflegt und unterernährt ich war, durfte ich nicht mehr kommen. Ich war kein Umgang für ihren Robert. Für ihn wollten sie eine dralle Bauerntochter mit blondem Haarkranz und kein ausgezehrtes, schwarzhaariges Zigeunerkind.

Nachdem ich mit der Schule fertig war, konnte ich immerhin lesen und schreiben und beherrschte das kleine Einmaleins. »Brauchen Sie zufällig Hilfe, oder wissen Sie jemanden, der eine Arbeitskraft sucht?«

Es kostete mich kaum Überwindung, die Samenhändlerin anzusprechen. Ich wollte nur weg. Weg aus diesem Loch, aus diesem Elend, aus der trostlosen Einsamkeit. Hier hatte ich keine Zukunft. Jetzt, wo die Schule vorbei war, war ich meiner Mutter rund um die Uhr ausgeliefert, und ihre Verbitterung nahm von Tag zu Tag zu.

»Also ich selbst benötige niemanden, aber mein Neffe in Gönningen, der tät schon Hilfe brauchen!«

Die Samenhändlerin ließ sich schwerfällig auf unsere Küchenbank fallen und erzählte bei einer Tasse Malzkaffee, dass die Frau des Neffen ihr zweites Kind erwartete und Hilfe im Haushalt brauche. Der Neffe Matthias habe auch eine Samenhandlung, in der die junge Frau Margit mithelfen müsse. »Aber zahlen tun die nix!«

»Nein, nein!«, rief ich schnell und goss der guten Frau Kaffee nach. »Wer redet denn von Bezahlen? Ich bin zufrieden, wenn ich zu essen habe und vielleicht ein Bett.«

Margit und Matthias. Was für schöne Namen. Bestimmt waren das wundervolle Menschen. Junge liebevolle Eltern. Sie wohnten in einer richtigen Stadt! Ich träumte mich bereits in ihre Familie.

In dem Moment kam meine Mutter aus dem Stall herein,

knallte den Eimer auf den Küchenfußboden, stemmte die Hände in die Hüften und musterte die Frau. »Tun Sie meiner Tochter Flöhe ins Ohr setzen?«

»Sie hat gefragt«, gab die Frau knapp zur Antwort. »Ich hab das Thema nicht angesprochen.« Verächtlich ließ sie den Blick über meine magere Erscheinung schweifen.

»Besser als hier würd's ihr bei meinem Neffen allemal gehen.«

»Mutter, da könnte ich arbeiten!«, platzte es aus mir heraus. »Die wohnen in der Stadt, ich hätte ein eigenes Zimmer und könnte was lernen!« Aufgeregt hüpfte ich vor ihr auf und ab. »Bitte lass mich doch! Mich hält hier nichts mehr!«

»So, dich hält hier nichts mehr! Haben wir uns nicht den Rücken krumm geschuftet für dich?« Sie machte eine drohende Geste, so als wollte sie mir eine knallen. Ich wich ihr geschickt aus.

»Doch, natürlich, Mutter, aber ich bin jetzt dreizehn, ich muss doch meine eigenen Erfahrungen machen!« Flehend zerrte ich an ihrem Arm. »Lehr- und Wanderjahre, Mutter! Dann liege ich euch auch nicht mehr auf der Tasche!«

Die Mutter wandte sich ab und machte sich am Herd zu schaffen. Lauter als nötig klapperte sie mit dem Schweineeimer und begann, Kartoffeln zu schälen.

»Samenhändlerin willst du werden?« Die Mutter zog verächtlich die Nase hoch. »Das ist mir ja ganz neu!«

»Ich will im Haushalt helfen, die Frau kriegt ihr zweites Baby!« Seit ich Sieglindes Töchterchen im Arm gehalten hatte, war ich ganz verrückt vor Sehnsucht nach etwas so Kleinem, Niedlichem, für das ich sorgen und das ich gernhaben durfte.

»Im Haushalt helfen kannst du mir!« Die Mutter knallte den Eimer auf den Fußboden.

»Bitte, Mutter, lass mich doch mitgehen, das ist die Chance meines Lebens!«, stammelte ich mit Tränen in der Stimme.

»Und zahlen tun die nix?« Mutter warf der Samenhändlerin einen giftigen Blick zu.

»Nein, aber die Kleine kriegt was zu Essen. Was wollen Sie denn noch mehr?«

»Und wenn es ihr dort nicht gefällt?« Die Mutter drehte sich zu uns um. Ich musste mir fest auf die Lippen beißen. Das war ja so etwas wie eine Zusage!

»Sagen wir einfach mal drei Jahre. Dann ist sie sechzehn, dann kann sie weitersehen.« Damit war für die Samenhändlerin das Gespräch beendet. »Ich warte draußen im Auto. Fünf Minuten.«

Sie bedankte sich für den Kaffee und warf mir noch einen Blick zu, der besagte, los, mach schon, ich habe auch nicht alle Zeit der Welt.

In dem Moment kam der Vater von der Fabrik. Müde schlurfte er über den von Schlaglöchern und Kuhfladen übersäten Weg. Ich rannte ihm mit fliegenden Fahnen entgegen, in seinen Augen flackerte kurzfristig so etwas wie Freude auf. Als ich ihm jedoch gestenreich mein Anliegen vortrug, erlosch der Freudenschein wieder.

Die Mutter redete auf ihn ein. Ich sei ja verrückt, undankbar, hätte eine Tracht Prügel verdient. Aber der Vater sagte müde: »Lass sie doch gehen! Sie wird schneller wiederkommen, als uns recht ist!«

»Also ich darf?«

Die Samenhändlerin drückte genervt auf ihre Hupe. Die Hühner flatterten aufgeregt gackernd durch die Pfützen, und Mäx schnupperte argwöhnisch an den Autoreifen.

Der Vater warf resigniert die Hände in die Luft. »Bitte! Geh!

Aber komm nicht wieder und beklage dich! Es ist deine Entscheidung! Wenn du gehen willst, geh.«

»Bist du mir auch nicht böse, Vater?«, bettelte ich und hatte mein einziges Gepäckstück, ein blau-grün kariertes Sommermäntelchen, bereits unterm Arm.

Der Vater würdigte mich keines Blickes mehr und schlüpfte durch die niedrige Tür ins Haus. Der Anblick seines gebeugten Rückens versetzte mir einen Stich ins Herz.

»Und wer soll mir jetzt bei der Arbeit helfen?«, keifte die Mutter. »Wie kannst du ihr das erlauben, Gottlieb!«

»Lass sie gehen«, hörte ich den Vater noch sagen. »Sie soll sehen, wie hart die Welt da draußen ist!«

»Ja, viel härter als bei uns!«, schrie die Mutter mir nach und drohte mit der Suppenkelle. »Aber glaub ja nicht, dass du hier einfach so wieder auftauchen kannst wie die Sieglinde, wenn du unglücklich geworden bist! Ich werde dich genauso vor die Tür setzen. Dein Obdach hast du dir hiermit verscherzt!«

Vom Vater sah ich nur noch den schlohweißen Haarkranz im Fenster. Er griff nach dem Suppenteller, so wie immer, und sah mir nicht nach, als ich im Sommer 1952 mit klopfendem Herzen zur Samenhändlerin ins Auto stieg.

»Fröhliche Weihnachten, Gerti!«

»Fröhliche Weihnachten, Jürgen!«

Wir saßen ganz allein in der hintersten Ecke des nur spärlich beleuchteten Speisesaals. Nur der Christbaum im Eingangsbereich strahlte in voller Pracht. Wir hatten ihn selbst geschmückt, mit roten und goldenen Kugeln. Vor uns auf dem Tisch flackerten ein paar dicke rote Kerzen, die ich liebevoll mit Tannengrün verziert hatte.

Ich hatte mich fein gemacht: mein rotes, eng anliegendes

Kleid hatte ich selbst genäht. Heute Nachmittag hatte ich es noch etwas kürzer gemacht, nur klitzeklein, damit meine schlanken Beine besser zur Geltung kämen. Natürlich hatte ich gemerkt, dass Jürgen seine Augen nicht von mir lassen konnte, und ich wäre keine Frau gewesen, hätte ich meine Reize nicht betont. Ein ausladendes Dekolleté hatte ich schließlich nicht zu bieten.

Wir hatten kleine Geschenke getauscht, und zu meiner unbändigen Freude hatte Jürgen mich mit einem kostbaren Seidentuch bedacht. Obwohl es farblich nicht ganz zu meinem Kleid passte, hatte ich es sofort umgelegt.

»Es ist so schön, dass ich dich hier getroffen habe, Gerti!«

»Ja, ich freue mich auch, Jürgen. Du bist so ein guter Zuhörer.« Entspannt lehnte ich mich zurück und schaute zur Durchreiche hinüber. »Meinst du, ich könnte ausnahmsweise hier rauchen?«

»Ist ja sonst keiner da.«

»Und, stört es dich nicht beim Essen?«

»Ich bekomme sowieso keinen Bissen mehr runter.« Jürgen griff nach meiner Hand, die ich ihm fast panisch entzog. Hastig suchte ich in meiner Handtasche nach Zigaretten. Verdammt, warum wollte das Feuerzeug denn nicht anspringen? Jürgen hielt mir die Kerze hin, und ich inhalierte den ersten Zug. Dann schob er mir einen Untersetzer als Aschenbecher hin und streifte dabei wie zufällig meine zitternde Hand.

Durch hektisches Rauchen versuchte ich, meine Sehnsucht nach weiteren Berührungen zu verbergen. Das hier ging mir alles zu schnell! Ich wollte mich nie wieder binden! Zu teuer hatte ich mir meine Freiheit wiedererkauft! Jürgen schien das sofort zu spüren, und für einen Moment sagte von uns keiner ein Wort. Nur das Knistern der Kerzen und das dezente

Klappern der Küchenmamsell hinter der Durchreiche waren zu hören.

Spitzbübisch wie ein Schuljunge zog Jürgen plötzlich eine Piccoloflasche Sekt unter dem Tisch hervor. »Und das hier wird auch niemand mitkriegen!«

Ich fühlte seinen Atem an meinem Ohrläppchen, als er sich zu mir beugte und mir Schaumwein einschenkte. »Auf dich, Gerti. Frohe Weihnachten. Auf dass nun alles besser wird!«

8

Es war die erste Autofahrt meines Lebens! Drei Stunden durch die Dunkelheit. Die Samenhändlerin fuhr schweigend, ab und zu drehte sie am Knopf ihres Autoradios, aber in unserem abgelegenen Tal hatte es keinen Empfang. Nur ein menschenfernes Rauschen kam aus dem Empfänger. Ich war müde, aber gleichzeitig waren meine Nervenfasern gespannt wie ein Flitzebogen. Bald würde ich bei meiner neuen Familie sein! Matthias und Margit Schratt in Gönningen! Das hörte sich so freundlich an! Gönningen klang nach großzügigem Gönnen, nach heiteren Menschen, nach einer liebevollen Familie mit niedlichen Kindern.

Es war bestimmt Mitternacht, als wir dort ankamen. Mein Blick glitt staunend über die Hausfassaden, hinter denen noch teilweise Licht brannte. Nette Vorgärten und niedrige Zäune grenzten die schmalen Häuser voneinander ab. Eine richtige kleine Stadt mit Lichtern und einem kleinen Park, kein gottvergessenes Tal am Rande eines Steinbruchs! Ich sah mich schon mit dem Kinderwagen einkaufen gehen und mit den Nachbarn plaudern.

Die Samenhändlerin drückte beherzt auf die Klingel, und ich stand erwartungsvoll auf dem Kopfsteinpflaster.

Matthias, der Neffe, erschien verschlafen in der Tür. »Tante Hermine?«

»Ich hab euch jemanden mitgebracht.«

Sie wies mit dem Kinn auf mich, die ich verlegen von einem Bein aufs andere trat. Eigentlich musste ich furchtbar dringend auf die Toilette. Aber ein Plumpsklo war hier weit und breit nicht zu sehen.

»Die Kleine da? Was sollen wir denn mit der?« Matthias zog unwirsch seinen Bademantel enger. Der Atem stand ihm vor dem Gesicht. Es war eine kalte Nacht.

»Die will euch im Haushalt helfen.«

Von drinnen ertönten erst Kindergeschrei, dann schlurfende Schritte: Eine hochschwangere junge Frau im Nachthemd erschien mit einem Kleinkind auf dem Arm. Ihre Haare waren platt gedrückt, und das Kind hatte eine Rotznase.

»Was ist los, Matthias?«

»Die da.« Matthias zeigte auf mich. »Tante Hermine hat sie angeschleppt.«

»Die ist ja selbst noch ein Kind! Und dürr ist die … Wie ein Stock!«

»Die kann uns trotzdem helfen, Margit!«

»Ja, dann kommt halt rein.« Widerwillig ließen sie uns eintreten. Im Schein der Flurlampe erspähte ich herumliegende Spielsachen, Schuhe, Jacken und die offen stehende Klotür. Oh. Das war ja ein richtiges Wasserklosett! Jetzt trat ich schon unruhiger von einem Bein aufs andere.

»Die macht sich ja gleich in die Hose!«

»Geh halt da rein! Aber zieh ordentlich ab!«

Tja. Da stand ich nun in einem sogenannten WC, das gefliest und geheizt war. Über der Heizung hing eine Rolle mit Klopapier, das war so weich, dass ich es kaum zu benutzen wagte. Ich musste all meinen Mut zusammennehmen, um an dieser Kette zu ziehen, und dann rauschte und gurgelte es, dass ich glaubte, ich hätte eine Wasserleitung zerstört. Erschrocken starrte ich in den Spiegel über dem Waschbecken. Ein verängstigtes kleines Gesicht blickte mir daraus entgegen. Nun hatte ich zum ersten Mal im Leben ein richtiges WC benutzt. Mein Leben konnte beginnen!

Inzwischen hatten die drei sich miteinander besprochen, und ich hörte die junge Frau zischen: »Aber Geld geben wir ihr nicht!«

»Nein, dafür kann sie die Kammer unterm Dach haben!«

Es war ein winziger dunkler Verschlag mit schräger Dachluke, die man nur öffnen konnte, wenn man sich mit aller Wucht dagegenstemmte. Eiskalt, ohne Heizung, ohne Waschbecken, und mit einer schmalen Pritsche als Bett.

»Hier. Dein Zimmer.«

Die Frau warf mir noch eine Wolldecke hin, einen Fetzen als Handtuch und einen Waschlappen. »Morgen früh um sechs bist du in der Küche und hilfst mir beim Einheizen.«

»Ja. Natürlich. Danke.«

»Dann schlaf mal gut«, sagte Hermine, die einen besorgten Blick in die Dachkammer geworfen hatte. Sie strich mir fast entschuldigend mit dem Handrücken über die Wange. »Du wolltest ja unbedingt weg von zu Hause!«

»Ja«, sagte ich kleinlaut und ließ mich auf die Pritsche sinken. »Das wollte ich.«

Nun musste ich natürlich erfahren, was Fremde bedeutet, was meine Eltern damit gemeint hatten. Ich war von einer Hölle in die nächste geraten: Die Frau war boshaft und faul, ich musste schuften, das Haus putzen und die Wäsche für das Ehepaar und die beiden Babys mit der Hand waschen. Margit und Matthias liebten sich nicht, obwohl sie gerade das zweite

Kind bekommen hatten. Zwischen ihnen gab es nichts als Vorwürfe, und Matthias junior schrie und heulte die ganze Zeit. Die jungen Eltern besaßen außerhalb der Stadt Felder, die bestellt werden mussten. In der angrenzenden Gärtnerei portionierten sie die Samen dann in kleine und die Steckzwiebeln in große Tüten. Tante Hermine fuhr mit diesen Produkten über Land, das Ehepaar blieb zu Hause, stritt sich und schob sich gegenseitig die Arbeit zu.

Für das Haus und die Kinder gab es ja jetzt mich.

Meine Aufgabe bestand darin, den gesamten Haushalt zu organisieren, für eine knapp Vierzehnjährige, die aussah wie zehn, eine fast unlösbare Aufgabe. Wenn ich es nicht schaffte, mitsamt den heulenden Kleinkindern rechtzeitig vom Einkaufen zurück zu sein, bekam ich zur Strafe nichts zu essen. Margit, die übellaunige und überforderte junge Mutter, stand am Fenster und stoppte die Zeit. Eine halbe Stunde gab sie mir täglich für den Bäcker, den Metzger, den Milchmann und den Tante-Emma-Laden, in dem ich Putzmittel und Sachen wie Klopapier, Schreibwaren und Wäscheklammern besorgen musste. Natürlich ließen mich die Leute in den Geschäften warten. Ich war ein unsichtbarer Niemand, ein fremdes Gör, das sie gefälligst nicht bei ihren täglichen Plaudereien zu stören hatte. Wenn ich an der Reihe war, war ich noch lange nicht an der Reihe.

So schaffte ich es selten, im zeitlichen Rahmen zu bleiben. Mit teuflischer Genugtuung ließ Margit beim Mittagessen meinen Teller leer. »Wir haben unsere Vereinbarungen. Wenn du sie nicht einhalten kannst, musst du dich demnächst eben etwas mehr beeilen. Fürs Bummeln und Herumtreiben habe ich dir kein Dach über dem Kopf gegeben.«

Ich fütterte den Kleinen, der im Hochstuhl saß, mit Möhrenbrei, doch er schlug ihn mir unwillig aus der Hand. Ich musste mich unglaublich beherrschen, seinen Plastiknapf nicht auszulecken, solange die Mutter dabei war. Doch anschließend räumte sie ihn mit höhnischem Gesicht ab, knallte das Geschirr in die Spüle und ließ kaltes Wasser darüberlaufen.

Matthi, der ständig heulende Zweijährige, wurde nach dem Mittagessen aufs Töpfchen gesetzt.

»Da bleibt er, bis er sein Geschäft gemacht hat«, herrschte Margit mich an. »Und du sorgst mir dafür, dass er nicht aufsteht. Wenn er fertig ist, legst du ihn zum Mittagsschlaf hin.«

Ich durfte sie natürlich nicht Margit nennen. Ich musste »Chefin« zu ihr sagen.

Das stundenlange auf dem Töpfchen Hocken war für Matthi eine Tortur. Immer wenn er aufstehen wollte, musste ich ihn zurückdrücken. Er sollte unbedingt »sauber« werden. Ich saß auf dem Fußboden und beobachtete ihn. Er hatte einen Zwieback in den Händchen, damit er beschäftigt war. Was von dem angesabberten Zwieback auf die Badezimmerfliesen fiel, habe ich mir heimlich in den Mund gesteckt.

»Was tust du da? Du wagst es, meinem Sohn sein Essen wegzuessen? Du gierige Elster!«

Sie griff zum Besen an der Wand und schlug damit auf mich ein. »Hätte ich dich bloß nicht aufgenommen, du undankbares Biest!«

Der kleine Matthi schrie vor Entsetzen und wollte mit runtergezogener Hose fliehen, als sie ihm in ihrer Wut auch noch den nackten Hintern versohlte.

»Was ist denn hier los?« Vater Matthias steckte neugierig seinen Kopf zur Badezimmertür herein.

»Du hältst dich da raus!« Peng, hatte sie ihm die Tür vor der Nase zugeschlagen.

Der Vater hatte nichts zu melden. Kam er aus seiner Säme-rei nach Hause, wurde er sofort angeschnauzt. In diesem Haus hatte die Chefin die Hosen an.

Manchmal fand ich beim Bettenmachen ein Tütchen mit einer komischen Flüssigkeit zwischen den Laken. Einmal habe ich versucht, es aufzublasen, weil ich es für ein nettes Spielzeug hielt. Die Chefin hat mich dabei erwischt und mich an den Haaren gepackt. »Sag mal, tickst du noch ganz richtig, du kleine Schlampe?«

Es hagelte Ohrfeigen in mein Gesicht, und ich wusste gar nicht, wie mir geschah.

»Aber was habe ich denn getan? Ich dachte, das ist ein Luft-ballon!«

»Du dämliche Kuh, du hast die Dinger zu entsorgen!«

Ratlos rieb ich mir die schmerzende Wange. Warum? Was war da drin? Und warum spielten sie nachts damit? Ich hatte keine Ahnung.

Doch zum Nachdenken kam ich nicht in dieser Familie, und erst recht nicht dazu, meinen Entschluss zu bereuen. Matthi, für den ich ganz allein zuständig war, brüllte schon wieder und streckte seine Ärmchen nach mir aus.

»Hier wird nicht rumgeschmust, der Kleine kommt in den Laufstall, und da bleibt er sitzen, bis er wieder aufs Töpfchen muss! Du hilfst mir inzwischen beim Eintüten der Samen!«

Obwohl beide Kinder zum Gotterbarmen brüllten, durfte ich sie nicht aufnehmen und trösten, sondern musste der ge-hässigen Margit mit den Steckzwiebeln helfen. Auch hier war ich ihr nicht schnell und nicht geschickt genug.

»Du dumme Gans! Merkst du nicht, dass die hier in diese Tüten kommen? Hast du denn gar keine Augen im Kopf?«

»Entschuldigung«, stammelte ich eingeschüchtert. »Ich

gebe mir Mühe!« Mir war vor Hunger ganz schwarz vor Augen, und ich schluckte hastig die Tränen hinunter.

Die bösartige Margit schickte sich zum Gehen und knallte ihre Schürze in die Ecke. »Und wehe, ich erwische dich dabei, wie du mit meinen Söhnen spielst! Die bleiben da, wo ich es angeordnet habe! Sonst setzt es Schläge mit dem Besen!«

»Ja, Chefin.«

»Ich habe jetzt was zu besorgen.«

»Ja, Chefin.«

»Du rührst dich nicht vom Fleck.«

»Nein, Chefin.«

Die Chefin eilte auf nagelneuen Stöckelschuhen ins Bad, hantierte dort mit Lippenstift und Puderdöschen, und als sie mit Mantel, Halstuch und Hut über den Steinpfad durchs Gartentor trippelte, konnte ich einen Hauch von Parfüm wahrnehmen. »Falls mein Mann nach Hause kommt: Ich bin bei einer Freundin.«

»Ja, Chefin.« Das Gebrüll der Babys war kaum auszuhalten, aber ich harrte artig jeden Nachmittag in der Kammer aus und tütete mit wunden Fingern Samen ein, während Margit bei »ihrer Freundin« war. Erst viel später fand ich heraus, dass es in Wirklichkeit ein Geliebter war. Und auch Matthias senior suchte längst woanders Liebe und Geborgenheit.

Ich war der Puffer zwischen den beiden und jeden Tag mit den wimmernden Kindern allein. Ob sie die Hose voll hatten oder Hunger, ob sie froren oder ob ihnen zu heiß war: Es war mir bei Strafe verboten, sie in den Arm zu nehmen und zu trösten. Sie sollten »richtige Männer« werden.

Mir tat das so weh, dass ich viele Tränen vergossen habe, in der Waschküche oder auf dem Feld, wo ich stundenlang mithelfen musste, und natürlich nachts auf meiner Pritsche.

Inzwischen war ich schon zwei Jahre bei der Familie Schratt in Gönningen, aber der schöne Name der Stadt hatte seine Versprechungen nicht gehalten.

Man gönnte mir nichts, keinen Bissen Essen zu viel, keine freie Minute, und auch nichts zum Anziehen. Ich trug immer noch das zerschlissene Sommerkleidchen, Tag und Nacht, ein Nachthemd oder einen Schlafanzug gab es nicht. Ich wusch mein Kleid, so oft es nötig war, mit der Hand, hängte es zum Trocknen in meine kalte Dachkammer und zog es morgens klamm und feucht wieder an.

Im Sommer warf mir die Chefin einen alten Badeanzug hin: »Da! Den kannst du auf dem Feld anziehen. Dein Kleid starrt ja vor Dreck. So kann man dich nicht mehr unter die Leute lassen.«

Die beiden Kleinen in ihrem Laufstall waren ebenfalls der prallen Sonne ausgesetzt, und ich kroch auf allen vieren mit verbrannten Schultern über die Ackerfurchen und durfte ihnen nicht helfen, wenn sie vor Hitze und Durst wimmerten. Die Mutter hatte ihnen noch nicht mal ein Sonnenmützchen aufgesetzt, so sehr war sie mit sich selbst und ihrem heimlichen Geliebten beschäftigt. Mit meinen nunmehr fünfzehn Jahren hatte ich schon mehr Verantwortungsgefühl als die Mutter, die mich nur auslachte, als ich ihr meinen heftigen Sonnenbrand zeigte. »Stell dich nicht so an! Das bisschen Haut pellt sich bloß!«

So lag ich nachts auf meiner Pritsche und konnte mich vor Schmerzen nicht rühren. Eine lindernde Salbe gab es nicht, höchstens Ohrfeigen, wenn ich »mal wieder so wehleidig« war.

Der Sonntag war der einzige Lichtblick in diesem trostlosen Dasein. Die Chefin machte sich in Parfümwolken gehüllt zu »ihrer Freundin« auf, und ich blieb mit den Kindern allein.

Das waren Tage, an denen ich nach Herzenslust mit den Kleinen herumschmuste. Ich schenkte ihnen meine ganze Liebe, von der mein Herz so voll war. Wir stopften uns trockenes Brot in den Mund, tranken Wasser aus der Leitung – ein Luxus, den ich aus Glatten nicht kannte – und waren einfach nur glücklich, dass man uns in Ruhe ließ.

Nie hätte ich mich getraut, abzuhauen und zu meinen Eltern zurückzukehren. Erstens hätte ich nicht einen Pfennig für die Reise gehabt, zweitens ging ich davon aus, dass meine Eltern mich, genau wie Sieglinde, mit Schimpf und Schande davonjagen würden. Nie im Leben hätte ich mich getraut, an ihre Türe zu klopfen.

Wenn man so will, war ich zwei Jahre lang eine Sklavin, und das auf meinen eigenen ausdrücklichen Wunsch hin. Inzwischen war ich fünfzehn Jahre alt, es war wieder Herbst geworden, und draußen regnete es trostlos vor sich hin.

Die Kinder quengelten, die Chefin hatte miserable Laune, der Chef glänzte wie immer durch Abwesenheit, als es an der Haustür klingelte. Die Chefin, die sich gerade vor dem Spiegel schminkte, herrschte mich an: »Hast du Bohnen in den Ohren? Mach schon auf, du faules Stück!«

Ich stand gerade unten in der Waschküche und weichte die Windeln der Kinder ein. Hastig wischte ich mir die schwieligen Hände an meinem ausgeblichenen Kleid ab und rannte zur Tür.

»Wenn es der Briefträger ist, sag ihm, er soll warten!«

»Ja, Chefin!« Das übliche Kindergeschrei überhörend, legte ich wie befohlen die Kette vor und spähte schüchtern durch den Türspalt.

Vor mir stand ein alter, tief gebeugter Mann in schmutzigen Kleidern. Er hatte den Hut tief ins Gesicht gezogen und sah jämmerlich verfroren aus. Von seiner Hutkrempe tropfte das

Wasser, seine Schuhe waren völlig durchweicht. Ein Bettler oder so?

»Wer ist es?«, keifte die Chefin von drinnen.

»Ich weiß nicht …«

Der Mann nahm den Hut ab und starrte mich aus seinem wächsernen Gesicht an. »Gerti!« Die Stimme war laut, wie das bei stark Schwerhörigen oft der Fall ist.

O Gott! Es war mein Vater! Wie alt er geworden war!

Eilig löste ich die Kette und öffnete die Tür.

»Um Gottes willen«, dröhnte Vater. »Wie siehst du denn aus, Kind!«

Ja, wie sah ich aus? Ich war dürr wie ein Skelett, wie die Flüchtlinge nach dem Krieg, die damals bei uns um Wassersuppe gebettelt hatten. Meine Augen saßen tief in ihren Höhlen, ich stank und war verdreckt. Schnell versteckte ich die Hände hinter dem Rücken.

»Zeig her!« Der Vater packte meine Arme und starrte auf meine wunden Handflächen. »Was haben die denn mit dir gemacht?«

»Nichts, ich habe gearbeitet. Sie haben zwei kleine Kinder und eine Samenhandlung, und ich bin für den ganzen Haushalt zuständig.«

»Gerti! Was schwatzt du da an der Tür? Mach gefälligst mit deiner Arbeit weiter!« Die Chefin kam zornig herbei und hatte schon die Hand gehoben, um mir eine Kopfnuss zu geben. »Wer sind Sie, was wollen Sie?«, herrschte sie meinen Vater an. »Wir kaufen nichts, Betteln und Hausieren ist verboten!«

»Was haben Sie mit ihr gemacht?«, brüllte mein Vater und hielt ihr anklagend meine Hände unter die Nase. »Wie soll sie damit arbeiten?!«

»Das geht Sie gar nichts an!« Die Chefin wollte meinem

Vater die Tür vor der Nase zuschlagen, aber er schob seinen Fuß dazwischen. »Lassen Sie mich rein!«

Inzwischen schoben Nachbarn schon neugierig die Gardinen beiseite. Die Chefin war sowieso nicht beliebt, und einen Skandal wollte sie wohl vermeiden, und so durfte mein Vater das Haus betreten. Der Anblick der liegen gebliebenen Arbeit, der rotznasigen Kinder und der aufgetakelten Chefin, die noch ihren Lippenstift in der Hand hatte, versetzte ihm einen weiteren Stich. Fassungslos fuhr er zu mir herum. »Warum hast du unsere Briefe nie beantwortet? Zwei Jahre lang kein einziges Wort!«

»Briefe?«, stammelte ich, in Erwartung, jede Sekunde geschlagen zu werden. Von wem auch immer. »Welche Briefe?«

»Wir haben dir immer wieder geschrieben!« Der Vater lehnte sich erschöpft an die offene Küchentür. Ich hatte Angst, er könnte jeden Moment ohnmächtig zusammenbrechen. Die beschwerliche Reise hierher hatte er sicherlich größtenteils zu Fuß gemacht. Ich hätte ihm gern ein Glas Wasser angeboten, traute mich aber nicht.

»Was fällt Ihnen ein, hier einfach so hereinzuplatzen?«, schrie Margit.

»Die Briefe!«, keuchte mein Vater und fasste sich ans Herz.

»Sie hat keine bekommen«, erwiderte die Chefin scharf. »Sie hätte auch keine Zeit gehabt, zu antworten.« Sie lachte kalt und wirbelte auf ihren hohen Absätzen zu ihm herum. »Und von welchem Geld hätte sie sich wohl eine Briefmarke kaufen sollen?«

Ich weiß nicht, ob mein Vater ihre höhnischen Worte verstand. Sie bat ihn weder in die gute Stube, noch bot sie ihm einen Stuhl an. Das war eindeutig genug.

»Gerti«, stieß er hervor. »Wir gehen.«

»Sie geht NICHT!«, kreischte die Chefin. »Was fällt Ihnen ein!«

»Wir GEHEN!«, brüllte mein Vater und nahm meinen Arm. Die Kleinen schrien wie am Spieß. Sie schienen zu spüren, dass sie im Begriff waren, den einzigen Menschen zu verlieren, der sie liebte.

»Sie hat einen dreijährigen Arbeitsvertrag«, kreischte Margit. »Und davon sind erst zwei Jahre um! Wir haben sie damals aufgenommen, als sie völlig heimatlos um Mitternacht vor der Tür stand! Jetzt hat sie das abzuarbeiten!«

»Arbeitsvertrag?!« Die Hände meines Vaters krallten sich in meine dürren Arme. »Dann sagen Sie mir mal, was sie verdient!«

Er konnte sie offenbar doch verstehen. Entweder weil sie so schrie, oder weil er es ihr von den Lippen ablas.

»Sie hat Kost und Logis«, zeterte Margit mit bebender Stimme. »Das sollte ja wohl reichen für so ein ungeschicktes Ding!« Sie packte meinen anderen Arm und zerrte an mir. »Los, rauf mit dir in deine Kammer! Wasch dich und putz dir die Nase! Wir sprechen uns später!«

Ich wollte schon hilflos die Stufen hinaufstolpern, als plötzlich Matthias senior in der offenen Haustür stand. Die Nachbarn hatten ihn anscheinend alarmiert.

»Ich gehe vor Gericht!«, keifte die Chefin gerade. »Sie können mir doch nicht einfach so meine Arbeitskraft wegnehmen! Wir haben einen Vertrag!«

Zu meinem grenzenlosen Erstaunen wagte es Matthias, den Mund aufzumachen.

»Gut, dass Sie gekommen sind«, hörte ich ihn zu meinem Vater sagen. »Nehmen Sie sie mit. Meine Frau hat das arme Ding nur ausgenutzt.«

»Du Idiot!« Margit schlug mit der flachen Hand auf ihren Mann ein. »Du wagst es, mir in den Rücken zu fallen?«

Mir sackten die Knie weg. Mein Herz raste, und in meinen Ohren dröhnte es. Ich sank auf eine Treppenstufe und beäugte ängstlich die Erwachsenen, die sich dort im Flur stritten. Das würde in eine fürchterliche Schlägerei ausarten, und ich würde ebenfalls meinen Teil abbekommen. Schließlich ging es um mich. Schon wieder war ich ein Stein des Anstoßes.

Matthias packte die Fäuste seiner Frau und hielt sie fest wie in einem Schraubstock.

So hatte ich ihn noch nie erlebt.

»Vor ein paar Wochen habe ich sie ohnmächtig auf dem Feld gefunden«, brüllte er sein zeterndes Weib an. »Hast du das schon vergessen? Sie hat bis zur Bewusstlosigkeit für dich gearbeitet, und du hast ihr die Brotkruste aus der Hand geschlagen, die sie vom Boden aufgehoben hat!«

»Weil sie kein Fressen verdient hat!«

In diesem Moment gab Matthias ihr eine saftige Ohrfeige. Mir blieb der Mund offen stehen. Ich wagte nicht zu atmen. Immerhin zwei Männer waren jetzt offensichtlich auf meiner Seite.

»*Du* hast kein Fressen verdient«, brüllte Matthias seine Frau an. Die Chefin starrte ihn aus hasserfüllten Augen an. »Das wirst du bereuen, du Schlappschwanz!«

Paff, da hatte sie sofort noch eine Ohrfeige sitzen. »Dass du einen Geliebten hast, weiß der ganze Ort! Und dass du die Kleine deine Arbeit machen lässt, auch! Damit ist jetzt Schluss! DU arbeitest wieder und lässt die Kleine laufen!«

»Ich denke gar nicht daran! Ich gehe vor Gericht und verklage Sie!« Sie zeigte auf meinen Vater. »Und DICH verklage ich auch! Wegen häuslicher Gewalt!«

Matthias schubste sie gegen die Klotür. »Jetzt hast du was zum Verklagen!«

Genau so hatte sie mich nun zwei Jahre lang behandelt, und dennoch empfand ich keine Genugtuung. Am liebsten hätte ich die Kinder aus dem Laufstall genommen und getröstet.

»Ich rate Ihnen, mit Ihrer Tochter erst mal zum Arzt zu gehen«, sagte Matthias halbwegs gefasst zu meinem Vater. »Sie ist schon ein paarmal zusammengeklappt.«

»ICH werde vor Gericht gehen«, tobte mein Vater. »Wenn der Richter das Mädel in diesem Zustand sieht, wandern Sie beide in den Knast!«

Matthias wurde blass. »Nein, lassen Sie uns das gütlich regeln!«

Er riss die Tür zum Wohnzimmer auf, schritt zum Schrank und entnahm einem Geheimfach drei Hundertmarkscheine. »Mehr habe ich nicht. Bitte, lassen Sie es gut sein!«

Er wies mit dem Kinn auf mich, die ich bebend und zitternd auf dem Treppenabsatz hockte. »Nehmen Sie die Kleine, und gehen Sie.«

»Nein! Sie geht nicht! Und schon gar nicht mit unserem Geld!«, kreischte Margit.

»Hauen Sie ab!«, zischte Matthias.

Das ließen wir uns nicht zweimal sagen. Mein Vater zog mich aus dem Haus. Das klägliche Wimmern der Kinder hallte mir noch lange in den Ohren, als wir hastig über das Kopfsteinpflaster davoneilten.

Erst am Ortsausgangsschild von Gönningen blieb mein Vater stehen. Er legte mir zwei Finger unters Kinn und sah mich forschend an. »Bis nach Reutlingen sind es zwölf Kilometer. Schaffst du die?«

»Ich glaube schon.« Tapfer biss ich die Zähne zusammen.

Was blieb mir auch anderes übrig. Die Aussicht auf die Freiheit war süßer als alles andere.

»Wir gehen zu Tante Emmi«, keuchte mein Vater neben mir. Arm in Arm schritten wir die Landstraße entlang. Es gab weder einen Bus, noch kam uns ein Auto entgegen, und erst recht überholte uns keines, das wir hätten anhalten können. Wir hätten es auch nie gewagt: Wer hätte uns abgerissenes Pack schon mitgenommen?

»Wer ist Tante Emmi?«

»Eine Kriegerwitwe, die bestimmt noch Platz in ihrer Wohnung hat. Eine ganz liebe entfernte Verwandte von mir. Zu der gehen wir jetzt. Wir haben uns solche Sorgen gemacht, Mutter und ich!« Wütend wischte sich Vater eine Träne aus dem Augenwinkel. »Acht Briefe haben wir geschrieben in den zwei Jahren! Auf keinen hast du geantwortet!«

»Das wusste ich nicht, ehrlich! Ich hätte mich wahnsinnig darüber gefreut. Ich dachte, ihr seid böse auf mich ...«

»Dass diese Hexe dir die Briefe nicht gibt, ist ja wohl der Gipfel der Unverschämtheit!«

Wütend stapfte er vorwärts, und ich bemühte mich trippelnd, mit ihm Schritt zu halten.

»Ich wusste ja nicht, dass ihr noch an mich denkt.«

Plötzlich war ich zutiefst gerührt. Mein Vater liebte mich! Ich war ihm nicht egal! Er hatte mich nicht aufgegeben!

»So ein Quatsch«, polterte der Vater aufgebracht. »Tag und Nacht haben wir an dich gedacht, jede Sekunde! Du warst dreizehn und hast ausgesehen wie neun, als du mit der Frau mitgefahren bist!«

»Ihr habt gesagt, ich soll mich nie wieder blicken lassen«, widersprach ich schüchtern. »Wie hätte ich wissen sollen, dass ihr euch Sorgen macht!«

Plötzlich blieb der Vater stehen. Er packte mich an den Schultern und sah mir eindringlich in die Augen. »Wir werden dir nie wieder Vorwürfe machen. Du bist unser Kind, und wir haben dich lieb.«

Die letzten Worte stieß er so verzweifelt hervor, dass ihm die Stimme brach. Ich hatte meinen Vater noch nie weinen sehen.

Reutlingen. Tante Emmi streckte neugierig ihren weißen Haarschopf zum Fenster heraus, als wir erschöpft an ihrer Haustür geklingelt hatten. Das kleine Häuschen duckte sich bescheiden zwischen den großen Mietshäusern.

»Wer ist da?« Das klang keineswegs böse, sondern freundlich interessiert.

»Dein entfernter Cousin Gottlieb und seine Tochter Gerti! Aus Glatten!« Die Stimme des Vaters klang so verzweifelt, als hätte er bei Petrus geläutet und Einlass in den Himmel begehrt. Und irgendwie war es auch so. Tante Emmi war nämlich ein Engel.

»Ah, das ist aber eine nette Überraschung! Moment, ich komme runter!« Kurz darauf hielt die Tante die Tür einladend auf.

»Zu so später Stunde! Ihr Lieben! Ihr seht ja ganz verhungert aus!«

Ich konnte es nicht fassen! Sie lächelte! Ihr runzeliges Gesicht glänzte unter einer duftenden Creme, und sie trug einen rosa Frotteemorgenmantel, so etwas Kuscheliges hatte ich noch nie gesehen.

»Kommt doch mit rauf! Ich habe nicht mehr mit Besuch gerechnet, sonst wäre ich nicht im Nachthemd …« Sie kicherte wie ein Teenager und öffnete uns ihre Wohnungstür. »Leise!

Sonst denken die Nachbarn noch, ich wäre eine lustige Witwe...«

Behagliche Wärme schlug uns entgegen. Eine Stehlampe spendete gemütliches Licht, und es duftete nach frisch gebackenen Plätzchen.

»So setzt euch doch!« Tante Emmi setzte bereits Teewasser auf und brachte Gebäck. »Warte, Kind, ich mache dir einen schönen heißen Kakao.«

Wir waren so müde, dass wir es gar nicht recht fassen konnten! Wir hatten uns ja nicht telefonisch anmelden können, hatten einfach abgerissen und zerlumpt auf der Matte gestanden! Und sie nahm uns auf, obwohl sie uns kaum kannte! Wie in Trance löffelte ich den süßen heißen Kakao und knabberte verschüchtert an den Keksen. Von dem, was mein Vater der Tante erzählte, bekam ich kaum etwas mit, nur die Worte »unterernährt«, »ausgebeutet«, »schreckliche Sorgen gemacht« und »ohne Hoffnung für die Zukunft«.

Mir war alles egal. Ich legte den Kopf auf die Tischplatte und stellte mich tot. Irgendwann nahm Tante Emmi mich an die Hand und brachte mich in ihr weiches Bett. Sie hatte fürsorglich eine Wärmflasche hineingelegt. Auf dem Kopfkissen lag ein Teddybär.

»Der hat meiner Tochter gehört«, sagte sie fast zärtlich. »Vielleicht darf er heute Nacht bei dir schlafen.«

Ich wusste nicht, wie mir geschah. Ich hatte Tränen in den Augen.

»Weißt du, Kleines, jetzt wird alles gut.« Die alte Dame deckte mich liebevoll zu. »Hoch das Bein ...« Sie legte mir die Wärmflasche an die Füße und stopfte die Daunendecke um mich fest. Selig schlummerte ich ein.

9

»Guten Morgen, Gerti!« Tante Emmi zog die Vorhänge zur Seite und ließ die wärmende Morgensonne herein. »Das Frühstück ist fertig!« Diese Zauberformel hatte ich noch nie gehört. Normalerweise musste ich das Frühstück für andere machen!

Schlaftrunken rieb ich mir die Augen. Das war also doch kein Traum gewesen? Diese freundliche Tante Emmi gab es wirklich? Sie streifte mir ein paar Pantoffeln an die Füße. »Die müssten passen. Und schau mal, was ich noch von meiner Marianne gefunden habe!«

Sie hielt mir ein rotes langärmeliges Samtkleid mit weißem Kragen und einer grünen Taftschleife hin. »Das müsste dir passen, du kleiner Spatz.«

Vorsichtig strich ich mit den Fingern über den dicken gefütterten Stoff. »Das sieht warm aus.«

»Na ja, die Marianne hatte es an, als sie zwölf war, es ist vielleicht ein bisschen aus der Mode …«

»Nein, ich finde es wunderschön.« Heimlich kniff ich mir in den Arm. Bestimmt war es doch nur ein Traum. Tante Emmi schnupperte und öffnete das Fenster.

»Aber vorher schlage ich vor, du nimmst ein Bad. Ich habe dir schon Badewasser eingelassen.«

Wie in Trance ließ ich mich in das duftende Schaumbad gleiten.

»Kann ich dich allein lassen? Oder wird dir schlecht? Nicht dass du mir hier auf Tauchstation gehst!«

»Ich glaub, ich schaff das.«

»Dein Vater frühstückt schon zum zweiten Mal, ich denke, er braucht frischen Kaffee.« Lachend verschwand Tante Emmi in die Küche, und ich planschte gedankenverloren in dem warmen Wasser.

Ich kam mir vor wie auf einem anderen Planeten. Bei den Schratts in Gönningen hatte ich mich in der Waschküche mit kaltem Wasser reinigen müssen, ihr Badezimmer durfte ich nicht benutzen. Immer war ich mir wie der letzte Dreck vorgekommen. Und diese rosige Tante Emmi behandelte mich wie ein rohes Ei!

Schon kam sie wieder ins Badezimmer, allerdings nach höflichem Anklopfen, auch so etwas hatte ich noch nie erlebt! Sie nahm ein vorgewärmtes flauschiges Handtuch vom Haken und hüllte mich liebevoll darin ein.

Kurz darauf saß ich in Tochter Mariannes Samtkleid mit frisch geföhnten Haaren am Frühstückstisch, auf dem knusprige Semmeln, Butter, Marmelade und ein weich gekochtes Ei auf mich warteten. Fassungslos starrte ich auf die Köstlichkeiten.

»Sind die für mich?«

»Ich habe auch noch Käse und Wurst für dich eingekauft. Und für deinen Vater mache ich jetzt ein schönes Fresspaket. Er muss leider nach Hause. Die Landwirtschaft in Glatten kann leider nicht länger warten!«

Nein, natürlich nicht. Wir mussten weg von hier. Ich biss mir auf die Unterlippe.

Vater saß in Hosenträgern auf dem Küchensofa, auf dem er anscheinend übernachtet hatte, und schaute mich immer wieder reuevoll an. »Ich hätte dich viel früher holen sollen, Kind!«

Wehmütig ließ ich diese Idylle auf mich wirken, die ich nun schon wieder verlassen musste. Die Küche lag auf der Sonnenseite der Wohnung, es war ein heller, heimeliger Raum. Auf den Fenstersimsen standen Blumentöpfe, und die bunten Vorhänge bauschten sich im Herbstwind. Draußen in den Vorgärten leuchteten die Bäume in prächtigen Farben. Ich konnte mir nicht vorstellen, dass es hier jemals grau und trostlos war.

»Muss ich jetzt wieder mit nach Glatten?« Ängstlich klammerte ich mich an den Küchentisch.

Das hier war bestimmt nur ein kurzes Intermezzo gewesen. Gleich würden wir in unser abgelegenes Tal zurückkehren. Sie brauchten meine Arbeitskraft. Morgen würde ich wieder in der Abstellkammer schlafen, direkt neben dem Schweinestall, und dann würde mein ganzes Elend wieder von vorne losgehen. Im Sommer würde ich sechzehn werden, aber das ohne jede Zukunftsperspektive. Der Vater würde seine Reue bald vergessen haben, und die Mutter würde mich wieder schlagen.

»Mein Kind, dein Vater und ich haben besprochen, dass du vorerst bei mir bleibst«, sagte Tante Emmi und strich mir bereits dick Honig aufs Butterbrötchen. »Du musst ja erst mal zu Kräften kommen.« Mitleidig lächelte sie mich an. »Nun beiß mal kräftig runter!«

Ich atmete rasch. »Ich … muss nicht mit nach Hause?« Flehend sah ich sie an. Tante Emmi schüttelte langsam den Kopf. In ihren Augen lagen aufrichtige Besorgnis und tiefes Mitleid.

»Du kannst und sollst nicht mehr arbeiten«, antwortete Tante Emmi bestimmt. »Ich kenne einen guten Kinderarzt, der hat auch meine Marianne wieder hingekriegt, als sie vor

Jahren eine offene Lungenentzündung hatte. Da sah sie fast so aus wie du.«

Mein Vater suchte verschämt nach einem Taschentuch. »Die Tante bekommt dich schon wieder auf die Beine«, krächzte er.

Ich sah von einem zum anderen. »Ihr meint, ich darf hierbleiben?«

Mit Mühe unterdrückte ich ein staunendes Jubeln.

»Weißt du, ich bin immer so allein«, bemerkte die Tante beiläufig und schenkte mir Kakao nach. »Schon immer habe ich mir gewünscht, noch mal eine kleine Tochter zu haben. Und der liebe Gott hat mein Gebet erhört: Gestern Abend stand da plötzlich ein kleines Mädchen, von dem ich noch gar nichts wusste, und …« Sie klopfte schelmisch auf den Tisch. »… sie ist sogar meine Nichte!«

»Dritten Grades«, murmelte der Vater.

»Aber das gilt!« Tante Emmi schob dem Vater ein Fresspaket über den Tisch. »Und du, lieber Gottlieb, fährst jetzt schön nach Hause und grüßt deine Karoline von mir. Sie soll sich keine Sorgen machen, ich passe gut auf eure Tochter auf.«

»Wie können wir das nur wiedergutmachen?« Der Vater kämpfte mit den Tränen.

Tante Emmi schaute fröhlich in die Runde. »Wer redet denn von Gutmachen! Es macht mir Freude, euer Spätzchen wieder aufzupäppeln, und wenn sie mir Gesellschaft leistet beim Spazierengehen und vielleicht beim Kartenspielen?« Sie zwinkerte mir unmerklich zu.

Ich nickte eifrig.

»Dann hätten wir das jetzt besprochen.« Die Tante stand auf und schob den Vater zur Tür. »Wir schreiben euch, macht euch keine Sorgen!«

Unter Tränen umarmte mich der Vater und drückte Tante

Emmi lange und intensiv die Hand. Dann ging er, zurück in seine hundert Kilometer entfernte Steinbruchsiedlung.

Wir winkten ihm noch durch das Küchenfenster nach, bis er hinter der nächsten Hausecke verschwunden war.

Es begann eine wunderschöne Zeit. Ich kam mir vor wie in einem Sanatorium für verlorene Kinderseelen. Draußen hielt der Winter Einzug, und drinnen war es gemütlich und warm. Tante Emmi kümmerte sich rührend um mich und ließ mich nicht aus den Augen. Noch mehrmals hatte ich Schwächeanfälle und Kreislaufstörungen und klappte einfach zusammen. Dann hob sie mich auf, trug mich in ihr Bett und blieb bei mir sitzen, bis es mir wieder besser ging. Sie las mir Geschichten vor, legte mir Schallplatten auf und brachte mich regelmäßig zu Doktor Winkler, dem feinfühligen Kinderarzt, der mich anfangs nur fassungslos betrachtete und dann mit jedem Mal zufriedener lächelte.

»Das kleine Vögelchen wird wieder fliegen.«

Meine eitrigen, schwieligen Hände wurden dick mit Heilsalbe bestrichen und in Verbände gepackt, meine Striemen an Armen und Beinen verblassten allmählich, und nach einiger Zeit hatte ich sogar ein, zwei Pfund mehr auf den Rippen. Doktor Winkler hatte mit hochgezogenen Brauen von »extremem Untergewicht« und »dauerhafter Mangelernährung« gesprochen, und Tante Emmi päppelte mich mit warmem Grießbrei und heißer Hühnersuppe wieder auf.

Es war Vorweihnachtszeit, und ich durfte ihr beim Plätzchenbacken zuschauen.

Mit meinen verbundenen Händen saß ich da, in einen selbst gestrickten Pullover von Tante Emmi gehüllt, und staunte, wie geschickt sie mit Mehl und Backpulver und Nüssen hantierte.

Das ging ihr alles so leicht von der Hand, und es duftete wie im Paradies. Andächtig leckte ich an einem Rührlöffel. »Schmeckt das himmlisch!«

»Du kannst noch gar nichts, was?« Mit leisem Staunen blickte sie mich an, während sie den Teig knetete. »Da hast du zwei Jahre in einem Haushalt mit Kindern gearbeitet und hast kein einziges Mal mit ihnen Plätzchen gebacken?«

»Nein.« Ratlos schüttelte ich den Kopf. So was hatte es bei Familie Schratt nicht gegeben. »Ich habe geputzt und Samen eingetütet.«

»Und, hast du wenigstens ein bisschen kochen gelernt?«

»Nein«, murmelte ich und ließ den Kopf hängen. »Bei den Schratts gab es immer nur Konserven und Fertiggerichte.«

»Aber die Kinder, die brauchen doch frisches Gemüse!«

»Sie hat ihnen manchmal eine Möhre in die Hand gedrückt«, räumte ich ein. »Und wenn etwas übrig blieb, habe ich es mir heimlich in den Mund geschoben.«

»Das ist ja schrecklich!« Ich konnte Tante Emmis entsetztes Gesicht kaum ertragen.

»Hast du denn schon einmal darüber nachgedacht, was du werden willst?«

Ich überlegte fieberhaft. Was ich werden WOLLTE? War es jemals darum gegangen, was ich WOLLTE? Kinder, die was wollen, kriegen was auf die Bollen.

»Oder anders gefragt: Was kannst du besonders gut?«, fragte Tante Emmi sanft.

»Na ja ….« Ratlos legte ich den Löffel weg. »Was kann ich denn … Samen eintüten. Das kann ich. Und Wäsche waschen. Und putzen.« Dann rutschte mir noch heraus: »Und mit Kindern spielen.«

»Würdest du denn später gern in einem Haushalt arbeiten?« Tante Emmi nahm den Teig und formte kleine Halb-monde. »So, das werden meine berühmten Vanillekipferl. Probier mal!«

Wieder ließ sie mich den Löffel ablecken. Ohne dass ich es merkte, fütterte sie mich ständig wie einen kleinen Spatz, der ihr zugeflogen war.

»Wenn ich jemals so gut kochen und backen könnte wie du«, seufzte ich hingebungsvoll und rieb mir heimlich den Bauch. »Dann würde ich wirklich gerne im Haushalt arbei-ten!«

»Daran können wir doch arbeiten!«, freute sich Tante Emmi. »Dann hätten wir doch ein schönes Ziel!«

Als ich so weit wiederhergestellt war, dass ich nicht mehr Gefahr lief zusammenzuklappen, nahm mich die Tante mit in die Stadt. Längst war ich im Besitz eines Wintermantels mit Kapuze, dick gefütterter Winterschuhe, Handschuhe und Mütze. So warm eingepackt war es ein Genuss, mit der Tante durch Reutlingen zu schlendern. Die mittelalterliche Stadt am Fuße der Schwäbischen Alb hatte sich zur Advents-zeit herausgeputzt. Hand in Hand lief ich mit Tante Emmi über den kleinen Weihnachtsmarkt. Ich durfte stehen bleiben, staunen und schauen, so viel ich wollte. Gebrannte Mandeln naschen und Rosinenstollen, bis ich platzte. Wie ein vertrock-neter Schwamm sog ich alle Eindrücke in mich auf. Plötzlich fühlte ich mich wieder wie damals im Kindergarten, als das Christkind gekommen war! Alles war bunt geschmückt, und überall duftete es nach Tannengrün, gebrannten Mandeln und Weihrauch. Mit roten Wangen stand ich an der Bratwurstbude und mampfte. Tante Emmi lachte und freute sich über meinen wachsenden Appetit.

Sie hatte mir ein Lebkuchenherz um den Hals gehängt, auf dem in weißem Zuckerguss »Mein Herzblatt« stand. Ich trug es mit einem solch andächtigen Stolz vor mir her, dass die Leute stehen blieben und lächelten. Ständig wurden wir von Passanten freundlich gegrüßt; Tante Emmi war sehr beliebt in der Stadt. Sie war früher Lehrerin gewesen, und jeder zweite hatte bei ihr die Schulbank gedrückt. Sie nahm mich immer mit, wenn sie ihre ehemaligen Schüler oder Kollegen besuchte. Und überall, wo ich auftauchte, wurde ich herzlich aufgenommen und mit Christstollen, Keksen und Kakao vollgestopft.

»Das arme Kind ist ja so dünn!«

»Was hat man denn mit der gemacht!«

»Sieht aus wie der Suppenkasper: ›wog nur noch ein halbes Lot und war am fünften Tage tot!‹«

»Ihr hättet sie mal vor ein paar Wochen sehen sollen«, meinte die Tante dann ganz ernst. »Viel hätte wirklich nicht mehr gefehlt! Fast wäre sie verhungert, und das mitten in Deutschland.«

»Schrecklich!«

»Unglaublich!«

»Und das fast zehn Jahre nach dem Krieg!«

»Ach, Emmi, in dir hat sie einen Schutzengel gefunden!«

Ich freute mich unbändig über alles, was man mir bot. Jede Karussellfahrt, jedes Stück Kuchen im Café, jeder Spaziergang durch den Park oder jeder Kaufhaus- oder Kinobesuch waren für mich ein Grund zum Jubeln. Ja, mit Tante Emmi ging ich zum ersten Mal in meinem Leben ins Kino. Es war das Wochenkino am Bahnhof, und sie spielten »Vom Winde verweht«. Tante Emmi hatte mir so von dem Film vorgeschwärmt, dass ich es kaum erwarten konnte. Die Vorstellung war komplett ausverkauft, aber als der Kartenverkäufer

Tante Emmi erkannte und meine hoffnungsvollen Augen sah, ging er nach oben in seine Wohnung und holte zwei Hocker aus seinem Bad. Darauf haben Tante Emmi und ich dann den langen Film geschaut. Das werde ich nie vergessen! Als sich der Vorhang nach dem ersten Teil schloss, Scarlett O'Hara beschwörend eine Möhre in den roten Himmel hielt und schrie: »Ich schwöre bei Gott, ich will nie wieder hungern«, mussten wir beide weinen.

Mit sechzehn bekam ich zum ersten Mal meine Tage. Vertrauensvoll ging ich zu Tante Emmi und zeigte ihr die Bescherung in meinem Wollschlüpfer. Bei meiner Mutter hätte ich mich das nie getraut, und bei Margit Schratt erst recht nicht. Beide hätten mir den Schlüpfer um die Ohren geschlagen. Tante Emmi hingegen nahm mich liebevoll in den Arm und erklärte mir, das sei völlig normal, das hätte jede Frau. Alle vier Wochen. Wir würden Binden kaufen, und dann wäre das überhaupt kein Thema mehr. Ich müsse jetzt nur aufpassen, dass mir kein junger Mann zu nahe käme, denn von nun an könne ich Babys bekommen.

Das glaubte ich der Tante nicht. Die würden doch gar nicht in mich reinpassen! Bis ich achtzehn war, glaubte ich noch, vom Küssen könnte man schwanger werden. So aufgeschlossen Tante Emmi war: richtig aufgeklärt hat auch sie mich nicht. Ich ging Jungen sowieso aus dem Weg; zu schrecklich war die Erinnerung an das, was einer von ihnen meiner Schwester Sieglinde angetan hatte. Auch wie meine Eltern miteinander umgegangen waren, war für mich kein Vorbild. Nein, ich wollte keinen Mann. Ich wollte selbstständig leben und arbeiten. Am liebsten wäre ich für immer bei Tante Emmi geblieben. So gut wie jetzt war es mir noch nie gegangen. Alle paar Wochen schrieben wir am Küchentisch gemeinsam lange ausführliche Briefe an die Eltern. Zu Weihnachten durfte ich ihnen sogar ein Päckchen mit warmer Kleidung und allerlei Leckereien schicken. Auch meiner Schwester schrieben Tante Emmi und ich Briefe, und Sieglinde schrieb zurück. Sie hatte inzwischen drei Kinder und schuftete in der Bäckerei mit ihrem Mann. Nun war sie schon wieder schwanger – ich beneidete sie nicht.

Am Heiligen Abend besuchten wir Marianne, Tante Emmis längst erwachsene Tochter, die selbst zwei Kinder hatte. Diese Ehe schien absolut glücklich zu sein, bei ihr herrschten immer Fröhlichkeit und Harmonie. Wenn ich jemals Mutter würde, das schwor ich mir, würde ich meinen Kindern auch Liebe und Wärme mit auf den Weg geben, statt ihnen mit Schlägen und Strafen das Rückgrat zu brechen. Marianne und ihr Mann Helmut besaßen ein wunderschönes neues Haus außerhalb der Stadt, auf einem Hügel, mit einem großen Garten. Dort konnten wir einen Schneemann bauen und lieferten uns eine übermütige Schneeballschlacht. Die Erwachsenen sahen gerührt zu, wie begeistert ich mit den Kindern spielte.

»Sie hat ein Händchen für so was«, hörte ich Tante Emmi zu ihrer Tochter sagen. »Sie soll später in einem Haushalt arbeiten. Schau nur, wie geduldig und liebevoll sie ist!«

»Aber erst päppeln wir sie noch weiter auf«, murmelte Marianne.

Von Marianne bekam ich sämtliche Kleidung, die ihr nicht mehr passte, aber Tante Emmi musste sie ein gutes Stück enger machen.

Als der Frühling kam, blühte ich auf wie die Tulpen und Primeln in Tante Emmis Vorgarten. Doktor Winkler war sehr zufrieden. Seine Vitamin-Kur hatte angeschlagen, jeden

Abend bekam ich einen Esslöffel von diesem süßen, klebrigen Tetravitol; ich sah aus wie Rotbäckchen.

Weil Marianne wieder in den Schuldienst zurückkehrte, verbrachten Tante Emmi und ich die Vormittage bei ihren Kindern in dem großen Haus mit dem großen verwilderten Garten. Während Tante Emmi das Essen zubereitete und das Haus aufräumte, tobte ich mit den Kindern auf der Schaukel und dem Klettergerüst herum. Mit diesen Kindern lernte ich auch das Radfahren; zuerst mit angezogenen Beinen auf dem Dreirad, das mein Gewicht spielend aushielt, dann auf dem Kinderrad mit Stützrädern und schließlich ganz allein. Als ich zum ersten Mal das Gleichgewicht halten konnte, sauste ich jubelnd die Einfahrt hinunter und ließ mich danach glücklich in die Wiese fallen. Die Kleinen stürzten sich auf mich, und wir wälzten uns im Gras. Ich hatte eine ganze Kindheit nachzuholen, und Tante Emmi gönnte sie mir. Sie stand hinter der Gardine und schüttelte nur lachend den Kopf über unsere Albernheiten.

Im Sommer gingen wir mit den Kindern ins nahe gelegene Freibad. Tante Emmi kaufte mir einen rotweiß gepunkteten Badeanzug mit einem dazu passenden Röckchen. Busen hatte ich zwar keinen, aber die Tante wollte mich ein bisschen weiblich ausstaffieren. Mit den Kindern planschte ich im Kinderbecken, warf mich jauchzend auf den bunten Wasserball und trug genau wie die beiden Kleinen einen gelben Schwimmring, ohne dass es mir peinlich gewesen wäre. Waren die Kinder trocken gerubbelt und saßen mit Butterbrot und Apfel auf der Decke, übte Tante Emmi ganz unspektakulär mit mir das Schwimmen.

»Setz dich einfach ins Wasser und halt die Luft an. Es wird dich tragen.«

Eines Tages konnte ich es. Es war, als könnte ich fliegen.

Die Sommerferien verbrachten wir im Kreis der fröhlichen Großfamilie im Schwimmbad und in Mariannes und Helmuts Garten. Wir grillten und spielten am Gartentisch *Mensch ärgere dich nicht* und *Fang den Hut*. Wir spielten Federball und Verstecken, bauten uns ein Zelt aus Wolldecken und übernachteten darin.

Bei Gewitter kuschelten wir uns unter der Markise aneinander und erzählten uns Gruselgeschichten. Biologisch war ich siebzehn, mental und körperlich zwölf.

Ich holte meine Kindheit nach, inhalierte sie mit tiefen, gierigen Zügen.

Nun war ich schon fast ein Jahr bei der Tante, und meine seelischen und körperlichen Wunden waren verheilt. Die Eltern schrieben kurze, aber liebe Postkarten, in denen sie mitteilten, wie glücklich sie über meine Fortschritte waren. Sie schafften ihre kleine Landwirtschaft nun zu zweit, in der Rasierklingenfabrik hatte der Vater aufgehört, er war jetzt in Rente, und ich hatte kein schlechtes Gewissen mehr. Zum ersten Mal war meine kleine Welt in Ordnung. Jeden Abend betete die Tante mit mir, und ich war mir ganz sicher: der liebe Gott passt wieder auf mich auf.

Nach und nach brachte mir die Tante das Kochen einfacher Gerichte bei: Bratkartoffeln mit Spiegeleiern, Pellkartoffeln mit Hering, Nudeln mit Tomatensauce und Hackepeter mit Zwiebeln. Spanisch Frico und Blinde Fische waren meine Lieblingsspeisen. Alles improvisierte Nachkriegsgerichte, mit denen ich zaubern lernte. Jedes Mal, wenn ich meiner Lehrerin stolz meine neue Kreation servierte, lobte sie mich wie eine Meisterköchin. Das alles war neu für mich: ich war noch nie in meinem Leben gelobt worden! Die Erfahrung, geschätzt zu werden, verlieh mir Flügel. Mit Feuereifer erledigte ich meine kleinen Aufgaben. Nach dem Essen legte sich Tante Emmi aufs Ohr, und ich räumte die Küche auf, spülte das Geschirr und hängte zum Schluss das Geschirrtuch zum Trocknen über die Fensterbank. Es war alles so einfach! So wenig! Es ging mir alles so leicht von der Hand, und ich wurde auch noch belohnt dafür! Ich wusste gar nicht, wie ich es anstellen sollte, ihr meine Dankbarkeit zu zeigen. Wenn die Tante schlief, wischte ich Staub in ihrem Wohnzimmer, wo auch ein Klavier stand. Andächtig wischte ich über den silbernen Bilderrahmen mit dem Lorbeerzweig und dem matten Schwarz-Weiß-Foto, aus dem mir Onkel Justus unter seinem Stahlhelm ernst entgegenblickte. Ein schwarzes Samtband war schräg über das Bild gespannt, zum Zeichen der Trauer. Onkel Justus war mit fast fünfzig in den letzten Kriegstagen bei Stalingrad gefallen. Davor war er hier in Reutlingen der Direktor des Gymnasiums gewesen. Es erfüllte mich mit Stolz, dass ich so angesehene und feine Verwandte hatte. Auch wenn es nur dritten Grades war.

Tante Emmi hatte ihn über alles geliebt und mir nur Gutes von ihm erzählt.

Ein feiner, ehrlicher, zuverlässiger Mann war er gewesen, der Vater ihrer beiden Kinder und ihr bester und einziger Freund. Vielleicht musste man so einen Mann haben, um so eine liebevolle Frau zu werden, dachte ich in meiner kindlichen Naivität. Meine Eltern und die Schratts waren nicht liebevoll, weil sie selbst nicht geliebt worden waren. Ich wurde hier zum ersten Mal geliebt und anerkannt. Was für ein kostbarer Erfahrungsschatz!

10

»Es wird Zeit, dass meine kleine Gerti was Vernünftiges zu tun bekommt.« Tante Emmi stand mit verschränkten Armen lächelnd in der Tür. »Ich glaube, mein Schatz, jetzt bist du so weit.«

Tante Emmi ging mit mir auf Jobsuche. Sie hatte noch nicht mal ein Inserat in der Zeitung aufgeben müssen; in Windeseile hatte sich in Reutlingen herumgesprochen, dass ihre Nichte eine Stelle im Haushalt suchte. Und nicht wir bewarben uns bei den Leuten, sondern sie sich bei uns. Tante Emmi sparte nicht mit Absagen.

»Nein, das wird meiner Nichte zu viel. Bei Ihnen muss sie ja noch den ganzen Garten mitmachen!« Tante Emmi nahm mich entschlossen bei der Hand. »Sie ist doch noch zart und schwach, ich denke nicht, dass sie das mit dem Rasenmäher schafft. Auf Wiedersehen.«

»Ich fürchte, bei Ihnen muss die Gerti auch noch in der Metzgerei aushelfen. Nein, sagen Sie? Aber wenn mal einer Ihrer Gesellen oder Lehrlinge krank wird? Also bitte nichts für ungut, aber die Gerti ist so gutmütig und hilfsbereit, dass sie bestimmt nicht Nein sagen kann! Tja, und mit dem Hackebeil ein halbes Schwein zerteilen, das ist nichts für meine zarte Nichte. Auf Wiedersehen.«

»Ach, Sie haben drei Kinder? Und erwarten noch ein viertes? Wissen Sie, wir dachten an einen reinen Erwachsenen-haushalt ...«

Tja, meine Tante Emmi stellte die Bedingungen, nicht umgekehrt. Sie war wählerisch und anspruchsvoll. Für mich wollte sie nur das Allerbeste.

Und das fanden wir dann auch. Bei Familie Wolf. Ursula Wolf und ihr Mann Walter betrieben ein Geschäft für Lotto, Toto, Schreib- und Tabakwaren, Zeitschriften und Süßigkeiten. Mitten in Reutlingens Altstadt lag dieses kleine Paradies, das große Träume nährte und kleine Wünsche erfüllte. In diesem Moment blätterte mein Lebensbuch eine neue Seite auf, nein, ein neues Kapitel.

Die altmodische Ladenglocke klingelte, der Duft nach Süßkram umfing mich, von den neuesten Klatschzeitschriften lächelten mir Gracia Patricia von Monaco, O. W. Fischer, Heinz Rühmann und die langbeinigen Kessler-Zwillinge entgegen. »Tanzen Sie auch so gern?«, fragte Ruth Leuwerik, und »Die Röcke werden kurz« titelte die Zeitschrift Constanze. Ich konnte mich kaum sattsehen an den Reichen und Schönen auf den bunten Titelseiten.

Ursula Wolf kam erfreut lächelnd hinter ihrem Verkaufstresen hervor. Sie wirkte robust, fröhlich und gutmütig.

»Sagen Sie bloß, Sie haben sich für uns entschieden!«

»Kommt drauf an«, meinte Tante Emmi vielsagend.

»Ja, also, wir sind den ganzen Tag außer Haus und machen keinen Dreck. Unsere zwei Söhne sind schon groß. Mein Mann Walter arbeitet im Geschäft mit, Volker studiert, und Leo macht eine Banklehre.«

Tante Emmi stützte die Arme in die Hüften. »Hört sich gut an.«

»Wir hätten nur gern abends etwas zu essen, und es wäre

schön, wenn die Betten gemacht, die Waschbecken geputzt und etwas Staub gesaugt wäre…«

»Das lässt sich einrichten. Meine Nichte ist allerdings noch nicht ganz perfekt im Kochen. Sie übt noch.«

»Oh, das macht doch nichts«, sagte Ursula Wolf lachend. »Ich kann auch nicht kochen! Wir sind schon zufrieden, wenn etwas auf dem Tisch steht! Das kann auch ein Käsebrot mit Gurke sein, oder eine Knackwurst mit Senf!«

»Gerti?«, fragte Tante Emmi mit gespielter Strenge. »Schaffst du das?«

»Klar«, gab ich geistesabwesend zurück. Mein Blick fiel auf ein Titelbild, auf dem eine kesse Blonde Motorrad fuhr.

»Wie sind die Wohnbedingungen für Gerti?«

»Oh, Moment, ich hole schnell den Schlüssel …« Eilfertig zeigte uns Ursula Wolf mein neues Reich. »Wir haben leider in unserem Geschäftshaus keinen Platz, das ist ja so ein schmales Altstadthaus, da passen wir selbst kaum rein. Aber hier, fünf Häuser weiter …« Sie rannte dienstbeflissen durch die kopf-steingepflasterte Altstadtgasse vor uns her und schloss uns die Haustür eines schmalen Fachwerkhauses auf. »Das hier haben wir extra für unsere Hausangestellte gemietet, schauen Sie, ob es Ihnen passt.« Es war eine Mansarde im dritten Stock. Sie öffnete das Fenster und wischte hastig mit dem Finger über die Fensterbank. »Es ist sauber. Ich habe es erst vor Kurzem durchputzen lassen.«

Tante Emmi schritt prüfend durch das Zimmer, das ich ganz wunderbar fand!

Ein großes weiches Bett stand an der Wand, gelbe Tapeten ließen den Raum sonnig wirken, es gab einen braunen Klei-derschrank, in dem fünf Holzbügel hingen – alle für mich?! –, eine Kommode mit einer Waschschüssel darauf, ein Krug mit

Wasser, zwei Handtücher, und auf dem kleinen Nachttisch neben dem Bett stand ein Feldblumensträußchen. Sogar eine Leselampe gab es!

Ich sah mich schon hier auf dem Bett liegen und Zeitschriften verschlingen.

»Was sagst du, Gerti?«

»Ich … ähm, also ich finde es sehr schön.« Eine prickelnde Vorfreude erfüllte mich. Ich war fast erwachsen! Ich würde ein selbstständiges Leben führen!

»Und Ihre Söhne?« Tante Emmi schien sich gegen alle Eventualitäten wappnen zu wollen. »Die haben nicht zufällig einen Hang zum Küchenpersonal?«

»Aber nein!«, sagte Frau Wolf lachend und stemmte die Hände in die runden Hüften.

»Der Volker hat längst eine feste Freundin, und der Leo ist vollkommen auf seine Banklehre fixiert. Das ist ein ganz ehrgeiziger Junge, der wird es noch weit bringen. Der hat gar keine Zeit für Flausen im Kopf!«

»Also dann, von mir aus.« Tante Emmi sah mich aufmunternd an.

»Ja, von mir aus auch!« Ich konnte ein Jubeln kaum unterdrücken.

Tante Emmi handelte bereits einen guten Lohn für mich aus. Das war unfassbar! Geld sollte ich auch noch kriegen, mein erstes selbst verdientes Geld!

Hier würde ich nicht ausgenutzt und gedemütigt werden! Wenn Tante Emmi etwas für gut befand, konnte ich mich darauf verlassen. Sie besaß Menschenkenntnis.

Kurz vor meinem achtzehnten Geburtstag fing ich im Haushalt der Wolfs an.

Mit viel Elan und Liebe kochte und backte ich und machte den Haushalt zu aller Zufriedenheit. In der ersten Woche machte ich alle Gerichte, die ich bei Tante Emmi gelernt hatte, und servierte sie mit schüchternem Stolz. Ich wusste, dass sie mir gelungen waren! Die vier Wolfs aßen mit großem Appetit und ließen nicht einen Krümel übrig. Außer der netten Mutter beachteten sie mich nicht weiter, was mir ganz recht war.

Mittags kamen sie alle nur schnell auf einen Happen herauf in ihre Altbauwohnung, um dann wieder zu ihrer Arbeit aufzubrechen. Unten im Laden hing ein Schild an der Tür: »Mittagspause von zwölf bis zwölf Uhr dreißig.« Danach konnte ich die Uhr stellen. Leo, der Jüngere, war beim Essen oft in seine Bilanzen vertieft oder bereitete eine Prüfung in Rechnungswesen vor. Volker, der Ältere, telefonierte mit seiner Freundin. Ich war ein nettes kleines Neutrum, das offenbar alles richtig machte.

Vormittags lüftete ich die Betten, putzte, saugte Staub und wischte durch die Bäder.

Beim älteren Sohn fand ich auch ab und zu mal so ein feuchtes Tütchen im Bett, aber das entsorgte ich diskret und machte mir weiter keine Gedanken. Auch wenn ich sicher war, dass Frau Wolf mich nicht ohrfeigen würde – ich kam nicht mehr auf die Idee, es aufzublasen. Besonders viel Freude machte mir das vormittägliche Einkaufen. Ausgestattet mit einem großzügigen Haushaltsgeld, schlenderte ich über den belebten Wochenmarkt, kaufte frisches Gemüse und knuspriges warmes Brot, schleppte Kartoffeln, Tomaten und Kohlköpfe heim und stattete jenem Metzger einen Besuch ab, bei dem ich hätte schuften sollen. Und siehe da: Man ließ mich nicht warten wie damals in Gönningen, wo ich ein unsichtbarer Niemand gewesen war! Man bediente mich freundlich und zuvorkommend, denn schließlich war ich Tante Emmis Nichte und arbeitete für die stadtbekannten Wolfs! Und ich hatte keine zwei quengelnden Kleinkinder am Bein, ich war frei und glücklich! Zu Hause angekommen, wälzte ich mit Feuereifer Tante Emmis Kochbuch und erweiterte mein Repertoire nach und nach um neue Gerichte aus der schwäbischen Hausmannskost. Um punkt halb eins tigerte ich nervös in der Küche auf und ab und sah alle paar Sekunden auf die Uhr. Wenn mir einmal etwas nicht gelang, lachte Frau Wolf herzlich, machte das Fenster auf und warf den Inhalt der Schüssel kurzerhand in den Hof. Dort unten machten sich ein paar Hühner und ein Schwein, das der Nachbar hielt, erfreut über ihre Zusatzration her, und die Sache hatte sich.

Unfassbar! Diese Lässigkeit, mit der mir meine Anfängerfehler verziehen wurden! Immer noch zog ich automatisch den Kopf ein, weil ich instinktiv Ohrfeigen erwartete. Aber Frau Wolf war gutmütig, geduldig und offensichtlich tolerant.

»Kindchen, das wäre mir auch nicht besser gelungen! So was Kompliziertes! Saure Kutteln mit schwäbischen Linsen auf Briegelschmiere! Da haben Sie sich aber auch was vorgenommen!« Sie strich mir über den Kopf. »Macht nichts, ich schicke Volker zum Pizzaholen!« Der Vater zückte einen Zehnmarkschein, der Sohn eilte los, und ich staunte. Was hätte ich früher für Schläge bekommen, was hätte ich zur Strafe hungern müssen! Und jetzt? Pizza! Das war auch so ein ganz neuartiger Luxus! Warmer dünner Brotteig, bestrichen mit Tomatenmark und mit Käse überbacken, noch dazu dick belegt mit Wurst und Schinken! Gewürze wie Oregano und Basilikum – wie das duftete! Natürlich packte mich der Ehrgeiz, und schon bald darauf versuchte ich mich an meiner ersten selbst gemachten Pizza.

Nachmittags buk ich mit Riesenspaß Kuchen, und bald gewöhnte es sich die Familie Wolf an, auch zum Kaffee für ein Viertelstündchen heraufzukommen. Ich sparte nie an Butter, Sahne und gutem Bohnenkaffee. Anschließend gab es noch einen kleinen Cognac für den zufriedenen Hausherrn. Die Wirtschaft boomte, und wer etwas auf sich hielt, aß und trank, bis man es ihm ansehen konnte. Walter Wolf war ein aufgeschlossener, kontaktfreudiger Mensch, der gerne mit seinen Kunden ein freundliches Schwätzchen hielt. Genau wie seine Frau Ursula begann er in seinem Laden von seiner neuen »Perle Gerti« zu schwärmen. Sie gaben richtig mit mir an, so wie andere Leute mit ihrem neuen Auto oder ihrer ersten Italienreise!

Einmal in der Woche kamen Freunde der Familie Wolf zum Essen, dann gab ich mir immer ganz besondere Mühe. Es waren die Besitzer des Hotels Harmonie in Reutlingen, also waren sie vom Fach. Herbert und Anneliese fiel der Unterkiefer herunter, und ich sah, wie ihre Blicke fassungslos über das Meer von bunten Häppchen mit Schirmchen und Dekofähnchen glitten.

»Schau nur, Herbert, diese entzückenden kalten Platten! So abwechslungsreich und kreativ dekoriert!«

Anneliese zupfte ein Fähnchen heraus und las vor, was ich in schnörkeliger Kinderschrift darauf geschrieben hatte: »Hackepeterigel mit Zwiebelstacheln!«

»Donnerwetter«, entfuhr es Herbert. »Das ist ja höchst beeindruckend. Irgendwie viel persönlicher als bei uns!«

»Man merkt, das ist mit Liebe gemacht. Und was ist das hier, kleine Kaltmamsell?«

»Roastbeef mit Meerrettich an grünem Blattsalat!«, moderierte ich bescheiden.

»Aber was das kostet!«, entfuhr es Anneliese. Fragend schaute sie meinen Chef an.

Mein Arbeitgeber schnalzte stolz mit der Zunge. »Es ist ja nicht so, dass wir arm wären, wir arbeiten ja schließlich auch für unser Geld!«

»Und was ist das auf diesem Tablett?«

»Thunfischsalat mit Erbsen auf Schwarzbrotdreiecken mit Gurken. Ich habe sie so dekoriert, dass sie mit dem Salatblatt wie kleine Segelschiffchen aussehen.«

»Was für eine zauberhafte Idee!«, stieß Anneliese entzückt aus. »So eine kalte Platte wäre was für unser Abendbuffet!«

»Oder für die Tanzparty am nächsten Wochenende! Ihre Spargelröllchen mit Remoulade und der Igel aus Käsewürfeln und Weintrauben wären doch die ideale Zwischenmahlzeit vor der Tombola!«

»Auch der Toast Hawaii ist ein Hingucker«, lobte Anneliese, »und schmeckt ganz vorzüglich. Mit Schinken, Ananas und Aprikose. Die jungen Leute haben immer neue Ideen!«

»Ich finde ihre hart gekochten Eier mit den Gesichtern aus falschem Kaviar am besten«, sagte Herbert mit vollem Mund. »Die Creme aus Mayonnaise, Eigelb und Gewürzen hat sie durch eine Sahnespritztüte gedrückt und so angerichtet, dass sie aussehen wie lustige Hüte! Das wäre was für unser Karnevalsbuffet!«

»Und schau doch nur, diese hinreißenden Fliegenpilze aus Tomaten, mit Fleischsalat gefüllt! Wie witzig sie die dekoriert hat!«

Verstohlen stibitzte ich ein winziges Häppchen und musste zugeben: Meine kalte Platte war mir nicht nur optisch gelungen. Es schmeckte einfach himmlisch. Als der Sturm aufs kalte Buffet vorüber war, begann ich diskret aufzuräumen.

»Sie kann unglaublich flink sein, wir sind selbst ganz überwältigt!«

»Die Küche ist immer blitzsauber! Ihr könnt dort vom Boden essen!«, teilte Ursula ihrer Freundin hinter vorgehaltener Hand mit.

»So fleißig und immer zufrieden!« Walter Wolf schlug seine Zähne in das letzte Mettbrötchen, das er mir vom Tablett nahm.

»Aber lasst euch noch Platz für ihre unvergleichlichen Süßspeisen!«

Als Kuchen konnte ich »kalten Hund«, Frankfurter Kranz und Käsesahnetorte bald aus dem Effeff. Meine Schlammbowle bestand aus Vanilleeis, Schattenmorellen aus dem Glas, verfeinert mit Wodka und Bitter Lemon-Limonade.

Am berühmtesten aber wurden meine hausgemachten Spätzle. Die gelangen mir einfach immer vortrefflich. Die Gäste vergingen fast vor Seligkeit.

»Leiht ihr uns eure kleine Spitzenköchin mal aus?« Herbert und Anneliese vom Hotel Harmonie strahlten mich an. »Es soll auch Ihr finanzieller Schaden nicht sein, Gerti! Wie wäre es mit den Wochenenden, wenn Sie frei haben?«

Ich fragte Tante Emmi. Und die sagte Nein.

»Liebes, ich finde, es wird Zeit, dass du auch mal anfängst, dich zu amüsieren! Warum gehst du nicht aus zum Tanzen? In deinem Alter muss man auch einfach mal Spaß haben.«

Sie stattete mich mit einem entzückenden Punktekleid aus, blaue Tupfen auf weißem Tüll, und obwohl ich mit der gerade aufkommenden Minimode liebäugelte, überzeugte mich Tante Emmi, dass man mit knisterndem Petticoat und weit fliegendem Rock viel schöner tanzen kann.

Meine schwarzen glänzenden Haare waren inzwischen schulterlang, ich trug sie zu einem wippenden Pferdeschwanz gebunden. Mein Glück, mein neues Selbstwertgefühl – all das strahlte ich aus, wenn ich temperamentvoll das Tanzbein schwang. Mit meiner Freundin Ulrike, die im Hotel Harmonie als Zimmermädchen arbeitete, zog ich samstagabends und sonntagnachmittags durch die Tanzcafés. Das dürre, schüchterne Entlein war zu einem stolzen, schönen Schwan geworden! Ulrike und ich nippten an unserer Pfirsichbowle, begutachteten die Männerwelt, kicherten, puderten uns die Nase nach und warteten auf den Traumprinzen wie alle achtzehnjährigen Mädchen dieser Welt. Wenn sich ein Kavalier näherte, schlug mir das Herz immer bis zum Hals, und ich schaute hastig weg. Ich konnte ja gar nicht gemeint sein! Ich war doch ein hässliches Zigeunerkind aus dem Tal der Ausgestoßenen!

»Hallo, Gerti! Möchtest du tanzen?«

Ein Schreck durchfuhr mich. Das war ja Leo, der jüngere der beiden Wolf-Söhne! Der Ehrgeizige, der immer lernte! Was machte der denn hier? Hockte er nicht über seinen Rechnungswesen-Büchern? Heute Morgen hatte ich noch seine Unterhosen und Socken aufgehoben. Ich brachte es nicht fertig, ihm in die Augen zu sehen. Am liebsten wäre ich sofort aufgesprungen und hätte ihn auf die Tanzfläche gezerrt. Er war mir so vertraut wie ein Bruder. Aber als ich daran dachte, was Tante Emmi zu Frau Wolf gesagt hatte, bekam ich doch weiche Knie: »Hang zum Küchenpersonal.« Sofort fiel mir wieder die arme Sieglinde ein. Egal, was Männer von Frauen wollten: sie machten sie damit unglücklich.

»Lieber nicht«, bemerkte ich halb schüchtern, halb kokett. »Mit seinem Arbeitgeber sollte man keine private Verbindung eingehen!« Ulrike gab ein wissendes Glucksen von sich.

»Aber ich will doch nur tanzen!«

»Dann tanz. Viel Spaß!« Ich versuchte selbstbewusst zu klingen, aber was herauskam, war ein verängstigtes Piepsen. Verlegen saugte ich an meiner Pfirsichbowle.

Leo Wolf zog betreten ab in seine Ecke, wo er an einem Nierentisch saß und an seiner Cola nippte. Ich riskierte einen Blick. Jetzt erst fiel mir auf, wie gut er aussah! Schwarz gelockte Haare, ein markantes Kinn, wache Augen und ein Grübchen am Kinn. Das Hemd, das er trug, hatte ich heute Morgen noch gebügelt. Er sah fantastisch darin aus. Wieso stand er denn auf mich, das magere Küchenmädchen? Wollte er nur mit mir spielen?

Nervös zupfte ich an meinem Rocksaum. Aus dem Augenwinkel beobachtete ich ihn, während mir das Herz bis zum Hals schlug. Er musterte mich mit gerunzelten Brauen, als könne er sich keinen Reim auf mich machen. Zu Hause die brave Küchenmamsell mit Schürze und Besen und hier der flotte Tanzflächenfeger!

»Den würd ich mir aber nicht entgehen lassen«, flüsterte Ulrike. »Der ist doch ein Knaller!«

»Nimm du ihn!«, sagte ich leichthin. »Männer wollen immer nur Schweinerei.«

Das war ein Zitat von meiner Mutter, und ich nahm an, dass es an dieser Stelle passte.

Leo Wolf ließ mich nicht aus den Augen. Immer wenn ich mit einem anderen jungen Mann tanzte, wurde er rot vor Wut. Ich muss zugeben, dass ich es genoss. Es begann zwischen uns zu prickeln, und ich spürte, dass ich am längeren Hebel saß. Unglaublich, dass ich zum ersten Mal im Leben etwas in der Hand hatte! Er begehrte mich, und ich ließ ihn zappeln! Von nun an spürte ich jeden Tag dieses feine Kribbeln, wenn Leo

Wolf sich an den Mittagstisch begab. Sein Blick hatte etwas Verletztes, gleichzeitig lag aufrichtige Bewunderung darin. Er hätte in Reutlingen sicherlich jede haben können, so erfolgreich und gut aussehend, wie er war. Eine Arzttochter, eine Kaufmannstochter, vielleicht sogar eine Studentin.

Warum wollte er mich, die dünne Gerti ohne erwähnenswerte Schulbildung und ohne repräsentatives Elternhaus? Weil er bei mir abgeblitzt war? Hatte das seinen Jagdinstinkt geweckt? Oder mochte er mich einfach, weil ich alltagstauglich war?

Bei meiner Hausarbeit beobachtete er mich, als wollte er meine Tauglichkeit als Ehefrau testen. Die Familie Wolf besaß eine Waschmaschine und einen Bügelautomaten. Eine Tiefkühltruhe, einen Toaster und einen Staubsauger. Sogar einen Mixer schafften sie für meine täglichen Kuchenkreationen an! Das waren ungeheure Erleichterungen im Vergleich zu früher. Spielend leicht ging mir die Arbeit von der Hand. Ich sang und tanzte dabei.

Vielleicht sah Leo Wolf mich schon als Mutter seiner Kinder? Es war bestimmt kein Zufall, dass Leo Wolf jeden Samstag in denselben Bars und Tanzclubs auftauchte, in die ich mit Ulrike ging. Immer wieder warf er mir bewundernde Blicke zu. Vielleicht war es einfach mein Strahlen, das ihn so faszinierte. Kaum ein anderes Mädchen freute sich so unbändig, einfach auf der Welt zu sein. Viele der Reutlinger Akademikertöchter hatten ein leicht gelangweiltes, herablassendes Gesicht aufgesetzt, wenn sie rauchend in den Ecken standen und sich hinter ihren langen Haaren versteckten. Ich tanzte lebenslustig, und mein Pferdeschwanz wippte dazu.

Zwei Jahre lang gelang es mir, den Avancen von Leo Wolf zu widerstehen. Instinktiv spürte ich, dass ich mir Zeit lassen konnte. Die panische Angst vor dem »Männer wollen nur Schweinerei« und den schlimmen Konsequenzen, die ich von Sieglinde kannte, paarte sich mit dem Stolz, dass ich das Tempo vorgeben konnte. Ich stand auf einer Bühne, spielte die Hauptrolle in dem Zweipersonenstück und war stolz, dass dieser tüchtige und gut aussehende junge Mann es tatsächlich auf mich abgesehen zu haben schien. Jedenfalls tauchte er nie mit einem anderen Mädchen auf.

Eines Abends im Mai stand ich gerade vor der Mülltonne im Hof, als ich seinen Atem im Nacken spürte. Wie elektrisiert wirbelte ich zu ihm herum.

»Gerti«, sagte er heiser. »Bitte sag mir, dass du das Gleiche empfindest wie ich!«

Achselzuckend starrte ich auf meine Kehrschaufel. »Ich weiß nicht …«

Er nahm sie mir aus der Hand und legte sie auf einen Mauervorsprung.

»Ich … ich weiß nicht, ich finde dich sehr nett!« Mein Mund war ganz trocken.

»Könntest du dir mehr vorstellen?« Leos Stimme klang flehentlich.

»Mehr als was …?« Unsicher erwiderte ich seinen Blick.

»Du gehörst doch sowieso schon zur Familie!« Leo atmete tief aus. »Wir haben dich längst ins Herz geschlossen, und ich ganz besonders!«

Ich senkte den Blick und verkniff mir ein seliges Lächeln.

»Wenn du mit mir spielst, dann sag es mir, Gerti!« Leos Stimme klang auf einmal gereizt. »Ich bin jetzt mit meiner Ausbildung fertig, und sie haben mir eine eigene Sparkassenfiliale angeboten!«

Worauf wollte er hinaus?

Leo schaute mich direkt an und holte tief Luft. »Ich möchte an die Zukunft denken, Gerti! Ich bin zweiundzwanzig und verdiene zweitausendachthundert Mark!«

Ich war so verblüfft, dass mir für einen Moment die Spucke wegblieb. Definierte er sich über Geld? War das sein Wert? Mein Wert waren meine Lebensfreude, mein Lachen, mein Fleiß und meine Hilfsbereitschaft.

»Gratuliere!«, sagte ich. »Das ist aber eine Menge Kohle! Dafür müssen Küchenmädchen lange fegen!« Leo wandte den Kopf ab, als hätte ich ihn geohrfeigt.

Er griff nach einem herunterhängenden Zweig und riss mehrere Blätter ab.

»Gerti, bist du so dumm, oder tust du nur so?«, wollte er wissen. »Willst du mich hier zum Affen machen?«

Ich schaute in sein fleckiges Gesicht, und ein hysterisches Kichern kam mir über die Lippen.

»Nein!« Erschrocken wich ich einen Schritt zurück, aber weiter kam ich nicht, denn da war die Mauer mit der Kehrschaufel drauf. Scheppernd wackelte sie hin und her.

»Sag es mir, Gerti! Lass mich nicht so blöd im Regen stehen!«

Was wollte er denn hören? Bewunderung. Männer wollen bewundert werden.

»Du bist toll, Leo! Ich finde es bewundernswert, dass du mit zweiundzwanzig Jahren schon eine eigene Filiale hast. Darauf sind deine Eltern doch bestimmt sehr stolz!«

»Ich will, dass DU stolz auf mich bist«, beharrte Leo.

»Das bin ich doch!« Verlegen tätschelte ich seine Schulter. »Ich gebe in ganz Reutlingen mit dir an!« Ich versuchte ein versöhnliches Lächeln, Stille. Die Amseln zwitscherten ihr Abendlied.

Leo ließ nicht locker. »Du gehst jeden Samstag tanzen. Irgendwann triffst du einen anderen! Ich habe Angst, dich zu verlieren!« Sein Gesicht wurde ganz weich. »Du bist die Mutter, die ich mir für meine Kinder wünsche!«

Mein Herz begann zu rasen. Er meinte es ernst! Es war nicht nur verletzte Eitelkeit!

Plötzlich ging er auf die Knie. »Gerti, bitte werde meine Frau!« Mit einer hastigen Bewegung zog er etwas Filigranes, Funkelndes aus seiner Hemdtasche.

Es war ein traumhaft schöner Ring! Ich konnte es kaum fassen: Da stand ich mit Schürze und Pantoffeln an der Mülltonne, und er, Leo Wolf, der Sparkassenfilialleiter in spe, machte mir in Anzug und Krawatte einen Antrag?

Mein Blick saugte sich an dem Ring fest. War das ein … Diamant oder was? Ein … ähm Dings, ein Brillant oder was war das für ein Stein? Der musste wahnsinnig teuer gewesen sein! Meine Hand zuckte, ich wollte danach greifen und mir gleichzeitig selbst auf die Hand schlagen. Plötzlich fühlte ich mich wieder wie mit zehn, wenn ich etwas Verbotenes tat. Es war genau dieselbe Mischung aus freudiger Erregung und Angst.

Männer wollen nur Schweinerei.

»Was sagst du, Gerti?« Ich sah Leos Halsschlagader zucken. »Willst du mich heiraten?«

»Okay«, stieß ich atemlos hervor. »Ich meine, ähm, ja, also unter einer Bedingung vielleicht!«

Fassungslos starrte er mich an. »Und die wäre?«

»Ich möchte mit dem Sex noch warten«, entfuhr es mir. »Also bis wir Mann und Frau sind, wenn das für dich okay ist!«

Er schloss die Augen, als müsste er überlegen.

Oh. Hoffentlich sagte er jetzt nicht: »Dann hau doch ab, du frigide Kuh!«

Aber er kam mit Schwung wieder hoch und atmete tief durch.

»Das ist mir nur recht«, sagte Leo fast erleichtert. »Ich will kein leichtes Mädchen! Zumindest nicht im moralischen Sinne!« Er umarmte mich, hob mich hoch und schwenkte mich im Kreis herum.

Ich lachte befreit auf. »Wir können es ja erst mal mit Küssen versuchen?«

Und das taten wir dann auch. Vor dieser Mülltonne in einem Reutlinger Hinterhof, an einem Abend im Mai bekam ich den ersten Kuss meines Lebens. Und war verlobt.

11

»Ach, Kinderlein, ihr seid doch noch viel zu jung!«

Tante Emmi war die Erste, die die Neuigkeit erfuhr. Mit meinem Leo war ich ganz aufgeregt bei ihr aufgetaucht und saß nun an ihrem Küchentisch.

Leo stand etwas verlegen an der Wand.

»Aber Tante Emmi, ich bin neunzehn, und Leo ist zweiundzwanzig!«

»Na ja, die Frage, wovon er dich ernähren will, erübrigt sich wohl.«

Tante Emmi stellte einen Teller mit Leberwurstbroten auf den Tisch und setzte sich zu mir auf die Bank. Sie sah mich über ihre Lesebrille hinweg prüfend an. »Wissen es deine Eltern schon?«

»Nein, du bist die Erste!« Schüchtern erwiderte ich ihren Blick.

»Das ist eine Ehre für mich, Liebes, aber deine Eltern müssen ihr schriftliches Einverständnis geben, schließlich bist du erst mit einundzwanzig volljährig!«

»Ja.« Verlegen wischte ich ein paar Krümel von der Tischdecke.

»Ich hatte gehofft, du legst ein gutes Wort bei ihnen ein!« Flehentlich sah ich sie von der Seite an und zog einen kindlichen Flunsch. Tante Emmis Urteil war für meine Eltern genauso maßgeblich wie die Bibel und das bürgerliche Gesetzbuch. Wenn sie etwas für gut befand, war das für meine Eltern in Ordnung.

»Mein lieber junger Mann, wie stellen Sie sich das Leben mit meiner kleinen Gerti denn vor?« Tante Emmi wies mit der Hand auf den freien Stuhl, und Leo setzte sich schüchtern.

»Ich möchte ihr so viel bieten, wissen Sie!« Leos Blick flog zwischen Tante Emmi und mir hin und her. Er wirkte sehr männlich und erwachsen in seinem grauen Anzug mit Krawatte, den er für diesen Antrittsbesuch extra angelegt hatte. »Sie hat ihr ganzes Leben nur geackert und geschuftet, war immer nur für andere da. Von nun an möchte ich sie auf Händen tragen und verwöhnen, so wie sie es verdient hat!«

»Das wird für sie sehr ungewohnt sein«, sagte Tante Emmi lächelnd und biss beherzt in ein Schwarzbrot mit Leberwurst. »Hoffentlich möchte sie das überhaupt!«

Ich spielte mit meinem funkelnden Verlobungsring, sodass ihr Blick unweigerlich daraufrauffallen musste. »Also ehrlich gesagt, ja!« Glücklich strahlte ich Tante Emmi an. Sie warf einen Blick auf meinen Ring und lächelte liebevoll. »Das ist ja ein ganz wertvolles Stück!«

»Genau wie Gerti!« Nervös rutschte Leo auf seinem Küchenstuhl hin und her.

»Das will ich wohl meinen! Pfefferminztee?« Sie hielt die bauchige geblümte Kanne mit dem Tropfenfänger einladend hoch, aber Leo zog eine Flasche Champagner unter seinem Jackett hervor. »Für die Beste nur vom Besten!«

In diesem Moment gewann er so richtig mein Herz. Er war der Prinz, der Aschenputtel erlöste!

Kurz darauf ertönten unsere Gläser. Tante Emmi hatte extra die kostbaren Kristallgläser aus der Vitrine geholt, streng bewacht vom ernst dreinschauenden Onkel Justus in seinem Rahmen mit Trauerflor.

»Wenn du diesem Kind auch nur ein Haar krümmst, bekommst du es mit mir zu tun!« Tante Emmi setzte ihren gestrengen Lehrerinnenblick auf, und Leo schüttelte nur den Kopf, als müsste er gleich lachen.

»Nie, das verspreche ich hiermit feierlich!« Leo strahlte uns beide an. »Ich habe große Pläne und möchte Gerti die Welt zu Füßen legen.« Er zeigte der erstaunten Tante Emmi seinen neuen Arbeitsvertrag, redete von Urlaubsgeld, Weihnachtsgeld, Bausparzulage und Dingen, von denen ich noch nie etwas gehört hatte. Währenddessen wanderte Tante Emmis Blick immer wieder prüfend zu mir, die ich glücklich und champagnertrunken in meiner Ecke saß und mich ungläubig in dieser Wohnküche umsah. Hier war ich vor vier Jahren verhungert, verfroren, mit offenen, eiternden Wunden an den Händen aufgetaucht, heimatlos wie ein herrenloser Hund. In Begleitung meines armen gehörlosen Vaters, der mich zu Fuß über die Landstraße hierhergeschleppt hatte. Und jetzt schlürfte ich Champagner mit meinem gut aussehenden Verlobten, der meiner Tante etwas von geplanten Neubausiedlungen am Stadtrand erzählte, von Führerschein und Zweitwagen und davon, dass ich nie wieder arbeiten müsse. Nur ein paar Kinderchen wollte er mit mir haben.

Tante Emmi zog die Augenbrauen hoch und musterte mich wie einen zarten Schmetterling.

»Willst du das alles wirklich auch, Kind? Du hast doch noch so viel Zeit!«

»Tante Emmi, ich kann mir nichts Schöneres vorstellen!«

Jetzt gehörte ich zur gutbürgerlichen Mittelschicht. Ein unvorstellbarer Traum war in Erfüllung gegangen.

Tante Emmi konnte anscheinend Gedanken lesen.

»Dann will ich dir meinen Segen geben«, sagte sie leise. »Und deine Eltern werden es auch tun.«

Leos Eltern Ursula und Walter fanden zwar auch, dass ich noch zu jung zum Heiraten sei, waren aber äußerst angetan von dem Gedanken, mich zur Schwiegertochter zu bekommen. Ich gehörte wirklich längst zur Familie. Ich kannte jede Gewohnheit der Wolfs, hatte mich in ihren Alltag eingefügt, war für gut befunden worden. Sie hatten keine Geheimnisse vor mir und ich vor ihnen natürlich auch nicht.

Abends saßen wir in der von mir aufgeräumten Altbauwohnung bei Schnittchen und Bier zusammen und planten unsere Zukunft in allen Details.

»Wo wollt ihr wohnen? Hier wird es für alle zu eng! Wir hoffen doch, dass ihr uns bald einen Enkel schenkt?«

»Passt auf!« Leo zog schon einen Bauplan samt Finanzierungsplan aus der Tasche und breitete ihn auf dem Wohnzimmertisch aus.

»Schaut, ich will ein Zweifamilienhaus in der Neubausiedlung am Stadtrand kaufen, in das ihr natürlich mit einziehen werdet!« Er lächelte uns alle entspannt an. »Mit eurer finanziellen Unterstützung plus einem zinsgünstigen Darlehen, das ich von meiner Sparkasse bekomme – da muss ich mir nur selbst eine Unterschrift geben, hahaha! –, ist das gar kein Problem.« Er zog ein Augenlid nach unten und grinste spitzbübisch. »Gewusst wie! Ihr wohnt unten und wir oben. Wenn wir Kinder bekommen, haben wir alle was davon und helfen uns gegenseitig. Na, was sagt ihr?«

Wir waren platt. Der liebe Leo hatte nichts dem Zufall überlassen. Alle seine Argumente waren hieb- und stichfest.

Für einen Zweiundzwanzigjährigen war Leo enorm reif und argumentierte geradezu konservativ.

Walter räusperte sich und zündete sich umständlich eine Zigarette an.

»Wenn Mutti und ich euch … Also gesetzt den Fall, wir würden euch … Sagen wir mal…« Er wechselte einen fragenden Blick mit seiner Frau, die unwillkürlich nickte. »Zweihunderttausend Mark für euren Hausbau geben, dann hätten wir dort doch sicherlich lebenslanges Wohnrecht?«

Ich stieß hörbar Luft aus. Zweihunderttausend Mark! Von solchen Unsummen war hier die Rede! Und das alles wegen … mir? Der kleinen schmalbrüstigen Gerti? Ein jähes Glücksgefühl erfasste mich. Ich war kostbar! Ich war etwas wert!

Leo schnaufte vor Ungeduld. »Aber natürlich, Papa, was denkst denn du! Dann könnt ihr euch nach und nach aufs Altenteil setzen, ohne euch Sorgen machen zu müssen!«

Mein gutmütiger zukünftiger Schwiegervater zog nachdenklich an seiner Zigarette.

»Nun, das wäre unsere komplette Altersvorsorge. Wir haben sie in eine Lebensversicherung gesteckt, die wir für das Haus kündigen müssten!«

»Aber überlegt doch mal!« Leo sprang auf und ging in großen Schritten im Wohnzimmer auf und ab. »Was wollt ihr denn später in einem Altersheim, da könnt ihr euer Geld auch nicht mehr ausgeben! Da ist es doch viel sinnvoller, mit Gerti und mir unter einem Dach zu leben, unsere Kinder aufwachsen zu sehen, und später kann Gerti euch pflegen!« Er sah mich auffordernd an. »Was, Gerti? Ist doch so!«

»Ja, klar«, sagte ich wie aus der Pistole geschossen. Diese Menschen waren so lieb und gütig zu mir gewesen, hatten mich aufgenommen wie eine Tochter – sie waren die liebsten

Schwiegereltern, die ich mir wünschen konnte. Fast waren sie der Hauptgrund, dass ich Leo heiratete! Bei ihnen fühlte ich mich einfach geborgen. Bei ihnen würde mir kein Haar gekrümmt werden, das wusste ich einfach.

Walters und Ursulas Gesichtszüge wurden immer weicher, und auf beiden Gesichtern breitete sich ein sonniges Strahlen aus.

»Ja, wenn das so ist, geben wir unseren Anteil gerne dazu!« Walter Wolf erhob sich feierlich und breitete überschwänglich die Arme aus. »Willkommen in unserer Familie, liebe Gerti!«

Ich ließ mich glücklich an die schwiegerväterliche Brust sinken. »Danke«, stammelte ich gerührt. »Danke für euer Vertrauen! Ich werde Leo ganz bestimmt glücklich machen!«

Wir vier fielen uns erleichtert und glücklich in die Arme.

Wir schrieben das Jahr 1961, und ich war inzwischen Frau Wolf. Unser neu gebautes Zweifamilienhaus war großzügig ausgestattet, modern eingerichtet, lichtdurchflutet, mit riesigen Panoramafenstern in Richtung Süden. Ich hatte mir alle Möbel, Teppiche und Tapeten selbst aussuchen dürfen, und es machte mir einen Riesenspaß, unser Heim gestalten zu dürfen. Jedes moderne Haushaltsgerät durfte ich bestellen, und natürlich hatten wir auch einen Fernseher, der wie ein Altar mitten im Raum stand, eingerahmt von weichen hellbeigen Ledersofas. Eine gut ausgestattete Bar war in die Wand integriert, damit wir auch Gäste bewirten konnten. Meine moderne Einbauküche ließ nichts vermissen, was ein Hausfrauenherz begehrte. Schließlich waren meine Kochkünste inzwischen stadtbekannt. Leo hatte weder Kosten noch Mühen gescheut, denn letztlich sollte unsere Villa auch Repräsentationszwecke erfüllen. Hier sollten wichtige Geschäftskontakte geknüpft werden. Mein lieber Ehemann, der jüngste, ehrgeizigste und erfolgreichste Sparkassendirektor Schwabens, legte großen Wert darauf, in besseren Kreisen zu verkehren. Und so gaben sich bei uns schon bald Generaldirektoren, Firmenbesitzer, Bauherren, Ärzte und Architekten, die ihr Geld erfolgreich bei Leo anlegten, die Klinke in die Hand. Samt ihrer eleganten Gattinnen kamen sie zu uns zum Dinner oder zu Tanzpartys, und es machte mir große Freude, immer wieder neue Köstlichkeiten auf den Tisch zu zaubern. Meine Schwiegereltern, die durch ihr Lotteriegeschäft ebenfalls stadtbekannt waren, stießen häufig dazu, und ich musste mich immer wieder in den Arm kneifen, wenn ich mich als souveräne Gastgeberin an der Seite meines charmanten Gatten agieren sah: War das dieselbe verschüchterte Gerti, die vor ein paar Jahren noch geschlagen und gedemütigt worden war, die als Kind zur verachteten Unterschicht gehört und bis zu ihrem dreizehnten Lebensjahr keine eigenen Schuhe besessen hatte? Heute besaß ich einen ganzen Schuhschrank voller Riemchensandaletten, Pumps und schicker Lederstiefel, in denen ich mich leichtfüßig bewegte.

Damals kam das Magermodel Twiggy in Mode, und meine knabenhafte Figur entsprach genau dem gängigen Schönheitsideal. Leo war stolz darauf, dass seine Frau Größe vierunddreißig hatte. In einer Zeit, als längst viele über Speckröllchen hier und Fettpölsterchen da zu klagen hatten und so manche Dame in ihrem karierten Kleid mit Gürtel aussah wie eine Leberwurst, beherrschte ich den Drahtseilakt bravourös, der da lautete: üppige Mahlzeiten servieren, dass sich der Tisch biegt, aber dabei kein Gramm Fett auf den Rippen haben. Hinzu kam, dass Leo und ich begeisterte Tänzer waren. Auf jedem Bankett, auf jedem Ball und auf jedem städtischen Empfang waren wir ein gern gesehenes Paar. Wenn ich im Walzertakt in Leos Armen dahinschwebte und aus dem Augenwinkel die bewundernden Blicke der anderen Gäste wahrnahm, konnte ich ein heimliches Juchzen nicht unterdrücken.

Leo staffierte mich mit den schönsten Kleidern und dem teuersten Schmuck aus. Manchmal fühlte ich mich wie die First Lady von Reutlingen. Ich konnte mein Glück nicht fassen.

Unser Bernd wurde 1962 geboren, Thomas 1965. Jetzt war unser Familienglück perfekt. Ich konnte zwar wegen meines fehlenden Busens nicht stillen, aber das war auch das einzige Handicap. Beide wurden problemlos mit der Flasche großgezogen. Ich war eine hingebungsvolle Mutter und schenkte meinen kleinen Söhnen die ganze Liebe, die ich selbst nie bekommen hatte. Ich vergötterte meine Kinder, las ihnen jeden Wunsch von den Augen ab. Während Leo eher dafür sorgte, dass es ihnen materiell an nichts mangelte, verbrachte ich meine gesamte Zeit damit, mit ihnen spazieren zu gehen, zu spielen, zu singen und zu schmusen. Sie waren mein ganzer Stolz, meine Aufgabe im Leben. Ich richtete ihre Kinderzimmer fantasievoll ein, hielt alles perfekt in Schuss. Damals war alles grellbunt gemustert, von der Tapete über die Bettbezüge bis hin zu den Schlafanzügen. Meine Jungs waren modisch immer ganz vorn dabei. Wir waren ja auch eine Vorzeige-Familie. Ich brachte sie zur Bastelgruppe, zum Kindergarten und überschüttete sie mit Lob und Zuwendung. Für jeden Schritt, den sie lernten, für jedes neue Wort belohnte ich sie mit Beifall. Sie sollten selbstbewusst durchs Leben gehen. Ich wollte ihnen das Rückgrat stärken, so gut ich konnte. Natürlich bekamen sie nur das feinste Essen, stets frisch zubereitet, liebevoll püriert, später die köstlichsten Häppchen, mundgerecht zubereitet. Die Wurst auf ihrem Brot hatte ein lustiges Gesicht, die Gürkchen bildeten Schiffchen, jede Nachspeise wurde verziert und dekoriert. Das Essen sollte für die Kinder Genuss sein, wie das ganze Leben. All diese Dinge hatte ich als Kind nie erfahren dürfen, weshalb ich unsere Söhne und natürlich auch Leo nach Strich und Faden verwöhnte. Schließlich verwöhnte Leo auch mich – wenn auch auf seine Weise. Für ihn stand mehr und mehr das Materielle im Vordergrund. Es war ihm wichtig, nach außen hin etwas zu gelten. Längst fuhr er eine schnittige Luxuskarosse mit dem Kennzeichen KW–1000, für »Kohle-Wolf«. Das war sein Spitzname in der Stadt, den er sich, wie er oft stolz erzählte, hart erarbeitet hatte. Kohle-Wolf verdiente am Tag tausend Mark. Mindestens. Durch geschickt eingefädelte Anlagegeschäfte fiel für Leo immer eine fette Provision ab. Längst hatte man ihn in die Sparkassenfiliale nach Pfullingen versetzt, wo er als jüngster Sparkassenleiter hohes Ansehen genoss. Er sah gut aus, hatte Charisma und galt als eine Art Guru unter den Geldanlegern und Spekulanten. »Kohle-Wolf ist der Geheimtipp für Reichtum«, hieß es unter der Hand. Wer seine Kohle sichern will, gibt sie dem Wolf. Leo wurde fülliger, der Wohlstand und mein gutes Essen waren ihm auch im Gesicht anzusehen. Ein kleines Doppelkinn hatte sich gebildet, und seine Wangen waren rundlicher geworden. Seine Koteletten hatten ein weiches Grau angenommen, aber nach wie vor sah man das Grübchen am Kinn, das ihn dennoch markig und männlich erscheinen ließ. Seine Stimme war lauter geworden, herrischer, bestimmter. Wenn er nach Hause kam, griff er als Erstes zum Whiskeyglas und zu seinen Zigaretten, ließ sich hinter seinen Schreibtisch sinken und telefonierte mit seinen Anlegern.

Ich brachte schnell die Kinder zu Bett, damit Leo seine Ruhe hatte. Ihm den Rücken freizuhalten war meine Aufgabe als Ehefrau, und ich erfüllte sie voller Pflichtgefühl.

Das waren die Spielregeln. Das war mir von Anfang an klar gewesen. Ich stellte sie nicht infrage. Im Gegenteil, ich war dankbar, dass ich meinen Part so perfekt gestalten durfte. Was wäre sonst aus mir geworden? Darüber wollte ich lieber gar nicht nachdenken. Außerdem kam ich überhaupt nicht zu kurz! Ich hatte doch Walter und Ursula! Der Plan war aufgegangen: Die Schwiegereltern betrieben zwar nach wie vor das Lotteriegeschäft; nach Feierabend und an den Wochenenden stürzten sie sich aber verliebt auf ihre süßen Enkel, sodass ich mich um mich selbst kümmern konnte: Friseur, Shopping, Maniküre, Pediküre, das volle Programm. Leo war stolz auf meine elegante, gepflegte Erscheinung und ließ es nie an großzügigen Geschenken fehlen. Er überhäufte mich mit Schmuck, Pelzen und schönen Kleidern.

So vergingen unsere Anfangsjahre als junge Familie. Meine einzige Sorge war tatsächlich mein nicht vorhandener Busen. Inzwischen hatte sich bei mir eine gewisse Eitelkeit eingestellt, und ich wollte die Erwartungen meines Mannes nicht enttäuschen.

»Ach, Leo, ich bin so schmalbrüstig wie ein Brett!«

Mit der Haarbürste in der Hand stand ich im Seidennegligé vor unserem riesigen Schlafzimmerspiegel und drehte mich unzufrieden hin und her. Nachdem meine schwarzen Haare zu einem pfiffigen Bob geschnitten worden waren, hatte ich wieder mal Ähnlichkeit mit einem vierzehnjährigen Knaben.

»Ich liebe dich so, wie du bist, Kleines.« Leo lag bereits auf dem Bett und blätterte in einem Wirtschaftsmagazin.

»Aber da muss doch was zu machen sein!«

»Hör zu, Gerti, nicht alle können einen Atombusen haben wie Sophia Loren, und ich habe mich schließlich noch nie beklagt, oder?«

Leo leckte an seinem Finger und blätterte um. Seine Lesebrille war ihm bis auf die Nasenspitze gerutscht, und er sah mich amüsiert an, die ich störrisch wie ein unzufriedenes Kind vor dem Spiegel stand.

»Los, Kleines, komm ins Bett! Ich muss morgen früh raus.« Leo klopfte mit der Hand neben sich auf das Damastlaken. »Lass uns noch ein Nümmerchen schieben. Das entspannt mich immer so schön.«

Ich wollte kein Nümmerchen schieben. Nicht mit diesem Brettbusen. Außerdem hatte ich noch nie große Lust auf Sex gehabt. Er war für mich nie wichtig gewesen. Wir hatten zwei Kinder, und damit war für mich das Kapitel abgeschlossen.

»Meinst du, es gibt die Möglichkeit einer plastischen Operation?« Noch immer drehte ich mich unglücklich vor dem Spiegel hin und her, während Leo langsam der Geduldsfaden riss. »Ich bin auch so scharf auf dich, kapierst du das nicht?«

»Leo, ich fühl mich so flachbrüstig einfach nicht als Frau!«

»Menschenskind, sei doch froh, dass du gesund bist«, brauste Leo nun auf. »Du hast das schönste Leben, das eine Frau nur führen kann!«

Ärgerlich drehte er sich um und knipste die Nachttischlampe aus.

Nun war ihm die Lust auf ein »Nümmerchen« vergangen.

Schuldbewusst kroch ich in meine Betthälfte. Er hatte ja recht. Man kann im Leben nicht alles haben. Aber ich war inzwischen daran gewöhnt, dass ich sehr wohl alles haben konnte, sodass ich diesbezüglich nicht aufgab. Heimlich bestellte ich mir im Katalog sämtliche Hilfsmittel, die zum Thema Brustvergrößerung angepriesen wurden. Irgendwie war ich naiv und glaubte an diese Zaubermittel. Es kamen massenweise Cremes zum Einmassieren, sogar ein BH zum Aufpumpen, doch das war alles zwecklos. Das Biest verrutschte unter dem Kleid, woraufhin sich plötzlich zwei unnatürlichen Beulen zwischen Achsel und Bauchnabel befanden. Natürlich passierte das ausgerechnet, als wir beim Aufsichtsratsvorsitzenden einer Metallfabrik und seiner Gattin zu Gast waren. Als ich wie Königin-Mutter den Arm hob und würdevoll »Prost!« sagte, sackte mein künstlicher Busen zwei Etagen tiefer.

Mein Tischnachbar starrte mich an. »Sie haben …«

»Ähm … Oh, entschuldigen Sie mich!«

Alle Herren sprangen auf und rissen ihre Serviette vom Schoß, als ich mit hochrotem Kopf die Flucht ergriff. Die Damen erstarrten.

Halb lachend, halb weinend zog ich das verdammte Ding unter dem Kleid hervor und warf es wütend in den Abfall. Als ich kurz darauf schmalbrüstig von der Gästetoilette kam, übersah man mich geflissentlich und sprach dezent hüstelnd über Börsenkurse. Nur Leo lachte sich kaputt und klopfte sich auf die Schenkel vor Freude. Er fand meine Kapriolen zum Brüllen. Zu guter Letzt gab ich noch viel unnötiges Geld für ein seltsames Gestell mit zwei Schalen aus, die auf die Brust aufgesetzt wurden. Ein Schlauch war auch mit dabei, der an einem Wasserhahn angeschlossen werden musste. Das Wasser wurde aufgedreht, und durch den Wasserdruck wurden die Brüste massiert. Angeblich sollten sie davon wachsen und gedeihen. Das bekamen natürlich meine neugierigen Knaben mit. Sie waren inzwischen fünf und drei.

»Mama, was machst du da?«

»Bitte, ihr Süßen, lasst die Mama mal einen Moment im Bad allein.«

»Dürfen wir das auch mal ausprobieren?«

»Nein, das ist nur was für Frauen.«

Damit gaben sie sich zufrieden, trollten sich und spielten unten mit ihrer Carrera-Bahn. Als es kurz darauf klingelte, hörte ich sie fröhlich an der Haustür.

»Ist eure Mutti da?«, fragte eine männliche Stimme. »Ich würde mit ihr gerne über Gott sprechen … Gott lässt alles wachsen und gedeihen, wenn man nur fest daran glaubt!«

»Die sitzt oben in der Wanne und schleudert ihren Busen!«, krähten die beiden vergnügt. »Der soll nämlich auch wachsen und gedeihen!«

»Oh, dann will ich nicht länger stören…«

Der Zeuge Jehovas zog ab und kam nie wieder.

Und ich packte den Busenkram in eine Tüte und trug ihn auf den Dachboden. Von Stund an habe ich nie wieder versucht, Gott ins Handwerk zu pfuschen.

Die Jahre zogen ins Land. Es waren gute Jahre. Man könnte es biblisch ausdrücken: Es waren sieben fette Jahre. Wir lebten wie die Maden im Speck. Leo und ich hatten uns arrangiert. Jeder ging seinen Aufgaben und Interessen nach, und ansonsten ließen wir uns in Ruhe. Es war ein Leben, wie ich es mir besser nicht wünschen konnte. Meine Schwiegereltern Walter und Ursula waren reizend. Weil ich längst über einen schnittigen Zweitwagen verfügte, fuhr ich sie überall hin und machte mit ihnen und den Kindern die schönsten Ausflüge.

Einmal baten sie mich, sie zu einer Beerdigung in die Pfalz zu fahren. Eine entfernte Cousine von Walter war gestorben. Nach etwa einer Stunde Fahrt hatten wir ein wenig die Orientierung verloren. Schwiegervater Walter saß neben mir auf dem Beifahrersitz, seinen Trauerkranz auf dem Schoß, und versuchte, die Schilder zu lesen.

»So ein Mist, Gerti, ich weiß einfach nicht mehr, wie das Kaff hieß …«

Ein Navigationssystem gab es ja damals noch nicht, und so hielt ich zögernd an einer Kreuzung.

»Das ist ja schon eine Ewigkeit her«, seufzte Schwiegervater Walter, »dass ich als junger Mann zum letzten Mal hier war!« Er sah sich verunsichert um. »Durch die ganzen Neubauten hat sich die Landschaft komplett verändert!« Er hob ratlos die Hände.

In dem Moment näherte sich ein Auto von rechts und blieb ebenfalls wartend an der Kreuzung stehen.

»Rechts vor links, Gerti. Lass den zuerst fahren.«

»Schaut mal, die Leute da sind auch alle schwarz gekleidet, und die Frau auf dem Beifahrersitz hat auch einen Kranz auf dem Schoß!« Schwiegermutter Ursula tippte mir ganz aufgeregt auf die Schulter.

»Die fahren da bestimmt auch hin!«

»Seid ihr sicher?«

»Fahr ihnen nach, Gerti!«

»Ganz wie ihr wollt!«

Ich gab Gas und folgte dem voll beladenen Opel Kapitän, in dessen Fond gleich drei schwarz gekleidete Omas saßen. Auf der Hutablage saß ein Wackeldackel und nickte uns unablässig zu, so als wollte er uns darin bestätigen, ihm zu folgen. Logisch, die wollten alle zum Begräbnis von Cousine Hilde.

Es dauerte ziemlich lange, bis wir endlich den Friedhof erreichten. Der alte Herr am Steuer fuhr so langsam, dass ich mehrmals versucht war, ihn zu überholen.

»Mann, das war ja doch noch ne Strecke«, stellte Schwiegervater Walter fest. »Ich hatte es nicht so weit in Erinnerung.«

Endlich waren wir da. Wir parkten nebeneinander vor der Friedhofsmauer und stellten den Motor ab.

»Kennst du die?«, fragte Schwiegermutter Ursula, als sich die fünf alten Herrschaften mit Trauermienen umständlich aus ihrem Schlachtschiff schälten.

»Ich kann mich nicht erinnern.« Würdevoll krabbelten wir aus dem Auto. Ich trug ein schwarzes Kostüm mit passendem Hütchen, selbst geschneidert nach einem Schnittmuster. Mit meinen schwarzen Lackstiefeln sah ich aus, als wäre ich soeben der Modezeitschrift »Madame« entsprungen.

»Wahrscheinlich ist das alles Verwandtschaft väterlicherseits.«

Wir schritten mit Trauermienen hinter den Herrschaften her und erreichten bald den Trauerzug. Ein Pfarrer schwenkte Weihrauch, ein halbes Dutzend Messdiener marschierte gelangweilt vor ihm her, dann kam die dörfliche Blaskapelle, die schaurig scheppernd einen Trauermarsch spielte. Den wettergegerbten Gesichtern der Männer war die Vorfreude auf das anschließende Bier in der Gaststätte anzusehen. Gemessenen Schrittes reihten wir uns ein und bemühten uns um einen tränenumflorten Blick, als sich die über hundert Trauergäste um das offene Grab scharten. Der Pfarrer redete ziemlich lange über die Vorzüge der lieben Verblichenen, und ich beobachtete die anderen Trauergäste. Dann setzte sich die endlose Reihe im Schneckentempo in Bewegung: Jeder nahm ein Schäufelchen Erde und warf sie auf den Sarg. Zuletzt kamen wir an die Reihe. Die Trauernden begaben sich in Richtung Gaststätte, aus der es bereits einladend nach Schweinebraten roch. Ohne Cousine Hilde je gekannt zu haben, empfand ich inzwischen tiefe Trauer um die Verstorbene, nahm auch so ein Schäufelchen Erde und ließ es auf den Sarg rieseln. Walter und Ursula konnten ein heftiges Schluchzen nicht unterdrücken. Kindheitserinnerungen übermannten den armen Walter, und er schnäuzte sich trompetend in sein Stofftaschentuch. Neben dem Grab stand ein gerahmtes Foto der Verstorbenen, und ich warf ein Auge darauf.

Oh, die sah ja aus wie ein Mann! Wie ein ziemlich alter, verschrobener Mann mit gezwirbeltem Schnauzbart, Jägerhut und Gamsbart!

»Huch!«, entfuhr es Ursula. »Walter, bist du sicher, dass wir auf der richtigen Beerdigung sind?«

»Ähm, jetzt nicht mehr«, sagte Walter und steckte das Taschentuch weg.

»Wie peinlich«, sagte Ursula. »Was machen wir denn jetzt mit dem Kranz?«

Unauffällig legten wir ihn zu den anderen Kränzen, auf denen stand: »Ein letzter Gruß unserem lieben Rudolf«.

Gemeinsam mit dem milde lächelnden Pfarrer und den genervten Messdienern schritten wir dann zum Gasthaus, in dem es bereits hoch herging.

»Hallo, Verwandtschaft aus Reutlingen mit der feschen Chauffeuse, setzt euch hierher!«

Die Insassen des Opel Kapitän hatten uns drei Plätze freigehalten. Große schäumende Bierhumpen wurden bereits vor uns hingestellt.

»Hier noch dreimal Schweinebraten?«

»Ähm … ja, da sagen wir nicht Nein!«

»Woher wisst ihr, dass wir aus Reutlingen kommen?«

»Na, ich hab doch euer Nummernschild gesehen!«, freute sich der joviale ältere Herr, der vor uns hergefahren war.

»In welcher Beziehung standet ihr denn zu meinem Bruder Rudi?«

»Ähm … ich glaube, in keiner«, sagte ich scheu.

»Na, dann erst mal prost!« Wir hoben unsere Humpen und tranken mit Rudis Bruder und seinen Schwestern, und nach einer Weile hatten wir den Irrtum aufgeklärt. Hilde war inzwischen längst ohne uns unter die Erde gekommen, in einem ganz anderen Dorf, das wahrscheinlich viele Kilometer weit weg lag.

»Also mein Bruder Rudi war ja schon immer für Überraschungen gut!«, sagte der Opel Kapitän-Fahrer lachend, der Fritz hieß. Aber dass ich auf meine alten Tage noch zu einer so hübschen Verwandtschaft komme …« Seine Schwestern Martha, Agnes und Grete freuten sich auch. Sie hatten sich mit Walter und Ursula eine Menge zu erzählen. Sie hatten nämlich mal im Lotto gewonnen und eine Kreuzfahrt in der Ostsee gemacht.

Wir blieben in der Wirtschaft hocken und hatten einen Riesenspaß. Rudi war kein Kind von Traurigkeit gewesen, wie unzählige Anekdoten bewiesen. Es wurden Reden gehalten, Witze erzählt und bis Mitternacht gesungen und geschunkelt. Das Bier floss in Strömen. Ich hätte keinen Meter mehr fahren können. Anschließend durften wir bei Rudis Verwandten übernachten, und am nächsten Tag versorgten sie uns noch mit Pfälzer Blutwurst und Saumagen für die Rückfahrt und versprachen, bald mal nach Reutlingen zu kommen.

So hatten wir sogar noch neue Freunde gewonnen.

Ja, die Schwiegereltern und ich hatten immer einen Riesenspaß und verstanden uns prächtig.

Einmal besuchten wir auch meine Eltern in Glatten. Die Kinder fanden es wunderbar, sich auf dem kleinen Bauernhof nach Herzenslust schmutzig machen zu dürfen. Mir selbst kam mein Elternhaus erschreckend schäbig und schmucklos vor, ich schämte mich vor meinen Schwiegereltern. Mit leisem Schaudern half ich meiner Mutter beim Zubereiten einer Mahlzeit auf ihrem vorsintflutlichen Herd.

Noch immer bereitete sie Knödel, indem sie die Kartoffeln mit einer Kurbel durch eine Reibe quetschte, die an der Tischplatte festgeschraubt war. Und noch immer hatte sie keinen Kühlschrank, sondern lagerte das Fleisch in der kalten Vorratskammer unter der Stiege, die einst mein Kinderzimmer gewesen war. Sie spülte das alte Geschirr noch in derselben angeschlagenen Schüssel, in der sie auch den Salat gewaschen hatte. Ein feiner Fettfilm lag auf den wackeligen Küchenstühlen und den schäbigen Resopalregalen, die nur mit Zeitungspapier überzogen waren. Das Plumpsklo gab es nach wie vor. Zwei fette Stallhasen hoppelten auf dem schmalen Rasenstück herum und hinterließen dort ihre Köttel. Das Schwein steckte seine Steckdosennase grunzend in die Küche und wurde von der Mutter mit dem Kochlöffel vertrieben. So wildromantisch dieses naturbelassene Anwesen für einen Wochenendausflug war: Ich brachte es beim besten Willen nicht fertig, mit den Schwiegereltern und den Kindern in dem trostlosen Dorf zu übernachten. Wir suchten uns ein behagliches Hotel mit vier Sternen in der nächstgrößeren Stadt. Es war Freudenstadt, wohin mich mein erster Ausflug mit dem Bus geführt hatte. Hierher hatte mich mein Vater damals in den Zirkus mitgenommen, und an dieser Bushaltestelle hatte diese Frau auf ihn gewartet! Ich schloss die Augen. An jenem Abend hatte ich meine letzte Tracht Prügel von meiner Mutter bezogen. Nun parkte ich meinen schicken Schlitten vor dem Hotel und warf dem Portier den Schlüssel hin. Der Portier sah mir bewundernd nach. Tja, und all das hatte ich Leo Wolf zu verdanken.

Der arbeitete inzwischen Tag und Nacht. Er beriet solvente Privatkunden auch noch nach Feierabend bei ihnen zu Hause. Längst war er Mitglied im Lionsclub und bei den Rotariern. Er saß in wichtigen Gremien und Ausschüssen und mischte in der Politik mit. Die wöchentlichen Versammlungen fanden im Hotel Harmonie statt, das mich vor ein paar Jahren als Kaltmamsell hatte verpflichten wollen. Was wohl aus mir geworden wäre, wenn ich den Job angenommen hätte?, dachte ich oft leise lächelnd. Dann stünde ich jetzt mit Kellnerschürze hinter den Herrschaften und reichte ihnen ihre Kohlroulade.

Ein oder zwei Jahre später holte ich meine Eltern über die Weihnachtsfeiertage zu uns nach Hause. Schon auf der Autofahrt nach Reutlingen konnten sie sich gar nicht beruhigen über meinen schicken Wagen, meinen eleganten Fahrstil, die bequemen Ledersitze und das Autoradio. Nie werde ich die großen staunenden Augen meiner Mutter vergessen, als sie zum ersten Mal unsere Villa betrat. Mit ihrer schwarzen Kleidung, ihrem weißen Dutt und den flachen Schnürschuhen, die für sie schon etwas Besonderes waren.

»Gerti! Hier wohnst du also?«

»Mädel, du hast es wirklich zu was gebracht.« Der Vater blieb mitten in der Eingangshalle stehen, die mit Parkett ausgelegt war und in der ein weißer Flügel stand. Unsere Söhne hatten inzwischen Klavierstunden, die Privatlehrerin kam wöchentlich ins Haus.

»Kommt doch weiter ins Wohnzimmer!« Glühend vor Stolz führte ich meine Eltern in den Wohnbereich, in dessen Mitte unser nagelneuer riesiger Farbfernseher stand. Die Kinder lümmelten entspannt auf den Ledersofas herum und schauten einen Zeichentrickfilm. Hätte ich es als Kind jemals gewagt, herumzuliegen und nicht zur Begrüßung aufzuspringen, wäre ich von meinen Eltern mit dem Kleiderbügel verdroschen worden. Doch heute konnten sie nicht mehr eingreifen. Meine Kinder wurden nicht wie Menschen zweiter Klasse behandelt. Sie durften ihre Kinderseelen baumeln lassen. In meinen eigenen vier Wänden herrschten Liebe und Geborgenheit. Das war meine Erziehung, und ich ließ mir da nicht reinreden. Mit einem kleinen triumphierenden Blick gab ich ihnen das zu verstehen: Mein Revier. Meine Spielregeln.

Die Eltern ließen den Blick über die maßangefertigte Bibliothek schweifen, über die in die Wand integrierte Bar und die schweren weichen Teppiche. Der reich geschmückte Tannenbaum mit den roten Kugeln und dem damals noch unverzichtbaren Lametta reichte bis zur Decke. Unter dem Baum stapelten sich bereits Berge von verpackten Geschenken, und die bescheidenen Kleinigkeiten, die meine Eltern fast beschämt dazulegten, drohten darunter zu verschwinden.

Ich bat meine Eltern in die schicke Einbauküche, die in Orangetönen gehalten war. Unserem riesigen Kühlschrank entnahm ich zur Begrüßung eine Flasche Champagner, aber das überforderte meine Eltern total.

»Hast du auch einfach ein Bier?«, fragte der Vater.

»Kindchen, zeig mir nur mal das Waschbecken«, bat die Mutter. »Ich würde mich gern etwas frisch machen.«

Während mein Vater mit seiner Bierflasche in der Hand wie hypnotisiert in den Fernseher starrte, brachte ich meine Mutter ins Bad. Sie prallte zurück und sah die ganze Pracht mit den Augen einer armen Bäuerin aus dem finstersten Schwarzwald: Plüschige rosafarbene Badezimmerteppiche lagen auf schwarzen Fliesen; über der Heizung hingen flauschige, vorgewärmte Badetücher. Eine geräumige Dusche wurde von beigefarbenen Marmorwänden begrenzt. Die Toilette war mit lustigen Aufklebern beklebt und roch aprilfrisch. Mutter klappte den Mund erst wieder zu, als sie sich selbst im riesigen beleuchteten Wandspiegel sah.

»Das gehört alles meiner kleinen Gerti?!«

»Ja, und meinen drei Männern natürlich. Leo hat allerdings inzwischen ein eigenes Bad. Er liest gern auf dem Klo. Wirtschaftsmagazine und so was, und seit Neuestem hat er dort eine eigene Telefonleitung für seine Geschäfte.« Ich kicherte verlegen und ließ meiner Mutter ein Bad ein.

Staunend sagte sie: »Dass du auf Knopfdruck ein warmes Zimmer hast und fließend warmes Wasser ... Trockene Handtücher, Duftseife, Kerzen, Musik aus dem Radio ...« Das war einfach zu viel für sie. Unser Bad erinnerte sie an die Kirche in Glatten, denn das war der einzige Ort in unserem Dorf, an dem weder an Licht noch an Musik und Duft gespart worden war.

Die Badetiere und Quietschenten meiner Kinder ließ ich dezent in einem Korb verschwinden, ebenso die Kondome, die auf der Waschmaschine lagen.

Leo wollte leider immer noch nicht ganz auf die ehelichen Pflichten verzichten, auch wenn er sie immer seltener einforderte. Da ich die Pille nicht vertrug – ich bekam eine tiefe Stimme und einen Bart davon –, mussten wir auf diese unschöne Variante ausweichen. Doch Leo forderte immer seltener sein wöchentliches »Nümmerchen« ein, und mir fehlte es überhaupt nicht. Wahrscheinlich hatte Leo sich längst anderweitig orientiert, aber das interessierte mich nicht. Alles sollte so bleiben, wie es war.

»Mutter, soll ich rausgehen?«

Nie hatte ich meine Mutter nackt gesehen! Früher in Glatten wurde samstags eine Zinkbadewanne in die Küche gestellt und zur Hälfte mit Wasser gefüllt. Zwei Kessel kochendes schüttete meine Mutter ganz am Schluss zum kalten, dann war das Wasser gerade mal lauwarm. Für uns ausgemergelte Kinder war das wenig verlockend, besonders im Winter. Dann wurde zuerst ich, die kleine Gerti, darin abgeschrubbt, anschließend Sieglinde, meine Schwester. Danach hieß es, frische Unterwäsche anziehen und ab in die Kammer. Denn nun schlossen sich die Eltern in der Küche ein und verrichteten ihre Reinigungsrituale, von denen ich keine Ahnung hatte. Ich wusste nur, dass meine Mutter starke Mieder tragen musste, weil ihre Bauchdecke ausgeleiert war wie ein alter Luftballon.

»Mutter? Möchtest du lieber allein sein?«

»Nein, Kind, bleib nur. Allein fürchte ich mich. Ich bin dem allem hier … nicht gewachsen!«

Vorsichtig half ich meiner Mutter beim Ausziehen. »Wir können deine Sachen schnell in die Waschmaschine werfen, dann sind sie morgen wieder trocken!«

Auch das wollte meiner Mutter nicht in den Kopf: dass man Wäsche nicht mühevoll im Waschhaus mit der Hand waschen musste!

»Nein, nein, Kind, die habe ich letzte Woche erst eigenhändig gewaschen! Die hält noch ein paar Wochen!«

Als der alte geschundene Körper meiner Mutter unter Ächzen und Stöhnen in die Wanne glitt, musste ich doch den Kopf abwenden, weil mir die Tränen kamen. Jede Bewegung war eine Tortur für sie, und das schon seit Jahren. Sie litt unter starkem Rheuma und Gicht. Schließlich saß sie bis zum Kinn im Pfirsichschaum.

»Kind, mein Kind, was freue ich mich mit dir!«

Sie schloss die Augen und atmete tief ein und aus. Ihr schlohweißes Haar fiel ihr in dünnen Strähnen auf die knochigen Schultern. Ihre Brüste waren ausgeleiert, ihre mageren, mit braunen Flecken übersäten Hände strichen sanft über die Schaumbläschen, die sirrend zerplatzten.

»Das wäre ein schöner Tod, Kind, davon hätte ich nie zu träumen gewagt!«

»Aber Mutter, du bist doch erst achtundsechzig …«

»Ich fühle mich aber wie achtzig«, seufzte die Mutter und strich sich die Schweißtropfen von der Stirn. »Nach so einem Leben voller Mühsal wäre der Tod eine Erlösung!«

»Aber wie kannst du so reden!« Ich saß auf dem frotteebezogenen Höckerchen, auf dem ich immer unsere Söhne trocken rubbelte, und drehte verlegen einen grünen Drachen, Thomas' Lieblingsbadetier, in den Händen.

»Ach, Kind, ich habe im Leben alles falsch gemacht …«

Nun flossen nicht nur Schweiß und Badewasser, sondern auch Tränen.

»Du hattest eben andere Bedingungen«, versuchte ich sie zu trösten.

»Aber ich hätte Sieglinde und dich doch nicht so fürchterlich schlagen müssen!«

Nun kam die Reue über meine Mutter. Sie schluchzte haltlos. Ihr Körper entspannte sich, und ihre Seele auch. Mich überkam eine seltsame Mischung aus Kälte und Mitleid.

»Du hast uns schon fürchterlich verdroschen …« Wenn ich daran dachte, aus welch nichtigen Gründen sie uns grün und blau geschlagen hatte! Wir waren doch noch Kinder gewesen, verspielte, naive Kinder!

»Wenn ich jetzt mit ansehe, Gerti, wie liebevoll du mit

deinen Kindern umgehst, wie du sie verwöhnst, begreife ich zum ersten Mal, dass es auch anders geht mit der Erziehung.« Meine Mutter schloss die Augen und legte den Kopf in den Nacken. »Ich wusste mir damals einfach keinen anderen Rat, als euch zu meinen Helferinnen zu dressieren. Was anderes wart ihr ja nicht, und ich habe meine ganze Wut an euch ausgelassen ...« Heiße Tränen quollen unablässig aus ihren zuckenden Lidern. »Das tut mir so leid, Gerti, heute tut mir das so leid!«

Ich legte ihr einen kalten Lappen auf die Stirn.

»Du standest ja selbst ständig unter Druck«, half ich ihr. »Du bist ja von Vater genauso geschlagen worden, wenn irgendwas schiefgelaufen war!«

»Ich war seine Sklavin, über Jahrzehnte, sonst nichts!«

Ich presste die Lippen zusammen und empfand nur noch tiefes Mitleid.

»Wenn ich sehe, was du für eine schöne Ehe führst.« Meine Mutter öffnete wieder die Augen. Ihr müder Blick glitt zu meinen Samtpantöffelchen und den Schminkutensilien, die ich vor dem beleuchteten Spiegel aufgereiht hatte. Föhn, Lockenwickler, Heißluftstab, Enthaarungscremes, Tiegelchen, Töpfchen, Wimpernzange, Parfum und Wattebäuschchen. Dahinter lag die Packung Kondome, die sie sehr wohl bemerkt hatte.

»Ihr schlaft sogar noch miteinander ...«

»Na ja, hin und wieder.« Verlegen strich ich mir über die Stirn.

»Mein Liebes, ich wünsche dir von Herzen ein erfülltes und glückliches Leben!« Meine Mutter weinte, sie konnte die Tränen gar nicht mehr stoppen. »Dein Mann soll dich immer auf Händen tragen!«

»Das tut er, Mutter, sei ganz unbesorgt!«

Ich drehte den grünen Drachen immer noch in den Händen hin und her. »Mutter, darf ich dich mal was fragen?«

»Frag nur, mein Kind, heute ist die Stunde der Wahrheit.« Mutter legte sich den kalten Lappen über die Augen.

»Warum hast du Vater nie verlassen?«

»Das war doch unmöglich!« Ihre grauen Augen starrten mich entsetzt an. »Hast du die Tante vergessen, die bei uns im Kämmerchen gelebt hat und mit der ihr nie sprechen durftet? Die hatte sich von ihrem Mann getrennt. Danach war sie eine Ausgestoßene.«

Ein kalter Schauer lief mir über den Rücken. Das hatte ich nicht gewusst. Diese Schande war totgeschwiegen worden wie ein schweres Verbrechen. Wir hatten immer gedacht, sie hätte keinen abbekommen. Aber sie hatte einen gehabt? Und verlassen? Das war ja der blanke Übermut! Das war ... wie einen Millionengewinn wegwerfen! Die Frau gehörte wirklich geächtet. Eine Frau verließ keinen Mann. Niemals. Unter keinen Umständen. Da konnte sie sich gleich den Strick nehmen.

Meine Mutter hatte wirklich keine andere Wahl gehabt.

Als Bernd in die Schule gekommen war und Thomas in den Kindergarten, wurden mir die Vormittage lang. Gleichzeitig schwächelten Walter und Ursula.

»Ich wünschte, ich könnte zu Hause bleiben«, stöhnte Schwiegermutter Ursula und rieb sich das schmerzende Kreuz. »Das lange Stehen im Laden ist einfach nichts mehr für mich!«

»Und ich habe einfach keine Lust mehr auf die Leute.« Walter verschanzte sich hinter seiner Zeitung. »Immer derselbe Small Talk, ich möchte einfach mal den ganzen Tag gar nichts sagen müssen.«

»Ihr Lieben, warum tauschen wir nicht einfach die Rollen?« Ganz aufgeregt stand ich vor ihnen und umklammerte meinen Staubsauger, der so gar nicht mit mir sprach. »Wenn ihr wüsstet, wie gern ich wieder unter erwachsene Leute gehen würde! Ich kann mich doch in den Laden stellen!«

»Ja, das wäre perfekt«, sagte Walter und klappte schwungvoll die Zeitung zusammen.

»Du warst schon immer so fleißig und tüchtig!«, meinte Ursula begeistert. »Du wärst die ideale Nachfolgerin!«

»Zumal der Laden dann in der Familie bleibt!«

»Ob Leo wohl einverstanden ist?«

Das war er natürlich nicht. Als wir ihm abends mit leuchtenden Augen von unseren Plänen erzählten, runzelte er unwillig die Stirn. »Meine Frau muss nicht arbeiten.«

»Aber ich will, Leo! Hier fällt mir die Decke auf den Kopf!«

»Habe ich nicht alles getan, damit du dich in unserem Haus wohlfühlst? Du hast es nicht nötig zu arbeiten!«

»Darum geht es doch gar nicht, Leo!« Um ihn milde zu stimmen, reichte ich ihm ein besonders volles Whiskeyglas und lächelte so süß ich konnte. »Ich bin jetzt sieben Jahre auf allen vieren gekrochen, habe mit Autos und Baggern gespielt, Holzklötzchen aufeinandergestapelt und Schnittchen geschmiert. Bitte lass mich doch auch mal wieder unter die Leute! Ich bin noch zu jung, um in der Hausfrauenrolle zu versauern!«

Leo nahm einen tiefen Schluck. »Und unsere Jungs?«

»Sind vormittags in der Schule, und nachmittags kümmert sich Ursula um sie. Außerdem gehen sie sowieso zum Turnen, zum Schwimmen, zum Klavierunterricht und zum Fußball.« Eifrig gestikulierend stand ich vor ihm. »Meine Tage bestehen inzwischen nur noch aus Holen, Bringen und Warten. Ich langweile mich!«

Leo sah seine Eltern zweifelnd an. »Wenn das für euch zu machen ist?«

»Ja, glaub mir, Sohn!« Walter schlug Leo beschwichtigend auf die Schulter. »Unsere kleine Gerti platzt vor Energie. Es wäre echt schade um das Mädel, wenn du sie im goldenen Käfig hältst.«

»Und ich möchte so gern noch was von meinen Enkeln haben«, sagte Ursula. »Solange ich noch kann. Es wäre eine wirklich schöne Aufgabe!«

Wir schenkten Leo Whiskey nach, bis dieser sich entspannte. »Meinetwegen – aber unter einer Bedingung ...«

Wir drei Verschwörer zwinkerten uns erleichtert zu.

»Gerti muss weiterhin ihre Verpflichtungen als Gastgeberin wahrnehmen. Das hat erste Priorität.« Leo ließ sich in seinen breiten Ledersessel fallen und stellte klirrend das Glas ab. »Ich will mich weiterhin mit meinem süßen Weibchen schmücken. Wozu habe ich es sonst so ausstaffiert?« Er grinste. In letzter Zeit trank er wirklich ein bisschen viel. Das brachte sein Beruf so mit sich.

»Natürlich!«, beeilte ich mich zu sagen. »Zuallererst bin ich deine Frau und die Mutter deiner Kinder. Dann kommt der Job.« Das klang unterwürfiger als geplant. Es wurde wirklich Zeit, dass ich wieder selbstständiger wurde und mein eigenes Geld verdiente.

12

Juhu! Ich hatte meinen eigenen Laden! Überglücklich sah ich mich in meinem kleinen Paradies um. Hier durfte ich schalten und walten, wie ich wollte! Umgeben von Zeitschriften, auf deren Titelblättern die große weite Welt winkte. Umgeben von Träumen in Form von Heftromanen mit Ärzten und Schlossherren vorne drauf, umgeben von Süßigkeiten und Zigaretten war auch ich am Ziel meiner beruflichen Träume.

Diesmal war ich es, die eine Mitarbeiterin suchte. Allein war die Goldgrube im Zentrum von Reutlingen nicht zu schaffen. Besonders freitags, wenn die Leute ihren Wochenlohn zur Lotto-Annahmestelle trugen, quoll unser kleiner Laden fast über. Schwiegervater Walter half mir bei der Auswahl der Bewerberinnen.

Letztlich entschieden wir uns für Gitta, für eine fröhliche rundliche Frau mit blondem Kurzhaarschnitt. Sie hatte einen erwachsenen Sohn, Dietmar, der bei der Bundeswehr war und nur noch am Wochenende nach Hause kam. Ihr Mann Walter arbeitete bei einer Telefongesellschaft und kam auch erst abends nach Hause, sodass sie, genau wie ich, nach einer abwechslungsreichen Beschäftigung suchte. Wir verstanden uns auf Anhieb. Waren wir allein im Laden, erzählten wir uns Anekdoten aus unserem Leben, steckten unsere Nasen in die Klatsch- und Tratschmagazine, begutachteten Schnittmuster in Modeheften und rauchten auch schon mal verstohlen hinten im Büro ein Zigarettchen zusammen. Schon bald waren wir enge Freundinnen, die später noch zusammen durch dick und dünn gehen sollten.

Zu Stoßzeiten konnten wir allerdings hoch konzentriert und flink zusammenarbeiten, ohne ein überflüssiges Wort zu verlieren.

Ich zahlte ihr einen angemessenen Lohn, ließ sie spüren, wie sehr ich sie als Arbeitskraft und als Mensch schätzte, und konnte mich im Gegenzug hundertprozentig auf sie verlassen.

Für meine Jungs war es immer das Höchste, wenn ich ihnen am Wochenende Comics wie »Tarzan«, »Bessy« oder »Buffalo Bill« mitbrachte. Die Sammlung unter ihren Betten wurde immer größer. Kopf an Kopf lagen meine Jungs bäuchlings vor ihrem Indianerzelt und lernten auf diese Weise schneller lesen als ich damals auf dem Plumpsklo.

Ihre Sympathien habe ich mir durch meine Arbeit im Laden keineswegs verscherzt. Im Gegenteil! Ich war die Super-Mami, die immer die angesagtesten Spielsachen und natürlich Berge von Süßigkeiten mitbrachte. Sie hatten eine traumhafte Kindheit und wurden von allen dermaßen verwöhnt, dass ihnen das zunehmende Fernbleiben ihres Vaters kaum noch auffiel.

Leo hatte mittlerweile mehrere Sparkassenfilialen unter sich und unsere Zukunft war, wie er mir und seinen Eltern immer wieder großspurig versicherte, »in trockenen Tüchern«. Wir hatten »ausgesorgt«. Und das mit knapp vierzig! Er hätte sich auch ein wenig zurücklehnen, oder noch besser, sich einmal um seine Söhne kümmern und mit ihnen herumtoben können, zumal sein Alkoholkonsum und sein Bewegungsmangel ihn merklich hatten altern lassen.

Aber Leo war von Ehrgeiz und Geltungsdrang getrieben. Immer höher musste er hinaus, immer größer wurde sein Wirkungskreis, immer intensiver wurden seine Beziehungen zu mächtigen Entscheidungsträgern in Stadt und Landkreis.

Als er eines Abends nach Hause kam und sich wie üblich mit seinem Whiskey in den Ledersessel warf, eröffnete er mir: »Mich hat der Bauunternehmer Krawitzke angesprochen, du weißt schon, der dicke Berliner, der uns vor Kurzem zur Hochzeit seiner Tochter eingeladen hat.«

»Ja?« Krawitzke war mir nicht besonders sympathisch. Ein dicker vorlauter Schwätzer, der meinem Leo Flöhe von internationalen Geschäften ins Ohr setzte. Dauernd war von todsicheren Millionenprojekten die Rede, ich mochte gar nicht mehr hinhören. Auch seine neureiche Frau Hannelore konnte ich nicht besonders gut leiden. Sie hatte einen entsetzlichen Geschmack, was Kleidung anging, und hielt sich irgendwie für was Besseres. Sie wirkten auf mich wie alte Nazis, wie Ewiggestrige. Sie redeten auch so und benahmen sich wie die Herrenmenschen, die ich noch aus meiner schlimmen Kindheit kannte. Die beiden hatten Riesengeschäfte in Südwestafrika gemacht, besaßen dort Land, Häuser und Farmen. Ich konnte mir sogar vorstellen, dass sie dort schwarze Sklaven für sich arbeiten ließen. Offensichtlich wollte Leo nun die über sieben fetten Jahre durch sieben noch viel fettere Jahre ersetzen.

»Das ist ein Riesendeal, Gerti. Ein Riesendeal.«

Leo hielt mir sein leeres Whiskeyglas hin, und ich beeilte mich, ihm nachzuschenken.

Er riss sich die Krawatte vom Hals und öffnete den obersten Hemdenknopf.

»Stell dir vor, Gerti: ich soll in Südwestafrika Krawitzkes Baufirma übernehmen.«

Hm. Ich war mir gar nicht sicher, ob das überhaupt Gefühle in mir auslöste: Wenn er weg war, würde er mir nicht weiter fehlen, und den Kindern auch nicht.

Wir begannen beide zu paffen. Damals rauchte man ständig und überall, natürlich auch in den eigenen vier Wänden. Und, wie ich heute leider zugeben muss, auch in der Gegenwart der Kinder. Es war einfach selbstverständlich, sich damit zu beruhigen oder aufzuputschen. Es gehörte zu einem Gespräch dazu wie ein Glas Wein oder eben Whiskey.

»Ähm, was bedeutet das genau?« Ich hatte mich in meine Sofaecke verkrochen, die Beine angezogen und den Aschenbecher auf dem Schoß.

»Dass ich da hingehe, und zwar pronto!« Leo ließ sein dröhnendes Lachen erschallen, das er in letzter Zeit immer öfter von sich gab, um seine Macht zu demonstrieren.

»Wo liegt denn das genau?« Ehrlich gesagt hatte ich keine Ahnung. Nur dass Afrika groß war und weit weg.

»Südwestafrika ist eine ehemalige deutsche Kolonie. Die Hauptstadt heißt Windhoek, und da wohnen viele Weiße. Und zwar solche wie die Krawitzkes. Die sind nach dem Krieg mal ganz schnell abgehauen und haben da das große Ding gemacht. Die brauchen dringend deutsche Großunternehmer, und Krawitzke sagt, ich bin der richtige Mann dafür.« Selbstgefällig ließ Leo seine Asche in dem goldenen Drehaschenbecher neben seinem Sessel verschwinden.

»Welche Sprache sprechen die da?«, fragte ich naiv.

»Die Weißen sprechen Afrikaans. Das ist so eine Art Holländisch. Darüber hinaus ist natürlich Englisch Amtssprache.«

»Ja, kannst du das denn?«

»Na, für den Hausgebrauch reicht's. Wie, glaubst du wohl, mache ich denn sonst international Geschäfte?«

Leo lachte mich aus. Natürlich verfügte er über eine andere Schulbildung als ich. Kunststück! Bei uns in Glatten hatten nur die amerikanischen Soldaten Englisch gesprochen. »Chewing Gum« hatte ich behalten, »Rock 'n' Roll« und »Coca-Cola«.

»Aber da gibt's doch auch Neger?« Ich hatte wirklich keine Ahnung. Wenn jemals etwas über Südwestafrika in der Tagesschau gekommen war, hatte ich nicht zugehört. Das Wort Neger war damals noch gebräuchlich, und ich meinte es keineswegs abwertend.

»Ach, Kleines, du bist echt naiv.« Leo zündete sich eine neue Zigarette an. Sein Hemd spannte über dem Bauch. »Die Schwarzen wohnen in ihren eigenen Hütten. Die sind nach dem Aufstand, den sie gemacht haben, alle in ein Getto zwangsumgesiedelt worden. Nach Katutura, das heißt so viel wie ›Ort, an dem man nicht wohnt‹. Die haben weder Wasser noch Strom, das wollen die auch gar nicht. Die leben wie vor tausend Jahren, beten ihre Götter an und glauben an Hokuspokus. Die besten arbeiten für die Weißen in der modernen Innenstadt, die ziemlich deutsch aussieht. Da gibt es sogar eine Christuskirche, sagt Krawitzke. Seine Hannelore singt dort im Kirchenchor.«

»Aha«, sagte ich wenig überzeugt. Wenn Leo in dieses Land gehen wollte, dann aber bitte ohne mich!

»Der Krawitzke hat mich heute angerufen und gemeint, ich bin sein Mann: ›Kohle-Wolf‹, hat er in den Hörer gebrüllt, ›du musst so schnell wie möglich in Reutlingen alles verkaufen und mit der gesamten Kohle nach Windhoek fliegen. So viel Land kannst du gar nicht kaufen, wie die hier zum Spottpreis anbieten! Da kannst du ganz groß einsteigen in meine Bauunternehmungen und noch viel mehr Kohle machen. Ein

Paradies für Spekulanten! In ein paar Jahren kannst du dich zur Ruhe setzen.‹«

»Aha«, machte ich wieder. Das ging mir alles ein bisschen schnell. Der Gedanke, dass Leo sich in ein paar Jahren zur Ruhe setzen könnte, gefiel mir auch nicht besonders. Dann sollte er lieber nach Südwestafrika gehen und seine Kohle in Bauunternehmungen stecken. Das war mir nur recht.

»Tja, mein Kleines.« Zufrieden erhob sich Leo aus seinem Sessel und streckte die müden Glieder. »In meinem neuen Wirkungskreis wartet sehr viel Arbeit auf mich. Ich habe keine Zeit zu verlieren.«

»Nein.«

»Du hast also nichts dagegen, wenn ich fürs Erste allein runterfliege?«

»Nein, überhaupt nicht«, sagte ich schnell. Mein erster Gedanke war, dass ich das Fernsehprogramm von nun an allein bestimmen konnte. Und dass ich kein wöchentliches Nümmerchen mehr über mich ergehen lassen musste. Dass ich die Kinder, das Haus, das Auto und die Schwiegereltern endgültig für mich alleine hatte.

Sogar auf seinem Chefledersessel würde ich mich aalen können.

Kurz gesagt, es machte mir nicht das Geringste aus.

Geradezu fluchtartig brach Leo seine Zelte in Reutlingen ab. Es wurden hektische drei Monate, in denen es viel zu regeln gab. Er war fast ununterbrochen am Telefon und brüllte schwitzend Anweisungen. Zum Abschied nahm mich Leo mit nach München. Zu einem romantischen Abschiedsessen, wie er mir sagte, und vorher noch kurz zu einem Notar, weil er ein paar Unterschriften von mir brauche.

»Es geht um unsere gemeinsamen Besitztümer«, erklärte mir Leo auf der Hinfahrt, während er mit zweihundert Sachen auf der linken Spur dahinraste.

»Auf dem Papier gehört das ganze Geld natürlich uns beiden. Der Notar braucht bloß deine Unterschrift, dass ich die Kohle in Südwestafrika investiere. Da du nichts von Spekulationen verstehst, stell einfach keine Fragen!«

»Alles?«, fragte ich dennoch ängstlich.

»Nein, natürlich nicht! Dummerchen!« Leo schlug mit seiner Pranke, die längst eine goldene Rolex zierte, auf die Hupe und verscheuchte seinen Vordermann, der mit unglaublichen hundertfünfzig Stundenkilometern auf der linken Spur dahinschlich. »Mann, der hat auch nichts mehr vor heute!«

»Ich meine, unser Haus in Reutlingen ist doch nicht davon betroffen?«

»Glaubst du, ich ziehe dir und den Kindern die Villa unterm Hintern weg?« Leo lachte mich lauthals aus.

»Deine Eltern haben lebenslanges Wohnrecht«, erinnerte ich ihn. »Sie haben uns damals zweihunderttausend Mark gegeben. Damit darfst du nicht spekulieren!«

»Als wenn ich das nicht wüsste, Kleines! Vertrau mal deinem alten Kohle-Wolf!«

Tja. Hatte ich denn eine andere Wahl? Ich selbst hätte die »Kohle« vermutlich in mein Kopfkissen eingenäht, und dort hätte sie sich – anders als Kopfläuse, wie ich mich leise schaudernd erinnerte – mit Sicherheit nicht vermehrt. Wenn mein Leo von etwas Ahnung hatte, dann von Geld. Bestimmt wusste er, was er tat.

In meinem orangebraunen Lederkostüm eilte ich mit klappernden Schritten durch die Münchner Innenstadt zum Notar, der schon alles vorbereitet hatte, und setzte unter gefühlte zwanzig Blätter mit Kleingedrucktem meine Unterschrift. Vorher musste der Notar mir das jedoch alles vorlesen, was er mit monotoner Stimme und in rasendem Tempo tat. Er und Leo schienen es kaum abwarten zu können, bis ich in meiner ungelenken Kinderschrift unterzeichnet hatte. Sie konnten ja nicht ahnen, dass ich mit Bernd und Thomas quasi ein zweites Mal schreiben gelernt und mich an der akkuraten Schulschrift ihrer Lehrerin orientiert hatte, die ich sehr schön fand.

Ich hatte keine Vorstellung von dem, was ich da unterschrieben hatte, als Leo mich erleichtert in den Bayrischen Hof zum Essen ausführte.

Auf der dortigen Dachterrasse überreichte er mir zu meinem großen Entzücken eine kleine, diamantenbesetzte Damenrolex.

»Damit du immer an mich denkst, wenn du Lotto-Scheine verkaufst!«, sagte Leo grinsend. »Du wirst sehen, das große Los kommt auch noch zu uns.«

»Aber Leo, wir sind doch schon glücklich!« Mein Blick wanderte zu den welschen Hauben der Münchner Frauenkirche, die unter dem blauen Frühlingshimmel in der Sonne leuchteten. »Pass nur gut auf dich auf, da drüben!« Kokett lachte ich ihm über dem Rotwein zu, den der Kellner uns zu Rehbraten mit Kroketten serviert hatte. »Nicht, dass du dir da drüben eine vollbusige Negermami anlachst!«

Leo verschluckte sich fast an seinem Rotwein und prustete in die Serviette. »Wie wenig du mich doch kennst, Kleines! Als ob ich auf große Busen stehen würde! Und auf Schwarze schon gar nicht!«

Tja, und dann war Leo plötzlich weg. Im Sommer 1971 verschwand sein Flieger vor meinen Augen donnernd in den

Wolken, denn ich hatte es mir nicht nehmen lassen, ihn zum Frankfurter Flughafen zu bringen. Gemeinsam mit den Kindern trat ich anschließend fast erleichtert die Rückreise in unser beschauliches Reutlingen an. Was für eine Wohltat es war, den Garten, den Swimmingpool, die Hollywoodschaukel und den Kaffeetisch mit selbst gebackenem Pflaumenkuchen nun für mich alleine zu haben! Die Kinder und die Schwiegereltern waren natürlich auch noch da, aber die störten mich nicht. Sie schrien nicht herum, knallten keine Gläser auf Glastische und rasten auch nicht im Rückwärtsgang aus der Garage. Sie schleppten mir keine Horden von Geschäftsleuten an und schrieben mir nicht vor, was ich anzuziehen hatte. So konnte das Leben weitergehen!

Mit Elan stürzte ich mich nun erst recht in die Arbeit in »meinem« Lotto-Geschäft, und jeder, der fragte, bekam zu hören, dass mein Gatte nun in südwestafrikanischen Großimmobilien machte. Mein Ansehen in der Stadt wuchs noch immer. Freundin Gitta und ich schlossen uns noch enger zusammen. Sie war inzwischen mein erster Ansprechpartner, und wir hatten keine Geheimnisse voreinander. Zum Glück mochte ihr Mann Walter mich auch gern. Am Wochenende waren die beiden häufig bei uns zu Gast, spielten mit den Kindern oder ließen einfach in unserer Hollywoodschaukel entspannt die Beine baumeln. Gemeinsam mit den Schwiegereltern unternahmen wir Ausflüge ins schwäbische Umland, wanderten später durch herbstbunte Wälder und vermissten Leo kein bisschen. Die Kinder fragten überhaupt nicht nach ihm.

Weihnachten kam Leo das erste Mal auf Urlaub nach Hause. Er wollte den Kontakt zu seiner Familie nicht verlieren, und manchmal dachte ich beschämt, dass er wohl mehr an uns hing als umgekehrt. Natürlich freuten sich Bernd und Thomas, als er sie mit Mitbringseln überschüttete und Unmengen von spannenden Geschichten im Gepäck hatte: Von nun an bevölkerten Löwen, Giraffen, Elefanten und pechschwarze Eingeborene ihre Fantasie. Gerührt sah ich zu, wie die drei ihre Schöpfe zusammensteckten: einer grau meliert und zwei kindlich blond. Wie sie sich gemeinsam Ansichtskarten und Fotos anschauten. Die Kinder fragten Leo Löcher in den Bauch, und er beantwortete sie mit unverhohlenem Stolz.

»Tja, ihr könntet euch das alles vor Ort ansehen, aber eure Mami will ja nicht!«

»Ach, Leo, setz ihnen keine Hirngespinste in den Kopf«, wehrte ich rasch ab. »Sie müssen doch hier zur Schule gehen, und ich habe noch den Laden!«

»Tja, aber dort hättet ihr eine Negermami mit einem bunten Turban auf dem Kopf, die euch das Essen serviert und hinter euch herräumt«, stellte Leo fest. »Und im riesigen Nationalpark wimmelt es nur so von Zebras und Antilopen!«

»Ach, bitte, Leo, lass den Kindern ihre heile Welt in Reutlingen!« Ich schaltete die Weihnachtsbeleuchtung ein und ließ den riesigen Christbaum erstrahlen. »Oder glaubt ihr, wir hätten dort in Afrika so einen schönen Weihnachtsbaum?«

Zum Glück gelang es mir, die Kinder abzulenken. Bernd und Thomas spielten vierhändig »Oh Tannenbaum« und »Ihr Kinderlein kommet« auf dem Flügel, und Leo stand gerührt mit seinem Whiskeyglas daneben und hatte den Arm um mich gelegt.

»Tja, vielleicht warten wir noch ein Weilchen«, meinte er schließlich. »Wenn die Kinder größer sind vielleicht.«

»Oder vielleicht auch gar nicht«, sagte ich schnell. »Meinst du, ich lasse deine Eltern hier alleine – nach allem, was sie für uns getan haben?«

»Nein, Kleines. Vergiss es einfach. Jetzt fahren wir erst mal nach Zürs und machen anständig Winterurlaub.«

Die Kinder staunten nicht schlecht: Kaum hatten sie in heißer Steppe, Wüstensand und flirrender Hitze geschwelgt, sausten sie schon auf nagelneuen Skiern, die das Christkind gebracht hatte, durch weißen Pulverschnee. Wie kleine Entenkinder fuhren sie hinter ihrem Skilehrer her, während Leo und ich in unserer exklusiven Suite im Zürser Hof ausschliefen, die schöne Landschaft bewunderten und auch mal wieder die Ehe vollzogen. Anschließend machten wir ebenfalls die Pisten unsicher und mischten uns beim Après-Ski unter die Reichen und Schönen. Selbst hier in den Skihütten machte Leo schon wieder Geschäfte. Sein selbstbewusstes Lachen übertönte sämtliches Stimmengewirr, ja selbst die lauteste Musik.

Ich selbst musterte neugierig die Damenwelt. Keine der anderen Gattinnen machte in ihrem daunengefütterten Anzug eine so gute Figur wie ich.

Silvester ging es hoch her: Die Kinder genossen eine eigene Party einschließlich Spaghettiessen, während wir Erwachsene stilvoll im edel vertäfelten Restaurant des Luxus-Hotels aßen und ins neue Jahr hineintanzten. Leo und ich galten als das perfekte Paar, als Tänzer waren wir unschlagbar. Mir machte es einen Riesenspaß, im Mittelpunkt zu stehen, neben meinem selbstbewussten Mann, der in seinem Smoking wirklich blendend aussah. Wie schade, dass meine Mutter mich jetzt nicht sehen konnte. Hier stand ich nun als umschwärmte Frau des erfolgreichen Unternehmers Leo Wolf, in Zobel und Nerz und strahlte über das ganze Gesicht. In Zürs, Lech, St. Anton und drüben in St. Christoph schossen die bunten Raketen in den Sternenhimmel. Als die Glocken zu uns heraufläuteten und wir mit Champagner anstießen, schickte ich ein heimliches Dankgebet zum lieben Gott. Und hoffte inständig, dass wir immer so glücklich bleiben würden.

13

»Frau Wolf? Sie haben einen Fürsprecher hier in der Klinik!«

Professor Lenz lief mit wehendem Kittel um seinen Schreibtisch herum und lächelte mich an. »Obwohl Sie noch immer keine fünfzig Kilo erreicht haben, werde ich heute an Silvester mal ein Auge zudrücken.«

»Was heißt das?« Mit pochendem Herzen kletterte ich von der Waage, die gerade mal achtundvierzig Kilo anzeigte.

»Na ja, ein gewisser Mitpatient möchte unbedingt mit Ihnen ins neue Jahr hineintanzen. Er hat mich so stürmisch darum gebeten, dass er Sie ins Dorf ausführen darf ... Jetzt schaue ich mir Ihre Werte noch mal an.«

Der Professor bedeutete mir, mich zu setzen. Er warf einen Blick in meine Patientenakte und spielte mit seinem Kugelschreiber.

»Sie haben zugenommen, machen einen stabilen Eindruck, und ich habe das Gefühl, Sie würden auch ganz gern mal diesen Mauern entfliehen?«

»Ja, Herr Professor«, stammelte ich. »Ich würde furchtbar gern mit Herrn Bruns tanzen gehen...«

»Aber um eins sind Sie beide wieder da!« Mit gespielter Strenge musterte mich der Professor über seine Brillengläser hinweg. »Wer von Ihnen beiden die Verantwortung übernimmt, ist mir egal. Sagen wir, der Ältere!«

»Ich glaube, Herr Bruns ist älter …«

»Ja, und er macht mir auch einen sehr zuverlässigen Eindruck.« Der Professor tätschelte meine Hand. »Nun entspannen Sie sich mal, Frau Wolf! Er will Ihnen bestimmt nichts Böses.«

»Nein, ich weiß, ich mag ihn auch sehr, aber …« Verlegen senkte ich den Kopf. »Ich freue mich so sehr aufs Tanzen, andererseits weiß ich nicht, inwieweit ich mich auf ihn einlassen soll…«

»Sie haben Angst, erneut die Kontrolle über Ihr Leben zu verlieren, stimmt's?« Der Professor sah mich verständnisvoll an. »Nach allem, was Sie durchgemacht haben …« Natürlich kannte er meine dramatische Lebensgeschichte.

»Na ja, ich stehe ganz gut auf meinen eigenen Beinen …«

»Das sollen Sie ja auch weiterhin tun, Frau Wolf. Aber jetzt tanzen Sie erst mal mit Herrn Bruns ins neue Jahr. Meinen Segen haben Sie.«

Der Professor tätschelte mir zum Abschied die Wange. »Das Leben ist noch nicht vorbei, Frau Wolf. Auch wenn es für viele Patienten dieser Klinik so aussieht. Sie sind alle traumatisiert, komplett ausgebrannt und ohne Hoffnung. Aber die wollen wir ihnen ja hier geben. Und dazu gehört Lebensfreude. Und auch ein kleiner Flirt. Also, gehen Sie tanzen. Vielleicht fängt für Sie ja hier ein ganz neues Kapitel an!«

Ich schlüpfte aus dem Sprechzimmer und eilte selig auf mein Zimmer. Ich würde mit Jürgen Bruns ins neue Jahr tanzen! Der Professor hatte es erlaubt! O Gott!, schoss es mir durch den Kopf. Was ziehe ich an? Was soll ich bloß anziehen?

Zaghaft klopfte ich an Jürgens Tür.

»Ich darf!«

»Das weiß ich schon!«

»Von wegen!« Spielerisch trommelte ich mit der Faust auf seine Brust. »Glaub ja nicht, du hättest mich damit schon im Sack!«

»Komm rein!« Jürgen zog mich in sein Zimmer. Seine Augen strahlten voller Vorfreude. Draußen vor dem Fenster sah man schon erste Raketen fliegen. »Heute lassen wir es richtig krachen!«

»Aber nicht, dass du denkst …« Nervös sah ich mich um. Sein Bett war zerwühlt.

»Gerti.« Jürgen Bruns legte beide Hände auf meine Schultern und sah mir eindringlich in die Augen. »Es wird nichts geschehen, was du nicht selbst von ganzem Herzen willst.«

Mein Blick fiel auf das Weihnachtsgesteck, das ich gebastelt hatte. Die rote Kerze war ganz heruntergebrannt. »Ich will von ganzem Herzen nichts überstürzen.«

»Das ist doch eine klare Ansage.« Jürgen zauberte eine Flasche Piccolo hinter dem Vorhang hervor. »Bis es zum Tanzen geht, haben wir noch Zeit. Setz dich und erzähl mir einfach weiter aus deinem Leben.«

Ich sah ihn erstaunt an. »Und das willst du wirklich?«

»Ja«, sagte er nickend und ließ sich neben mich aufs Bett sinken. Er füllte zwei Zahnputzgläser mit schäumendem Sekt. »Also? Wo warst du stehen geblieben?«

Vier Jahre lang ging alles gut: Leo war in Südwestafrika, zog dort riesige Ladenketten hoch, und wir, die zu Hause gebliebene Familie, genossen aus sicherer Entfernung seinen Erfolg. Er schickte zwar kein Geld nach Hause wie andere Väter, sondern investierte seine Gewinne gleich wieder, aber ich hatte ja meinen Laden. Damit konnte ich meine Jungs selbst ernähren, und das war letztlich ein viel besseres Gefühl, als von ihm zu leben. Die Schwiegereltern und ich waren ein eingespieltes Team. Wir teilten alle Kosten. Ohne Leo war Geld für uns überhaupt kein Thema. Jeder packte einfach mit an, und wir kamen über die Runden. Alle drei Monate kam »der Vati« mit Geschenken beladen heim, hatte dann seinen Riesenauftritt vor den Kindern, die eine Art Weihnachtsmann in ihm sahen, entführte uns in die teuersten Urlaubsgebiete und schwärmte uns von seinem Schlaraffenland Südwestafrika vor.

Nach und nach weckte er in den Kindern den Wunsch, dort zu leben, aber ich schaffte es immer wieder, sie abzulenken. Kinderpartys mit ihren Freunden, Wochenendausflüge mit den Schwiegereltern, Besuche bei meinen Eltern auf dem Bauernhof, Unternehmungen wie Zirkus, Kino, Minigolf und Wettkämpfe auf dem Fußballplatz machten ihnen die Vorzüge unserer Heimat wieder schmackhaft.

Inzwischen lebten bereits zwölf Reutlinger Familien auf Vermittlung von »Kohle-Wolf« in Windhoek. Alle hatten ihr Hab und Gut in Reutlingen verkauft und ihm ihr gesamtes Geld anvertraut. Sie hofften dort auf ein noch besseres Leben und schickten ihre Kinder dort zur Schule. Die Männer arbeiteten für Leo. Wenn so viele Leo vertrauten, warum tat ich es dann nicht?

Henry Meyer, ein sehr netter, jüngerer Mitarbeiter Leos, der als Erster mit ihm rübergegangen war, war der Absender eines hellblauen Luftpostbriefs, der mich im April des Jahres 1975 erreichte.

Liebe Gerti,

nun sind wir hier schon eine richtig große deutsche Clique!
Unser Chef und Freund Leo, dem wir hier alle unseren
Wohlstand verdanken, leidet sehr darunter, dass nur noch
seine eigene Familie vor dem Umzug ins Land der tausend
Möglichkeiten »kneift«! Gerti! Wissen Sie, was Sie Ihrem
Mann damit antun? Alle haben ihre Familien hier, nur er ist
der buchstäbliche einsame Wolf! Wir leben in wunderschönen
Häusern mit Swimmingpool, haben Hauspersonal – es ist der
reinste Traum! Ständig finden deutsche Partys statt, es gibt
unheimlich viele interessante tolle Leute hier, und der Einzige,
der immer allein dasteht, ist unser Chef. Das macht bei seinen
internationalen Geschäftspartnern einen höchst seltsamen Ein-
druck. Wissen Sie, welche Gerüchte sich schon um Ihren Mann
ranken? Sie können es sich bestimmt denken. Wie peinlich für
unseren Chef! Also bitte, Gerti! Das können Sie Ihrem Mann
doch nicht antun! Schließlich verdanken wir ihm alle unseren
wirtschaftlichen Erfolg. Auch Sie, liebe Gerti, wenn ich Sie
daran erinnern darf! Nun geben Sie Ihrem Herzen einen Stoß,
und kommen Sie nach Windhoek! Sie können sich erst mal
ganz unverbindlich umschauen, nur für ein paar Wochen zur
Probe. Natürlich ohne die Kinder, wenn Ihnen das zu gefähr-
lich erscheint. Wir werden Sie alle auf Händen tragen und
Ihnen Windhoek schmackhaft machen. Wir wollen, dass unser
Chef glücklich ist.
Ihr Henry Meyer mit Familie

Beigefügt war ein Flugticket nach Windhoek, ausgestellt auf
kommenden Dienstag.

Ich schluckte trocken. Nun gab es wohl kein Zurück mehr.

Mir rutschte das Herz in die Hose. O Gott, ich war doch noch nie geflogen! Und dann gleich so weit! Ich wollte nicht! Andererseits ...

Meine Schwiegereltern versprachen, sich in den vier Wochen meiner Abwesenheit um Bernd zu kümmern, und Thomas kam bei meinen engen Freunden Gunni und Dieter Meile unter. Alle beteuerten mir, dass ich unbesorgt fliegen könne.

»Du bist sowieso schon wieder so dünn!«, hieß es von allen Seiten. »Leg dich mal drei Wochen an den Swimmingpool, und lass dich von den Hausangestellten dort bedienen!«

»Mädchen, du arbeitest mir zu viel«, meinte auch Schwiegervater Walter. »Denk mal nur an dich!«

»Na, an unseren Sohn soll die liebe Gerti auch denken«, mahnte Ursula lachend. »Nicht dass uns der Junge auf dumme Gedanken kommt!«

Meine Freundin Gitta nahm mich unter vier Augen beiseite: »Du bist noch zu jung für so eine komische Kompromiss-Ehe, Gerti! Vielleicht verliebt ihr euch wieder ganz neu, ich würde es dir so wünschen!«

Na ja, dachte ich. Kunststück! Gitta und Walter waren verliebt wie am ersten Tag, und das nach zwölf Jahren Ehe. Die beiden passten auch wirklich fantastisch zusammen. Und wir, Leo und ich?

»Ich weiß nicht ...« Achselzuckend steckte ich mir eine Zigarette an. Wir waren eine prima Zweckgemeinschaft, das schon. Aber es war wirklich nicht so, dass ich ohne ihn nicht leben konnte. Im Gegenteil, ich fühlte mich frei ohne ihn.

»Gib euch noch eine Chance, Gerti!« Gitta schien Gedanken lesen zu können. Sie legte mir eine Hand auf den Arm. »Liebst du ihn denn gar nicht mehr?«

»Ach, Gitta«, seufzte ich und stieß den Rauch aus. »Ich

weiß es wirklich nicht. Er ist der Vater meiner Kinder, und seine Eltern haben mich wie eine Tochter aufgenommen, also zolle ich ihm zumindest Respekt.«

»Du hast es in Reutlingen immer genossen, die Frau an seiner Seite zu sein«, ermahnte mich Gitta. Besorgt sah sie mich an. »Jetzt braucht er dich dort. Lass dich wieder auf ihn ein! Oder gibt es da etwas, von dem ich nichts weiß?« Fragend zog sie die Augenbrauen hoch.

»Nein, Quatsch, es ist nur …« Ich räusperte mich und sah ihr tief in die Augen. »Da drüben ist er bereits in Verdacht geraten, schwul zu sein!« Nervös lachte ich auf. »Ich bitte dich! Leo und schwul!«

»Na, dann wird es aber allerhöchste Zeit, dass du rüberfliegst und allen das Gegenteil beweist!« Gitta legte mir die Hände auf die Schultern und sah mir ins Gesicht. »Ich würde meinen Mann nicht im Stich lassen!«

Nun war ich in der Pflicht. Ich würde fliegen.

Mit schweißnassen Händen saß ich im Flieger und paffte eine Zigarette nach der anderen. Damals durfte man das ja noch! Kamen die Stewardessen mit dem Essen, winkte ich ab. Dreizehn Stunden klammerte ich mich nervös an meine Armlehnen und starrte aus dem Fenster.

Meinen ersten Eindruck von Windhoek werde ich nie vergessen. Leo holte mich wie versprochen ab, mit einem schwarzen Fahrer, der eine weiße Livree mit Goldknöpfen trug. Zuerst fuhren wir auf einer schnurgeraden, staubigen Straße durch die flirrende Wüste. Meine Hände krallten sich in Leos, der mich auslachte. »Du starrst ja so angsterfüllt aus dem Fenster, als könnte uns jeden Moment ein Löwe angreifen. Aber sei ganz unbesorgt, das wird nicht passieren!«

Doch dann tauchten die ersten Hochhäuser der Stadt auf. Im Zentrum sah es richtig deutsch aus. Die Hauptstraße erinnerte fast an die von Reutlingen. Sehr viele alte schöne Häuser aus der Kolonialzeit, ja sogar deutsche Schilder! »Alte Feste«, stand da, oder »Christuskirche«. Das war die evangelische Kirche, von der mir Leo schon erzählt hatte. Auch eine katholische Marienkirche mit zwei Türmen gab es. Leo erklärte mir auf der Fahrt schnell die wichtigsten Dinge. Die deutsche Kolonialzeit bis 1915 hatte natürlich Spuren hinterlassen. Anfang der Dreißigerjahre, als das Land bereits unter südafrikanischer Verwaltung stand, waren die Schwarzen brutal in eigene Wohngebiete, die allerdings eher Slums waren, vertrieben worden. Eines davon war Katutura, »der Ort, an dem man nicht wohnt«.

Das war schon ziemlich unheimlich. Leo meinte, die Elendshütten würde ich noch früh genug sehen, jetzt würde ich erst mal in das Luxusviertel der Stadt gebracht. Ich war erleichtert, aber auch enttäuscht. Die modern wirkenden Hochhäuser waren recht lieblos aneinandergereiht worden; es war weniger auf Schönheit als auf Zweckmäßigkeit geachtet worden. Das hier hätte auch Bielefeld oder Karlsruhe sein können.

Seit Mitte der Fünfzigerjahre betrieben die hiergebliebenen zwanzigtausend Deutschen zahlreiche Großprojekte wie Straßen- und Häuserbau, an denen Leo maßgeblich beteiligt war. Es entstanden gerade mehrere neue öffentliche Gebäude, und Leo errichtete ein modernes Einkaufszentrum. Überall standen riesige Baukräne neben einem unverputzten Gebäudekomplex.

»Alles streng nach dem Gesetz der Rassentrennung!« Leo wies mich auf verschiedene Eingänge hin. Als wir an einem Krankenhaus vorbeikamen, sah ich vor einem eher schäbigen

Hintereingang eine Schlange wartender Schwarzer, während durch den von Säulen flankierten Haupteingang gut gekleidete Weiße flanierten. Sofort fühlte ich mich in meine Kindheit zurückversetzt: Ich hatte nur an Hintereingängen Schlange gestanden, während die Bessergestellten durch die Haupteingänge gewinkt worden waren. Und heute war es umgekehrt!

»Schau, Gerti!« Leo nahm meine Hand.

»Windhoek Ludwigsdorf«, stand da auf einem Straßenschild, und ich musste laut lachen! Warum stand da nicht gleich »Ludwigsburg«?

»Windhoek Luxushügel«. Villen hinter riesigen, mit Stacheldraht und Alarmanlagen gesicherten Mauern. Darauf nahm der schwarze Fahrer jetzt Kurs.

»Schau, in diesem Kasten habe ich Ausstellungsräume gemietet!« Leo wies mich auf ein weißes Luxushotel hin, vor dem sich Palmen im Wind wiegten, während schwarze Dienstboten die Wege harkten und den Weißen die Eingangstür aufhielten.

»Es gibt hier noch überhaupt keine vernünftigen Modegeschäfte«, klärte mich Leo auf. Er fächelte sich mit dem Strohhut Luft zu. »Die Weißen haben keine Lust auf die billigen Fetzen, die die Einheimischen hier tragen. Die sind ganz scharf auf mitteleuropäische Mode! Ich importiere die Edel-Klamotten aus Italien, Deutschland und Skandinavien: feines Leinen, Seide, natürlich auch vernünftig verarbeitete Baumwolle, das wirst du alles noch sehen. Schuhe, alles aus feinstem italienischen Leder. Wir veranstalten jeden Samstag im Kalahari Sands Hotel eine Modenschau mit südafrikanischen Topmodels ...«

»Sind die schwarz?«

»Dummchen! Weiß natürlich! Die Hälfte der Südafrikaner

ist weiß! Nein, Gerti, hier gibt es zwei Klassen von Menschen, ob du es glaubst oder nicht.«

Spätestens als wir in Leos Luxusvilla angekommen waren, glaubte ich es. Verwirrt stieg ich aus der Limousine und rieb mir ungläubig die Augen. Die Hitze erschlug mich fast. Mein Reisekostüm klebte mir am Körper, als hätte ich darin gebadet.

Mein Mann besaß ein altes mächtiges Herrenhaus aus der Kolonialzeit mit vielen hohen Räumen, Türmen und Erkern. Waren es Fledermäuse oder schwarze Krähen, die bei den Dachluken ein und aus flogen?

Heute würde ich sagen, man hätte gut »Harry Potter« darin drehen können. Es war zum Gruseln: verwinkelt und düster, außerdem roch es modrig und feucht. Der große Garten war völlig verwildert, ich wähnte schon Schlangen, Skorpione und ähnliches Getier darin. Eine wilde Katze schlich durchs vertrocknete, ungepflegte Gras. Weiter hinten moderten alte Parkbänke vor einem ausgetrockneten Brunnen vor sich hin, den ein steinerner Neptun zierte. Dem Neptun fehlte die Nase und weiter unten ein ganz entscheidendes Detail.

»Hier kriegst du mich im Leben nicht rein.« Eingeschüchtert stand ich auf der mit Moos bewachsenen Terrasse, während ein dienstfertiger Schwarzer einen weißen Sonnenschirm über mich hielt.

»Gerti, das ist für mich überhaupt kein Problem!« Leo verscheuchte den Schwarzen mit einer herrischen Handbewegung. »Du kannst dir das modernste Haus von ganz Windhoek aussuchen, wenn du versprichst, mit Kind und Kegel herzukommen!«

Nervös griff ich zur Zigarette.

»Jasper, wir zeigen der Missis das neue Anwesen in der Hochland Park Street!«

»Das von Missis Marion?«

»Stell hier keine blöden Fragen!«

Jasper zuckte die Achseln und stellte keine blöden Fragen. Er führte Befehle aus.

Kurz darauf stand ich vor einem entzückenden Bungalow, der zum Garten hin fast komplett verglast war. Durch riesige Schiebetüren gelangte man zu einem ovalen Swimmingpool. Liebevoll angelegte Beete und gepflegte Sträucher zeugten davon, dass hier jemand mit einem grünen Daumen lebte. Auf der überdachten Terrasse stand ein Gartentisch, umrahmt von Korbsesseln mit bunten Kissen. Im Haus war alles deutsch und gemütlich eingerichtet; modern und sauber, mit spiegelblanker Einbauküche, behaglichen Möbeln, Gardinen und orangebraunen Vorhängen, die sich im Wind bauschten. Hier hatte jemand richtig Geschmack. Auf dem Esszimmertisch stand ein Strauß frischer Schnittblumen.

»So was wie das hier würde ich sofort nehmen!«, sagte ich strahlend zu Leo.

»Na bitte!« Leo klatschte begeistert in die Hände. »Und schon ist es deins!«

»Aber hier wohnt doch schon jemand?« Suchend sah ich mich um.

»Jetzt nicht mehr!« Leo scheuchte zwei schwarze Dienstboten weg und befahl ihnen etwas auf Englisch. »Nur ein kleiner Tapetenwechsel für einen meiner Mitarbeiter. Kein Problem.«

»Aber Leo, du kannst doch nicht eine andere Familie von hier verscheuchen?« Verdutzt sah ich mich um. Hier hatten eindeutig liebevolle Frauenhände gewaltet: die blitzsaubere Küche, die kuscheligen Kissen auf dem Sofa, die aufgeräumte Leseecke mit den Modezeitschriften, die Spielzeugkiste unter dem Bücherregal … Und die Schüssel mit frisch gezuckerten Erdbeeren auf der Anrichte war bestimmt nicht älter als ein paar Stunden!

»Ich bin hier der Boss, und alle tun, was ich sage.« Leo verschränkte die Arme vor der Brust. »Und du bist hier die Chefin, und was du willst, ist den anderen Befehl.«

»Aber Leo …« Das war ganz und gar nicht, was ich wollte! Dieses Herrenmenschen-Getue gefiel mir überhaupt nicht. Hier wohnte offensichtlich eine junge Familie, die ich nicht aus ihrem Zuhause vertreiben wollte.

»Nicht, dass die jetzt in die Dracula-Villa ziehen müssen!«

»Das ist nicht dein Problem!« Leo legte den Arm um mich, führte mich auf die schattige Terrasse und drückte mich in einen Korbsessel. »Du fehlst mir so! Du und die Kinder! Wie kann ich hier jahrelang leben und arbeiten, wenn ihr in Reutlingen seid! Ihr könntet auch auf dem Mond sein.« Er nahm meine Hände und sah mich eindringlich an. »Gerti! Du bist meine Frau! Du gehörst zu mir! Das sagen auch alle meine Freunde.«

Verlegen starrte ich auf meinen Schoß, in dem unsere ineinander verschlungenen Hände lagen.

»Dasselbe meint Gitta auch, aber ich habe Angst vor diesem Land!«

»Aber das musst du doch nicht! Dummchen! Hier leben mehr Deutsche als in Bielefeld und Paderborn zusammen! Und alle sind supernett und schon ganz wild darauf, dich kennenzulernen!«

Er drückte aufmunternd meine Hände. »Ein paar davon kennst du schon! Wir Reutlinger sind eine eingeschworene Clique, halten zusammen wie Pech und Schwefel, jeder hilft dem anderen!«

»Ja, das habe ich schon gemerkt …« Ich sah mich vielsagend um. »Mit so viel Hilfsbereitschaft habe ich allerdings nicht gerechnet.«

Leo wischte den Einwand beiseite. »Lass nur! Hier arbeiten alle für mich. Mach dir keine Sorgen.«

»Aber …« Noch immer wagte ich es nicht, mich in dem fremden Gartenstuhl zu entspannen. Leo drückte mich in die Kissen. »Streck die Beine aus! Stell dir vor, wie du hier die Gastgeberin bist!« Er machte eine weit ausholende Geste. »Missis lädt zur Cocktailparty. Missis kocht schwäbische Hausmannskost für ihre deutschen Gäste. Weißt du, Kleines, das wird hier Stadtgespräch!« Er zündete sich eine Zigarette an und zeigte mit dem Glimmstängel zum Gartentor. »Die Neger werden am Tor stehen und dich begaffen und in ihren Townships erzählen, was weiße Missis da gekocht hat. Und dann werden sie versuchen, in ihren Elendshütten schwäbische Maultaschen zu kochen!«

Ein Grinsen umspielte seine Lippen.

»Mensch, Gerti, lass dich doch auf ein spannendes Abenteuer ein!« Leo sprang auf und ging vor mir auf die Knie, genau wie damals, als er mir vor der Mülltonne im Hof den Heiratsantrag gemacht hatte. »Sei doch nicht so spießig, Frau Wolf! Reutlingen ist schön, aber da kannst du mit sechzig immer noch Minigolf spielen!«

Ich musste wider Willen lachen.

Leo schnippte mit den Fingern, und wie aus dem Nichts erschien eine beleibte Schwarze mit buntem Turban und allerlei wild gemusterten Kleidern, die sie übereinander trug. Sie sah genau so aus, wie Leo sie beschrieben hatte! War es genau dieselbe, oder sahen hier alle Hausangestellten so aus?

»*Ona, a drink for Missis.*«

Hatte Leo nicht erzählt, dass seine Hausangestellte Ona hieß? Und diese hieß auch so? Vielleicht hießen alle Hausangestellten Ona?

Ona musterte mich neugierig, watschelte dann in die Küche und kam mit einer großen Schüssel Erdbeerbowle zurück, die Leo mit eiskaltem Champagner aufspritzte.

»Sag mir, dass es dir hier gefällt!«

»Ja, ähm … natürlich, das hier ist etwas ganz anderes als Draculas Gruselbude.«

»Sag, dass du hier leben kannst.«

»Ich weiß nicht, Leo, das kommt alles so plötzlich …«

Leo drückte mir mein Glas in die Hand und hob seines. Der Champagner war so eiskalt, dass es von innen beschlug.

»Plötzlich ist was anderes«, widersprach er. »Ich warte seit vier Jahren auf dich.«

»Wir haben immer gedacht, du kommst zurück …«

»Nun ist das hier aber eine Riesenbaustelle geworden!« Leo strich mir mit dem Handrücken über die Wange. »Ich habe den Deal meines Lebens an Land gezogen, ich bin hier der heimliche Bürgermeister, du kannst ruhig ein bisschen stolz auf mich sein!«

Und deine Eltern?, wollte ich fragen, brachte es aber nicht über die Lippen.

»Du und die Kinder«, sagte er feierlich. »Ihr gehört zu mir. Ich werde euch die Welt zu Füßen legen.«

Vier ganze Wochen blieb ich in Windhoek, und Leo legte mir die Welt zu Füßen. Er hatte plötzlich Zeit für mich wie nie zuvor, zeigte mir sämtliche Naturschönheiten Afrikas. Wir waren endlich mal wieder allein, und ich konnte mich wieder für ihn erwärmen. Wenn er nicht prahlte und mit seinem Geld angab, war er wirklich ein liebenswerter Mann. Ich mochte seine Großzügigkeit, seinen Humor und seine Spontaneität. Er war wirklich alles andere als ein langweiliger Sparkassenspießer, der von neun bis fünf Uhr im Büro saß und sein Butterbrot aus der Aktentasche holte.

Mit einem Jeep fuhren wir in die Steppe, ich sah Gnus und Zebras, Luchse und Erdmännchen, Giraffen und Elefanten, sogar einen stolzen Löwen, der gähnend auf einem Felsen lag und scheinbar gelangweilt seine majestätische Mähne schüttelte. Sein schmuckloses Weibchen hielt sich etwas abseits, es lag unter einem knorrigen Baum im Schatten. Die seltensten Vögel zeigte Leo mir, bunte mit krummen Schnäbeln, und auf einmal rannte ein dickes Nashorn kilometerlang vor uns auf der roten Schotterstraße her, als wollte es uns den Weg zeigen.

Wir übernachteten in romantischen Lodges, und hier hatten wir endlich Zeit und Lust, wieder miteinander zu schlafen. Es war wie eine verspätete Hochzeitsreise. Es stimmte schon, was Gitta gesagt hatte: Wir hatten uns nur entfremdet, und ich hatte mich ihm entzogen, aus einem Misstrauen heraus, das gar nicht berechtigt war. Natürlich gehörte ich zu ihm, natürlich brauchte er mich! Und natürlich hatte ich Lust auf ein Abenteuer!

Es erfüllte mich mit Stolz, zu sehen, wie ehrfürchtig die Einheimischen ihn behandelten und wie aufmerksam sie uns bedienten. Er war so eine Art Häuptling, alle schienen ihn zu verehren und zu vergöttern.

Zurück in Windhoek erlebte ich, wie glücklich und erleichtert seine deutschen Angestellten waren, dass die Vielgepriesene nun endlich aufgetaucht war: Ich, Gerti, die geheimnisumwobene Gattin, die er sich so sehnlich herbeigewünscht hatte. Fast fühlte ich mich wie eine gute Fee. Alle seine Freunde und Mitarbeiter umarmten mich, als hätte ich einen Weltuntergang verhindert, und flehten mich an, mit den Söhnen wiederzukommen.

»Er braucht Sie, Gerti! Sie hätten ihn sehen sollen, als Sie nicht da waren! So eine miese Laune!«

»Der Arme hat ja gar nicht mehr gelacht! Schauen Sie, wie er jetzt strahlt – wir erkennen ihn gar nicht wieder!«

Henry Meyer, der nette ehemalige Bankmitarbeiter, der mir den Brief geschrieben hatte, nahm mich beiseite. »Es wurde wirklich höchste Zeit, dass Sie gekommen sind, Gerti. Der einzige Mann, der keine Frau hat! Wissen Sie, was das für einen Eindruck macht?«

Ich senkte den Blick und presste die Lippen zusammen. »Das wollte ich nicht, wirklich, das tut mir leid.«

»Ihr Mann hatte hier ein Superimage, bis …«

Ich zuckte zusammen. Da war doch was im Busch. »Bis … was?«

»Dann und wann hat er auch schon mal … Mist gebaut.« Henry Meyer strich sich durchs Haar und trat automatisch einen Schritt zurück.

»*Mist* gebaut?« Ich starrte ihn an. »Wie meinen Sie das?«

»Manchmal überschätzt er sich ein bisschen.« Henry Meyer wischte meine Bemerkung vom Tisch, als wäre das eine Lappalie. »Wir sagen ihm immer: ›Eile mit Weile, Chef, nicht immer gleich in die Vollen‹.«

»Was heißt das?«

Henry Meyer führte mich in eine Ecke, in der uns niemand belauschen konnte. »Es wird *wirklich* Zeit, dass sich mal wieder jemand ganz *persönlich* um ihn kümmert. Und zwar nicht *irgendjemand*, sondern seine Frau. Er braucht seine Familie als Rückhalt. Damit er nicht den Boden unter den Füßen verliert. Sonst sitzt er abends alleine rum und steigert sich in Gedanken hinein …«

»Trinkt er zu viel?«

»Ja. Nein. Das auch. Aber …« Henry Meyer schien zu bereuen, dass er das Thema überhaupt angeschnitten hatte. »Er verliert manchmal das rechte *Maß*. Wenn jemand so gar keine Kritik erfährt und alle bedingungslos tun, was er sagt, kann das ….« Er zögerte und legte den Kopf schief. »Dann kann das auch nach hinten losgehen.« Ein verlegenes Lächeln umspielte seine Mundwinkel. »Und damit meine ich gravierende Fehlentscheidungen und auch eine gewisse Selbstüberschätzung, die uns hier alle mit in die Tiefe reißen kann. Wir haben ihm schließlich unsere gesamten Ersparnisse anvertraut.«

Ich schluckte trocken.

Wortlos wandte er sich ab und verschwand in der Menge.

14

In der vierten und letzten Woche meines Aufenthalts passierte etwas höchst Unangenehmes: während des Essens brach mir der halbe Vorderzahn ab.

Leo lachte. »Jetzt siehst DU aber aus wie Dracula!«

»Oh, Mist, Leo, so kann ich doch nicht rumlaufen …« Errötend schaute ich in meinen perlenbesetzten kleinen Taschenspiegel.

»Das sieht ja … asozial aus.« Ich schnitt eine Grimasse und schämte mich.

Leo wollte sich schier kaputtlachen über meinen Anblick. »Jetzt musst du dich nur noch in der Fußgängerzone von Reutlingen auf eine Bank setzen und einen Plastikbecher vor dich hinstellen!«

»Leo, das ist nicht lustig!«

»Geh doch zum Zahnarzt! Es gibt hier einen Deutsch sprechenden Dentisten in der Zulungu Street.«

Jasper, der schwarze Fahrer, brachte mich dorthin. Es war eine schmuddelige Gegend, und ich bat Jasper zu warten. Das hatte er sowieso vor.

»Ich nix Missis lassen allein!«

Schon beim Betreten der sogenannten Praxis hätte ich am liebsten gleich wieder kehrtgemacht. Der Zahnarzt schien die dunkle Bruchbude auch als Privatwohnung zu nutzen. In einer Art vergammeltem Wohnzimmer, in dem es nach Asche und Alkohol stank, stand ein Behandlungsstuhl aus dem vorigen Jahrhundert, und die Instrumente, die ich hier sah, waren ebenso wenig vertrauenerweckend. Mit einem mulmigen Gefühl nahm ich Platz und entdeckte eine schwarze Mülltonne. Darin lagen blutige Bandagen und gezogene Zähne, was meinen Ekel verdreifachte. Links neben mir befand sich ein porzellanener Spucknapf, in dem der Herr Doktor wohl seine letzte Zigarette ausgedrückt hatte. Auf dem Wohnzimmertisch stand eine angebrochene Tasse Kaffee, daneben eine fast leere Flasche Rum. Der Zahnarzt schien hier viel Freizeit zu haben.

Alles stank fürchterlich in der Hitze. Ich kämpfte mit Brechreiz, als der Zahnarzt hereinkam. »Na, schöne Frau, wo brennt's denn?« Er hatte sich drei fettige Haarsträhnen über die schwitzende Glatze gekämmt, seine eigenen Zähne waren schief und gelb: Ein Zahnarzt, wie man ihn sich in seinen schlimmsten Albträumen nicht ausmalt.

»Oh, ich glaube, ess ist gar nicht mehr sso sslimm«, lispelte ich verzweifelt.

»Ah, ich sehe schon, der rechte obere Vorderzahn, machen Sie den Mund mal schön weit auf.«

Dr. Kinski griff schon nach einem rostigen Spiegel und einem Hakeninstrument.

»Nein, ich denke, dass iss nicht nötig …«

Hastig rappelte ich mich auf. »In diessem Drecksstall lasse ich mich nicht behandeln!« Der schwitzende Zahnarzt, dessen Kittel falsch zugeknöpft war, betrachtete mich mit einer Mischung aus Bewunderung und Melancholie. Er hatte eindeutig eine Fahne.

»Wissen Sie was, junge Frau? Das kann ich Ihnen noch nicht

mal verübeln. Sie kommen sicherlich frisch aus Deutschland und sind was Besseres gewöhnt.«

»Ja. Und da fahre ich auch wieder hin.« Ich wollte mich hastig davonmachen.

»Sie sind wohl nur auf Urlaub hier?«

»Ja, ähm … nein, ich habe gerade beschlossen, hierherzuziehen. Mein Mann ist Leo Wolf …«

»Oh, da haben Sie aber Pech gehabt.«

Ich fuhr herum. »Wie bitte?«

Der Zahnarzt winkte ab. Beim Anblick seiner nikotingelben Fingernägel wusste ich, dass meine Entscheidung gegen ihn die Beste meines Lebens gewesen war.

»Na ja, weil ich hier der einzige weiße Zahnarzt bin. Und bei einem Schwarzen würde ich es an Ihrer Stelle lieber nicht versuchen. Außer Sie wollen sich bei einem Voodoo-Krieger alle Zähne raushauen lassen…« Er lachte wie ein trauriger Kobold.

»Ich gehe zu meinem Doktor Sieker in Reutlingen«, stieß ich hastig hervor. »Der hat eine supermoderne Praxis eröffnet, von einem Kredit meines Mannes. Alles vom Feinsten und auf dem neuesten Stand. Der gibt mir gleich nach meiner Rückkehr einen Termin.«

»Frau Wolf«, sagte der Arzt und zeigte auf sein fleckiges Sofa. »Setzen Sie sich einen Moment. Ich tu Ihnen nichts.«

»Ja?« Matt ließ ich mich auf sein vorsintflutliches Möbelstück sinken, aus dem schon die Sprungfedern ragten. Als er mir eine Zigarette anbot, nahm ich sie, schon zu meiner eigenen Beruhigung.

»Rum?«

»Nein, danke.«

»Hier ist Alkohol billiger als Wasser, wissen Sie das?«

»Trotzdem nein, danke.«

»Wenn ich Ihnen einen guten Rat geben darf …«

»Ähm …« Eigentlich brauchte ich von diesem Kerl keinen guten Rat.

»Wenn Sie ernsthaft in Erwägung ziehen, hier zu leben …«

»Ja?« Sollte ich dann mit dem Saufen anfangen, um Windhoek zu überstehen?

»Haben Sie sich das auch wirklich gut überlegt?« Der Zahnarzt kratzte sich am Kopf. »Sie wollen Ihre Kinder herbringen?« Einladend hielt er mir ein brennendes Streichholz hin, aber ganz gegen meine Gewohnheit schüttelte ich nur kurz den Kopf und suchte nach meinem Feuerzeug in der Handtasche.

»Mein Mann hat ein Recht auf seine Kinder.« Nervös stieß ich den Rauch aus.

»Ich kenne den Kohle-Wolf. Wer kennt ihn nicht?« Der Zahnarzt zündete sich die Zigarette an und warf das Streichholz in den Spucknapf.

»Bitte«, fragte ich spitz, »worauf wollen Sie hinaus?«

Meine Stimme klang so ungeduldig, dass es sich der Zahnarzt anders überlegte.

»Sie sollten sich in Deutschland prophylaktisch alle Zähne überkronen lassen«, sagte er gedehnt. »Dann haben Sie hier ein für alle Mal Ruhe.«

Ich schluckte und nickte. »Ich denke darüber nach.«

Als ich mich gerade erheben wollte, zog er mich wieder auf sein mottenzerfressenes Sofa. »Würden Sie mir einen großen Gefallen tun?«

»Jeden.« Hauptsache, ich muss Sie und Ihre sogenannte Praxis nie wiedersehen, dachte ich im Stillen.

»Können Sie nicht einen guten jungen Zahnarzt aus der

Heimat mitbringen? Diesen modern eingerichteten Doktor ... wie heißt er noch gleich?«

»Sieker.«

»Ja. Wenn Ihr Kohle-Wolf ... Verzeihung, Ihr Mann, ihm einen so großzügigen Kredit gegeben hat, kann man diesen Sieker vielleicht überreden, mitsamt seiner modernen Praxis hierherzukommen? Ihr Mann hat schließlich schon halb Reutlingen hier angeschleppt.«

»Ich kann es versuchen.«

»Wissen Sie, in diesen politisch unruhigen Zeiten kommt ja niemand mehr freiwillig ...«

Traurig schüttelte der Arzt den Kopf, was seine drei fettigen Haarsträhnen dazu brachte, ihm wieder in die Stirn zu fallen.

Politisch unruhige Zeiten gab es doch immer und überall, mal mehr, mal weniger, dachte ich nach über drei Wochen Gehirnwäsche von Leo und seinen Freunden. Alle hatten mir immer wieder versichert, hier sei alles in bester Ordnung. Sicherer könne man gar nicht leben. In Reutlingen sei es letztlich viel gefährlicher. Wir hatten hier unsere schwarzen Leibwächter, die uns auf Schritt und Tritt begleiteten und niemanden mit schwarzer Hautfarbe in unsere Nähe ließen. Außerdem fuhren wir ja niemals in ein schwarzes Getto, sondern hielten uns in der von Weißen bevölkerten Innenstadt Windhoeks auf. Es gab auch eine deutsche Schule.

All das hätte ich dem Zahnarzt gern erzählt, aber er riss mich aus meinen Gedanken:

»Ich selbst mach mich nämlich bald vom Acker und gehe zurück ins schöne Brackwede.«

Ja, dachte ich. Das tu du mal! Vielleicht gibt es da auch einen Friseur.

»Ich bin ja schon alt und mag nicht mehr.« Der Doktor

stemmte sich mühsam aus dem Sofa und gab mir die Hand. »Nichts für ungut, liebe Frau Wolf, aber so eine schöne Frau wie Sie braucht ein strahlend weißes Gebiss. Aber das kann ich Ihnen leider nicht herzaubern mit meinem veralteten Equipment.«

Immerhin sah er es selber ein. Er tat mir leid. Fast hatte ich das Gefühl, er hätte mir gern noch etwas anderes gesagt, es sich dann aber doch anders überlegt. Vielleicht, weil ich Leos Namen genannt hatte.

Wieder verzog sich sein schwitzendes Gesicht zu einem traurigen Lächeln. »Dann wünsche ich Ihnen eine gute Heimreise und eine erfolgreiche Behandlung in Reutlingen.« Er schob mich ins dunkle Treppenhaus, wo ich vergeblich nach einem Lichtschalter suchte. »Und versuchen Sie unbedingt, einen jungen, modernen Zahnarzt herzukriegen. Der kann hier das Geschäft seines Lebens machen! Irgendwann heißt das hier nicht mehr Windhoek, sondern Kohle-Wolf-City!« Sein spöttisches Lachen hallte mir noch bis ins Erdgeschoss nach.

Zurück in Reutlingen, eilte ich gleich zu Doktor Sieker, einem jungen, tatkräftigen Zahnarzt mit einer blitzsauberen, sterilen Praxis. Der Unterschied zur Schmuddelpraxis war nicht zu übersehen: Fast musste ich laut lachen und hatte keinerlei Angst mehr vor der Behandlung.

Als er hörte, dass ich nach Südwestafrika auswandern wollte, schliff er mir in einer mehrstündigen Sitzung alle Zähne ab, verpasste mir Provisorien und überkronte sie eine Woche später tadellos. Alles ging reibungslos und fast schmerzfrei. Seine zwei jungen properen Assistentinnen halfen ihm dabei professionell und freundlich.

Auf meine Bitte, doch gleich mit nach Windhoek auszuwandern, reagierte er jedoch höchst abweisend. »Auf keinen Fall, Frau Wolf. Ich bin doch kein Selbstmörder.«

Als ich ihn fragend ansah, schüttelte er nur fassungslos den Kopf. »Und Sie wollen sich das wirklich ernsthaft antun?«

»Mein Mann braucht mich. Und die Bürger von Windhoek brauchen einen guten Zahnarzt!«

»Jeder muss seine eigenen Entscheidungen treffen«, beschied Doktor Sieker, während er mir die Rechnung ausstellte. »Ich fühle mich hier in Reutlingen sehr wohl. Außerdem habe ich drei Kinder.«

»Und ich zwei«, fiel ich ihm ins Wort. »Die nehme ich natürlich mit! Es gibt dort eine deutsche Schule, die Weißen bleiben ja komplett unter sich!«

Sein Kopf fuhr zu mir herum, als hätte ich etwas politisch Unkorrektes gesagt. Ich persönlich hatte doch überhaupt nichts gegen Schwarze! Ich wiederholte doch nur, was alle aus Leos Freundeskreis mir immer wieder beteuert hatten: Dass es sich in Windhoek um eine Art Dauerferieninsel für abenteuerlustige Deutsche handele, auf der die Schwarzen grundsätzlich Personal spielten: Sie waren freundlich, anspruchslos und sogar dankbar, dass man sie beschäftigte! Nur dass man dort kein Geld *ausgab* wie auf einer Ferieninsel, sondern auch noch eine Riesenmenge davon *verdiente*! Was war denn daran falsch?

Doktor Sieker wollte sich auf keine weitere Diskussion mit mir einlassen und ließ nur etwas schmallippig meinen Leo grüßen. »Und rauchen Sie nicht so viel«, rief er mir noch mahnend hinterher, als ich in meinem neuen Frühlingskostüm seine perfekte Praxis verließ.

15

Dann ging alles ganz schnell. Ich vermietete den Teil des Hauses, in dem wir gewohnt hatten, damit die Schwiegereltern nicht so allein wären und eine zuverlässige Einnahmequelle hatten. Ich kündigte all unsere Versicherungen und Abonnements, die Mitgliedschaft im Tennisklub, bei der Musikschule und beim Turnverein für die Kinder. Ich meldete sie von der Schule ab, und es begann die große Abschieds-Runde bei unseren Freunden.

Viele von ihnen fielen aus allen Wolken. »Aber das wollt ihr doch nicht ernsthaft machen! Gerti! Hast du dir das auch gut überlegt? In diesen schwierigen Zeiten? So lass doch wenigstens die Kinder zu Hause! Die sind doch bei deinen Schwiegereltern bestens aufgehoben!«

Immer wieder versicherte ich tapfer, dass ich mir vor Ort selbst ein Bild gemacht hätte. Alles sei harmlos und friedlich, deutsche Schule, fester Zusammenhalt, und Leo brauche eben seine Familie, was doch wohl einzusehen sei! Er habe mich drei Wochen auf Händen getragen wie eine Königin, alle Bediensteten hätten vor mir geknickst, und sogar den schönsten, modernsten Bungalow hätte ich mir aussuchen dürfen. Der sei mannshoch mit Stacheldraht umzäunt, also überhaupt kein Grund zur Sorge! Je öfter ich dieses Loblied auf meine Zukunft sang, desto überzeugter war ich davon.

Unsere Freunde reagierten unterschiedlich. Bei manchen glaubte ich sogar eine Spur von Neid herauszuhören, wenn sie mir schmallippig »Viel Glück!« wünschten. Anderen konnte ich die Angst, uns könnte etwas Schreckliches zustoßen, nicht nehmen. Wieder andere meinten mit leisem Spott in der Stimme, wenn Leo da unten noch mehr Kohle mache als in Reutlingen, sei das natürlich Grund genug, dem Familienoberhaupt zu folgen. Und manche fragten mich bestürzt, ob ich dort nicht vor Heimweh sterben werde.

»Nein, ich werde dort schwäbisch kochen und einen Partyservice für die deutsche Clique aufziehen«, schwärmte ich voller Tatendrang. »Auch ins Modegeschäft könnte ich einsteigen. Leo hat gesagt, bei meiner Figur könnte ich seine Klamotten im deutschen Klub vorführen!« Ich sah mich schon als First Lady von Windhoek zu einer Berühmtheit avancieren.

Nur ganz wenige freuten sich aufrichtig mit mir, zum Beispiel Gitta und Walter und ein paar andere enge Freunde.

»Du Glückliche, du erlebst wenigstens mal was!«

»Gönn dir die paar Jahre in der Sonne!«

»Schaut euch Land und Leute an, das ist eine Riesenchance für dich und die Kinder!«

»Lass dich mal so richtig bedienen, so wie du dein Leben lang andere bedient hast!«

Dann kam die Abschiedsfahrt zu meinen Eltern nach Glatten.

Ich hatte sie absichtlich noch nicht über unsere Auswanderungspläne informiert, und wie erwartet weinten sie beide bitterlich.

»Nun verlieren wir dich ein zweites Mal, Gerti!«

»Diesmal gehst du für immer, das spüren wir genau!«

»Wir werden dich und die Kinder nie wiedersehen!«

»Aber Vater, Mutter, nun macht mal halblang!« Mit wegwerfender Geste zündete ich mir eine Zigarette an, dort auf der Bank vor dem ärmlichen kleinen Bauernhaus am Rande des Steinbruchs. Dort wo die Hölle meiner Kindheit stattgefunden hatte. »Wir kommen natürlich alle paar Monate auf Heimaturlaub!« Ich wedelte den Rauch weg. »Auf jeden Fall an Weihnachten!« Inzwischen saßen die Eltern und ich am wackeligen Gartentisch bei Stachelbeerkuchen und Kaffee an der wärmenden Hauswand. Bernd und Thomas tobten begeistert mit dem Schwein und den Hühnern durch den Matsch, und ich lachte nur darüber, dass sie ihre schönen neuen Sachen schmutzig gemacht hatten. Sich vorzustellen, ich hätte damals mit dreizehn nicht den Mut gehabt, mit der Samenhändlerin abzuhauen! Sich vorzustellen, ich säße heute als arme Bäuerin immer noch hier!

»So ein weiter Flug!« Meine Mutter war ganz verzagt. »Die Kinder sind doch noch nie geflogen. Ach Gott, wenn das nur gut geht …«

»Oh, Leo hat sich etwas ganz Besonderes einfallen lassen! Er spendiert uns die Überfahrt auf einem Luxuskreuzfahrtschiff, der MS Europa!«

»Und das kann er sich alles leisten?« Meiner Mutter fiel fast das Gebiss aus dem Mund, als sie die Prospekte des weißen Ozeanliners sah. Schöne, gut gekleidete Menschen lehnten mit einem Glas an der Reling, dahinter breitete sich der tiefblaue Ozean aus, und livrierte Stewards balancierten bunte Drinks auf ihren Tabletts.

»Wir fahren in vier Wochen von Genua nach Walvis Bay, damit die Kinder begreifen, wie weit die Reise ist und sich langsam an das heiße Klima gewöhnen können!«

Lachend erzählte ich meinen Eltern vom wundervollen Südwestafrika, von den lauen Winden, nach denen Windhoek benannt war, von den Tieren und Schwarzen. »Keine Sorge, die leben in ihren eigenen Gettos und wollen es auch gar nicht anders!«, verkündete ich im Brustton der Überzeugung. Ich zeigte den staunenden alten Leutchen Fotos von Leo und mir, im Busch vor einer Herde Zebras oder, von einem Schwarzen bedient, rauchend mit dem Whiskeyglas vor einer Lodge. »Schaut mal, das Erdmännchen auf der Motorhaube, das war vielleicht neugierig!« Besonders stolz war ich auf die Fotos von unserem Bungalow mit Swimmingpool. Ich schwärmte von unseren gut gelaunten Freunden, von meiner zukünftigen Haushälterin, der dicken Ona mit Turban und den vielen bunten Röcken, ja, von der großen weiten Welt. Und das in Glatten an der Glatt, im hintersten Schwarzwaldtal, im vorletzten schäbigen Haus vor dem Steinbruch, wo der liebe Gott mich als kleines Mädchen beinahe vergessen hatte. Meinem Vater fiel vor Staunen der Unterkiefer herunter, und meine Mutter krächzte immer wieder beeindruckt: »So ein toller Mann, dein Leo! Na, was unsere Gerti erleben darf!«

Tja!, dachte ich rauchend, Leo, dich hat schon der Himmel geschickt. Jetzt beginnt das große Abenteuer.

Fast noch schwieriger war der Abschied von den Schwiegereltern Ursula und Walter. Wir waren in den letzten vierzehn Jahren zu einer eingeschworenen Gemeinschaft geworden, die nun gewaltsam auseinandergerissen wurde. Ihr geliebter Wunder-Leo hatte sie ja schon vor vier Jahren verlassen, aber die Kinder und ich hatten den Verlust wettgemacht. Sie weinten sich die Augen aus dem Kopf. »Dass der Junge uns das antut!«

»Uns unsere geliebte Schwiegertochter und die Enkel zu nehmen!«

»Wir haben doch nur noch euch!«

Auch ihnen versicherte ich, dass es ja nicht für immer sei und wir mindestens einmal im Jahr zu Besuch kommen würden, auf jeden Fall an Weihnachten. Und dass Leo unser beachtliches Vermögen noch weitervermehren würde, weshalb sie sich auf einen entspannten Lebensabend im Kreise ihrer Familie freuen dürften. »Unsere Wohnung ist doch nur für fünf Jahre vermietet! Dann ziehen wir wieder hier ein!«

Unter Tränen und liebevollen Umarmungen ging auch dieser Abschiedsabend zu Ende.

Nun musste ich nur noch eine letzte Formalität erledigen, nämlich die Kosten für den Transport unserer persönlichen Dinge begleichen: Der Container mit unserem Hab und Gut schwamm bereits auf dem Meer. Ein letztes Mal fuhr ich bei der Sparkasse in Reutlingen vor.

In rosa-weißem Chanel mit Hütchen und passendem Tüchlein betrat ich aufgekratzt Leos ehemalige Zweigstelle und eilte gleich in Richtung Chefbüro.

Horst Kreutzmann, der schwarzlockige hübsche Kerl, der sie jetzt leitete, kam mir schon entgegengeeilt.

»Und jetzt geht es also übern großen Teich?«

Bei diesem launigen Vokabular kam mir der Umzug vor wie eine einzige Urlaubsreise.

»Dies ist meine letzte Amtshandlung.« Feierlich legte ich Leos Sparbuch auf den Tisch und sagte keck: »Bitte mal eben um zehntausend Mark erleichtern.«

Horst Kreutzmann räusperte sich, wies mir einen Stuhl zu und sah mich dann mit seinen hinreißend braunen Augen bedauernd an.

»Frau Wolf, es tut mir leid, aber dieses Sparbuch ist leer.«

»Sie scherzen!«, sagte ich.

»Leider nein.«

Ich schluckte. Komm, Horst Kreutzmann!, dachte ich. Wir haben hier schon Partys gefeiert, dass die Sparkasse gewackelt hat, und meine kalten Platten haben dich schon zu den reizendsten Komplimenten hingerissen. Jetzt nimmst du mich aber auf den Arm!

»Hat Ihnen denn der werte Gatte ...« – Horst Kreutzmann lockerte seine Krawatte – »nicht noch ein anderes Sparbuch dagelassen?«

»Nein!«, rief ich. »Das hier liegt seit vier Jahren im Safe meiner Schwiegereltern, und es ist ausdrücklich dafür bestimmt, den Transport unserer Möbel nach Südwestafrika zu finanzieren!«

»Die Summe wurde bereits bei Herrn Wolfs vorletztem Urlaub abgehoben.« Horst Kreutzmann presste die Lippen aufeinander. »In bar.«

»Von wem?«

»Von ihm.«

»Aber ... das kann doch gar nicht sein! Ich meine, dann legt er das leere Sparbuch doch nicht wieder in den Tresor und weist mich an, es für unseren Umzug zu verwenden?«

Ich suchte nach einer Zigarette. Horst Kreutzmann war schneller und steckte sie mir fast zärtlich zwischen die Lippen. Das Feuerzeug klickte. Ich inhalierte panisch.

»Ich weiß nicht, was er Ihnen gesagt hat ...« Horst Kreutzmann steckte sich auch eine an, und seine Finger zitterten dabei. »Vielleicht hat er das Sparbuch verwechselt?«

»Na gut«, räumte ich hastig ein, »dann zeigen Sie mir doch mal die restlichen Konten, die er hier noch hat.« Mit scheinbarer Gelassenheit lehnte ich mich zurück und schlug lächelnd die Beine übereinander.

»Meinen Sie vielleicht Konten bei einer anderen Bank?«

»*Andere* Bank?«, wiederholte ich wie in Trance. »Leo hatte nur *eine* Bank, und das war *seine* Bank, also jetzt *Ihre* Bank!«

Horst Kreutzmann stieß einen lauten Seufzer aus, meine schönen schlanken Beine würdigte er keines Blickes.

»Liebe Frau Wolf, ich kenne mich mit den Gepflogenheiten meines Vorgängers nicht aus und weiß nicht, zu welchen Instituten er noch Geschäftsverbindungen unterhält«, sagte er bedauernd. »Aber hier bei der Reutlinger Sparkasse ist seit neun Monaten kein Pfennig mehr.«

Mir gefror das Blut in den Adern. »Dann müssen wir wohl oder übel das Haus meiner Schwiegereltern kurzfristig belasten!« Ich schlug die Augen nieder und konzentrierte mich darauf, die Asche in den goldenen Drehaschenbecher abzustreifen. Das durften sie nie erfahren! Sie hatten ohnehin viel wegzustecken und hatten noch gestern bitterlich geweint. Umständlich drückte ich auf den Knopf und ließ die Asche scheppernd im Innern des goldenen Prestigeobjektes verschwinden. Dass Leo vergessen hatte, mir zu sagen, dass er hier sämtliche Konten aufgelöst hatte! Wo hatte er »die Kohle« denn nur hingesteckt? Bestimmt wieder in irgendein Wahnsinns-Wertpapier, das nun das x- oder y-Fache abwarf. Leo hatte nur versäumt, mir zu sagen, welches es war! Und wo ich es finden konnte. Im Safe der Schwiegereltern lag jedenfalls nichts mehr.

Mir war das gar nicht aufgefallen, denn durch meine Arbeit im Lotto-Geschäft hatte ich ein eigenes Konto. Den Lebensunterhalt für mich und die Kinder bestritt ich seit Jahren selbst. Dafür hatten wir ja mietfreies Wohnen im eigenen Haus. Sicher würde Leo sich wortreich entschuldigen. Ich sah schon vor mir, wie er sich mit der flachen Hand auf die Stirn schlug und rief: »Ich Idiot! Wo habe ich da nur meinen Kopf gehabt!« Am nächsten Morgen würde eine wunderschöne Perlenkette oder eine neue Rolex auf meinem Frühstücksteller liegen.

Nur jetzt musste ich dringend improvisieren. Wir schrieben das Jahr 1975, und da griff man nicht schnell zum Handy und tippte ein: »Welches Konto? Mach hinne, die Taxiuhr läuft!«

Auch von Fax oder E-Mail konnte man damals noch träumen.

Horst Kreutzmann hatte sich mit seinem rollenden Chefsessel diskret vor seinen Aktenschrank verzogen und blätterte nun in einem Ordner, der mit »Immobilie Wolf« beschriftet war. »Lessingweg 27.« Na bitte, ging doch. Das schwiegerelterliche Haus. Also *unser* Haus.

»Haus und Herd sind Goldes wert«, scherzte ich verlegen. »Wenn's denn mal brennt unter den Nägeln.« Ich pustete beiläufig auf meine frisch Manikürten.

Warum seufzte der denn schon wieder? Und was sollte dieser Hundeblick aus diesen hinreißenden braunen Kreutzmann-Augen?

»Der Gegenwert der Immobilie im Lessingweg 27 ist mitsamt sämtlicher Guthaben und Wertanlagen des Herrn Koh… des Herrn Wolf, bereits vor neun Monaten nach Südwestafrika transferiert worden.« Horst Kreutzmann wischte sich mit seinem weißen Einstecktüchlein verlegen über die Stirn.

»Wie … was …« Moment. Was bedeutete das? Leo hatte das *Haus* … den *Gegenwert* des *Hauses* seiner Eltern, die doch lebenslanges Wohnrecht hatten, nach Afrika transferiert?

Ohne mir etwas davon zu sagen?

»Ja, aber welche Werte hat er hier hinterlegt?« Vielleicht gab es ein geheimes Bankschließfach im Keller, zu dem Horst Kreutzmann mich nun führen würde? Mit einem Zweit- oder Drittschlüssel würde er ein briefkastenartiges Fach öffnen, aus dem Uhren, Schmuck, Wertpapiere und seltene Goldmünzen quellen würden wie im Märchen. Der samtäugige Kreutzmann wollte mich einfach nur noch ein bisschen aufs Glatteis führen. Um unseren Abschied hinauszuzögern.

»Frau Wolf, ich bedaure sehr, das sagen zu müssen, und ich wundere mich auch, dass Sie so gar nicht Bescheid wissen, aber … keine.«

»Wie?«

»Ja. Keine. Keine Werte. Nicht einen Pfennig.«

»Aber ich brauche zehntausend Mark!« Verwirrt sah ich mich um. Die Wanduhr tickte unbarmherzig. »Zehntausendzehn Mark«, verbesserte ich mich schnell. »Draußen wartet das Taxi, und die Uhr läuft.«

Kurz dachte ich an das Lotto-Geschäft, das ja meinen Schwiegereltern gehörte. Aber erstens war es inzwischen an Gitta und Walter verpachtet, und zweitens hätte ich die Schwiegereltern einweihen müssen, und das konnte ich beim besten Willen nicht übers Herz bringen. Ihr Leo-Idealbild würde zusammenbrechen.

»Da kann ich Ihnen leider gar nicht helfen«, sagte Horst Kreutzmann ehrlich betroffen. »Mir sind die Hände gebunden!«

»Und einen … ähm … Kredit?«, hüstelte ich verlegen. »Nur so der Form halber?

»Welche Werte haben Sie denn, der Form halber, anzubieten? Ihren Job haben Sie gekündigt, Ihr Haus ist nicht mehr verfügbar, Ihr … Auto?«

»Habe ich meinem Schwiegervater geschenkt.« Meine Stimme war nur noch ein heiseres Krächzen.

»Und wenn Sie ihn einweihen?«

»Auf keinen Fall!«

Es würde Walter das Herz brechen, wenn er erführe, was Leo da hinter unserem Rücken getan hatte: Das ganze Familienvermögen nach Afrika transferieren, um dort damit zu spekulieren. Was hatte er sich bloß dabei gedacht! Im schlimmsten Fall würden Ursula und Walter irgendwann auf der Straße stehen. Von den Kindern und mir ganz zu schweigen! Mir blieb die Luft weg. Einen Tag vor der Abreise erfuhr ich das! Was sollte ich denn tun? Ich vertraute ihm doch, liebte ihn, wir wollten neu anfangen!

Bei sämtlichen Freunden hatte ich mich verabschiedet, ich konnte doch jetzt keinen Rückzieher machen! Unser Hab und Gut schwamm längst Afrika entgegen! Und mir Geld von Freunden leihen? Wie entwürdigend, wie peinlich! Nein, ganz und gar unmöglich! Morgen früh um acht würden Margot und Sepp mit ihrem Kombi im Lessingweg stehen, um uns nach Genua zu fahren! Zur MS *Europa*, die dort im Hafen auf uns wartete! Ich konnte jetzt nicht das Gesicht verlieren.

Ein entsetzliches Misstrauen beschlich mich, wie das Pochen eines Weisheitszahns, das man einfach ignoriert, weil man jetzt keine Zeit für Schmerzen hat. Wenn man nicht drauf achtet, wird es schon vergehen. Die Kinder waren vor Aufregung und Reisefieber schon ganz hibbelig. Bis auf unsere drei Koffer besaßen wir nichts mehr in Reutlingen! Ich durfte meinen Zweifeln jetzt nicht nachgeben, auch wenn sie an mir nagten wie ein hungriges Tier.

Alles wird gut. Die Entscheidung für Afrika ist gefallen, und ich ziehe das jetzt durch. Leo hat so viel um die Ohren, redete ich mir ein. Bei seinen vielen Millionendeals hat er schlichtweg vergessen, uns einen Notgroschen dazulassen. Deine Sorgen sind lächerlich, Gerti. Er hat eine dreiwöchige Überfahrt auf der MS *Europa* für dich und die Kinder organisiert! Damit ihr eine traumhafte Reise habt! Andere Männer vergessen den Hochzeitstag oder den Geburtstag ihrer Mutter. Er hat wirklich andere Dinge um die Ohren. Wichtigeres. Er wird das Geld sofort zurücküberweisen, wenn er in drei Wochen von dem Missgeschick erfährt.

»Also Sie können mir … nicht helfen?« Ein letztes Mal schaute ich Horst Kreutzmann tief in die Augen.

»Ich darf nicht, Gerti. Sonst komme ich in Teufels Küche. Privat kann ich dir leider nicht helfen, und kraft meines Amtes darf ich nicht.« Auf einmal duzte er mich, der treue Freund. Ich mochte ihn sehr. Die Sorge um mich stand ihm ins Gesicht geschrieben.

»Hm. Verstehe. Kann ich mal kurz telefonieren?«

»Aber sicher. Ich gehe so lange raus.«

Die einzige Nummer, die mir einfiel, war die meiner Eltern in Glatten. Sie hatten erst seit Kurzem einen Telefonanschluss. »Für Notfälle«, wie mein Vater mir noch mitgeteilt hatte.

»Das ist ja irgendwie auch ein Notfall«, murmelte ich entschlossen, steckte mir eine neue Zigarette an und drehte die Wählscheibe.

Mein Vater verkaufte auf Anhieb sein bestes Grundstück, um mir zu helfen. Es war das einzige Feld, das nicht senkrecht zum Fluss hin abfiel, das Filetstück seines mageren Besitzes. Aber es war genau zehntausend Mark wert, und damit konnte ich die Transportkosten begleichen. Ich war unglaublich gerührt, dass meine Eltern mir in dieser Situation frag- und klaglos beistanden. Ich müsse ihnen das Geld auch nicht zurückgeben, hatten sie gesagt. »Wir zahlen dir einfach jetzt schon ein Teil deines Erbes aus.« Vielleicht wollten sie auch die vielen Schläge wiedergutmachen, die ich als Kind hatte einstecken müssen. Den Hunger, die Kälte, die Kinderarbeit. Trotzdem fühlte ich mich schuldig ohne Ende. Meine Eltern waren arm und schufteten hart für ihr kärgliches Dasein. Außerdem hatten sie doch nur noch ihre Landwirtschaft!

Lange konnte ich mir keine Gedanken darüber machen, denn am nächsten Morgen um acht brachen wir auf. Meine gleichaltrige Cousine Margot, die genauso mit Schlägen aufgezogen worden war wie ich, und ihr Mann Sepp kamen extra aus Horb, um uns nach Genua zu fahren. Als wir gerade zu ihnen ins Auto steigen wollten, kam die ganze Nachbarschaft angelaufen. Wie bestellt standen sie da, beladen mit Abschiedsgeschenken. »Hier, Gerti, du bäckst doch so gerne Kuchen! In Südwestafrika gibt es diese Zutaten bestimmt nicht, schau nur, Zimt, gehackte Mandeln, Vanillezucker und Rumaroma ...«

»Rum haben sie dort zur Genüge«, sagte ich und lachte gerührt.

»Hier, für die Kinder: Kuscheltiere! Sie brauchen doch einen treuen Reisegefährten!«

»Bücher für die lange Überfahrt! Und ein Schmusekissen für einsame Stunden!«

»Diesen Schal habe ich selbst gestrickt, Gerti! Damit du abends auf dem Kreuzfahrtschiff nicht frierst!«

»Gesellschaftsspiele, Kartenspiele, und ... drei Pfund Schwarzbrot. Selbst gebacken, Gerti, nach deinem Rezept!«

»He, Leute, jetzt reicht es aber!« Sepp drückte lachend auf die Hupe seines vollgestopften Autos. »Mehr geht hier beim besten Willen nicht rein!«

Keine Briefmarke passte mehr in das Auto. Nach vielen tränenreichen Umarmungen, Küssen und tausend Versprechungen, zu schreiben, Reutlingen und unsere Freunde nicht zu vergessen, quetschten wir uns schließlich in den Wagen. »Das Schiff wartet nicht!«, mahnte Sepp mit wachsender Nervosität, und auch Margot war fast schon aufgeregter als wir selbst.

»Oh, ich glaube, ich muss noch mal ganz schnell aufs Klo …«

Die Kinder wollten natürlich auch noch mal, und das Chaos steigerte sich. Sämtliche Nachbarhunde kläfften sich die Seele aus dem Leib, und selbst die zurückhaltende Frau Bratzke, die mich noch nie im Leben gegrüßt hatte, weil sie Leo aus irgendeinem Grunde nicht mochte, lehnte im Fenster und ließ sich zu einem leisen »Gute Reise« hinreißen.

Alle winkten, die Nachbarskinder fielen Thomas und Bernd ein letztes Mal schluchzend um den Hals. »Darf ich dein Fahrrad wirklich behalten?« und »Eure Schaukel, dürfen wir die echt bei uns im Garten aufstellen?« Mir fiel in meiner Aufregung nichts Besseres ein, als zu sagen: »Es ist ja nicht so, dass wir nach Amerika auswandern!«, woraufhin es im Chor zurückschallte: »Nein, schlimmer!«

»Ich liebe euch alle, danke für eure Freundschaft!« Zum zweiten Mal quetschten wir uns auf die Rückbank. Ich war völlig überdreht. Sofort kurbelte ich das Fenster herunter und steckte mir eine Zigarette an.

Dann verschwanden die winkenden Hände im Rückfenster, und als wir den Lessingweg verließen, atmete ich tief durch und nahm Haltung an. »So, Kinder! Jetzt beginnt unser neues Leben. Freut ihr euch?«

16

»Oh, Mann, ist das riesig!«

»Mama, dürfen wir da echt drauf?«

Im Hafen von Genua lag das weiße Kreuzfahrtschiff MS *Europa*, der damals edelste und teuerste Luxusliner der Welt. Bereit zum Ablegen. Wir kamen gerade noch rechtzeitig, um an Bord zu gehen.

»Hinter einem der Fenster liegt unsere Kabine«, erklärte ich den aufgeregten Kindern, als wir mit Sack und Pack zum Einchecken eilten.

»So, Kinder, Pässe, Tickets, Handgepäck … Oh, Margot und Sepp, hier heißt es Abschied nehmen …«

Ein letztes Mal wurde gedrückt und geküsst, geweint und gewinkt.

»Und wenn es euch nicht gefällt, kommt ihr wieder!« Margot hatte meine Hände an ihre Brust gedrückt. »Du hast in meinem Herzen immer einen Platz, und in meiner Zweizimmerwohnung auch!«

»Wie lieb von dir, Margot!« Ich war zu Tränen gerührt. »Aber ohne meine Jungs würde ich nie zurückkommen.«

»Für die gilt das natürlich auch!«

»Margot! Sei nicht albern. Wir kommen nicht zurück!«

Lachend schubste ich meine geliebte Cousine von mir. »Und passt gut auf euch auf!«

»Vielleicht gewinne ich im Lotto. Dann komme ich nach Windhoek und mache bei euch Urlaub …«

»Da träumst du von, dass wir mal so eine Kreuzfahrt machen.« Sepp zog Margot zurück, weil ein riesiger Gepäckwagen knapp an uns vorbeifuhr.

Meine Güte, war das aufregend! Weiß gekleidete Stewards eilten herbei, um uns mit dem Gepäck zu helfen, und eine lächelnde junge Dame in Uniform führte uns durch die Sicherheitskontrolle und geleitete uns aufs Schiff.

»Auf Wiedersehen, danke für alles!«, riefen wir winkend von der Reling aus, während Margot und Sepp da unten ganz klein am Ablegekai standen. »Fahrt vorsichtig!«

»Wir schreiben!«

Nachdrängende Passagiere verstellten uns die Aussicht, es ertönten Durchsagen, dass man sich in einer halben Stunde zum Sicherheitstraining mit den Schwimmwesten auf Deck zwölf einfinden solle.

Die freundliche Stewardess führte uns zu unserer Kabine: Es war eine Suite! Die Kinder hatten ein eigenes Reich, und auf mich wartete ein Kingsize-Bett. Ein eigenes Marmorbad mit Dusche und Badewanne, ein Schreibtisch, ein begehbarer Kleiderschrank – und ein flauschiger Bademantel mit passenden Pantöffelchen lagen schon auf dem Bett.

»Sie haben Butlerservice«, informierte mich die freundliche Stewardess. »Der indische Butler wird Ihren Koffer für Sie auspacken.«

»Aber das kann ich doch selbst!« Ich errötete verlegen. Ein Mann sollte keinesfalls die Nase in meine zahlreichen Dessous und Kosmetikartikel stecken!

»Nach dem Sicherheitstraining laden wir Sie und die Kinder zu einem Begrüßungsdrink an die Pool-Bar ein«, sagte die

Stewardess lächelnd. »Dort treffen sich die Alleinreisenden zum Kennenlernen.« Täuschte ich mich, oder zwinkerte sie mir dabei vielsagend zu?

»Aber ich bin doch nicht alleinreisend … ich meine, ich habe doch die Kinder.«

»Vier Wochen sind lang!« Jetzt hatte die Stewardess aber wirklich gezwinkert. Ich hatte es genau gesehen.

Ein langes Tuten ertönte, und wir rannten aufs Oberdeck, um das Ablegen nicht zu verpassen. Unglaublich! Der Ozeanriese vibrierte, aus Lautsprechern kam Musik, und das graue Wasserband zwischen uns und der Kaimauer wurde immer breiter. Ich konnte es nicht fassen. Wir fuhren tatsächlich! Wir schwammen! Afrika entgegen!

Lange standen wir schweigend an der Reling. Es dämmerte, im quirligen Genua gingen die Lichter an, die Häuser sahen aus wie Spielzeughäuschen, die Autos waren nur noch flitzende Punkte, und der Rauch aus den Schornsteinen verlief wie Wasserfarbe zwischen Himmel und Meer. Bald darauf waren wir wirklich auf dem endlosen Ozean. Nichts als Wasser bis zum Horizont.

»Mir wird gar nicht schlecht!«, stellte Bernd stolz fest.

»Es schaukelt gar nicht!«, sagte Thomas fast schon enttäuscht.

»Es geht los! Oh, Kinder, ich kann es selbst kaum glauben!«

Die Kinder hüpften wie kleine Flummis auf und ab, und ich gleich mit. Zu dritt tanzten wir auf dem Deck herum und fielen uns um den Hals. »In vier Wochen seht ihr den Papa!«

»Aber vorher werden Sie noch viel Spaß haben!«, bemerkte ein bärtiger Mann mit Goldkettchen, der unseren Freudentanz amüsiert beobachtet hatte. Er trug eine Art Hawaiihemd, dazu weite orangefarbene Shorts. »Sie sind wohl das erste Mal an Bord?«

»Ja! Ist das alles aufregend! Oh, wo darf man hier eigentlich rauchen?«

Sofort klickte ein goldenes Feuerzeug vor meiner Nase. »Bitte, schöne Frau!«

»Danke. Ich bin immer noch ganz durcheinander …«

»Das sind alle am Anfang.« Er lachte ein bassiges Lachen. »Ich bin ein Repeater.«

Repeater? Was war das? Mein Englisch war so gut wie nicht vorhanden.

»Ich bin gewissermaßen Wiederholungstäter«, sagte der lässig gekleidete Mann lachend, als er mein ratloses Gesicht sah. »Ich fahre oft mit der MS *Europa*!«

»Oh! Wie schön für Sie.« Wenn er sich's leisten konnte …

Das war natürlich eine interessante Bekanntschaft: Jemand, der sich auf dem Schiff auskannte.

Die Stewardess, die uns persönlich betreute, nahm die aufgeregten Jungs gleich mit. »Für die Kinder gibt es ein eigenes Programm! Machen Sie sich keine Sorgen!«

»Ich bin Elmar«, stellte sich der Bärtige vor. »Sollen wir uns duzen?«

»Ich weiß nicht …« Verunsichert sah ich mich um. Das ging mir dann doch alles ein bisschen schnell. Die anderen Passagiere lehnten rauchend und lachend an der Reling und hielten einen Drink in der Hand, genau wie in dem Hochglanzprospekt! Und schon hatte ich einen Kavalier an meiner Seite, fast wie im Film!

»Du hast wunderschöne Augen«, lautete dann auch Elmars Text. »Und wie heißt du?«

»Ähm, Gerti. Tja, hallo.« Wir gaben uns die Hand.

Elmar hatte rotblond behaarte Arme, wie ich fasziniert fest-stellte.

»Gerti. Welch schöner Name! Er passt zu dir.« Elmar schien auf Anhieb von mir begeistert zu sein. Dass Gerti ein schö-ner Name sein sollte, war mir neu. Elmar war ja auch nicht gerade der Brüller. Sieglinde und Gertrude, so hatten meine Eltern ihre Töchter genannt. Beides hörte sich altbacken an. Nur dass Sieglinde jetzt frustriert und übergewichtig in einer Bäckerei schuftete, ich, die schnelle Gerti, schlank und rank an der Reling eines Luxuskreuzers stand und mit einem fremden Vielreisenden flirtete! Fast musste ich kichern. Das Leben konnte schon ungerecht sein!

»Was lachst du?« Elmar stupste mich fast ein wenig zu ver-traulich in die Rippen.

»Ich freue mich einfach, dass ich an Bord bin, und dass alle so nett sind …«

»Oh, du musst unbedingt noch meine beiden Kumpel kennenlernen! Wir sind die besten Tänzer und die witzigsten Reisebegleiter, die eine Frau sich wünschen kann!«

Nun gut. Das wollte ich gerne glauben.

Wie sich bald herausstellte, waren auch Peter und Rudolf, die beiden viel besungenen Kumpel, auf der Stelle begeistert von mir. Zugegeben, es waren überwiegend ältere bis steinalte Passagiere an Bord. Gegen die war ich mit meinen sechsund-dreißig Jahren ein Teenager, ein junger Hüpfer. Meine Lebens-freude und Begeisterung, mein kindliches Staunen und meine knabenhafte Figur waren auf dem ganzen Schiff kein zweites Mal zu finden. Beim Treffen der Alleinreisenden spürte ich die Blicke der älteren Damen wie Dolche im Rücken, weil Elmar, Peter und Rudi nur um mich herumscharwenzelten und sich darum rissen, mir einen Drink nach dem anderen zu spendieren. Ich musste mich immer wieder in den Arm kneifen, um sicherzugehen, dass ich das alles nicht träumte. Gleich würde ich als Dienstmädchen in einer klammen Kammer aufwachen und wissen, dass ich vor Hunger halluziniert hatte!

Aber ich halluzinierte nicht.

Als die Bordkapelle eine Polka spielte, zogen mich gleich alle drei Kavaliere auf die Tanzfläche, und ich wirbelte von einem zum anderen.

»Einer reicht ihr wohl nicht!«, stichelte eine schmuckbehängte Dicke, die an ihrem Eierlikör schlürfte.

Eine Altjüngferliche mit Kummerfalten nickte böse. »Dabei sind die Gentlemen Hosts doch für alle da!«

Gentlemen Hosts. Repeater. Das waren alles Insiderbegriffe, die ich nicht kannte. Aber in diesen vier Wochen Überfahrt würde ich bestimmt noch eine Menge dazulernen.

Ich freute mich unbändig darauf.

Es wurde eine traumhafte Reise. Leo hatte wirklich an alles gedacht: Stets hatten wir frischen Blumenschmuck in der Suite, der indische Butler räumte penibel unsere Sachen auf und hängte sie in den Schrank, unsere Schuhe wurden täglich geputzt. Vor dem Abendessen und während des Ankleidens und Schminkens brachte der Kabinensteward ungefragt kleine Kaviar- und Lachs-Häppchen. Danach ging es zum Tanzen, das mir einen Riesenspaß machte. Schon mit Leo hatte ich immer gern und gut getanzt. Hätte ich es nicht besser gewusst, wäre mir fast der Gedanke gekommen, dass Leo sogar die Eintänzer für mich organisiert hatte, um mir eine Freude zu machen! Längst hatte ich ihm den vergessenen Notgroschen verziehen. Wenn ich um Mitternacht in die Kabine zurückkam, war das Bett aufgedeckt, und ein Schokopralinee lag auf dem Kopfkissen. Ich hatte süße Träume, denn nichts ist schöner, als bei leichtem Wellengang sanft gewiegt zu schlafen. Man fühlt sich wie in Mutters Schoß. Morgens kam die Kabinenstewardess mit frischen Pfannkuchen für die Jungs und mit einem weich gekochten Ei für mich herein und legte mir meinen seidenen Morgenmantel zurecht. Für Bernd und Thomas gab es Kakao mit Sahne, für mich Tee aus dem Silberkännchen.

»Alles auf Order Ihres Mannes«, hieß es immer, wenn ich fragte: »Wer soll das bezahlen, wer hat das bestellt?« – Das war einer der Schlager, den die Bordkapelle immer spielte: »Wer hat so viel Pinkepinke, wer hat so viel Geld?« Wir grölten und schunkelten begeistert mit, meine drei feschen Tänzer und ich, unter den neidischen Blicken der alten Damen, die ihre Reise selbst bezahlen mussten.

Ich genoss es, mit meinen hübschen Söhnen im Speisesaal und zu Gesellschaftsspielen aufzutauchen. Bernd und Thomas waren immer identisch angezogen, was natürlich alle Blicke auf sie lenkte. Das war so ein kleiner Spleen von mir, und im Nachhinein wundere ich mich, dass sie sich das so brav gefallen ließen. Jeder Pullunder, jedes bunte Hemd mit spitz zulaufendem Kragen, jeder Gürtel und jede Schlaghose, ja selbst die angesagten Cowboystiefel hatte ich zweimal gekauft. Bernd und Thomas sahen fast aus wie Zwillinge. Nur dass Thomas einen Kopf kleiner war als Bernd und eine Brille trug. Bernd kam mehr nach seinem Vater: das kantige Kinn, die hohe Stirn, das Grübchen und der entschlossene Blick, das alles war typisch Leo. Thomas war weicher, verspielter und kindlicher, wie es für einen Zehnjährigen ganz normal war. Weil meine beiden Söhne so freundlich und gut erzogen waren, hatten wir bald die Herzen sämtlicher Passagiere gewonnen. Sogar die der allein reisenden Damen, die mit der

Zeit merkten, dass ich mir nicht wirklich was aus den drei Eintänzern machte.

»Kindchen, man hat den Eindruck, die wollen Sie verführen!«, krähte eines Abends eine davon, die meinen Jungs immer wohlwollend den Scheitel tätschelte. »Passen Sie gut auf sich auf!«

»Aber nein, ich bin doch glücklich verheiratet!«

»Eben drum!«, beharrte die alte Dame. »Man könnte meinen, die drei wollten das ändern!«

»Da können sie lange warten!«, sagte ich lachend und ließ mich gleich darauf wieder über die Tanzfläche wirbeln. Keiner der drei konnte meinem Leo das Wasser reichen. Ihre zweideutigen Witze und Anzüglichkeiten stießen mich eher ab, und abgesehen davon, dass sie gut tanzen konnten, interessierten sie mich überhaupt nicht. Sie waren, wie ich inzwischen gelernt hatte, von der Reederei bezahlte Eintänzer. Deshalb waren sie »Repeater«! Na toll! Ihr Job war es, allein reisende Damen zu unterhalten, und nachdem ich das wusste, sah ich ihre Bemühungen um mich mit ganz anderen Augen: Sie machten nur ihren Job! Ein bisschen einseitig vielleicht, da sie sich fast ausschließlich um mich kümmerten, aber wer konnte es ihnen verübeln? Mit Verlaub – wenn man mit einer Gazelle tanzen kann, wieso sollte man dann ein Nilpferd auffordern? So dachte ich, während ich im langsamen Walzer in Peters Arm über das Parkett glitt, um dann übergangslos beim Tango an Elmars behaarte Brust gerissen zu werden.

Bernd und Thomas saßen beinebaumelnd an unserem Tisch, schlürften Cola und sahen ihrer schönen Mutter hingerissen zu. Es konnte sich schließlich nur noch um wenige Wochen handeln, bis sie wieder in den Armen ihres Vaters lag. Wo sie auch hingehörte.

Weil die Reise ziemlich viele Seetage enthielt, wurden allerlei Partys veranstaltet, um die Passagiere bei Laune zu halten. Es gab Kostümfeste und Tanzwettbewerbe, bei denen mich natürlich der Ehrgeiz packte. Für Bernd und Thomas nähte ich identische Indianerkostüme; ich war die Squaw. Mit einer schwarzen Langhaarperücke und sexy Lendenschurz, dazu ein zerlöchertes Hemd auf braun gebrannter Haut, machte ich der jungen Uschi Glas in »Winnetou« Konkurrenz. Die Bordkapelle spielte die Titelmusik von »Bonanza«, und als wir mit Siegesgeheul in den Saal galoppierten, blieb kein Auge trocken.

Wir bekamen den ersten Preis für die schönsten Kostüme, und wieder genoss ich es, Blickfang und Wildfang zu sein. Ich hatte ja so viel nachzuholen!

Dennoch gab es Neider. Wie gern hätte ich laut ins Mikrofon gesagt: »Die drei Eintänzer schenke ich euch! Ich brauche sie nicht! Bitte nehmt sie! Sie werden mir langsam lästig! Ich bin glücklich verheiratet.« Aber das ging natürlich nicht.

Dann kam die Äquatortaufe. Wieder so ein Seefahrer-Ritual, dem ich unvorbereitet ausgeliefert war. Plötzlich wurden alle Passagiere, die zum ersten Mal den Äquator überquerten, mitsamt ihren Kleidern in den Pool geschubst. Einige Crew-Mitglieder hatten sich als Piraten verkleidet und zogen die Arglosen von ihren Liegestühlen. Fotoapparate klickten, meine drei Eintänzer trugen mich zur »Folterstätte«. Dort wurden wir Erstüberquerer mit Essensresten aus der Kombüse »eingeseift« und hinter einer Papptrennwand »operiert«, sprich uns wurden »Organe entnommen«. Der Koch hielt blutige Innereien hoch, was in einer ziemlich unappetitlichen Schweinerei endete. Bernd und Thomas wurden in einen Rieseneimer mit Spaghetti gesteckt und mit Tomatensauce übergossen. Die eingeweihten Passagiere glucksten vor Schadenfreude, die Neuen hatten das Nachsehen.

War ein nichtsahnender Passagier dann so richtig verdreckt, wurde er von den »Piraten« in den Pool geworfen. Für mich Ästhetin, die ich mit meinen Jungen immer wie aus dem Ei gepellt an Deck erschien, war das ein richtiges Drama, und ich beschwerte mich hinterher weinend beim Kapitän.

»Schauen Sie mal, was die mit unseren teuren Kleidern gemacht haben!«, jammerte ich. »Die habe ich extra für Windhoek gekauft! Und meine Frisur ist auch hin! Erst gestern war ich beim Bordfriseur!« Ich hatte mir zum ersten Mal im Leben eine Mini-Pli geleistet! Nun hingen die teuren Locken wie schwarzes Sauerkraut an mir herunter!

Der Kapitän, ein gutmütiger älterer Grauhaariger, lachte nur. »Sie kennen sich wirklich noch nicht mit den Kreuzfahrt-Gepflogenheiten aus!«

»Die finde ich gar nicht lustig!«, schmollte ich.

»Geben Sie die Kleider in die Wäscherei«, beschied der Kapitän. »Ihre Sachen werden wie neu sein!«

Und so war es dann auch. Die fleißigen Heinzelmännchen im Bauch des Schiffes mussten die ganze Nacht geackert haben, denn am nächsten Morgen hingen unsere mit Ketchup und Mayonnaise beschmierten Klamotten wieder aprilfrisch duftend und gebügelt im Schrank. Eine neue Mini-Pli spendierte mir die Reederei auch, und ich war wieder die Schönste im ganzen Land.

Nach und nach mehrten sich die hübschen Hochglanzfotos, die der Bordfotograf von unseren lustigen Events gemacht hatte. Nachdenklich stand ich eines Morgens vor der großen Fotowand auf Deck fünf: Komisch, fast immer war ich mit den drei Eintänzern auf dem Bild. Eng umschlungen tanzte ich mit Rudi, Arm in Arm saß ich mit Elmar an der Bar, und hier hatte mir Peter einen Kuss für den ersten Preis beim Kostümfest auf die Wange gedrückt, und ich saß fast auf seinem Schoß. Ich erinnerte mich, dass er sogar versucht hatte, mich auf den Mund zu küssen, aber ich hatte hastig den Kopf weggedreht. Also diese Fotos waren schon … kompromittierend. Ein Fremder musste den Eindruck haben, dass ich … na ja, sagen wir mal leicht zu haben war. Aber das war ich nicht, im Gegenteil. Aus Sex machte ich mir überhaupt nichts, mir reichten bewundernde Blicke, schöne Kleider, Lachen und Flirten. Aber um Mitternacht ging ich immer allein ins Bett.

Während ich das dachte, umfassten mich von hinten plötzlich zwei rotblond-behaarte Männerarme. »So, jetzt hab ich dich. Jetzt bist du dran.«

»Elmar!« Ich versuchte, mich loszureißen. »Jetzt habe ich mich aber erschreckt!«

»Wir kriegen dich. Wir kriegen dich alle! Wir haben schon gewettet, wer es als Erster schafft.«

Elmars dicke Lippen kamen immer näher, und reflexartig wandte ich den Kopf ab. »Elmar, du Idiot! Lass das!« Ich schlug nach ihm, aber meine dünnen Ärmchen boten seinen Pranken keinen Widerstand. »Das ist nicht witzig, ich will das nicht!«

»Gib's doch zu, du bist ganz scharf auf mich! Vom ersten Moment an hast du mich angebaggert!«, flüsterte mir Elmar lüstern ins Ohr. »Du gehörst mir!«

»Spinnst du?!« Wütend trat ich nach ihm. »Lass mich los, du tust mir weh!«

»Frauen, die sich wehren, wir erst recht begehren!« Seine Finger rissen an meiner Bluse.

»Lass mich! Ich bin glücklich verheiratet, das habe ich euch oft genug erzählt!«

»Ja, so oft, dass das gar nicht wahr sein kann!« Elmars Zunge glitt in mein Ohr. »Du willst es, du willst sogar einen flotten Dreier!«

Entsetzt sah ich, wie sich plötzlich auch Peter und Rudi näherten. »Nein, Schwachkopf!« Ich versuchte ihm meine Handtasche über den Schädel zu hauen, vergeblich. Wir mussten aussehen wie Dick und Doof in einem albernen Sketch. Die Äquatortaufe hatte mich schon mitgenommen, aber das hier ging weit über meine Toleranzgrenze.

Jetzt bedrängte mich auch Peter. Seine Hände befummelten meine flachen Brüste, was mich erst recht rasend machte. »Finger weg, du Dreckskerl!« Daraufhin glitten Rudis Hände zwischen meine Beine, was mir nicht minder unangenehm war. Meine Seidenstrumpfhose zerriss, und eine lange Laufmasche schlängelte sich mein Bein herunter. Das konnte doch nicht wahr sein!

»Hilfe!«, schrie ich. Ich kratzte und biss, schrie und trat mit Leibeskräften um mich.

Unser Gerangel vor der Fotowand wollte kein Ende nehmen.

Bis ein altes Ehepaar auftauchte, das Hand in Hand einen Verdauungsspaziergang machte. Der Herr ging am Stock.

»He! Lassen Sie das!« Beherzt griff er ein, indem er mit dem Stock auf die drei losging. »Sind Sie verrückt geworden? Lassen Sie die Frau los!«

Die Männer suchten das Weite.

Mit tränenerstickter Stimme bedankte ich mich bei dem Ehepaar und sank zitternd auf eine Truhe. »Ich kann gar nicht begreifen, dass sie meine Signale so falsch gedeutet haben!«

»Das müssen Sie dem Kapitän melden! Die sind Ihnen ja im wahrsten Sinne des Wortes an die Wäsche gegangen!«

Der Mann reichte mir ein gebügeltes Taschentuch, wie sich das für einen Gentleman gehörte. »Das war versuchte Vergewaltigung, das müssen Sie zur Anzeige bringen! Diese Kerle sind mir schon lange ein Dorn im Auge. Die sollen die alten, allein reisenden Damen unterhalten, keine verheirateten Frauen verführen!«

Weinend ließ ich mich von den beiden entrüsteten Herrschaften zum Kapitän begleiten.

»Schon wieder unser empfindliches Pflänzchen?« Der Kapitän glaubte zuerst, ich hätte schon wieder eine harmlose Beschwerde vorzubringen. Doch dann sah er meine Schrammen und die zerrissenen Sachen. Ich war in Tränen aufgelöst.

»Wir haben es mit eigenen Augen gesehen, Herr Kapitän!« Zum Glück hatte ich das alte Ehepaar als glaubhafte Zeugen! Die beiden waren seriös und dem Kapitän bekannt.

»Das ist doch der Gipfel!« Der Kapitän raufte sich die Haare und griff zum Bordtelefon. »Kreuzfahrtdirektor! Sofort ziehen Sie diese drei Burschen aus dem Verkehr! Am liebsten würde ich die Kerle über Bord werfen! Die schaden unserem Image! Im nächsten Hafen werden die rausgesetzt!«

Und so kam es dann auch. Leider war der nächste Hafen tatsächlich erst Walvis Bay, unser eigenes Ziel. Zu unserem Schutz wurden wir in den letzten Tagen vor der Ankunft von unserer Kabine abgeholt und auch wieder dorthin zurückbegleitet; ein wirklich rührender Service, den der Kapitän angeordnet hatte. Dieser feine Mann hatte sich inzwischen sogar mit Bernd angefreundet, und die beiden hatten sich zwecks zukünftigen Briefmarkentauschens ihre Adressen gegeben.

Die drei »Verführer« durften nicht mehr aufs Passagierdeck. In den Tanzbars wurde es einsam, und es wurde viel gemunkelt. »Sonst ist die Reederei doch so seriös, wie konnte das bloß passieren?«»Normalerweise sind die Gentlemen Hosts wirklich Gentlemen, sie würden einer Frau nie zu nahekommen!«

»Nein, Frau Wolf hat wirklich keine falschen Signale ausgesandt. Sie hatte sichtlich Spaß am Tanzen, aber das war auch alles!«

»Frau Wolf, Sie könnten die Reederei verklagen!«

»Ach nein, es waren doch alle so nett und zuvorkommend, besonders der Kapitän«, sagte ich bescheiden. Was konnte denn die Reederei für ihre »schwarzen Schafe«? In Walvis Bay sahen die Kinder und ich mit wohligem Schauern zu, wie die drei »Panzerknacker« der Polizei übergeben wurden. Handschellen klickten, und die drei Eintänzer wurden in einem offenen Jeep weggebracht.

»Mann, das war aufregend!« Seufzend steckte ich mir eine Zigarette an.

»Die belästigen keine Passagierinnen mehr!« Der Kapitän drückte mir entschuldigend den Arm. »Es tut mir wirklich leid, Frau Wolf.«

»Mama, wie im Krimi!« Thomas war wirklich begeistert. Mehr Action gab es nicht mal in seinen Comic-Heften.

»Ja. Wir lassen auch nichts aus.« Bedauernd lächelte ich den Kapitän an. »Aber danke. Es war eine wunderbare Reise, die wir nie vergessen werden.«

»Schreib mir, Junge!« Der Kapitän zwickte Bernd verschwörerisch in die Wange. »Alles Gute, liebe Frau Wolf. Haben Sie eine schöne Zeit in Windhoek!«

Wir verabschiedeten uns wortreich von allen lieben Menschen und guten Geistern, die uns diese Überfahrt so angenehm gestaltet hatten. Dann aber gab es kein Halten mehr: Leo stand in der Ankunftshalle hinter Passkontrolle und Zollabfertigung. Lässig und braun gebrannt lehnte er an seinem Jeep und breitete strahlend die Arme aus.

Dienstfertige Gepäckträger verluden unser Gepäck in den Jeep, während ich nervös meine Sonnenbrille abnahm. »Hier wären wir.«

Leo grinste siegesgewiss. »Willkommen in Afrika!«

17

»Nein, das gibt's doch gar nicht!«

Der mir schon bekannte Luxusbungalow war mit unseren Sachen fix und fertig eingerichtet! Es waren unsere Vorhänge und Möbel, die plötzlich darin standen, unsere vertraute Tischdecke lag auf dem Tisch, unsere Bücher standen im Regal, und beim Öffnen der Küchenschränke blickten wir auf unser Geschirr und unsere Haushaltsgeräte.

All das, was ich vor einem Monat verpackt und per Container verschickt hatte, war bereits ordentlich verstaut worden! Staunend öffnete ich den Schlafzimmerschrank. »Meine Blusen! Meine Röcke, meine Kleider!« Nach Farben geordnet hingen sie auf dem Bügel, als hätten sie noch nie woanders gehangen. Meine selbst gehäkelte Tagesdecke lag auf dem Ehebett, mein Nachthemd gefaltet auf dem Kopfkissen. Sogar meine Slips und Strümpfe lagen zusammengefaltet in den Schubladen.

»Mama, ein Heinzelmännchen hat alle unsere Sachen eingeräumt!«

Auch in den Kinderzimmern herrschte vorbildlichste Ordnung.

Ona hatte alles ausgepackt. Obwohl wir den Service schon vom Schiff kannten, staunten wir.

Leo lehnte zufrieden lächelnd im Türrahmen.

»Dann habe ich ja jetzt gar nichts mehr zu tun …« Ratlos sah ich mich um. Konnte ich nicht vielleicht noch ein Blümchen in eine Vase stellen oder eine Obstschale dekorieren? Nein. Es war alles schon gemacht.

»Du sollst dich erholen«, beschied Leo. »Ich habe dir hier das Paradies auf Erden versprochen.«

Das Paradies auf Erden …, dachte ich. Ich musste an meine armen Eltern denken, an die zehntausend Mark, die sie mir gegeben hatten. Doch irgendwie brachte ich es in diesem Moment nicht fertig, das unangenehme Thema anzusprechen. Ich war schließlich gerade erst angekommen. Bestimmt würde sich die Sache schon bald von selbst aufklären.

»Aber ich bin doch hier die Hausfrau. Ich kann mich doch auch nützlich machen.«

»Gearbeitet hast du genug. Jetzt wirst du nur noch auf Händen getragen.«

Leo schnippte mit den Fingern, und sofort eilte wieder die beleibte Schwarze mit dem Turban und den vielen bunten Röcken herbei. Sie verzog keine Miene, als ich mich herzlich auf Schwäbisch bei ihr bedankte. Das Einräumen musste sie Stunden gekostet haben! »Ein herzliches Vergelt's Gott, gell!«

»Drink für Missis«, befahl Leo. Mit stoischer Miene ging sie in die Küche.

»Aber das kann ich doch selbst machen …« Ich eilte hinterher. Sie wusste ja nicht, wie die Kinder ihren Kakao mochten. Aber selbst den hatte sie schon vorbereitet.

»Missis Swimmingpool.« Ona reichte mir Handtuch und Badeschlappen und schob mich freundlich, aber bestimmt zurück auf die Terrasse.

Die Kinder tobten schon wieder im Wasser.

»Schaut mal, was ich hier für meine Jungs habe …« Leo

wandte sich winkend in Richtung Garage, woraufhin ein schwarzer Boy mit zwei jungen Hunden ankam. Es waren niedliche Welpen, ganz wuschelige, tapsige Tiere, eines in Schwarz und eines in Weiß.

»Oh, Papa, ich fass es nicht!« Bernd war als Erster draußen und rannte barfuß auf die Tiere zu. Der Boy überließ ihm sofort die Leinen.

»Ich habe euch doch versprochen, dass ihr jeder einen Hund und eine Katze bekommt …«

Da kam auch schon der zweite Boy mit zwei schnurrenden Miezen im Arm. Sie waren noch jung und maunzten nach ihrer Mama.

Thomas wusste gar nicht, welches Tier er zuerst streicheln sollte.

»Oh, ich kann mich nicht entscheiden….«

»Ihr dürft sie alle behalten.« Leo biss das Mundstück seiner Zigarre ab, spuckte es ins Gras und ließ sich von Ona Feuer geben. »Was ich versprochen habe, halte ich auch.«

»Oh, Papa, du bist der Größte …« Bernd und Thomas sprangen auf und umarmten ihren Vater.

Lachend stand ich dabei und freute mich mit. Natürlich wollte Leo die jahrelange Abwesenheit wiedergutmachen, und auf diese Weise konnte er sich schnell ihre Sympathien einhandeln. Mit einem jungen Tier kann man jedes Kinderherz erobern. Er wollte seinen Jungs einfach eine Freude machen, ihnen den Einstieg erleichtern. Bevor Heimweh, Langeweile oder Sehnsucht nach den alten Freunden in Reutlingen aufkommen konnte, hatte er ihnen lieber gleich tierische Spielkameraden geschenkt.

Aber schon bald wurden neue Freundschaften geschlossen. Bald nach unserer Ankunft stand Familie Meyer am Gartentor und hieß uns herzlich willkommen. Schließlich war es Henry Meyer gewesen, der mich am dringlichsten gebeten hatte hierherzuziehen. Seine zwei Töchter Claudia und Julia waren etwa im selben Alter wie Thomas und Bernd, und Sohn Alexander war niedliche vier.

Ona holte Drinks, die Boys öffneten das Tor, Leo schlug Henry Meyer erfreut auf die Schulter und zog ihn zu einem Geschäftsgespräch ins Wohnzimmer, während ich mit Susi Meyer plaudernd am Gartentisch saß.

Die Kinder tobten und planschten im Pool, spielten mit den jungen Hunden und balgten mit den Katzen, so als würden wir schon ewig hier leben.

»Kaum zu glauben, dass wir heute erst angekommen sind.« Entspannt lehnte ich mich unter dem schattigen Vordach zurück. »In Reutlingen stehen zwar keine Palmen und Kakteen im Garten, aber ansonsten fühle ich mich schon richtig heimisch hier. Irgendwie habe ich mir das neue Leben fremder vorgestellt.«

»Ach, du kennst doch die deutsche Clique!«, sagte Susi. »Auf unseren Grundstücken können wir uns tatsächlich fühlen wie zu Hause.« Sie stellte ihren eisgekühlten Drink wieder auf den Gartentisch. »Nur außerhalb müssen wir uns ein bisschen in Acht nehmen.«

»Wie meinst du das?«

»Na ja, erstens ist hier natürlich Linksverkehr …« Susi lächelte mich beruhigend an. »Aber daran hast du dich schnell gewöhnt.«

»Und zweitens …? Ich meine, inwiefern ist es hier für eine Frau auf der Straße gefährlich?«

»Für Frauen eher nicht …« Susi drehte an ihrem Ehering. »Aber für Weiße. Du solltest nicht allein auf die Straße gehen.«

»Und … die Kinder?«

»Die natürlich auch nicht.«

»Aber Leo hat mir immer wieder versichert, dass sich Schwarze und Weiße in Ruhe lassen und auch ganz unterschiedliche Wege haben …« Ich dachte an die getrennten Eingänge bei Behörden und Krankenhäusern zurück. Ich hatte Busse gesehen, in denen saßen nur Weiße, und in anderen nur Schwarze. Fast schien es, als würden sich die beiden Rassen gar nicht wahrnehmen, ja als lebten sie auf völlig verschiedenen Planeten. »Leo sagt, die Schwarzen leben in ihren eigenen Wohnvierteln und wollen es auch gar nicht anders.«

»Wenn Leo das sagt, wird es wohl stimmen.« Susi wirkte auf einmal ein wenig nervös. »Wir haben uns alle längst an das Leben hier gewöhnt.«

»Und?«, fragte ich vorsichtig. Genau wie Susi sah ich mich unwillkürlich nach unseren Männern um, die rauchend im Wohnzimmer saßen und beide Gläser mit Hochprozentigem in Händen hielten. Ona staubte währenddessen Bücherregale ab. Sie schien nichts von dem zu verstehen, was die Männer da erhitzt besprachen und ließ sich nicht davon aus der Ruhe bringen.

»Wir haben hier auf jeden Fall Privilegien, die wir in Deutschland so nicht haben«, erklärte Susi, nachdem sie sich eine Zigarette angesteckt hatte. »Wir sind hier sozusagen Menschen erster Klasse.«

»Das habe ich auch schon mitbekommen … und deswegen ein ganz schlechtes Gewissen!« Auch ich griff nach einem Glimmstängel.

»Das brauchst du nicht.« Susi wedelte sich den Rauch aus dem Gesicht. »Die Neger hier kennen es gar nicht anders! Schon seit der Kolonialzeit werden sie von Weißen beherrscht.

Sie sind froh, von uns Weißen lernen zu können!« Das sagte sie im Brustton der Überzeugung, und ich kannte niemanden, der anderer Meinung gewesen wäre. Auch die Bezeichnung »Neger« wurde damals selbstverständlich gebraucht.

»Die Wasserleitungen zum Beispiel«, fuhr Susi fort. »Oder Strom.« Lachend wies sie mit dem Kopf auf Ona, die inzwischen mit dem Staubsauger herumfuhrwerkte. »Die hat ja hier früher für Marion gearbeitet, und das war eine Prozedur, bis Marion der Ona erklärt hat, dass sie die Teppiche nicht mit dem Besen reinigen soll!«

»Welche Marion?«, fragte ich dazwischen, doch Susi war gerade so im Redefluss, dass sie das überhörte.

»Die Ona hat sich so vor dem Staubsauger gefürchtet! Da kommt ein böser Geist raus!, hat sie immer gerufen und ist weggelaufen.« Sie lachte glockenhell. »Oder das Wasser, das hat sie immer auf dem Kopf vom Brunnen geholt. Hier bei uns kommt es aus der Wand. Bis sie das akzeptiert hat, sind Wochen vergangen.«

Irgendwie kamen mir diese Worte seltsam bekannt vor. Wie viele Jahre war es jetzt her, dass auch ich Wasser vom Brunnen geholt und die Stube mit dem Besen ausgekehrt hatte, weil wir weder fließend Wasser noch Strom hatten?

»Marion«, sagte ich und schnippte Asche in den Aschenbecher. »Der Name ist jetzt schon ein paarmal gefallen.«

Eine plötzliche Röte schoss Susi in die Wangen. »Tatsächlich?« Sie räusperte sich, als hätte sie plötzlich einen Kloß im Hals. »Das war die Vormieterin hier.«

»Und wo wohnt sie jetzt?« Ich sah die frühere Einrichtung immer noch vor mir. Hier hatte eine junge Familie gewohnt, bevor Leo mir den Bungalow quasi geschenkt hatte. Aber selbst die Vorhänge waren inzwischen ausgetauscht.

»Keine Ahnung«, wechselte Susi schnell das Thema. »Die ist schon lange wieder in Deutschland.«

»Und das Kind? Oder hat sie mehrere?«

»Kind? Wieso denn Kind!« Susi schien total aus dem Konzept gebracht worden zu sein.

»Ich habe hier Spielsachen gesehen. Malbücher und so.« Ich machte eine weit ausholende Geste. »Ein Schwimmtier lag hier rum, oder war es ein Schwimmring?«

»Du, kann sein, dass die Kinder hatte, so gut kannte ich die nicht.«

Aha. Komisch, wo doch alle Deutschen eine so eingeschworene Gemeinschaft waren.

»Hat ihr Mann auch für Leo gearbeitet?«

»Ja, aber wie gesagt, die sind schon lange wieder in Deutschland.«

»Hat es … Krach gegeben? Ich meine, wegen des Bungalows?«

»Aber nein!« Susi lachte eine Spur zu schrill. »Die wollten ohnehin ausziehen, wirklich, glaub mir! Der Mann hat einen Job in Hannover bekommen!«

»Na, dann ist es ja gut.«

In einer ruhigen Minute wollte ich Leo fragen, ob er wirklich eine junge Familie aus dem Bungalow geworfen hatte, nur um mir meinen Wunsch von den Augen abzulesen. Oder sagte Susi die Wahrheit, und diese Leute waren wirklich freiwillig ausgezogen, weil sie zurück nach Hannover gegangen waren?

»Wie hieß der Mann?«, fragte ich beiläufig, während ich mich nach dem Kätzchen bückte, das sich vor den Kindern an die schattige Hausmauer gerettet hatte.

»Joachim«, sagte Susi wie aus der Pistole geschossen. »Joachim oder Achim oder so.«

Hm. Irgendwas war da faul. Und ich würde auch noch herausfinden, was. Aber nicht heute!

So langsam gewöhnte ich mich in der neuen Heimat ein. Vormittags zog ich meine Bahnen im Swimmingpool, denn Ona weigerte sich, mich bei der Hausarbeit mitmachen zu lassen. Immer scheuchte sie mich genervt weg, wenn ich mich anschickte, einen Handgriff zu tun. »Missis Swimmingpool.«

Okay, na dann. Ich konnte es ertragen. Meine zweitausend Meter schwamm ich in kräftigen Zügen, dann war eine Stunde rum. Anschließend legte ich mich mit einem netten Schmöker in den Liegestuhl, denn aufstehen war verboten. »Missis ausruhen!« Das Einzige, was mir Ona nicht verwehrte, waren meine Einkaufsfahrten. Tatsächlich musste ich mich immer wieder zwingen, links zu fahren. War ich in Gedanken, fuhr ich automatisch rechts, und erst das Hupen des entgegenkommenden Fahrers ließ mich das Lenkrad herumreißen. Zum Glück gab es damals in Windhoek noch nicht besonders viel Verkehr. Meist waren es schwarze Busfahrer, die mir eine höfliche, aber eindeutige Handbewegung hinterherschickten. Ich versuchte, in den Geschäften deutsche Produkte zu ergattern, um für meinen Leo und die Kinder deutsch zu kochen. Leo wünschte sich verständlicherweise schwäbische Hausmannskost, und ganz besonders lechzte er nach Wurstsalat mit Zwiebeln und sauren Gurken.

Wenn das nicht gelang, übernahm schweigend und mit gleichbleibender Langsamkeit Ona das Kochen. Sie nahm mir einfach den Rührbesen, die Pfanne oder den Topf aus der Hand und befahl: »Missis Swimmingpool.« Ich war schon dunkelbraun und sah aus wie eine verbrutzelte Indianerin.

Nachmittags kam zum Glück Abwechslung in dieses Dauer-

Feriendasein: Wir deutschen Mütter und Kinder trafen uns reihum an den Swimmingpools der Häuser und Bungalows, und so lernte ich sie alle nacheinander kennen. Die meisten waren nett und lustig, manchmal hatte ich das Gefühl, sie tuschelten hinter meinem Rücken. Vielleicht, weil ich Leos Frau war und er ihrer aller Chef? Aber als sie merkten, wie harmlos ich war und dass ich von Leos Geschäften keine Ahnung hatte, dafür aber umso mehr vom Kuchenbacken und Kalte-Platten-Machen, stieg meine Beliebtheit und ihr Vertrauen. Die Kinder vertrugen sich großartig; besonders Bernd und Claudia verbanden schon bald die zarten Bande einer ersten Kinderliebe. Hunde und Katzen wurden hin und her geschleppt, manchmal brachte auch einer der Lausbuben eine Tarantel oder Riesenspinne mit, die dann genauso begutachtet und gestreichelt wurde. Einmal schrie ein schwarzer Boy, der wachend an der mannshohen Mauer stand: »Nicht anfassen, die ist giftig!«

Kreischend ließen die Kinder die Riesenspinne fallen, und ein wonniges Gruseln erfasste die Bande, die um sie herumhüpfte wie auf glühenden Kohlen.

Wir Mütter eilten herbei, aber der schwarze Boy hatte die Spinne schon mit einer Zeitung über die Mauer geworfen.

»Aber da draußen kann sie doch auch beißen!«, rügte ich den Boy, der nur gleichgültig die Achseln zuckte.

»Ach, was da draußen passiert, ist nicht unser Problem!« Mathilde, die Hausherrin, hakte sich bei mir unter und zog mich wieder zu den anderen.

»Wer hat noch nicht das Rezept für Käsesahnetorte mit Vanillestreuseln? Ich schwöre euch, Mädels, keine kann sie besser backen als unsere Gerti!«

»Oh, Gerti, bitte back doch nächste Woche auch für mich! Dann bin ich dran mit der Pool-Party!«

»Gerti, kannst du für Andis Kindergeburtstag noch mal deinen hinreißenden kalten Hund machen? Du weißt schon, der mit der schwarzen Schokolade und den Keksen!«

Ich musste grinsen. Wie gut, dass diese Spezialität mit der schwarzen Schokolade immer noch »kalter Hund« hieß und nichts sonst!

»Oder die Johannisbeer-Sahne-Torte, die du für Reginas Kinderparty mit Schirmchen und Fähnchen verziert hast!«

»Aber deine kalten Platten sind unerreicht, Gerti! Neulich habe ich versucht, für Joachims Abschiedsparty diesen Käse-Igel mit Olivenspießen zu machen, aber der Käse ist in der Sonne geschmolzen ...«

Abschiedsparty. Joachim. Es stimmte also, was Susi mir erzählt hatte. Diese Familie war abgereist. Ich musste mir keine Sorgen machen. Erleichtert lächelte ich in die Runde. Und eine wutentbrannte Marion würde mir auch nicht begegnen.

Alle lachten, plauderten, kicherten durcheinander. Plötzlich war ich mittendrin in der Damenrunde, und schneller als gedacht hatte ich mir ihre Freundschaft, ihren Respekt und ihre Sympathie errungen.

Man muss nur kochen und backen können, dachte ich und schickte meiner lieben Tante Emmi, die inzwischen im Himmel war, tausend warme Gedanken. Was wäre ich nur ohne sie geworden? Unsere Sektgläser klirrten mit unseren Kuchengabeln um die Wette. Mathildes Worte hallten mir in den Ohren nach: Was da draußen passiert, ist nicht unser Problem.

Abends kamen dann die Ehemänner hinzu. Der Alkoholkonsum stieg rapide an, wenn unsere müden Jäger und Sammler von der Arbeit kamen und sich als Erstes die Krawatte und das verschwitzte Hemd vom Leib rissen. Dicke Autos parkten in der Einfahrt. Die Boys lehnten an der Mauer und passten auf sie auf. Zuerst fachsimpelten unsere Alphatiere meist noch im roten Abendsonnenschein, aber dann wurde das Gelächter lauter, die Grillen zirpten, die Nacht senkte sich mild herab, und der Hausherr legte Musik auf. Dann wurde das Tanzbein geschwungen, die Kinder sprangen übermütig zwischen uns herum, die nassen Handtücher flatterten im Abendwind an der Leine, und der Grill wurde angeworfen. Der Duft der ersten Rostbratwürstchen und Steaks breitete sich aus, während die schwarzen Dienstmädchen mit Tabletts durch die Nacht eilten, von denen man nur noch die bunten Turbane oder ihre weißen Zähne sah, wenn sie lachten.

Mein Mann war nicht immer dabei, wenn es wieder eine Party gab. Er hatte verständlicherweise zu tun, schließlich war er der Boss.

Wenn ich nach ihm fragte, traten mir sofort seine Untergebenen entgegen:

»Der sitzt noch im Büro.«

»Der musste noch auf eine Baustelle.«

»Der sieht gerade noch nach einem Gebäude.«

»Der kommt gleich, ich soll dich schön grüßen. Es dauert nicht mehr lange.«

»Er sagt, du sollst ihm noch was von dem Sauerkraut aufheben.«

Meist tauchte mein armer, abgearbeiteter Leo dann auch noch irgendwann auf. An seiner dominanten Stimme und seinem lauten Lachen konnte ich ihn schon von Weitem ausmachen. Wenn er dann nach »Gertis schwäbischen Maultaschen« oder »Gertis unübertroffenen sauren Kutteln« rief, wusste ich, dass er mich wirklich vermisst hatte.

»Ihr seht hinreißend aus.«

»Ganz erwachsen. Und sehr seriös.«

Susi und ich standen hingerissen am Gartentor und begutachteten Bernd und Thomas, die heute zum ersten Mal ihre Schuluniform anhatten.

Die dreimonatigen Winterferien waren vorbei.

»Schade, dass es so was Schönes in Deutschland nicht gibt«, seufzte ich. Grauer Anzug, weißes Hemd, dunkelblaue Krawatte und blitzblank geputzte schwarze Schuhe. Onas Werk. Natürlich. Sie sahen zum Anbeißen aus.

Draußen im Wagen warteten schon Susis Töchter Claudia und Julia. Ebenfalls in Schuluniform: blauer Kleiderrock über weißer Bluse.

Claudia schenkte ihrem Bernd verliebte Blicke, und Bernd errötete zart unter seiner Bräune. Rührend!

»Also, dann bringe ich sie dir um fünf wieder.«

»Danke, Susi. Und nächste Woche fahre dann ich.«

»Mach dir keine Sorgen. Sobald du dich an den Linksverkehr gewöhnt hast!«

Susi drückte mir je einen Kuss auf die linke und rechte Wange. »Ich will dich nicht mit meinem Make-up verschmieren!«

Tja, Probleme hatten wir! Das hätte mir mal jemand in Glatten an der Glatt sagen sollen, oder später in Gönningen, als ich Matthias' Babyzwieback klaute, weil ich sonst vor Hunger umgefallen wäre!

Ratlos sah ich mich um. Keine Pflichten. Nun war mein Tag noch länger! Niemand tobte und balgte am Swimmingpool herum!

Leo war natürlich auch nicht da. Er war ständig auf Achse. Manche Baustellen lagen auch ganze Tagesreisen weit entfernt, sodass er öfter auch über Nacht wegblieb. Mir entfuhr ein abgrundtiefer Seufzer. Nie hätte ich gedacht, dass ich mich mal langweilen würde! Früher hätte ich mich über fünf Minuten Freizeit gefreut und alle viere von mir gestreckt, jetzt wollte ich alles, nur nicht alle viere von mir strecken.

Aber Ona bestand darauf. »Missis schwimmen!«

»Ich bin schon geschwommen, Ona! Heute Morgen von sechs bis sieben!«

»Missis schlafen!« Ona zeigte auffordernd auf den Liegestuhl.

»Ich habe schon geschlafen, Ona! So viel wie noch nie in meinem Leben!«

Als Nächstes hätte Ona sagen können: »Missis lesen!« Aber darunter konnte sie sich nichts vorstellen. Vor Kurzem hatte ich sie dabei beobachtet, wie sie einen meiner Romane abstaubte. Sie hatte in das Buch hineingestarrt, als beginne darin gleich ein Film. Dabei hatte sie das Buch verkehrt herum gehalten.

»Missis Zehennägel lackieren!« war auch ein Vorschlag, der ins Leere lief. Ich hatte sie schon hundertmal lackiert. Als alter Samenhändlerlehrling hatte ich im Garten sogar ein paar Beete angelegt. Doch sobald ich tatendurstig zur Gießkanne griff, nahm die gestrenge Ona sie mir sofort wieder aus der Hand. »Nix Wasser in Erde schütten. Wasser trinken.«

Ona glaubte sicherlich, ich würde aus lauter Langeweile Trinkwasser verschütten, und bot mir stattdessen die gesamten Alkoholbestände aus Leos Bar an.

»Nein, Ona«, beharrte ich auf meinem gärtnerischen Standpunkt. »Wasser in Erde gießen, dann Samen sprießen, und Blumen kommen.«

Das fand Ona Quatsch. »Wasser trinken.«

»Ja, klar, Ona. Wasser trinken, aber auch auf Blumen gießen. Blumen auch Durst haben!«

Da ja keine Blumen vorhanden waren, mit denen ich bei ihr Verständnis hätte wecken können, zeigte sie mir unwirsch einen Vogel. »Nix Wasser Erde schütten! Wasser trinken!«

Es stimmte schon, Wasser war kostbarer als Alkohol, und so kippte ich erst mal eine Runde Rum auf meine Tulpenzwiebeln. Die erblickten dann leider auch nie das Licht der Welt. Genauso wenig wie die von mir gesäten Tomaten, Gurken und Salatköpfe. Wegen der sengenden Hitze war die Ernte zunichte, bevor auch nur ein bisschen Grün hätte sprießen können.

Ona schwitzte inzwischen am Bügelbrett im Wohnzimmer. Nicht einmal an Leos Hemden ließ sie mich heran.

»Ona, ich kann das doch machen! Ehrlich! Ich habe das in Reutlingen zwölf Jahre lang gemacht, und vorher war ich selbst ein Dienstmädchen, ob du es glaubst oder nicht«, redete ich auf die Undurchschaubare ein. »Die haben mich sogar geschlagen, wenn ich etwas nicht richtig gemacht habe! Bitte lass mich dir helfen!«

»Du mir bringen Stock«, antwortete Ona.

»Nein, um Gottes willen, du hast mich falsch verstanden, ich will dich nicht schlagen, Ona. Ich wollte dir doch nur von meiner traurigen Kindheit erzählen …« Ich wollte ihr wenigstens ein bisschen Gesellschaft leisten. Natürlich war es zwecklos, sie mit meinem Schwäbisch vollzutexten.

»Stock. Du mir bringen.«

»Ähm … nicht doch … Willst du etwa mich schlagen?« Hatte ich sie so genervt mit meinem Geschwätz, dass sie mich mundtot machen wollte?

»Stock. Nix in Schrank.«

»Nein, wir haben keinen Stock im Schrank, wir schlagen auch unsere Kinder nicht.«

»Dann bringen Stock von Garten.«

Gut, ganz wie sie wollte. Sie bestand auf einem Stock, also sollte sie ihn haben. Ich ging zum Holzschuppen ganz hinten an der Mauer, direkt neben dem dicken Abwasserrohr, das dort aufs freie Feld führte, zerrte an einem Strauch und brachte ihr schließlich den gewünschten Stock. Es war ein dürrer, vertrockneter Reisig.

»So. Bitte schön.«

Ona starrte erst auf den Stock und dann auf mich, ohne das Bügeln zu unterbrechen. Dann schlug sie sich vor die Stirn und schüttelte den Kopf.

»Das kein Stock.«

»Ich weiß, damit kann man jetzt niemanden strafen, aber das wollte ich doch auch gar nicht … Oder gibt es hier irgendein Tier zu vertreiben?«

Ratlos stand ich da mit meiner Knecht-Ruprecht-Rute und wusste nicht, was ich damit machen sollte.

»Da!« Ona zeigte augenverdrehend in Richtung Garten, wo an der Wäscheleine schon andere Hemden von Leo im Wind wehten. »Noch Stock!«

»Also echt, Ona, keine Ahnung, was du meinst …« Nun wurde ich langsam ungeduldig.

Ona knallte das Bügeleisen auf das Bügelbrett, nahm mich bei der Hand und zog mich zum Wäscheständer. Sie nahm eines von Leos Hemden vom Bügel, hielt ihn mir unter die Nase und sagte: »Das Stock.«

»Aber Ona, das ist doch kein Stock, das ist ein Bügel!«

»Bügel da drin.« Sie zeigte auf das Bügeleisen. »Und das Stock.«

Kopfschüttelnd nahm sie den Bügel, drapierte das frisch gebügelte Hemd darauf und hängte ihn betont langsam auf. So als hätte ich nicht alle Tassen im Schrank.

Inzwischen hatte sich Ona auf meinen Schnellkochtopf eingelassen. Auch so ein Teufelszeug, das ich von zu Hause mitgebracht hatte. Er war damals der neueste Schrei. Der Schnellkochtopf für die gestresste Hausfrau.

Doch schnell war bei Ona gar nichts.

Ich hatte ihr erklärt, dass sie zuerst bei geschlossenem Deckel gaaaaaanz lange kaltes Wasser darauflaufen lassen musste, bevor sie den Deckel öffnete.

Missis lag gerade wieder im Liegestuhl und hatte Schlafdienst und Ruhephase, als ich aus der Küche einen ohrenbetäubenden Knall hörte.

O Gott, war der Herd in die Luft geflogen? Doch nein, Ona hatte aus bekannten Gründen – »Nix Wasser über Topf gießen. Wasser trinken!« – mit Wasser gespart, den Topf mitnichten gaaaaanz lange unter den kalten Strahl gehalten, und das Ding war explodiert.

Ona rief alle Heiligen an, weil sie davon ausgehen musste, dass dies das Jüngste Gericht war, und krabbelte sich bekreuzigend durch den Gemüseeintopf. Überall waren die Kartoffelbömbchen hingeflogen, Rosenkohlgranaten und Blumenkohlmunition klebten in der ganzen Küche. Bei diesem Anblick musste ich herzlich lachen, während die Hunde und Katzen ziemlich pragmatisch mit der Säuberung des Küchenfußbodens begannen.

Plötzlich sah ich wieder die magere kleine Gerti vor mir, die sich unter den Schlägen ihrer Mutter wand, wenn ihr etwas missglückt war. »Das ist eine Gottesgabe, die du hier verschleudert hast!« Aber auch das großzügige Gelächter meiner Schwiegermutter Ursula, wenn sie eine missratene Mahlzeit einfach aus dem Altbaufenster warf. »Das macht doch nichts, das kann doch jedem mal passieren. Die Jungs holen einfach Pizza!« Nun war ich »die Herrin«, stand da barfuß im Bikini und hielt mir den nicht vorhandenen Bauch vor Lachen.

»Ona, das ist doch nicht so schlimm! Das kann doch mal passieren! Steh auf, alles ist gut!«

Hier in Windhoek konnte man zwar nicht schnell zum Italiener gehen, um Pizza zu holen, aber dies war einer der wenigen Momente, in denen Ona mich für die Familie kochen ließ. Sie musste nämlich erst noch ihren Rosenkranz fertig beten.

Fast war es, als würde sich der Kreis schließen: Ona wusch unsere Wäsche noch mit kaltem Wasser und der Hand, denn anfangs hatten wir in Windhoek noch keine Waschmaschine. Sie schleppte die Wäsche im Eimer auf dem Kopf zum Brunnen, und genauso kam sie nach Stunden wieder. Immer wieder sah ich diese Parallelen zu meiner eigenen Vergangenheit, nur dass ich immer klein und mager gewesen war, während sie außer den Zentnern Wäsche auch noch ihr eigenes stolzes Gewicht schleppen musste, und ich wusste nicht, welche Arbeitsbedingungen schlimmer waren. Jedenfalls schwor ich mir, meine treue Ona niemals zu beleidigen oder zu demütigen.

Sie stammte von einer Herero-Familie ab, ursprünglich Nomaden, die von der Rinderzucht lebten. Ihre Sprache bestand anders als Afrikaans, das wie Holländisch klingt und von den Weißen eingeführt wurde, nur aus schnalzenden Lauten. Die rissen uns oft zu Lachstürmen hin, das heißt, eigentlich lachten wir nur über uns selbst, wenn wir versuchten, sie nachzumachen. Sie war eine eigensinnige, stolze Frau voller

Geheimnisse. Ich hatte großen Respekt vor ihr und wollte ihr gern etwas Gutes tun. Und so gab ich ihr auch statt der vereinbarten zwanzig Mark am Ende dieser Woche dreißig Mark.

»Das war ein Fehler!«, sagte Leo, der mal wieder aufgetaucht war und mit weit aufgeknöpftem Hemd in seinem Ledersessel lag. »Du wirst sehen, sie kommt morgen nicht.«

»Natürlich kommt sie! Sie liebt mich!«

Im Gegensatz zu Jasper, unserem Boy, der in der fensterlosen Steinbaracke am Ende des Gartens wohnte, die eigentlich für Gartengeräte vorgesehen war, lebte Ona in jenem berüchtigten Getto namens Katutura, das wörtlich übersetzt »Der Ort, an dem man nicht wohnt« heißt. Sie lief morgens auf der staubigen Ausfallstraße die fünf Kilometer bis zu unserem Anwesen, und abends, meist mit Essen im Eimer auf dem Kopf, wieder zurück. Ich sah mich als Kind mit dem Handwagen die fünf Kilometer am Bach entlanggehen, ins Dorf, in die Schule, ins Waschhaus, Tag für Tag. Für Ona war die Welt in Ordnung, und das sollte sie auch bleiben.

Wie gerufen kam Ona herein und fragte kurz vor dem Gehen nach den Knochen, die die Hunde im Garten vergraben hatten. Wollte sie die etwa in die Suppe tun? Nach der Geschichte mit dem Stock wunderte mich gar nichts mehr.

»Ja, pass nur auf, was sie damit vorhat.« Leo verschränkte die Arme hinterm Kopf und hatte sich bereits seinen ersten Whiskey einverleibt.

Feigen wollte Ona auch mitnehmen. Und Hirse. Sie tat alles in den Eimer.

Okay, natürlich, gern. Alles was sie wollte, sollte sie haben.

Am nächsten Morgen kam sie nicht.

Am übernächsten auch nicht.

Ich fragte den Boy, wo sie bloß steckte.

»Ona dreißig Mark«, sagte der nur und winkte ab. »Ona Rausch.«

»Wie? Von dreißig Mark ist mein Mann gerade drei Stunden im Rausch, aber doch nicht drei Tage?«

»Sieben Tage!«, mutmaßte Jasper fachmännisch. »So lange Ona Rausch!«

Und so war es dann auch. Nach genau einer Woche kam Ona zurück.

»Ona Kopf Karussell.«

Sie fächerte sich Luft zu und schüttete mehrere große Gläser Wasser in sich hinein.

»Aber was hast du die ganze Woche gemacht, Ona?«

Abgesehen davon, dass ich nach Herzenslust gebügelt, gestaubsaugt, gekocht und geputzt hatte, hatte ich sie doch vermisst.

»Ona Bier. Ganze Woche Rausch.«

»Wo hattest du denn das Bier her, Ona?«

»Knochen. Hirse, Feigen. Und Geld.« Ihre Augen wurden tassengroß. »Dreißig Mark! Ganz Katutura hat gefeiert! Alle Kopf Karussell, ganze Woche keiner Arbeit!«

Da wusste ich, dass Ona nicht mit Geld umgehen konnte.

Von nun an gab ich Ona kein Geld mehr. Nur noch Lebensmittel, die sie dann abends auf dem Kopf heimtrug.

So langsam wurde ich mit den herrschenden politischen Verhältnissen vertraut.

Unter dem südafrikanischen Apartheids-Regime waren alle Schwarzen aus Windhoeks Innenstadt vertrieben worden. Natürlich hatte es aufseiten der Schwarzen heftige Proteste gegeben, die blutig niedergeschlagen wurden. Der sogenannte Aufstand an der Alten Werft von 1959 war ein Wendepunkt in der

Geschichte des heutigen Namibias gewesen: Dabei kamen elf Menschen ums Leben, knapp fünfzig wurden schwer verletzt. Der damalige Landeshauptmann verfügte, keinem der verletzten Aufständischen dürfe medizinische Hilfe erteilt werden. Selbst Missionare akzeptierten, dass keine Blutspenden des Roten Kreuzes an Verwundete abgegeben werden durften. Die schwarze Bevölkerung wurde aus ihren angestammten Wohngebieten in menschenunwürdige Gettos ohne Wasser und Strom zwangsumgesiedelt. Im August 1968 war die Rassentrennung abgeschlossen. Fast alle Schwarzen lebten in ihren »Townships«, angeblich völlig freiwillig. Eines davon war Katutura. Dort gab es viertausend winzige Hütten oder besser Baracken, in denen vielköpfige Familien aus verschiedenen Stämmen lebten. Dass sich die Stämme auch noch untereinander bekriegten, davon hatten wir deutschen Hausfrauen keinen Schimmer. Unterschwellig wuchs jedoch bei allen Betroffenen der Wunsch, sich von der weißen Fremdherrschaft zu befreien und die Unabhängigkeit des Landes herbeizuführen. Sie wollten sich mit der ungerechten Apartheids-Politik, mit der Einteilung in Menschen erster und zweiter Klasse einfach nicht abfinden. Sämtliche Regierungsgebäude und viele private Geschäfte und Unternehmen, so auch Leos Firmen, hatten getrennte Eingänge für Schwarze und Weiße. In Bussen durften die Schwarzen höchstens hinten sitzen, wenn sie nicht sogar stehen mussten. Einmal hatte ich beschämt mit ansehen müssen, wie eine schwangere Schwarze mit zwei Kleinkindern einem weißen Schuljungen ohne zu zögern Platz machte, woraufhin sich der Bengel wie selbstverständlich auf den Sitz fallen ließ, wo er es sich Kaugummi kauend und Beine baumelnd bequem machte. Kein Wunder, dass der Hass der schwarzen Bevölkerung auf uns wuchs. Wir Weißen saßen im wahrsten Sinne des Wortes auf einem Pulverfass. Ich ahnte anfangs nichts von den schwelenden Unruhen, wollte es aber auch gar nicht so genau wissen. Ich war eine Meisterin im Verdrängen. Nun waren wir hier, hatten uns dazu durchgerungen, hier zu leben, also was nutzte es, sich über die politischen Ungerechtigkeiten den Kopf zu zerbrechen? Zu lange waren die Umstände schon so, und unsere Schwarzen schienen es ja auch klaglos zu akzeptieren. Wir waren gute Arbeitgeber. Zu mir waren die Schwarzen freundlich und zuvorkommend, und ich dachte, das sei in ganz Südwestafrika so. Wir deutschen Hausfrauen lebten in einem goldenen Käfig und stellten dieses Dasein im allgemeinen Interesse nicht infrage. Allerdings weigerten sich sowohl Ona als auch Jasper, unser Gartenboy, mich zum Einkaufen zu begleiten.

»Das nix gut für Missis.«

Jasper machte mir in seiner bescheidenen Art klar, dass ich mich lieber nicht öffentlich mit einem Schwarzen sehen lassen sollte. Wie bereits erwähnt wohnte er in einer steinernen Baracke hinter der Garage. Hier hatte er eine einfache Liege, eine Kochstelle, einen Stuhl und einen Tisch. Das war sein Zuhause, und er war damit durchaus zufrieden. Er hatte ja am Gartentor Wache zu halten, wohnte also nahe am Arbeitsplatz. Nie wollte Jasper mit uns essen, ebenso wenig wie Ona. Das war für beide völlig ausgeschlossen. Jasper reinigte täglich den Pool, suchte Garten und Terrasse nach Spinnen ab und erledigte die spärlichen Gartenarbeiten. Es war für mich ein gutes Gefühl, dass ein Mann in der Nähe war, der uns im Notfall hätte beschützen können, denn Leo war immer öfter tagelang abwesend. Er expandierte offensichtlich immer noch, ich hatte längst keinen Durchblick mehr, und Leo sprach auch nicht darüber.

Jasper sprach ein bisschen besser Deutsch als Ona. Er hatte schon bei verschiedenen deutschen Familien gearbeitet. Seine kostbarsten Besitztümer waren ein paar alte Ansichtskarten aus Deutschland, Holland und Österreich, die ihm seine ehemaligen Herrschaften geschickt hatten. Nachdem Jasper Vertrauen zu mir gefasst hatte, ließ er mich seine Schätze sehen. Ich bestaunte den Viktualienmarkt in München und das Hamburger Rathaus, den Kölner Dom und eine Stadtansicht von Tübingen, schließlich hielt er mir eine Schwarz-Weiß-Postkarte mit dem verschneiten Bergmassiv der Österreichischen Alpen entgegen. »Viele Grüße vom Kitzsteinhorn!«

»Was das?«

Jaspers schwarzer Finger glitt über die weiße Pracht.

»Schnee, Jasper, das ist Schnee.«

»Was Schnee?«

»Schnee ist wie weißes Pulver.«

»Wie kommt Schnee auf Erde?«

»Vom Himmel, Jasper. Vom Himmel.« Ich machte mit den Fingern sanften Schneefall nach und sang dazu in meinem schwäbischen Akzent »Schneeflöckchen, Weißröckchen, wann kommst du geschneit? Du wohnst in den Wolken, dein Weg ist so weit.«

Jasper legte den Kopf in den Nacken und sah in den tiefblauen Himmel.

»Nicht hier, Jasper. Da kannst du lange warten!«

»Wo Schnee?«

»Nur wenn es kalt ist!«

»Wie kalt?« Er hielt seine Hand fragend an die Kanne Wasser, die auf dem Tisch stand.

»Noch viel kälter, Jasper.« Ich nahm einen Eiswürfel heraus und drückte ihn ihm in die Hand. »So kalt.«

»Kommt Eis von Himmel?« Erschrocken blickte er wieder nach oben.

»Nein, nur in den seltensten Fällen. Das hier ist Schnee. Darauf kann man Ski fahren.«

Womit ich neue Verständnislosigkeit erntete.

Am nächsten Tag brachte Jasper mir wieder seine Postkarten, und das Erklären und Staunen ging von vorne los. Den Kölner Dom hatte er irgendwann verstanden, auch die Münchner Frauenkirche, und sogar den Faschingszug in Würzburg. Aber das mit dem Schnee blieb ihm rätselhaft.

18

Ona und Jasper wurden zu meinen engsten Vertrauten. Nach und nach verschwanden die Sprachschwierigkeiten, und wir konnten uns mit Händen und Füßen verständigen. Immer gab es etwas zu lachen. Auch die Kinder liebten die beiden. Wenn Bernd und Thomas aus der Schule kamen, stand Jasper schon wartend am Gartentor. Er riss es auf, ließ die Kinder hineinschlüpfen und verrammelte es sofort wieder.

Vom Küchenfenster beobachtete ich, wie die Kinder einmal am Gartentor bei einem schwarzen Händler Eis kauften.

»*Asseblief, ek wil'n ijscup!*« Ihr Afrikaans wurde immer besser.

Bernd hatte in der Garage eine große alte Seemannskiste gefunden. Unter Jaspers fachkundiger Anleitung wurde diese neu gestrichen und zur Schatzkiste umfunktioniert. Alle Schätze, die meine Jungs fanden wie tote Taranteln, Steine und Muscheln, aber auch Hefte und andere Geheimnisse, wurden darin aufbewahrt. Bernd hat diese Kiste heute noch, sie wurde uns nach der Flucht von Susi nach Deutschland nachgeschickt.

Doch vorerst war das Leben in Südwestafrika wunderschön, zumal hier wirklich nette Leute lebten. Leos Geschäftspartner Robert war schon vor vielen Jahren mit seiner Familie nach Windhoek gekommen. Sein erwachsener Sohn Willem besaß eine große Farm, fünf bis sechs Autostunden außerhalb der Stadt. Er war glücklich verheiratet und hatte Kinder in Bernds und Thomas' Alter. Bei seiner sympathischen, aufgeschlossenen Familie verbrachten wir unsere ersten Ferien.

Willem hatte rötliche Haare und trug einen breitkrempigen Hut, wenn er über seine Felder ritt. Er besaß eine riesige Wasserbüffelherde.

Mitten auf seinem versteppten Land stand seine weiße Farm, die von Weitem wie ein Fort aussah. Die Kinder waren völlig aus dem Häuschen, als wir einmal von der sicheren Terrasse aus den Kampf zweier Giraffenbullen um ein Weibchen beobachten konnten. Immer wieder schlugen die zwei fünf Meter großen Giraffenkerle ihre Köpfe aneinander, um dem Weibchen zu imponieren, das allerdings desinteressiert tat und ab und zu ein Blatt aus einer Baumkrone rupfte. Graue langbeinige Wasserstörche staksten am Ufer des fast ausgetrockneten Flussbetts entlang, und durch Willems Fernglas konnten wir sehen, dass sie zappelnde Frösche im Schnabel hatten. Bald darauf trampelte ein halbes Dutzend Zebras durch das braungelbe Gestrüpp.

»Mama, die sehen aus wie angemalte Pferde!« Thomas hüpfte aufgeregt neben mir auf und ab. Immer wieder tauchten Springböcke auf. Sie schienen uns nur einen kurzen neugierigen Besuch abstatten zu wollen, dann sprangen sie davon in die endlose Savanne. Willem nahm sich Zeit für eine Pirschfahrt, lud uns alle auf seinen Jeep und fuhr mit uns tagelang durch die Etosha-Pfanne, ein riesiger Nationalpark, in dem außer den wilden Tieren auch noch verschiedene Stämme von Buschmännern lebten, deren Gesänge uns bei Sonnenuntergang bezauberten. Wir übernachteten in verschiedenen Lodges. An den zahlreichen Wasserstellen konnten wir sogar

Löwen beobachten, Leoparden und vereinzelt Elefanten. Ein träge in die Sonne blinzelnder Löwe schleppte wenige Meter von unserem Jeep entfernt ein erlegtes Gnu-Baby davon, während das Weibchen abseits auf einem Felsen lag und Desinteresse demonstrierte. Bernd, Thomas und ich hielten uns andächtig an den Händen. Dann bretterte unser Jeep weiter durch die Steppe Südwestafrikas. Unsere müden Augen sahen jede Menge versengte Erde und endlose Schotterpisten an uns vorbeiziehen, unsere Gedanken verselbstständigten sich.

Was war nur los mit Leo? Warum kam er immer seltener nach Hause? Wieso mied er in letzter Zeit auch unsere Freunde? Alle rückten immer mehr in meine Nähe und entfernten sich zunehmend von Leo. Selbst die Kinder fragten immer seltener nach ihm. Was hatte er so Wichtiges zu tun, dass er keinen von uns mehr einweihte?

»Mama!« Thomas zerrte begeistert an meinem Arm. »Da schau, ein Nashorn!«

Tatsächlich! An einem Wasserloch stand ein mächtiger Koloss und labte sich an dem erfrischenden Nass. Der Staub, den das Tier aufgewirbelt hatte, hing noch flirrend in der Luft.

Zwischendurch setzte ich mich vor zu Willem und plauderte mit ihm. Wäre ich nicht Leos Frau gewesen, hätte er mir gefährlich werden können. Er war hinreißend, hatte aber auch eine entzückende Frau. Ich mochte beide sehr.

Er erzählte mir, dass er insgesamt fünfzig schwarze Arbeiter auf seiner Farm beschäftige.

»Und wo leben die?«, fragte ich neugierig. Auf der Farm hatte ich nur die zwei Hausangestellten gesehen.

»Du wirst lachen, Gerti!« Willem schob seinen breitkrempigen Hut in den Nacken und blinzelte in die Sonne. »Ich habe ihnen neue, vernünftige Unterkünfte bauen lassen, mit fließend Wasser und Toiletten. Eine Kochstelle und ein Bett für jeden. Und was machen sie? Sie lassen ihre Tiere drin wohnen und bleiben in ihren ehemaligen Behausungen. Alte Bretterhütten ohne Strom und Wasser, meist ohne Fenster, geschweige denn Möbel. Dort sitzen sie vergnügt auf dem Boden.«

»Was?« Jetzt musste ich wirklich lachen. »Die Tiere haben fließend Wasser und Toiletten, und deine Mitarbeiter …?«

»Gehen aufs Feld. In die Steppe. Dort verrichten sie dann ihr Geschäft.«

»Aber warum gehen sie nicht in die neuen Wohnungen?«

»Sie machen sich nichts daraus.« Willem kratzte sich den Bart. »Ich kann machen, was ich will, aber sie sind stur. Wat der Bur nicht kennt, frisst er nicht.«

Das kam ja tatsächlich dem nahe, was Leo mir über die Schwarzen und ihre Gettos erzählt hatte. »Die kennen es nicht anders und wollen es auch nicht anders.«

Dann erzählte mir Willem von seinem gescheiterten Versuch, alle Kinder seiner Mitarbeiter in die Schule nach Windhoek zu schicken.

»Die sollen es einmal besser haben als ihre Eltern!«

Willem bremste vor einem Schabrackenschakal, der über die Schotterstraße lief. Er sah aus wie ein herrenloser Hund. »Der sucht nach Aas«, erklärte mir Willem. »Ich habe also einen Bus organisiert, der jedes Kind im schulfähigen Alter von seiner Hütte abholen soll. Aber die Schwarzen lassen ihre Kinder nicht hingehen!«

»Was?«, mischten sich nun auch Thomas und Bernd vom Rücksitz aus ein. »Das fänden wir aber klasse, wenn unsere Eltern uns nicht lassen würden!«

Sie lachten übermütig.

»Das fändet ihr drei Tage lang gut«, sagte ich unbeeindruckt. »Und dann würdet ihr euch nach der Schule sehnen!«

»Aber ich werde mich schon noch durchsetzen!«, sagte Willem fest entschlossen. »Du wirst schon sehen, Gerti. Übermorgen gehe ich von Hütte zu Hütte und hole die Kinder eigenhändig ab.«

»Warum wollen die Eltern denn nicht, dass sie was lernen?«

»Sie haben selbst nie eine Schule von innen gesehen, und dieser neue Kram ist ihnen unheimlich.« Willem sagte das so trocken, dass ich laut lachen musste.

»Sie hüten ihre Ziegen und Rinder, leben immer noch wie vor tausend Jahren und sehen nicht ein, warum sie etwas daran ändern sollten.«

»Eigentlich beneidenswert«, murmelte ich leise.

Zurück auf der Farm sah ich Willem und seine Familie mit ganz anderen Augen. Sie hatten sich für dieses Leben mit allen Konsequenzen entschieden. Nicht so wie wir, die wir eigentlich Klein-Deutschland nach Südwestafrika gebracht hatten und von den Schwarzen erwarteten, dass sie unsere Gewohnheiten annahmen. Ona beispielsweise konnte inzwischen handgemachte Spätzle und Essigwurst zubereiten.

Nein, Willem und Carola hatten sich den hiesigen Sitten angepasst und versuchten, den Einheimischen zu helfen. Ihr Kühlschrank bestand aus einem steinernen Verschlag, der mit Lehm verkleidet war, der vor der Hitze schützte. Ihr Wasser speicherten sie in großen Tanks rund um die Farm. Immer wieder fanden wir Tierkadaver darin. Die Tiere waren wohl so durstig gewesen, dass sie ihre Scheu vor den Menschen überwunden hatten und beim Versuch, aus dem Wassercontainer zu trinken, hineingefallen und elendiglich ertrunken waren. Anschließend war das Wasser natürlich als Trinkwasser nicht mehr zu gebrauchen, und Willem schüttete es weg. Die Tierkadaver schleppte er an den Rand eines Geröllfelds und begrub sie da. Dann galt es, neues, kostbares Trinkwasser in großen Fässern herbeizuschaffen. Willem tat das ohne jede Verbitterung. Er hatte sich eben mit Haut und Haar für Afrika entschieden.

Am Montag ging ich neugierig mit, als er energisch von Hütte zu Hütte schritt, um die schwarzen Kinder zur Schule abzuholen.

»Sam, ich hab dich genau gesehen! Es hat keinen Sinn, sich zu verstecken!«

»Komm schon, Mina, lass deine Tochter gehen. Sie soll was lernen!«

»Nein, Bahee, dein Sohn soll nicht so enden wie du! Er kann Landwirtschaft studieren und euch allen hier zu einem besseren Leben verhelfen! Also komm schon unter dem Bett hervor, sonst zieh ich dich raus!«

Mit einer Engelsgeduld sammelte er sämtliche Kinder aus fünfzig Familien ein und brachte sie eigenhändig zum Bus. Es war ein staubiger gelber Bus, der unter dem einzigen Schatten spendenden Baum auf einer Art rotem Dorfplatz wartete. Es dauerte Stunden, bis alle Kinder drinsaßen. Ihre Eltern waren zum Teil richtig sauer auf Willem, warfen mit Steinen nach ihm oder spuckten fluchend vor ihm auf dem Boden aus. Ich bewunderte ihn für seinen Mut.

»Bildung ist das A und O«, murmelte er wild entschlossen, als er dem Fahrer das Zeichen zur Abfahrt gab. »Das sind wunderbare Menschen, die mir am Herzen liegen. Und wenn sie es jetzt noch nicht einsehen, werden sie mir in zehn Jahren dankbar sein!«

Ich war ihm jetzt schon dankbar. Dass meine Söhne und

ich so etwas hatten erleben dürfen! Diese Farm war mehr als ein überdimensional großer Abenteuerspielplatz. Ich wurde nachdenklich. War es in Ordnung, dass Leo Windhoek seinen Stempel aufdrückte? Dass er die Stadt prägte und nicht ihre ursprünglichen Einwohner? Willems Demut und Hilfsbereitschaft waren mir da deutlich näher. Meinem Leo ging es nur ums Geld – Willem um die Menschen.

Das habe ich bei diesem Besuch bei Willem und Carola begriffen.

19

Zurück in Windhoek holte uns der Alltag schnell wieder ein.

Die Kinder gingen zur Schule, wo sie allerdings eine Art Ausländerfeindlichkeit aus den eigenen Reihen erfuhren: Da sie nicht in Südafrika geboren waren, wurden sie als »Jerrys« beschimpft. Wie bei den Schwarzen in ihren Townships gab es auch bei den Weißen in ihren Villen Stammesfehden, dachte ich traurig. Besonders mein kleiner Thomas litt darunter, wenn ihn die »eingeborenen« Weißen wegen seines fehlerhaften Afrikaans mit schwäbischem Akzent hänselten. Bernd war inzwischen schon im Stimmbruch und setzte sich auf seine Weise durch. Außerdem hatte er seine Freundin Claudia, die ihm das Gefühl gab, anerkannt zu sein. Die Zwölfjährige schrieb ihm hinreißende Liebesbriefe, versehen mit wunderbaren Zeichnungen von Tigern und Löwen, Giraffen und Zebras. Bernd besitzt sie heute noch – er hat sie alle aufgehoben.

»Mama, wann gehen wir wieder zurück nach Deutschland?«

Thomas kam traurig zu meinem Liegestuhl, wo »Missis schlafen« angesagt war.

»Aber Liebling, wie kommst du denn darauf?«

»Mir ist so langweilig!«

»Aber nein, mein Schatz, hier hast du doch alles, was ein Jungenherz begehrt!«

»Aber nicht meine Freunde aus Reutlingen!«

»Ach du, lass uns jetzt nicht über Deutschland nachdenken …« Dort war jetzt bald wieder Weihnachten. Aus Briefen von Gitta und Walter wusste ich, dass es schon dick geschneit hatte. Der Weihnachtsmarkt von Reutlingen erstrahlte schon wieder in seinem Glanz. Ich sah mich an Tante Emmis Hand durch den Schnee stapfen und meine ersten gebrannten Mandeln essen. Ich sah mich in der Kirche stehen und die Krippe bewundern. Ich sah mich mit ihr im Kino sitzen und »Vom Winde verweht« sehen. Nun war ich selbst »vom Winde verweht«.

Hastig blinzelte ich die Tränen weg und musste mir eingestehen, dass ich schreckliches Heimweh nach Hause hatte.

»Ich muss aber an Opa und Oma denken!«, jammerte mein Thomas und schmiegte sich an mich. »Die sind jetzt ganz allein, und bald ist Weihnachten …«

Oje. Jetzt Missis weinen. Ich suchte hastig nach einem Taschentuch, fand aber keines. »Opa und Oma schreiben wir nachher einen langen Brief, ja? Papa hat so viel zu tun, dass wir jetzt nicht nach Hause können. Und den können wir an Weihnachten auch schlecht alleine lassen.«

Thomas hörte nicht auf zu schniefen.

»Ach, Liebling!« Entschlossen stand ich auf. »Jetzt unternehmen wir sofort was gegen Heimweh und Langeweile.«

»Was denn?«

»Wir springen jetzt vom Dach in den Swimmingpool.«

»Was?« Das Gesicht meines Kindes klarte auf wie ein Apriltag nach dem Regen. »Echt? Traust du dich?«

»Ja, klar! Du etwa nicht?« Gemeinsam rannten wir hinauf auf den Balkon und machten zu Onas grenzenlosem Entsetzen eine »Arschbombe« ins Wasser.

»Missis verrückt geworden!« Ona bekreuzigte sich und rief Jesus, Maria und Josef an. »Warum das machen!?«

»Ist gut gegen Heimweh!« sagte ich lachend, und dann machten wir das Ganze gleich noch einmal.

An diesem Nachmittag gelang es mir noch, den schleichenden Virus Langeweile gepaart mit akutem Heimweh zu vertreiben. Später gelang mir das immer seltener.

Ich musste etwas tun. Missis wollte nicht mehr liegen, ruhen, lesen und schwimmen.

Missis wollte wieder arbeiten.

Als Leo das nächste Mal nach Hause kam, sprach ich ihn mit leuchtenden Augen auf meine Pläne an.

»Leo, alle schwärmen von meinen Kuchen, Torten und Plätzchen.«

»Ja, ich weiß, du bist auf jedem Geburtstag der Stargast.« Leo ließ sich in seinen Sessel fallen, riss die Krawatte vom Hals und goss sich einen Whiskey ein. »Und stiehlst damit dem jeweiligen Geburtstagskind die Show. Sie werden dich hassen!« Er grinste breit.

Verärgert schüttelte ich den Kopf. Dass er mich aber auch nie ernst nahm!

»Leo, alle sagen, so etwas gibt es in ganz Windhoek nicht. Ich könnte einen Laden aufmachen!«

»Meine Frau macht keinen Laden auf. Das fehlte noch.« Leo runzelte böse die Stirn. »Ich arbeite wie ein Tier, damit meine Frau sich ein schönes Leben machen kann, und du willst dich hinter eine Ladentheke stellen wie früher? Womöglich noch im Kittel?« Er prustete spöttisch. »Ich habe dich da rausgeholt, Gerti. Du hast jetzt ein schönes Leben!«

»Aber Leo, das ist es ja gerade …« Um diplomatisches Geschick bemüht, ließ ich mich neben ihn auf die Sessellehne fallen. Sanft zwirbelte ich an seinen grauen Haaren. »Ein schönes Leben ist mit *Sinn* gefüllt.«

»Was soll das denn wieder heißen?« Leo wehrte meine Hand ab. »Hat dein Leben hier etwa keinen Sinn?«

»Ich bin gelangweilt und verwöhnt wie die Prinzessin auf der Erbse«, stöhnte ich. »Missis schlafen, Missis schwimmen, Missis ausruhen«, äffte ich Ona nach. »Noch nicht mal ein Hemd bügeln darf ich! Ich fühle mich unausgefüllt und überflüssig!«

»Ach, Gerti, jetzt mach doch mal halblang!« Verstimmt schenkte Leo sich einen zweiten Whiskey ein. »Du führst das Leben einer Königin! Ich überschütte dich mit Geschenken, schönen Kleidern und Schmuck, die du wie ein Pfau auf den Gartenpartys vorführen kannst!«

»Aber das will ich doch gar nicht, Leo! Ich will arbeiten! Ich will mich nützlich machen!«

»Dann mach dich nützlich, indem du mir jetzt schwäbischen Wurstsalat machst!«

Leo nahm meine Hand, die ich ihm wütend entziehen wollte.

»Das war doch nur Spaß! Komm her, mein kleiner Indianer!«

In letzter Zeit war ich so schwarzbraun gebrannt, dass Leo mich nur noch »Indianer« nannte. Missis braten, Missis Falten kriegen, Missis Hautkrebs begünstigen.

»Bitte lass mich doch auch was aus diesem Leben in Afrika machen! Ich will nicht nur dein Schatten sein!«

»Schau, ich möchte, dass meine Frau die schönste und eleganteste ist! Ich bin so stolz auf deine gute Figur! Meinst du, ich lasse zu, dass eine dicke Bäckerin aus dir wird so wie aus deiner Schwester Sieglinde?«

»Aber Leo, das ist doch was ganz anderes!« Ich nahm einen zweiten Anlauf. »Sieglinde *muss* arbeiten und steht von früh bis spät in der Backstube. Aber ich *will* arbeiten, weil es mir Spaß macht!«

»Und ich *will*, dass du nicht arbeitest!« Leo hielt mir auffordernd sein leeres Whiskeyglas hin. »Ich bin der Mann im Haus, und ich bestimme die Spielregeln.« Sein Ton war unwirsch geworden, und sein Gesicht wies rote Flecken auf.

»Leo, da ist noch etwas, das ich mit dir besprechen will …« Instinktiv erhob ich mich von seiner Sessellehne und suchte Schutz am Wohnzimmerschrank. »Du trinkst zu viel.«

»Das ist meine Sache. Das geht dich nichts an.« Eine Haarsträhne war ihm ins Gesicht gefallen, und er strich sie gereizt nach hinten. »Wenn meine Frau mir nichts einschenkt, muss ich es wohl selbst tun.«

»Schau, Leo, es ist nachmittags um vier, und du trinkst den Whiskey wie Wasser!«

»Hier ist Whiskey nun mal billiger als Wasser!« Leo schubste mich grob zur Seite und griff nach der Flasche. »So! Die nehme ich jetzt gleich mit an meinen Platz, damit ich nicht für jeden Schluck bitte sagen muss!« Er knallte sie auf den Glastisch und steckte sich eine Zigarette in den Mund. »Los, hol mir einen Aschenbecher!«

Dieser Befehlston traf mich bis ins Mark. »Leo, der Ton zwischen uns war auch schon mal liebevoller!«

»Du hast damit angefangen!«

Er zeigte auf mich und äffte mich nach: »Leo, du trinkst den Whiskey wie Wasser! Leo, putz dir die Nase! Leo, wisch dir den Mund ab! Ich bin kein kleines Kind mehr, klar? Mit deinem Zuckerbübchen Thomas kannst du so reden, aber nicht mit mir!«

»Leo, du redest von Thomas, von unserem gemeinsamen Sohn! Ich versuche, ihn zu erziehen!«

»Mich erziehst du aber nicht! Ich bin hier ein bedeutender Geschäftsmann«, plusterte Leo sich plötzlich auf. »Und zu Geschäftsgesprächen gehört nun mal Alkohol. Oder glaubst du, wir trinken Fanta, wenn wir einen Millionendeal abschließen? Oder rühren uns Honig in den Kakao?«

»Das meine ich doch gar nicht!«

»Was meinst du denn? Soll ich mir einen Früchteteebeutel ins Wasser hängen, während ich mit meinen internationalen Geschäftspartnern über einen Gebäudekomplex für hundert Millionen Mark verhandle? Und vielleicht noch einen selbst gebackenen Haferflockenkeks mit Rosinenaugen und Zuckergussschnute dazu reichen? Schauen Sie mal, das hat meine Gerti gebacken«, quietschte er.

»Leo, bitte! Ich mag diesen Ton nicht …« Fröstelnd rieb ich mir über die Oberarme. »Leo, du bist ein ganz anderer Mensch geworden. Ich kenne dich gar nicht mehr wieder.«

»Ach, jetzt kommt diese Arie!«, spottete Leo. »Heul doch!«

Erschrocken fuhr ich herum. »Leo? Bist du das?« Am liebsten hätte ich ihn geschüttelt. Hatte der Alkohol ihn so verändert oder Afrika? Oder gab es da noch etwas, das ich nicht wusste?

»Ich bin zweiundvierzig Jahre alt, und ich lasse mich von nichts und niemandem mehr ändern. *That's me, take it or leave it.*« Leo goss sich selbstgefällig einen vierten Whiskey ein und sah mich herausfordernd an.

Das bisschen Englisch verstand ich inzwischen auch. Abgesehen davon, dass ich albern fand, was er sagte, spürte ich auch, dass ich nicht mehr an ihn herankam.

Wochenlang – nein, monatelang – hatte ich nun morgens und abends meine Bahnen im Swimmingpool gezogen und dabei heimlich geweint. Der Pool musste schon einen erheblichen Salzwassergehalt haben. Ich sehnte mich von ganzem Herzen nach Reutlingen, nach weißen Weihnachten, nach meinen lieben Schwiegereltern, nach meiner Lotto-Annahmestelle. Ich sehnte mich nach der Quizsendung mit Rudi Carrell und nach meiner Freundin Gitta. Plötzlich fasste ich einen Entschluss. Was *machte* ich eigentlich noch hier?

»Dann bleib, wie du bist«, entgegnete ich. »Natürlich ändert sich ein Leo Wolf nicht. Ein Leo Wolf ist ja schon groß und soooo erfolgreich. Er ist ein Löwe und ein Wolf. Aber dieser Leo Wolf gefällt mir nicht mehr. Ich nehme die Kinder und fahre heim.«

Sobald es heraus war, fühlte ich mich besser. Ja, es lag doch auf der Hand! Die Kinder und ich würden Weihnachten zu Hause sein! Eine prickelnde Vorfreude erfüllte mich. »Deine Eltern werden sich riesig freuen, Leo! Wir stehen einfach an Heiligabend vor der Tür!«

Ich sprang auf und klatschte in die Hände. »Leo! Lass die Kinder und mich zurückfahren! Wir … gehören nicht hierher! Wir warten auf dich, bis du wiederkommst!«

Leo lag mit derselben Lässigkeit in seinem Ledersessel wie der Löwe im Naturreservat, der das Gnu-Baby erlegt hatte. Er hatte den gleichen Ausdruck in den Augen: grausame Machtgewissheit.

»Du fährst nirgendwohin. Und die Kinder auch nicht.« Unendlich langsam führte er das Whiskeyglas zum Mund.

»Dann wenigstens über Weihnachten«, bettelte ich. Sein Blick war wirklich zum Fürchten.

»Du kommst aus diesem Land nicht mehr heraus.« Leo

biss das Mundstück einer Zigarre ab und spuckte es auf den Teppich. Ich ballte die Fäuste.

»Wie … wie meinst du das?«, piepste ich.

»Du musst dich fügen«, sagte Leo genüsslich. »Frauen in Afrika müssen sich fügen. Das gilt auch für dich.«

»Leo, ich höre wohl nicht richtig!« Das war doch nur ein böser Traum?

»Du hörst absolut richtig.« Leo goss Whiskey nach. »Du hast die südafrikanische Staatsbürgerschaft angenommen, Kleines! Wir leben in einem Land, in dem die Männer das Sagen haben!« Er lächelte höhnisch. »Ohne meine Erlaubnis kommst du aus diesem Land nicht raus. Und meine Erlaubnis hast du nicht.«

»Ich habe doch nicht die südafrikanische … Leo, das ist doch Blödsinn, ich bin nach wie vor Deutsche und die Kinder auch.«

Verzweifelt drehte ich mich um die eigene Achse. Verdammt, wo war denn jetzt gleich mein Pass, er lag doch immer … Da stand doch die Kommode, in der wir in Deutschland immer unsere persönlichen Dokumente aufbewahrt hatten. Mit fliegenden Fingern riss ich eine Schublade nach der anderen auf. »Leo«, flehte ich. »Wo sind die Pässe?« Wie hatten sie ausgesehen, als ich sie bei der Einreise vorgezeigt hatte? Ich konnte mich nicht mehr daran erinnern. Sie waren in einer Dokumentenmappe gewesen, die Leo mir zur Aufbewahrung gegeben hatte. Bei der Passkontrolle hatte ich einfach die Mappe weitergereicht. Dann waren da die vielen neuen Eindrücke gewesen … Mir wurde schwindelig.

»Bei mir im Büro.« Leo schüttelte fast mitleidig den Kopf. Ich spürte, wie mein Kopf dunkelrot angelaufen war, meine Halsschlagader pulsierte, mein Mund war trocken, und meine

Beine gaben nach. Mein Mann war plötzlich mein Feind! Ich konnte ihm nicht mehr vertrauen! Ich tastete nach der Sofalehne, auf die ich kraftlos sank.

»Hier«, meinte Leo mit stoischer Gleichmut und hielt mir seine fast leere Whiskeyflasche hin. »Trink! Ist noch ein Schluck drin.«

Angewidert wischte ich die Flasche fort. »Leo, warum tust du das?« Meine Stimme überschlug sich, und ich zwang mich, sie eine Oktave tiefer zu schrauben. »Das ist doch nur ein albernes Machtspiel. Lass uns doch wie erwachsene Menschen miteinander reden.«

»Das tue ich.« Leo beugte sich vor, und ich sah jede einzelne Ader in seinen blutunterlaufenen Augen. »Du kannst dich doch sicherlich entsinnen ...« Er hob die Whiskeyflasche an den Mund und trank sie leer. »Hups! Entsinnen. Erwachsenes Wort, nicht wahr? Gnädige Frau kann sich also bestimmt entsinnen, dass wir in München zusammen beim Notar waren?«

»Ja?« Ich ließ das Wort im Raum stehen. Ich hatte *nicht* unterschrieben, dass er ab sofort die unumschränkte Verfügungsgewalt über mich und die Kinder hatte.

»Du hast unterschrieben, dass alle unsere Güter und Werte nach Südwestafrika transferiert werden«, sagte Leo fast schon verächtlich. »Und dass du und die Kinder die südafrikanische Staatsangehörigkeit annehmt.«

»Nein!«, schrie ich auf. »Das habe ich *nicht*!«

»O doch, das hast du.« Mit glasigen Augen zeigte Leo auf mich. »Das Kleingedruckte hast du ja nicht gelesen, denn Lesen ist ja sowieso nicht deine Stärke. Eher das Keksebacken!«

»Das ist nicht wahr!« Ich heulte Rotz und Wasser. »Du hast mir gesagt, dass ich für irgendwas bürgen soll. Ich habe dir vertraut, du hast mir hinterher eine Uhr geschenkt auf der Dachterrasse des Bayerischen Hofs … Bei Rehbraten und Rotwein hast du meine Hand gehalten und mir von einer wunderbaren Zukunft im Land der tausend Möglichkeiten vorgeschwärmt!«

»Ja, mit Schmuck und Geschmeide hatte ich das kleine naive Mädchen, das du immer noch bist, da, wo ich es haben wollte.« Leo schlug sich auf die Schenkel und lachte dreckig. »Aber wahrscheinlich hätte es auch ein Rosinenkeks oder ein bunter Luftballon getan!«

»Leo, du hast mich … ausgenutzt?«

»Aber nein!« Plötzlich wurde seine Stimme ganz weich – triefte aber nur so von Ironie. »Meine kleine Prinzessin hat mit dem berühmten Kohle-Wolf doch eine sehr anständige Partie gemacht! Sonst säße sie womöglich wieder in ihrem Schwarzwälder Drecksloch und würde am Hungertuch nagen?«

»Oh, du bist so was von gemein und geschmacklos!« Ich konnte weinen und jammern, so viel ich wollte: Er hatte mich komplett in seiner Gewalt. Bis jetzt hatte ich ihn mit Fragen und Vorwürfen verschont, um des lieben Friedens willen. Doch jetzt kam alles auf den Tisch. »Du hast mich also auch unterschreiben lassen, dass das Haus *deiner* Eltern in Deutschland nichts mehr wert ist?«, schluchzte ich fassungslos. »Deine armen Eltern sitzen ahnungslos in einem Haus, das längst der Sparkasse gehört, und gehen davon aus, dass sie darin Wohnrecht auf Lebenszeit haben? So war das damals mit ihnen vereinbart, Leo! Sonst hätten sie uns die zweihunderttausend Mark aus ihrer Altersvorsorge niemals gegeben!«

»Die Zeiten ändern sich«, entgegnete Leo gelassen. »Jetzt habe ich alles hier in Afrika investiert. Man muss als Unternehmer auch mal ein Risiko eingehen.«

»Auch mal ein Risiko!«, schnaubte ich wutentbrannt.

»*Auch mal ein Risiko?* Weißt du, dass mein armer Vater sein einziges brauchbares Stück Land, auf dem er vierzig Jahre seines Lebens mit bloßen Händen geackert hat, verkaufen musste, um den Container-Transport zu bezahlen?« Ich keuchte vor Empörung, und meine Stimme wurde schrill. Mit dem Mut der Verzweiflung schrie ich ihm die Anschuldigungen ins Gesicht. »Mein armer Vater hat sein letztes Hemd gegeben! Weil er an unseren Traum geglaubt hat!«

»Das war sehr vernünftig von ihm«, antwortete Leo in diesem gönnerhaft-ironischen Ton. »Denn jetzt habe ich meine Söhne hier, und mein Plan ist perfekt aufgegangen.«

»Was soll das heißen, du hast deine Söhne hier?« Das Blut rauschte mir so laut in den Ohren, dass ich mein eigenes Wort nicht mehr verstand. »Du hast deine eigenen Eltern ins Messer laufen lassen, und *meine* Eltern haben ihren letzten Groschen hergeben müssen, damit *du deine* Söhne hier hast?!« Ich begriff nicht.

»Von mir aus kannst *du* ja nach Reutlingen zurückfahren«, sagte Leo sanft. »Und dich um meine heimatlosen Eltern kümmern, und um deine idiotischen Eltern gleich mit. Ich würde natürlich deine Rosinenkekse und deine schwäbischen Maultaschen vermissen! Aber du hast ja inzwischen Ona beigebracht, wie man sie macht.«

»Du … Du gemeiner …«Ich wollte mit den Fäusten auf ihn losgehen, aber er umklammerte sie wie ein Schraubstock. »Hau doch ab, du dumme Kuh! Aber Bernd und Thomas wirst du *nicht* mitnehmen. Meine Söhne bleiben hier. Schließlich sollen sie mal das Lebenswerk ihres Vaters übernehmen, nicht wahr? Und richtige Herrenmenschen werden und keine dämlichen Hungerleider wie ihre Mutter!«

O Gott, mein Mann war wahnsinnig geworden!

»Nein, das wollen sie *nicht!*«, schrie ich tränenblind. »Solch schmutzigen Geschäfte auf Kosten anderer wollen sie mit Sicherheit *nicht* weiterführen!«

Leo hatte dafür nur ein kaltes Lächeln übrig.

Schwankend erhob er sich und taumelte zur Tür. »Wenn ich hier nur ein zänkisches Weib habe, gehe ich eben wieder! Es gibt genug zu tun!«

Er knallte die Terrassentür hinter sich zu, und ich hörte, wie er den Boy anschnauzte, er solle das Tor öffnen. Kurz danach heulte der Motor seines Wagens auf.

Fast betete ich darum, er möge betrunken einen Unfall haben. Aber den hatte er natürlich *nicht*. Es sollte alles noch viel schlimmer kommen.

20

Am nächsten Tag saß ich bei Susi Meyer im Garten. Drei andere Mütter mit ihren Kindern trudelten wie immer nach der Schule ein, als wäre nichts gewesen.

Die Männer waren bei ihren Geschäften, was auch immer das für Geschäfte waren. Unsere Welt schien so heil und friedlich: Pfirsichbowle und Eiscreme stand auf dem Tisch, Zigaretten für die Muttis und der übliche Kuchenberg für die Kinder.

»Gerti, was ist los, du bist so blass?« Susi nahm die Bridgekarten und begann sie zu mischen.

»Ich hatte einen fürchterlichen Streit mit Leo.« Nervös schaute ich mich um, doch die Kinder tobten kreischend im Pool herum.

»Hat er es dir ... gesagt?« Mathildes Kopf schoss vor wie der eines Reihers, der gerade eine Beute erspäht hat.

»Mathilde!«, mahnte Susi. »So lass sie doch erst mal erzählen!«

Die Bridgekarten sanken in ihren Schoß.

Verunsichert schaute ich von einer zur anderen. »Ich kann euch doch vertrauen, oder?«

»Gerti, wir halten alle zu dir. Wir sind auf deiner Seite.« Conny, eine zierliche Rothaarige aus Herford, die entzückende Zwillinge im Kinderwagen schaukelte, sah mich teilnahmsvoll an. »Es wurde wirklich Zeit, dass du es endlich erfährst.«

Susi versetzte ihr einen kleinen Tritt. »Worum ging es denn überhaupt bei eurem … ähm … Streit?« Sie wandte mir betont interessiert das Gesicht zu und ignorierte Conny.

»Er hat mir die Pässe weggenommen!«, schluchzte ich. Mathilde reichte mir sofort eine gelbe Blümchenserviette.

»Wir können Weihnachten nicht nach Hause.«

»Und das war … alles?«

Conny starrte mich erwartungsvoll an. Mathilde klopfte mir beruhigend auf den Rücken. »Wir wollten doch alle hier zusammen Weihnachten feiern. Wieso willst du denn plötzlich nach Hause?«

»Sie weiß es nicht.«

»Conny, jetzt sei doch mal still!«

»Dein Leo ist ein ganz gemeiner Betrüger!«, platzte es plötzlich aus Conny heraus. »Er hat uns mit falschen Versprechungen nach Windhoek gelockt!«

Die anderen nickten wütend. Gleich drei Hände gleichzeitig griffen zu den Zigarettenschachteln.

»Wie … wie meint ihr das?« Verwirrt sah ich von einer zur anderen.

»Wir haben Bürgschaften für ihn unterschrieben!«

»Häuser für ihn verkauft!«

»Lebensversicherungen für ihn gekündigt!«

»Erbschaften für ihn eingefordert!« Conny schluchzte. »Meine Eltern und Brüder reden kein Wort mehr mit mir!«

»Er hat uns zu Investitionen überredet, die er uns vierfach zurückzahlen wollte!«, sagte Mathilde schnaubend. »Ich habe meinen Vater um einen sechsstelligen Kredit angebettelt!«

»Der große Unternehmertraum vom fernen Afrika! Mein Vater wollte mir nicht glauben, aber ich habe ihm eine Frikadelle an die Backe geschwatzt!«

»Glaubt an den großen Kohle-Wolf, und in ein paar Jahren kommt ihr mit Millionen heim!«

»Wer nicht wagt, der nicht gewinnt«, äffte Conny meinen Mann nach. Ihre sonst so sanfte Stimme wurde plötzlich laut und schrill. »Alles haben wir stehen und liegen lassen, haben unsere Kinder genommen und sind ihm gefolgt!«

»Ja, aber haben denn eure Männer kein Geld verdient mit den ganzen Bauprojekten und Firmen?« Mir schwante Fürchterliches. Hatte Leo sie genauso ausgenutzt und belogen wie seine Eltern und mich?

»Von wegen! Er lässt sie ausbluten wie ein Kojote.«

»Aber die Umstände haben sich auch gegen ihn gekehrt. Die Schwarzen lassen sich die Unterdrückung nicht länger gefallen. Die meisten Weißen haben bereits die Flucht ergriffen. Er will das nur nicht wahrhaben in seinem Größenwahn!«

Mein Magen zog sich schmerzhaft zusammen.

»Die politischen Verhältnisse spitzen sich zu«, flüsterte Susi und sah sich nach den spielenden Kindern um, die von zwei Boys am mannshohen Gartentor bewacht wurden.

»Es wird immer gefährlicher!«

»Die Projekte sind geplatzt!«

»Oder aber die Partner haben kalte Füße gekriegt und mitten in der Bauphase lieber eine Firma von Schwarzen beauftragt! Der Wind weht jetzt von woanders her!«

»Die Banken spielen nicht mehr mit! Viele von ihnen haben ihre Zelte schon abgebrochen.«

»Wir würden ja sofort nach Deutschland zurückgehen, aber diese Blamage kann ich meinen Eltern nicht antun«, sagte Mathilde düster.

»Auch wir haben in Deutschland alles aufgegeben und kein Zuhause mehr!« Conny schaukelte ihre Zwillinge im Kinderwagen. »Wo sollen wir denn hin? Meine Eltern haben ihr Haus belastet für unseren großen Lebenstraum!«

»Wir haben deinem Mann vertraut, aber er ist ein Arschloch.«

»Und was für eines!« Mathilde nickte und tippte wie beiläufig auf ihren Ehering.

»Was ... was bedeutet das? Ich meine, ist da noch etwas, das ich wissen sollte?« Verängstigt rutschte ich auf meinem Gartenstuhl hin und her. Mein Blick irrte Hilfe suchend von einer zur anderen.

Regina, eine füllige Matrone mit braunen glatten Haaren, die bis jetzt erwartungsvoll geschwiegen hatte, sagte plötzlich fast schon enttäuscht: »Sie weiß es nicht.«

Ich horchte auf. »Was weiß ich nicht?!«

»Ähm, nichts, Liebes, nichts!« Susi schob mir die Kuchenplatte hin. »Probier doch von den köstlichen Johannisbeertörtchen, die hast du wieder mal perfekt hingekriegt!«

Mir stellten sich sämtliche Härchen auf. Da war doch was faul! Sie wussten noch mehr, verheimlichten mir etwas!

»Ihr seid meine Freundinnen, habt ihr gesagt!« Ich wandte mich an Susi. »Gerade hast du noch behauptet, dass ihr zu mir haltet!« Meine Stimme war nur noch ein Krächzen. Schlimmer als jetzt konnte es doch eigentlich gar nicht mehr werden ... oder?

Die vier anderen sahen sich vielsagend an. Die dicke Regina räusperte sich.

»Sollen wir es ihr ...?«

»Nein! Halt die Klappe! Sie hat auch so schon genug zu verkraften!«

»Was ist los?« Mit tränenüberströmtem Gesicht schaute ich in die Runde meiner Freundinnen.

»Er hat eine andere«, ließ Susi die Bombe platzen.

Die anderen zischten tadelnd. Susi strich sich die blonden Haare aus dem Gesicht und stieß den Rauch ihrer Zigarette aus. »Warum sollen wir ihn schonen? Er hat es nicht verdient, dass wir ihn decken.«

»Das haben wir schon lange genug getan.«

»Ja, und ich fühle mich dabei beschissen. Das hat unsere Gerti nicht verdient.«

»Er hat … Seit wann denn?« Obwohl ich sicher gewesen war, kein Schmerz der Welt könnte mich noch mehr treffen, spürte ich diese Worte wie einen Peitschenhieb. Zumal es alle zu wissen schienen, nur ich nicht.

»Schon lange«, sagte Mathilde und nickte düster.

»Schon … lange? Und ihr habt es alle gewusst?«

»Ja, was meinst du denn, wo er immer ist, wenn er wochenlang nicht nach Hause kommt?«

»Mathilde, bitte!« Wieder schob Susi unauffällig ihren Fuß an ihr Bein.

»Wo hat er sie … Ich meine, wie hat er sie …«, wimmerte ich.

»Er hatte sie schon, bevor du gekommen bist.« Regina nickte entschlossen, um sich selbst Mut zu machen. Die anderen hingen an ihren Lippen. »Wir dachten, sie wäre seine Frau.«

»Was? Ich verstehe nicht.«

»Marion«, sagte Susi und drückte meine Hand so stark, dass ich sie nicht mehr fühlte. »Die Frau, in deren Bungalow du gezogen bist.«

»Er hat mit ihr darin gelebt.«

»Ausgerechnet den Bungalow hast du dir ausgesucht …«

»Aber …« mein Kopf flog fragend von einer zur anderen. »Das stimmt doch gar nicht! Er hat in dieser Dracula-Bude gelebt, die ich nicht haben wollte, weil sie so unheimlich war.«

»Eben weil niemand darin gewohnt hat.« Regina presste die Lippen zusammen. »Er hatte wohl gehofft, du würdest aus der Ruine ein gemütliches Heim machen. Dann wärst du abgelenkt gewesen.«

Ich schluckte trocken. Meine Gehirnzellen arbeiteten auf Hochtouren.

»Aber ich verstehe nicht … Da war doch eine ganze Familie … Ich habe doch Kindersachen, Kin-der-sa…« Mir blieb das Wort im Halse stecken. Die anderen starrten mich wortlos an.

»Er hat zwei Kinder mit ihr«, sagte Mathilde. »Er hat schließlich vier Jahre hier gelebt, bevor du gekommen bist.«

Das Ausmaß meiner Fassungslosigkeit war nicht mehr zu steigern.

»Er hat … zwei Kinder mit einer anderen Frau?!« Die Stimme versagte mir. Jemand steckte mir eine Zigarette in den Mund, und ich zog daran wie eine Ertrinkende. »Aber das kann doch gar nicht sein … Er ist immer zu uns in Urlaub gekommen, ist mit uns Ski gefahren, war mit uns wandern, wir haben Weihnachten gefeiert und Silvester«, stammelte ich. »Er hat mit mir getanzt, sich mit mir geschmückt und immer gesagt, wie stolz er auf mich ist!«

»Dieser Mann hat zwei Gesichter, wenn du mich fragst.« Regina schenkte sich Champagner ein und trank ihn auf einen Zug leer.

»Komm, Süße, auf den Schreck brauchst du auch ein Glas.«

»Aber warum wollte er dann unbedingt, dass ich mit den Kindern nach Windhoek komme? Das ergibt doch überhaupt keinen Sinn!« Ich konnte es nicht begreifen. »Wenn er hier ein

Doppelleben geführt hat, warum hat er dann gebettelt, dass ich … Er hätte doch eine Familie hier und eine in Deutschland haben, das Spiel noch lange so weiterspielen können.«

»Er hat in Deutschland nichts als Scherben hinterlassen. Er kann nicht mehr zurück. Es laufen bereits mehrere Strafverfahren gegen ihn.«

»Und wieso hat er mich nicht einfach dort gelassen?«

»Er wollte die Kinder«, sagte Susi schlicht.

»Weiße kleine Herrenmenschen.« Regina nickte Unheil verkündend.

»Du meinst, ich sollte ihm nur die … Ich sollte ihm die Kinder bringen.« O Gott, auf einmal wurde mir alles klar! Es war vom ersten Moment an ein abgekartetes Spiel gewesen! Er wollte nie zurück nach Deutschland, hatte dort alle Zelte abgebrochen. Ich, seine Eltern – wir waren ihm ganz egal! Er brauchte nur ein williges Weib, das ihm die Kinder auf dem Silbertablett ins politisch brisante Südwestafrika brachte, ohne unangenehme Fragen zu stellen! »Nur für ein paar Jahre, bis wir das große Geld gemacht haben!« Daran hatte ich geglaubt, hatte mich von seinen Versprechungen einlullen lassen, wie alle anderen auch.

Dabei ging hier längst alles den Bach runter! Ich war dem Rattenfänger von Reutlingen in die Falle gegangen! Meinem eigenen Mann! Mit der flachen Hand schlug ich mir vor den Kopf. Ich war ja so naiv gewesen! Deshalb hatte er mich auf Händen getragen, uns mit der MS *Europa* einreisen lassen, mich wie eine Königin hofiert! Bis gestern! Bis er sein wahres Gesicht gezeigt hatte! Er hatte mir nur eine Gnadenfrist gegeben, damit ich den Kindern unsere neue Heimat schmackhaft machte, mich um ihre Eingliederung kümmerte. Mir fiel es wie Schuppen von den Augen: Sogar die Tiere, die sie in

Reutlingen nie haben durften, sollten ihnen erst ans Herz gewachsen sein! Sie sollten hier Wurzeln schlagen, im Gegensatz zu mir: »Meine Frau arbeitet nicht.« »Missis liegen.« »Missis schlafen.« »Missis Verstand verlieren!« Ona befolgte klare Anweisungen.

Die bittere Erkenntnis traf mich wie ein Schlag ins Gesicht. Ich war wieder das kleine Kind, das sich vor Schmerzen krümmte. Er hatte mich schon in München unterschreiben lassen, dass wir die südafrikanische Staatsbürgerschaft annehmen. Aber mich wollte er jetzt wieder los werden. Außer meinen schwäbischen Maultaschen und Haferflockenplätzchen besaß er keinerlei Verwendung mehr für mich. Marion, die Frau in dem Bungalow. Er hatte sie nur kurzfristig umgeparkt. Sie und die gemeinsamen Kinder.

Bestimmt hatte er sie mit den Worten getröstet: »Wenn ich erst mal meine Söhne habe und Gerti wieder weg ist, kommst du mit den beiden Kleinen zurück in unseren Bungalow. Bis dahin musst du durchhalten, denn dann sind wir reich und glücklich.« Bestimmt hatte er ihr auch gesagt, dass wir nicht mehr miteinander schliefen. Was der Wahrheit entsprach.

Und ich? Wo sah er mich? Allein in Reutlingen? Mit den mittellosen Schwiegereltern bei der Sozialhilfe? Oder vielleicht sogar bei meinen alten Eltern in Glatten?

Ich spürte, wie ich regelrecht zusammenbrach. Und so seltsam es auch klingt: Dieses Gefühl war mir aus meiner Kindheit vertraut. Ich hatte alles falsch gemacht. Ich war nichts wert.

21

»Frau Wolf. Schönen guten Tag. Was kann ich für Sie tun?«

Der deutsche Anwalt, den meine Freundinnen gemeinsam mit mir aufgesucht hatten, faltete erwartungsvoll die Hände vor der Brust. Er war um die sechzig, blass und mager und sah so aus, als hätte er schon lange nicht mehr gut geschlafen. Seine Haut war grobporig, und auf seiner Oberlippe stand ein Schweißfilm. Durch seinen Bürstenhaarschnitt schimmerte die Kopfhaut durch. Die Fenster waren vergittert und zusätzlich von außen durch Bretter vernagelt. Eine müde Funzel gab ebenso wenig Licht wie ein taumelnder Ventilator Luft.

»Ich möchte so schnell wie möglich mit meinen Kindern das Land verlassen.«

»Das ist grundsätzlich eine sehr gute Idee. Ich kann Ihnen nur dazu raten.« Der Anwalt nickte und sah mich traurig an. »Die politischen Verhältnisse spitzen sich zu. Lieber heute als morgen, gnädige Frau.«

Meine Freundinnen standen betreten an der Wand und starrten auf ihre Schuhspitzen. Keine von ihnen konnte wieder zurück. Sie hatten alle ihre Existenz in Deutschland aufgegeben. Ihre Männer versuchten hier, wenigstens ihren Einsatz zurückzukriegen. Jede von ihnen wartete sehnlichst auf das dringend benötigte Startkapital für einen Neuanfang in

Deutschland. Dass sie mir überhaupt halfen, war schon ein riesiger Freundschaftsbeweis.

»Mein Mann hat allerdings die Pässe.« Ich rang die Hände. Trotz der Hitze waren sie eiskalt.

»Und das bedeutet?« Der Anwalt musterte mich besorgt. Sein Name war Dr. Alfons Wegener. Er kam aus Detmold und hatte sich das Leben hier in Afrika auch ganz anders vorgestellt.

»Er will die Kinder hierbehalten!« Ich musste schon wieder nach einem Taschentuch suchen.

»Reden Sie ihm gut zu. Er wird Ihnen Ihren Pass geben, wenn Sie die Kinder dalassen.«

Mein Magen zog sich schmerzhaft zusammen.

»Nie im Leben! Nicht ohne meine Söhne!«

»Nehmen Sie die erstbeste Maschine.« Der Anwalt sah mich mitleidig an, weil ich bereits schluchzte. »Und holen Sie die Kinder irgendwann nach.«

»Das kommt gar nicht infrage«, heulte ich auf. »Deswegen bin ich ja hier! Es muss doch eine Möglichkeit geben, an die Pässe zu gelangen! Ich verlasse dieses Land nicht ohne meine Kinder!«

Der Anwalt zog seine ohnehin schon zerknitterte Stirn in tausend Falten. »Liebe Frau Wolf, da muss ich Ihnen gleich reinen Wein einschenken.« Er griff nach einem Glas, in dem vermutlich Wasser war – oder war es Wodka? – und nahm einen großen Schluck.

»Hier in Südwestafrika kann der Mann über seine Ehefrau und die Kinder verfügen. Er kann die Pässe also behalten, sie verstecken oder vergraben, ganz wie er will. Wenn Sie in München tatsächlich unterschrieben haben, dass Sie alle die südafrikanische Staatsangehörigkeit annehmen …« Meine

Freundinnen hatten ihn im Vorfeld schon telefonisch einge-
weiht. Der Anwalt schüttelte nur mitleidig den Kopf.

»Aber ich war mir der Konsequenzen doch gar nicht bewusst.

Ich habe meinem Mann vertraut«, sagte ich weinend, »das
ist doch nachvollziehbar!«

»Das interessiert die südafrikanischen Behörden nicht«,
entgegnete der Anwalt ernst.

»Und wenn ich mich scheiden lasse? Dann bin ich doch
wieder selbstständig! Bestimmt werden die Kinder mir zugesprochen, er kümmert sich doch gar nicht um sie! Er hat
Ehebruch begangen und wird schuldig geschieden!« Eifrig
drehte ich mich nach meinen Freundinnen um. »Die können
das alle bezeugen!«

»Vergessen Sie's!« Der Anwalt winkte ab. »In Südafrika hat
der Mann das Aufenthaltsbestimmungsrecht über die Kinder.
Auch nach der Scheidung.«

Mit zitternden Fingern steckte ich mir eine Zigarette nach
der anderen an. Ich war nur noch ein einziges Nervenbündel.

»Versuchen wenigstens Sie, so schnell wie möglich zu fliehen.«

»Aber wie denn?« Entsetzt riss ich die Augen auf und starrte
Dr. Wegener an. Der gute Alfons schob mir sein Glas hin, und
ich nahm aus Verzweiflung einen Schluck, weil mein Mund so
ausgetrocknet war. Es war tatsächlich Wodka. Er brannte mir
auf der Zunge, und ich würgte ihn mühsam hinunter. Kurz
war ich wohltuend betäubt.

»Versuchen Sie, wenigstens Ihren Pass wiederzubekommen.
Und nehmen Sie das nächste Flugzeug nach Deutschland!«
Dr. Alfons Wegener nahm einen Schluck Beruhigungswasser.
»Solange die Dinger noch fliegen! Ich mache mich auch bald

vom Acker! Nächsten Mittwoch bin ich weg!« Er tippte beiläufig auf ein Papier, das unter seiner Schreibtischunterlage hervorsah. Es war ein Ticket der Lufthansa.

Der Zahnarzt mit der Schmuddelpraxis fiel mir wieder ein. Er hatte dieselben Worte gewählt: »Ich mach mich vom Acker.« Aber das war schon vor über einem halben Jahr gewesen! Warum hatte ich sämtliche Warnsignale überhört? Ich musste wieder an Dr. Sieker, den Reutlinger Zahnarzt, denken: Wie er mich angesehen hatte, abschätzig, fast verächtlich, als ich gesagt hatte, ich würde mit den Kindern nach Südwestafrika gehen. Wir wären da in Sicherheit, weil völlig abgeschirmt von den Schwarzen. Wie er den Kopf geschüttelt hatte, als ich ihn bat, in Windhoek eine Praxis aufzumachen.

Wie in Trance trank ich den Wodka aus und starrte den Rechtsanwalt mit leerem Blick an. Der schüttelte noch immer den Kopf.

»Ich wünsche Ihnen alles Gute, Frau Wolf«, lautete sein Abschiedswort.

Nachdem dieser Dr. Wegener mir in keiner Weise weitergeholfen hatte, fuhren meine Freundinnen mit mir zum deutschen Konsulat. Wir klammerten uns an diesen Funken Hoffnung: Das war doch ein akuter Notfall, sie würden mir helfen müssen!

Eine deutsche Ehefrau, ihrer Freiheit beraubt, die Kinder ohne Pässe … das war doch Kindesentführung!

Ich bettelte in größter Verzweiflung um neue Pässe, aber die grell geschminkte Dame in der weißen Bluse und der Uniform mit dem deutschen Bundesadler auf dem Revers schüttelte nur kalt den Kopf. »Das würde Wochen oder Monate dauern, und bis dahin ist das Konsulat wegen der Unruhen längst geschlossen.«

»Aber ein provisorisches Papier? Irgendetwas, das unsere Identität bescheinigt?«

»Keine Chance«, schnarrte die Beamtin mitleidslos. »Wir sehen hier alle zu, dass wir Land gewinnen.« Tatsächlich waren die Büros auch hier schon von außen vergittert und nur noch spärlich besetzt. »Da hätten Sie früher kommen müssen. Und ehrlich gesagt kann ich Sie wegen Ihrer Naivität auch nur bemitleiden.« Sie schüttelte missbilligend den Kopf. »Die Kinder in ein Land der Unruhen und Aufstände zu bringen – das war doch unverantwortlich!«

»Aber mein Mann hat mir immer wieder versichert, alles sei ganz harmlos …«

»Dann hat er Sie belogen«, sagte die Frau. »Ich wünsche Ihnen alles Gute.« Energisch schob sie uns zur Tür hinaus.

In unserer Verzweiflung fuhren wir noch zur Schweizer und zur österreichischen Botschaft, aber es war alles vergebens. Jeder schüttelte nur den Kopf, dass ich meine Kinder erst vor sieben Monaten in ein Land gebracht hatte, aus dem alle Europäer zurück in die Heimat flohen.

»Wissen Sie denn gar nicht, was sich hier zusammenbraut?«, wurde ich immer wieder gefragt. »Es wird blutige Aufstände geben, Gewalt und Vergeltung! Und Sie als Frau des größten Unternehmers hier wohnen mit Ihren Kindern als lebendige Zielscheibe in einer Luxusvilla. Gnade Ihnen Gott!«

»Was mache ich denn nur?«, jammerte ich in höchster Not. »Ich kann doch jetzt nicht nach Hause gehen und Leo unter die Augen treten!«

Meine Freundinnen nahmen mich sofort wieder mit zu Susi, bei der Bernd und Thomas mit den anderen Kindern herumtobten.

Inzwischen waren deren Väter eingetroffen. Kurz fürchtete

ich schon, Leo könnte unter ihnen sein, aber ich wusste ja jetzt, wo er war: bei seiner Zweitfamilie. Bei Marion. Ihr Mann Joachim, ein früherer Geschäftsführer Leos, war tatsächlich wieder nach Deutschland gegangen, nachdem Marion von Leo schwanger geworden war, aber allein. Es war zu einem Scheidungsdrama über zwei Kontinente gekommen, das Leo noch lachend finanziert hatte. Vom Geld seiner Eltern! Dafür hatte er es nach Afrika transferiert, weil er den Scheidungsprozess gewinnen wollte! Auch Marion hatte ihm zwei Söhne geboren. Sie hießen Benjamin und Alexander. Natürlich hatte sich Leo vorgestellt, mit seiner jungen Frau und seinen vier Söhnen das Leben eines Alphatieres zu führen. Doch was aus seinen Mitarbeitern wurde, war ihm herzlich egal.

Inzwischen hatte sich ein enger Kreis um mich gebildet. »Gerti, wir haben dir das eingebrockt«, sagte Henry Meyer zerknirscht, als er mich wie ein Häuflein Elend durchs Gartentor stolpern sah. Todmüde fiel ich auf einen Gartenstuhl und griff nach einem kühlen Drink.

»Gerti, er hat mich bekniet, dir zu schreiben!« Henry hatte sich neben mich gesetzt und meine Hand genommen. »Er hat mir hoch und heilig versprochen, die Beziehung zu Marion zu beenden, wenn du kommst.«

Die anderen Freunde bestätigten das mit einem verlegenen Nicken. »Wir hatten ihn ins Gebet genommen. Er hatte die Geschäfte vernachlässigt und war nur noch mit Marion im Landesinnern unterwegs! Die Kleinen ließ er bei den schwarzen Nannys. Alles war ihm egal, er war quasi zwei Jahre lang mit ihr in den Flitterwochen!«

»Wir haben ihn bekniet, sich wieder um die Geschäfte zu kümmern, uns nicht im Regen stehen zu lassen. Hier ging alles drunter und drüber, die Schwarzen warfen uns die Scheibe ein und zündeten unsere Autos an! Da hat er geweint und gesagt, wie einsam er ohne dich und die Kinder ist, und dass er ein besserer Mensch wird, sobald er dich wiederhat!«

»Dass du seine einzige große Liebe bist und seine Söhne Bernd und Thomas sein Lebensinhalt. Dass er hier einfach auf schiefe Bahnen geraten ist ohne euch.«

»Und ihr habt wirklich geglaubt, er würde von Marion und seinen kleinen Söhnen lassen?«

»Ja«, sagte Henry Meyer traurig. »Wir waren alle von ihm abhängig und wollten, dass unser Leben wieder in Ordnung kommt. Deshalb haben wir dich angefleht zu kommen!«

»Er hatte sich so verändert, war fast schon manisch-depressiv!«

»Mal war er völlig euphorisch, dann hat er nur geheult!«

»Wir haben geglaubt, nur du kannst das wieder in Ordnung bringen!«

»Wir haben mit falschen Karten gespielt, und wir schämen uns dafür!«

Ich dachte an meinen ersten Besuch zurück, als mich alle auf Händen getragen hatten. Von politischen Unruhen hatte mir wohlweislich niemand etwas erzählt.

»Du musst auf jeden Fall weg von ihm«, beschieden die Freunde. »Wenn er merkt, dass du alles weißt, dreht er durch.«

»Und ich drehe auch durch, wenn ich dem Lügner noch einmal begegnen muss!«, weinte ich zitternd.

»Du darfst auf keinen Fall überstürzt handeln.«

»Wir brauchen einen Plan, und dazu brauchen wir Zeit!«

»Vielleicht lässt sich was mit gefälschten Papieren machen!«

»Wir halten auf jeden Fall zu dir, verlass dich drauf!«

Das konnte ich aber nicht. Ich hatte Leo vertraut. Fünfzehn

Jahre lang. Um mich dann so zu belügen und auszunutzen? Wem sollte ich überhaupt noch vertrauen?

Doch den mitfühlenden und betroffenen Mienen meiner Freunde entnahm ich, dass ich nicht ganz auf verlorenem Posten war. Ihre Gesichter näherten und entfernten sich wie in Zeitlupe, und ich spürte, dass ich Fieber bekam. Aus den Augenwinkeln sah ich Bernd und Claudia in einer Zeitschrift blättern. Sie ahnten nichts von den verheerenden Stürmen, die am Horizont aufgezogen waren.

»Wir bringen Gerti und die Kinder zu Willem auf die Farm«, hieß es auf einmal. »Dort ist sie fürs Erste vor Leo sicher.«

»Ja, sie muss erst mal wieder zu Kräften kommen. So dünn wie sie ist, klappt sie uns noch zusammen!«

Die Männer beschlossen, Leo noch einmal ins Gewissen zu reden. Das Ergebnis dieses Gesprächs wollte man mir dann zu gegebener Zeit mitteilen. Es waren geradlinige Männer, die davon ausgingen, dass in jedem Menschen ein guter Kern steckt und alle Probleme zu lösen sind, wenn man nur will. Sie waren abhängig von Leo und seinen Machenschaften, klammerten sich an diesen letzten Zipfel Hoffnung. Letztlich wollten alle mit heiler Haut hier raus.

»Kommt Zeit, kommt Rat, Gerti!« Susi umarmte mich herzlich. »Nimm deinen ganzen Schmuck mit und lass ihn bei Carola! Du kannst ihr vertrauen!«

Das Wort »Vertrauen« hallte seltsam hohl in meinem Kopf nach. Aber was sollte ich tun? Hatte ich eine andere Wahl?

Wie in Trance stopfte ich meine Ringe, Armbänder, Ketten und Uhren in eine Plastiktüte. Den Kindern erzählten wir was von Ferien auf dem Land.

Und so kam es, dass mich der treue Henry Meyer mit den Kindern erneut zu Willem auf die Farm brachte.

Die Kinder genossen ein zweites Mal die »Ferien« auf der Farm und tobten mit den schwarzen Kindern der Arbeiter herum.

Willem fuhr mit ihnen durch die Gegend und zeigte ihnen weitere Schönheiten des Landes. Ich selbst war zu nichts in der Lage. Apathisch saß ich im Schatten und ließ mich von Carola, Willems Frau, versorgen. Sie flößte mir Tee mit Honig ein und redete mir gut zu. Meinen Schmuck hatte ich ihr wortlos in einer Plastiktüte überreicht, und sie versprach, ihn auf der Farm für mich zu verstecken.

»Eines Tages wirst du ihn brauchen, Gerti, ich bewahre ihn für dich auf.«

Eines Tages … wo würde ich leben? Wo die Kinder? Wie sollte es weitergehen? Nur mit Baldrian, Alkohol und Zigaretten konnte ich diese Zeit überstehen.

Carola versuchte, mir Nahrung einzuflößen, aber ich brachte einfach nichts herunter.

Die Kinder merkten von alledem nichts. Das einzige Ärgernis für sie war, dass sie einen starken Husten bekamen. Carola zwang sie, Brust und Rücken mit Zwiebelsaft einzureiben und einen kratzigen Wollpullover drüberzuziehen. Diese Rosskur, die schließlich geholfen hat, ist meinen Söhnen noch heute in Erinnerung.

Eines Abends kam Willem aus Windhoek zurück, wo die Besprechung mit Leo stattgefunden hatte. Ich hob nur müde den Kopf, als er kopfschüttelnd aus seinem Jeep stieg und sich den Staub aus den Kleidern klopfte.

»Wie ist es gelaufen?«, fragte Carola, die sofort herbeigerannt kam. »Habt ihr ihm ordentlich den Marsch geblasen?«

Willem zuckte nur die Achseln. »Der Kerl ist unbelehrbar. Er hat uns alle angeschrien, dass er der Chef ist und sein Leben gestaltet, wie es ihm passt.« Etwas leiser fuhr er fort: »Er ist wirklich manisch-depressiv. Ein Fall für die Klapse.«

Carola schlug die Hand vor den Mund. »Die arme Gerti!« Sie wies mit dem Kinn auf mich, die ich apathisch im Schatten hockte.

»Er hat uns angebrüllt, dass er so viele Kinder mit so vielen Frauen zeugen kann, wie es ihm passt, und dass wir Gerti und die Kinder rausgeben sollen. Dass sie sein Besitz sind!«

»O Gott.« Carola setzte sich neben mich und legte den Arm um mich.

Kraftlos hob ich den Kopf und starrte Willem aus glanzlosen Augen an.

»Er ist schon auf dem Weg hierher«, sagte Willem bedauernd und kratzte sich am Kopf.

»Oh, Willem, was sollen wir tun?« Ich spürte die Angst, die nun auch Carola überfiel.

»Wo sind die Kinder?«

»Im Haus! Sie spielen Brettspiele.«

»Wir schließen alle Tore!«

Willem erteilte seinen Arbeitern ein paar kurze Befehle, wobei er in alle vier Himmelsrichtungen zeigte. Sofort wurde die Farm abgeriegelt.

Panik ergriff von mir Besitz. Leo würde außer sich sein vor Wut, betrunken. Bestimmt würde er sich gewaltsam Einlass verschaffen, alles kurz und klein schlagen und mich beschimpfen. Die Kinder durften solche Szenen nicht erleben! Sie hatten nach wie vor keine Ahnung und glaubten, ihrer Mami sei nur wegen der Hitze nicht gut. Egal, was passierte – jetzt musste ich die Zügel in die Hand nehmen.

»Lasst nur!«, krächzte ich. »Ich gehe freiwillig.«

»Du tust … was?«

»Ich gehe ihm entgegen«, hörte ich mich sagen. »Erhobenen Hauptes. Und sage ihm, dass die Kinder und ich mit ihm nach Hause gehen.«

»Gerti! Das kannst du nicht machen! Du gibst ihm recht?«

»Sie ist verrückt geworden …«

»Gerti, wir haben dir erzählt, wie unberechenbar er ist, und du läufst ihm mit offenen Armen entgegen?!«

»Ich danke euch für eure Hilfe.« Schnell wischte ich mir eine Träne aus dem Augenwinkel. »Willem, Carola: Ihr habt schon so viel für uns getan. Ich will euch und eure Kinder nicht in Gefahr bringen.«

»Aber wir verstecken dich! Wir haben es dir versprochen!« Willem packte meinen Arm. »Er kann uns nichts tun!«

»Na ja«, sagte Carola. »Ich habe ihn schon erlebt, wenn er wütend ist.«

Ich nickte wissend.

Vom Tor her hörte man aggressives Gehupe und einen Schuss. Holz splitterte.

Aufgeregt kamen die Kinder angerannt.

»Alles gut«, rief ich und zauberte ein strahlendes Lächeln auf mein Gesicht. »Der Papa holt uns ab!«

Carola fiel mir schluchzend um den Hals. Ich schluckte.

»Ich geh dann mal.«

Und so ging unser Leben in Windhoek weiter. Leo war stinksauer, dass ich einen Fluchtversuch gewagt hatte, und strafte mich, indem er nicht mehr mit mir sprach.

Die ganze Fahrt über hatte er eisern geschwiegen, und ich war froh, dass er in seinem Zustand keinen Unfall baute. Die Kinder hatten arglos auf dem Rücksitz geschlafen, und ich hatte tränenblind auf die rote Landstraße gestarrt. Er hatte mich in den Bungalow geschubst und mir befohlen, ihm Essigwurst mit Zwiebeln zu machen. Dann hatte er sich mit Whiskey volllaufen lassen.

Seine Besuche bei Marion fielen kürzer aus; er verbrachte viel Zeit damit, mich zu bewachen.

Ona spürte die dicke Luft zwischen uns…

»Missis traurig?«

»Nein, Ona. Es ist alles in Ordnung. Ich bin nur ein bisschen müde.«

»Missis schlafen!« Sie zeigte energisch auf den Liegestuhl im Garten.

Dort träumte ich mich in die Freiheit, nach Reutlingen. Ich hatte keine Ahnung, wie es weitergehen sollte.

Meinen Kindern sagte ich natürlich nichts. Sie vergötterten und bewunderten ihren Vater. Sie waren stolz auf ihn. Welche Mutter sagt ihren Söhnen, dass ihr Vater ein Lügner, ja ein größenwahnsinniger Betrüger ist, der längst andere Kinder in die Welt gesetzt hat und alle nur ausnutzt?

So lebte ich vorerst das harmlose Leben der Gerti Wolf weiter, die gerne Kuchen bäckt und ansonsten im Liegestuhl liegt. Weihnachten stand vor der Tür. Ich riss mich zusammen und begann mit den Vorbereitungen. Ich wollte es meinen Kindern so schön wie möglich machen. Bei vierzig Grad im Schatten buk ich Kekse, mit einer roten Nikolausmütze auf dem Kopf. Dabei lief mir der Schweiß von der Stirn und mischte sich mit vielen heimlich geweinten Tränen. Die Kinder waren voller Vorfreude und packten verschwörerisch flüsternd Geschenke für ihre Eltern ein.

Mit Jasper, unserem Boy, streiften wir über das felsige Gelände außerhalb unseres Gartens und suchten nach einem passenden Weihnachtsbaum. Schließlich schleiften wir einen dornigen Strauch nach Hause. Er war so alt und ausgedörrt, dass ich mir einbildete, Moses hätte darin schon seine Zehn Gebote verkündet. »Du sollst nicht ehebrechen. Du sollst nicht lügen. Du sollst nicht begehren deines Nächsten Weib.«

Stoisch behängte ich das Ding mit Reutlinger Weihnachtsschmuck, wobei mir braun gebrannte Kinderhände eifrig assistierten. Lametta wurde aus Pappschachteln genommen, silberne und rote Kugeln wurden aus raschelndem Seidenpapier gepackt und von einer argwöhnischen Ona entstaubt. Die Kugeln hatten die Überfahrt auf der MS *Europa* doch tatsächlich überlebt. Ich hatte sie ja auch sorgfältig genug eingepackt, mithilfe meiner lieben Schwiegermutter Ursula! Auch Jaspers Augen spiegelten sich in dem für ihn unvorstellbar kostbaren Weihnachtsschmuck, den er mit offenem Mund anstarrte. Dann begann die Prozedur mit den Kerzen. Vierzig Kerzen wurden sofort krumm vor Hitze und verweigerten ihren Dienst. Das war der einzige Moment, in dem sogar ich lachen musste. Unter den verblüfften Blicken Onas und Jaspers stopfte ich alle Kerzen in die Tiefkühltruhe, bevor ich sie erneut an den Baum steckte und sie ganz schnell anzündete. Jasper stand mit zwei Eimern Eiswasser zum Löschen bereit.

Es gibt ein Foto im Familienalbum, das zeigt, wie wir braun gebrannt um den Dornbusch herumstehen und auf die schmelzenden Kerzen starren. Wie symbolisch dieses Bild doch ist! Unter Aufbietung aller Kräfte versuchte ich im wahrsten Sinne des Wortes, den Schein zu wahren, obwohl höchste Brandgefahr bestand und wir in konstanter Alarmbereitschaft waren.

Leo steht lächelnd dabei und hat die Arme um seine Söhne gelegt. Unter dem »Baum« türmen sich Päckchen, und im Hintergrund lehnt eine stolze Ona an der Wand.

Selbst als Leo nach diesem Schnappschuss sofort zu Marion und seinen anderen Kindern fuhr, strahlte ich weiter und packte unter lautem Gejubel die Geschenke meiner Kinder aus. Der Papi musste leider wieder arbeiten. Er war ja so tüchtig.

22

An Silvester waren wir bei Susi und Henry Meyer eingeladen und saßen bei dreißig Grad im Garten. Die Grillen zirpten, die Kinder planschten im Pool herum, der Mond kam ab und zu milchig hinter den Wolken hervor, die wie Zuckerwatte über den samtschwarzen Himmel zogen. Es herrschte eine seltsame Stimmung. Einerseits wollten wir uns gegenüber den Kindern nichts anmerken lassen, andererseits fühlten wir uns wie auf einem Pulverfass. Es hätte ein wunderschöner, romantischer Abend sein können, aber er fühlte sich an wie die Ruhe vor dem Sturm.

Leo glänzte wieder mal durch Abwesenheit.

»Er ist schon an Weihnachten direkt nach dem Essen zu Marion verschwunden«, teilte ich meinen Freunden leise mit. »Die Kinder haben nichts gemerkt.«

»Wie du das durchziehst, Gerti, bewundernswert!« Henry Meyer sah mich mitfühlend an. »Wir halten zu dir. Wir haben dir das eingebrockt und helfen dir da raus.«

Seufzend lehnte ich mich in meinem Gartenstuhl zurück. »Was das nächste Jahr wohl bringen wird?«

»Die Freiheit, Gerti, das versprechen wir dir!« Hubert Schmoll, ein lustiger Geselle, der normalerweise einen Witz nach dem anderen erzählte, drückte mir liebevoll die Hand. »Wir kriegen das schon hin.«

Sein bester Freund Teddy Dreier, ein Glatzkopf, den ich ebenfalls sehr mochte und der in seiner Freizeit Geige spielte, klopfte mir beruhigend auf die Schulter. »Wir haben schon einen Plan.«

»Wie wollt ihr das denn anstellen?« Meine Stimme hallte von der hohen Mauer wider, die das Grundstück einrahmte.

»Psst, leise, Gerti! Die Kinder können mithören«, warnte mich Henry Meyer.

»Wie wollt ihr das denn anstellen?«, zischte ich flüsternd. Unwillkürlich keimte Hoffnung in mir auf.

»Zuerst einmal müssen wir deinen Leo in Sicherheit wiegen. Du hast uns da auf eine Idee gebracht: Leb einfach so weiter, wie du es jetzt tust. Gaukle ihm vor, du hättest dich mit diesem Arrangement abgefunden. Koch weiter deine schwäbischen Maultaschen und back deine Torten.«

»Und dann?« Ich war gespannt wie ein Flitzebogen.

»In der Zwischenzeit besorgen wir dir gefälschte Pässe.«

Henry Meyer winkte den Kindern lächelnd zu. Er tat so, als redeten wir über ein Spiel oder eine Verkleidungsparty.

»Wie wollt ihr ... Woher nehmt ihr ... So was kostet doch Geld!«, sagte ich kleinlaut. »Ich habe keinen Pfennig!«

»Du lässt uns nach und nach Sachen aus deinem Haushalt zukommen, und die machen wir dann zu Geld – und jetzt ... Köpper! Sagenhaft!« Teddy Dreier schien mit ganzer Aufmerksamkeit bei den Kindern zu sein. »He, das war ein Bauchklatscher! Das gilt nicht! Los, du lahme Socke! Noch mal!«

»Aber das wird Leo merken ...«

»Du musst das ganz unauffällig tun. Deine Küchengeräte finden hier bestimmt reißenden Absatz.«

»Und deine Edelklamotten«, fügte Susi hinzu. Sie seufzte. »Hätte ich nur deine Größe ...«

»Dein Staubsauger, dein Föhn, deine Kosmetika …« Hubert warf den Kindern den Ball zurück in den Pool. »Die wird Leo kaum vermissen.«

»Wo wollt ihr die denn verkaufen?« Nervös rauchend sah ich mich um.

»Hubert und ich fahren nach Kapstadt«, murmelte mir Teddy ins Ohr. »Da haben wir Kontakte.«

»Kapstadt? Acht Autostunden? So weit würdet ihr für mich fahren?« Ich warf Thomas ein Handtuch zu, der plötzlich zähneklappernd vor mir stand.

»*Should auld acquaintance be forgot*«, summte Teddy Dreier. Das passte zu einer Silvesterparty. Mir trieb es die Tränen in die Augen.

»Ich will auch mal nach Kapstadt!«, mischte sich Thomas naseweis ein, den ich automatisch trocken rubbelte. Er hatte schon ganz blaue Lippen.

»Ach, das ist doch nur eine langweilige Geschäftsreise für den Elektrohandel«, wiegelte Hubert sofort ab. »Du bleibst mit deiner Mutter und deinem Bruder mal schön in Windhoek! Da ist es viel lustiger!« Mir klopfte das Herz. Puh, das war ja gerade noch mal glattgegangen.

Kaum war Thomas wieder weg, warf Hubert mir einen warnenden Blick zu.

»Gerti. Alles, was wir besprechen, muss *top secret* bleiben. Kein Wort, aber auch nicht die leiseste Andeutung zu deinen Jungs!«

»Du siehst ja, wie der alles nachplappert!«, stimmte ihm Teddy zu. »Leo darf nicht den geringsten Verdacht schöpfen!«

»Papa darf nicht den geringsten Verdacht schöpfen?« Plötzlich stand Bernd hinter mir und legte mir seine kalten Hände auf die nackten Schultern.

»Oh, Bernd! Jetzt hast du mich erschreckt!« Wie von der Tarantel gestochen zuckte ich zusammen.

»Wir planen eine Geburtstagsüberraschung«, reagierte Henry souverän.

»Dein Papa hat doch im Februar Geburtstag! Wir haben an ein goldenes Feuerzeug gedacht und überlegen gerade, wo wir es bis dahin vor ihm verstecken!«

»Ach so …« Das Interesse meines Großen war erloschen, bald darauf verschwand er wieder im dunklen Garten.

»Das war knapp!«, raunte Hubert. Die Freunde bildeten nun einen dichten Kreis um mich herum. Sie schirmten mich regelrecht ab.

Nervös hörte ich mir ihre Pläne an. Die Männer wollten meine Wertsachen nach und nach zu Geld machen und damit einen Zollbeamten in Kapstadt bestechen, der Zugang zu gefälschten Pässen hatte. Dafür würden sie in den nächsten Monaten so unauffällig wie möglich und so oft wie nötig zwischen Windhoek und Kapstadt hin und her fahren. Die Frauen würden sie decken und vor allem die Kinder ablenken.

Ich war gerührt, dass sie diese Mühen und Gefahren auf sich nehmen wollten.

»Wir haben dich da reingeritten, und wir holen dich da auch wieder raus«, sagte Hubert Schmoll, und Henry Meyer drückte mir stumm die Schultern.

»Wo ist der Teppich?« Leo stand mit seinem Whiskeyglas rauchend im Wohnzimmer und ließ seinen blank geputzten schwarzen Halbschuh über das Parkett gleiten.

»Ähm … welcher Teppich?« Ich schluckte. Er hatte es gemerkt, er würde alles merken!

»Stell dich nicht blöder, als du bist!« Leo knallte sein

Glas auf den Wohnzimmerschrank. »Der von dir geknüpfte Scheißteppich!«

»Ach«, lachte ich hysterisch auf. »Apropos Scheißteppich: Die Katze hat draufgeschissen!« Ich machte eine wegwerfende Handbewegung. »Er ist in der Reinigung!«

»Die Katze ist doch stubenrein!«

»Ja, das ist sie ... normalerweise. Aber ich hatte sie aus Versehen im Haus eingesperrt, und da konnte sie nicht raus.« Mir schmerzte schon der Kiefer, so verkrampft war mein Lachen.

»Die Katze geht normalerweise durch diese Klappe!« Leo tippte mit dem Fuß an die Luke, die in die Terrassentür eingelassen war. »Wie kannst du sie da eingesperrt haben?«

»Weil ich aus Versehen den Gartenstuhl davorgestellt hatte«, improvisierte ich in höchster Not.

»Das ist ja völliger Schwachsinn!«, polterte Leo auch schon streitlustig weiter. »Am Gartenstuhl käme die Katze doch vorbei! Die ist nicht so strohdumm wie du!«

»Aber nicht, wenn er umgefallen ist«, hörte ich mich weiterfantasieren.

»Die Kinder haben Räuber und Gendarm gespielt, und ich hatte vergessen, die Terrasse aufzuräumen. Der Stuhl lag quer davor, und da konnte das arme Tier nicht raus.«

Mir schlug das Herz bis zum Hals. Wie bestellt kam die Katze gerade maunzend von außen durch die Klappe herein und sah mich vorwurfsvoll an, so als wollte sie sagen: »Lügen haben kurze Beine!«

Sie strich Leo schnurrend um die Beine, der sich bückte und sie aufhob.

»Armes kleines Vieh«, murmelte er ihr ins Ohr. »Meine Frau ist zu blöd, um dich rauszulassen, und da musstest du auf den Teppich scheißen ...«

O Gott, er hatte es mir abgenommen! Er glaubte mir! Dankbar schluckte ich die vielen Demütigungen und schloss erleichtert die Augen. Als ich sie wieder öffnete, fiel mein Blick auf Ona, die wie aus dem Boden gestampft plötzlich vor mir stand.

»Missis, wo Staubsauger?«

Meine Knie wurden weich, und ich sah zu Leo hinüber, der mit einer Zärtlichkeit auf die Katze einsprach, die er für mich nie gehabt hatte.

»Oh, äh, der Staubsauger, warte, Ona, ich hatte ihn im Schlafzimmer stehen lassen …«

»So bescheuert kann auch nur die Gerti sein«, hörte ich Leo noch ätzen, als ich Ona an die Hand nahm und die Treppen hochzerrte.

»Da schon geschaut, Missis …«

»Im Schrank«, rief ich übertrieben laut. »Wo er immer steht!«

Mit verschwörerischem Blick zog ich die schnaufende Ona ins Schlafzimmer.

»Wo Staubsauger?« Missbilligend sah sie mich an. »Nix hier!« Sie öffnete vorwurfsvoll den Kleiderschrank und zeigte auf die zunehmende Leere darin. »Nix drin mehr! Wo alles?«

Ihre Hand klopfte auf die leeren Fächer, in denen vor Kurzem noch die edle Satinbettwäsche gelegen hatte. »Wer alles nehmen?«

Sie sah mich prüfend an, und ihr vorwurfsvoller Blick wurde ganz weich, als sie meine Lippen zucken sah. Dicke Tränen kullerten mir über die Wangen, ich war völlig erschöpft vom vielen Lügen.

»Nix Missis weinen!«

Konnte ich Ona vertrauen? Inwieweit war sie von Leo auf

mich angesetzt? Missis schlafen, Missis Liegestuhl! Immerhin hatte sie vorher in diesem Haus für diese Marion gearbeitet!

»Ona wissen, warum Missis weinen!«

Verstohlen sah ich zu ihr auf.

»Mister böser Mann.« Unter ständigem Getätschel sprach mir Ona Mut zu.

»Mister andere Frau haben. Marion. Ona alles wissen. Missis keine Angst haben. Ona nix sagen.«

»Oh, Ona!« Ich war ja so unendlich dankbar. Unter Tränen küsste ich ihre weiche Hand. Sie war meine Freundin! So wenig Deutsch wie sie sprach, hatte sie doch verstanden. Frauensolidarität? Oder einfach nur Gerechtigkeitssinn?

»Ona, bitte verrate mich nicht!« Nervös wie ein Schmetterling flatterte ich zum Schlafzimmerschrank, zu den leeren Regalen und Schubladen.

»Ona schon wissen. Nix drin.«

Ich legte den Zeigefinger auf die Lippen und bedeutete ihr flehentlich, auch weiterhin zu schweigen.

»Missis weg?« Onas Augen ruhten ernst und prüfend auf mir. »Kinder weg?«

Ich presste die Lippen zusammen und musste schon wieder weinen. Es war so anstrengend, in meinem eigenen Zuhause so ein erniedrigendes Versteckspiel spielen zu müssen! Jede Sekunde hätte Leo hereinplatzen und Fragen stellen können: Wo ist die Wäsche? Wo ist dein rotes Abendkleid, wo dein Epiliergerät, dein Schmuck, die Truhe! Auch die Kinder konnten jederzeit Verdacht schöpfen. Besonders mein naseweiser Thomas hätte laut schreien können: »Wo ist meine elektrische Eisenbahn?«

Trotzdem: Ich musste Geduld haben! In ein paar Wochen, vielleicht Monaten, so hatten die Männer gesagt, hätten sie das Geld für die gefälschten Pässe und Flugtickets zusammen. Und dann musste man eine günstige Gelegenheit abpassen, um Leo auszutricksen. Dann müsse alles ganz schnell gehen, hatten sie gesagt. Ich dürfe nichts mitnehmen, nur die Kinder schnappen und weg. Bis dahin musste ich harmlos tun, die Kinder ablenken oder eben Lügen erfinden.

Baldrian und Zigaretten waren meine täglichen Begleiter.

An diesem Abend wollte ich mich Ona gegenüber unbedingt erkenntlich zeigen. Leo war wieder weg; bei Marion oder wo auch immer, und Ona und ich hatten die Küche aufgeräumt. In einer Aufwallung von Dankbarkeit und Zuneigung nahm ich alle Hirse- und Fleischvorräte aus dem Kühlschrank und stellte sie für Ona auf den Küchentisch.

»Da, Ona. Für dich.« Von mir aus konnte sie auch wieder eine Woche wegbleiben und mit ihren Freunden Party machen.

»Für Ona? Alles?« Fassungslos fuhr sie über die Fleischberge, Hirsesäcke und das Sixpack Heineken.

»Ja, Ona. Du gute Frau.«

»Danke, Missis, oh, danke!« Ihr kamen vor Freude die Tränen. Eifrig versuchte sie, die ganzen Köstlichkeiten auf ihrem Kopf zu balancieren. Aber bei aller Liebe: Es war unmöglich.

»Ona, ich fahr dich schnell.« Ich suchte schon nach den Autoschlüsseln.

»Nein, nix Missis Getto!« Ona wehrte ängstlich ab. Wieder packte sie Dinge auf ihren Kopf, die aufgrund der Schwerkraft einfach nicht oben bleiben wollten.

»Aber Ona, du kriegst das nicht zu Fuß auf dem Kopf nach Hause!«

»Ona gehen!«

»Sei nicht albern, Ona! Ich fahre dich heim. Ist doch kein Ding.«

»Nix Missis Getto!« Nun flossen Onas Tränen. Ich hielt sie für Rührung und falsche Bescheidenheit.

»Ona! Du kannst das unmöglich tragen! Sieh es doch ein!«

»Ona gehen!«

Sie war schon immer ein Sturschädel gewesen, aber diese Dickköpfigkeit ließ ich nicht durchgehen.

Schnell schlüpfte ich in meine Schuhe und rief: »Jungs, wir fahren die Ona nach Hause!«

»Oh! Cool!« Die beiden nassen Kerle kamen sofort angetrabt und freuten sich über die Abwechslung. »Geht das denn? Es ist doch schon dunkel!«

Es galt die strikte Regel, dass Weiße ihre Häuser bei Dunkelheit nicht mehr verlassen. »Wir machen eine Ausnahme. Schließlich sitzen wir im Auto.«

»Nein, nix Kinder Getto«, sagte Ona. »Nix Missis fahren!«

»Doch, Ona, ich bestehe darauf. Sei doch nicht so bescheiden, meine Liebe!«

Geschäftig packte ich ihre Sachen bereits in Kartons und verlud sie gemeinsam mit Thomas und Bernd in den Kofferraum.

Als unser Auto kurz darauf hupend vor dem Gartentor auftauchte, kam Jasper völlig irritiert aus einer Hütte. Fragend steckte er seinen Kopf herein. »Wohin Missis fahren?«

»Ich bringe nur schnell die Ona nach Hause!«

»Nix gut, Missis, nix Getto!«

»Wir bleiben ja im Auto, Herrgott noch mal, stellt euch doch nicht so an!«

Energisch drückte ich aufs Gaspedal, und kopfschüttelnd öffnete Jasper das Tor.

In Katutura wurde mir schlagartig klar, warum Ona so dagegen gewesen war: Plötzlich waren wir von hassverzerrten Gesichtern umringt, Steine flogen auf unser Auto. Verängstigt zogen wir die Köpfe ein. Fäuste donnerten gegen die Windschutzscheibe, wir wurden bespuckt und lauthals beschimpft. Im Schritttempo fuhr ich weiter, über unbefestigte Wege voller ölschillernder Pfützen und Fäkalien. Hunde hinkten heran, Kinder und Frauen starrten uns an. Sie sahen ausnahmslos ärmlich und abgerissen aus, barfuß, verdreckt, ein einziger lebender Vorwurf. O Gott, ich hatte ja nicht geahnt, unter welchen unmenschlichen Bedingungen sie hier lebten! Ona hatte nie ein Wort darüber verloren. Und Leo hatte immer behauptet, sie täten das freiwillig! Am liebsten hätte ich mich tot gestellt. Unser Wagen kroch durch die Schlaglöcher. Immer mehr Gettobewohner tauchten auf und versuchten, unser Auto umzuwerfen.

Mir schlug das Herz bis zum Halse. O Gott! In welche Situation hatte ich mich und die Kinder gebracht! Ich hatte Ona doch nur einen Gefallen tun wollen! Wie gern hätte ich das Fenster heruntergekurbelt und gesagt, dass ich Lebensmittel brachte und Bier! Bier ohne Ende! Ihr Party machen! Gerti gute Frau!

Doch das wäre unser sicherer Tod gewesen.

»Missis schnell nach Hause!«

Ona war genauso verängstigt wie wir. Sie rief alle Heiligen an, die ihr auf die Schnelle einfielen. Einen speziellen Schutzpatron für diese Situation hatte sie nicht parat. Gestenreich dirigierte sie mich wieder aus dem Getto heraus, und erst als ich auf der Hauptstraße Gas gegeben hatte, spürte ich, dass wir mit einem blauen Auge davongekommen waren. Die Kinder waren geschockt.

Ich setzte Ona mitsamt ihren Habseligkeiten am Straßenrand ab. Sie würde sie heute Nacht Stück für Stück auf dem Kopf nach Hause tragen.

Zurück in unserem Luxusviertel sah ich schon eine helle Gestalt am Gartentor stehen.

Es war unser Nachbar, der deutsche Arzt Harald Wellenbrink.

Er gehörte nicht zu unserem Freundeskreis, ich hatte das Gefühl, dass er Leo nicht ausstehen konnte.

Als er unser bespucktes, lädiertes Auto sah, riss er unser Tor auf und winkte uns hastig hinein.

»Alles in Ordnung?«

Hastig riss er die Fahrertür auf, und ich taumelte ihm entgegen.

Harald Wellenbrink fing mich auf, und ich musste mich zwingen, ihm nicht weinend an die Brust zu sinken.

»Sind Sie wahnsinnig, nach Katutura zu fahren?«, herrschte mich Wellenbrink an. Apathisch ließ ich seine Strafpredigt über mich ergehen. Mir war alles egal. Ich wollte nur noch weg, weg aus Afrika.

»Woher wissen Sie ...«

Der Arzt zeigte nur auf Jasper. »Ihr Wachmann hat mich um Hilfe gebeten, er meinte, Sie kämen nicht lebend wieder hier an!«

»Aber ich wusste doch nicht ....«

»Sie *wussten* nicht?!« schnauzte der Arzt mich an. »Wie naiv kann man denn sein? Ich glaube, ich muss jetzt mal ein ernstes Wörtchen mit Ihnen reden.«

Oje, das fehlte mir gerade noch.

»Jasper, geh bitte mit den Kindern ins Haus ...«

Die drei trabten davon. Thomas weinte verstört. O Gott,

was mutete ich meinen armen Kindern zu? Und was würde ich ihnen noch zumuten müssen?

»Frau Wolf, es geht mich ja nichts an, in welcher Konstellation Sie hier leben …« Der Arzt sah mir ins Gesicht und bemerkte meine Tränen. Etwas milder fügte er hinzu: »Ich kann mir denken, dass es für Sie auch nicht einfach ist.«

Klar. Als Nachbar hatte er natürlich auch schon Leo mit Marion in diesem Haus erlebt.

»Nein«, schluchzte ich, am Boden zerstört.

»Ja, klärt Ihr Mann Sie denn gar nicht über die Gefahren auf?«

»Er sagt immer, das sei bloß Panikmache, und wir wären hier völlig sicher. Außerdem habe ich doch Ona und Jasper, die auf uns aufpassen«, wandte ich ein.

Ihm entfuhr ein verächtliches Lachen. »Wenn es hart auf hart kommt, bringen die ihre eigene Herrschaft um! Ich habe Dinge gehört und gesehen, die ich Ihnen lieber verschweigen möchte«, knurrte der Arzt. »Sie sitzen hier auf einer Zeitbombe, Frau Wolf. Nehmen Sie Ihre Kinder und gehen Sie!«

Wenige Tage später kam Leo völlig erledigt nach Hause. Ich hatte vorgehabt, ihn noch einmal um die Pässe zu bitten, um die Erlaubnis, mit den Kindern Deutschland besuchen zu dürfen. Mit dem Versprechen, so bald wie möglich zurückzukehren. Ich wolle nur nach seinen Eltern schauen, den Kindern ein Wiedersehen mit den Großeltern ermöglichen.

Aber an seiner Verfassung sah ich, dass jetzt nicht der richtige Zeitpunkt dafür war. Seine Haare hingen ihm wirr in die Stirn, sein Hemd war zerrissen, und seine Hose wies Ruß- und Blutspuren auf. Der Manisch-Depressive steckte gerade in einem Tief. Sein Auto, das draußen vor dem Fenster parkte, war zerkratzt und die linke Scheibe eingeworfen.

Wie in Trance reichte ich ihm sein Whiskeyglas und seine Zigaretten. »Was ist passiert?«

»Die schwarzen Schweine haben meine Filiale in Walvis Bay überfallen!« Wutentbrannt ließ sich Leo in seinen Ledersessel fallen.

»Um Himmels willen!«, heuchelte ich Mitleid. Ich musste ihm das Gefühl geben, dass ich auf seiner Seite war!

»Sie haben alles ausgeraubt, verwüstet, in Brand gesteckt!«, schrie Leo. »Diese Irren! Meine eigenen Arbeiter, die mir ihre Scheißexistenz verdanken!« Er warf das Glas gegen die Wand, wo es klirrend zerbarst.

Ich begann sofort, die Scherben einzusammeln. Ich musste irgendetwas tun, um ihm nicht ins Gesicht sehen zu müssen. Er sah aus wie ein Wahnsinniger: Sein Gesicht war hassverzerrt, seine Augen blutunterlaufen. Zitternd dachte ich an die Prophezeiungen des Arztes, unsere Hausdiener würden ebenso mit uns verfahren, es sei nur noch eine Frage der Zeit.

»Autsch!« Ich zuckte zusammen. Eine Scherbe hatte sich in meine Hand gebohrt. Hastig leckte ich das Blut ab.

»Hol den Staubsauger, blöde Kuh!«

»Ja, natürlich, sofort …« Um ihn abzulenken, brachte ich ihm ein neues Glas Whiskey.

»Diese Nigger!«, brüllte Leo, und seine Halsader schwoll an. »Ich werde sie ausrotten, ihre Elendshütten anzünden, Benzin über ihrem Scheißgetto abwerfen …«

O Gott, er war wirklich wahnsinnig geworden! Was sollte ich tun?

»Statt dankbar zu sein, dass wir ihnen was zu fressen geben!«, brüllte er. »Sind wir hier nicht immer großzügig gewesen und haben sie aus der Steinzeit geholt? Ohne uns würden die heute noch an Baumrinden nagen!«

»Ja, Leo, du hast recht …« O Gott, ich musste dafür sorgen, dass er sich wieder einkriegte.

»Du gibst ja der Ona sogar noch Essen mit. Und wie danken sie uns das, die Schweine? Meine Existenz ist ruiniert«, schrie Leo und riss sich das Hemd vom Leib. »Und meine eigenen Leute werfen *mir* das vor! Dass ich das hätte wissen müssen!« Er schleuderte es mir vor die Füße. »Los! Wasch und bügel das! Und komm mir bloß nicht damit, du wüsstest nicht, wo das Bügeleisen ist!«

»Nein, natürlich, es ist an seinem Platz«, hörte ich mich stammeln. Seine Schimpftirade wollte kein Ende nehmen, als ich mich bückte und das Hemd aufhob. Ich musste ihn ruhigstellen, aber wie?

In diesem Moment stürmten Bernd und Thomas in ihren Schuluniformen herein. Jasper hatte schnell für sie das Tor geöffnet, und Susi war mit quietschenden Reifen wieder weggefahren.

Seinen Söhnen gegenüber wollte sich Leo keine Blöße geben. »Alles im grünen Bereich, Männer!« Er erhob sich mühsam von seinem Sessel. »Ich spring mal schnell unter die Dusche, es war ein harter Tag!«

Ona erschien wie von Geisterhand und kehrte mit einem Strohbesen schweigend die Scherben zusammen.

Ich zog die Jungs in die Küche, wo es schon lecker nach Käsespätzle roch. »Kommt, ihr habt bestimmt schon einen Riesenhunger. Wie war es in der Schule?«

Als ich nach dem Essen nach Leo schaute, war er weg.

23

»Hör zu, Gerti, wir haben einen Plan. Bist du allein, kannst du reden?«

Susi war am Telefon. Sie hatte schon gehört, was in Walvis Bay passiert war. »Es wird höchste Zeit, dass du mit den Jungs abhaust. Dein Leo dreht durch!«

»Ja.« Zitternd ließ ich mich zu Boden gleiten.

»Gerti, jetzt hör mir genau zu. Du kennst doch den Ricky Reiner.«

»Ja.« Auch so ein Kompagnon von Leo, der eine seiner Filialen leitete oder geleitet hatte.

»Der hat am 28. Februar Geburtstag. Gerti, das ist euer Abreisetag!«

Mir fuhr der Schock in die Glieder. Das war in drei Tagen!

»Aber wie … Wie soll ich … Die Jungs dürfen doch nicht …« Mir versagte die Stimme.

»Gerti, du musst jetzt ganz ruhig bleiben. Deine Jungs mögen Ricky Reiner, weil er immer mit ihnen Fußball spielt.«

»Ja.« Ich hatte den Hörer zwischen Kinn und Schulter geklemmt. Meine Hände suchten hektisch nach einer Zigarette.

»Wir veranstalten eine Geburtstagsparty bei Ricky Reiner, klar? Das ist die offizielle Version. Er lädt alle seine Gäste ins Autokino ein.«

»Ich verstehe nicht …« Mit letzter Kraft zog ich eine Zigarette aus der Packung. Als ich sie anzündete, hätte ich fast das Sofakissen in Brand gesteckt vor lauter Aufregung.

»Autokino. Okay? Die Jungs steigen also ins *Auto*.«

»Ja ...?«

»Wir bilden eine Kolonne und fahren alle ins Autokino. Das sagst du deinen Söhnen. Und wenn nötig auch Leo. Gib den Kindern ihre Schmusetiere mit, das wird nämlich ein gruseliger Film.«

»Das heißt ...?« Wie eine Ertrinkende zog ich an meiner Zigarette.

»Das heißt, dass wir in der Kolonne nach Kapstadt fahren, klar? Und dort nehmt ihr die Abendmaschine nach Frankfurt!«

»Oh, Susi, das bedeutet ...«

»Wir haben die Pässe, und wir haben die Tickets. In drei Tagen, Gerti. Kein Wort zu Leo, kein Wort zu den Kindern. Schaffst du das?«

»Ich weiß nicht, Susi, ich hoffe ...«

»Du musst, Gerti, du musst. Reiß dich zusammen. Wir werden euch begleiten!«

»Und wenn Leo Wind davon bekommt?«

»Nicht durch uns. Wir tun hier alle so, als würden wir mit Ricky Reiner ins Autokino fahren. Und auch du solltest für den Geburtstag einen netten Nudelsalat machen oder so was.«

»Ich soll also nichts auf die Flucht mitnehmen bis auf einen netten *Nudelsalat*?!«

»Ganz genau, Gerti. Zieh ein Partykleid an und mach die Jungs nett, aber nimm bitte nichts mit außer deiner Handtasche.«

»Aber in Deutschland ist es saukalt ...«

»Wir dürfen nichts riskieren.«

»Oh, Susi, wo soll ich denn hin …« In meinem Kopf ratterte es. Die Schwiegereltern waren bestimmt längst aus dem Haus geworfen worden und dementsprechend schlecht auf mich zu sprechen. Nachdem ich die Belastungsurkunde unterschrieben hatte, gaben sie mir sicherlich die Schuld an ihrem Dilemma! Außerdem musste ich verhindern, dass Leo mich und die Kinder sofort aufspüren konnte. Aus demselben Grund schieden auch meine Eltern in Glatten aus. Mir blieb nur Gitta. Gitta und Walter!

»Ruf deine Freunde an, Gerti, aber nur wenn du sicher bist, dass sie dich nicht bei Leo verraten! Er hat schließlich immer noch das Recht auf die Kinder. Er könnte sie zurückfordern. Es wird eine hässliche Scheidung geben, das muss dir klar sein.«

»Ja.« Ich kaute nervös auf meinem Daumennagel.

»Aber du musst unbedingt noch etwas tun, hörst du?«

Susi senkte die Stimme. »Schreib einen Abschiedsbrief an Leo, in dem du ihm die Gründe für deine Flucht nennst. Leg ihn unter sein Kopfkissen. Es ist wichtig, dass er den findet. Sonst kann er dich wegen böswilligen Verlassens anzeigen und die Kinder zurückfordern!«

Mir wurde kalt. Selbst in Deutschland hatte er noch ein Recht auf die Kinder? »Oh, Susi, ich drehe noch durch. Ich weiß nicht, ob ich das schaffe.«

»Du schaffst das, Gerti! Setz dich hin und schreib diesen Brief! Er wird später vor Gericht noch eine große Rolle spielen! Erwähne seine Lügen, seinen Alkoholismus und seine Zweitfamilie! Und nimm eine Kopie des Briefes mit!«

»Susi, da muss ich mich in sein Büro schleichen! Ich sterbe vor Angst!«

»Jetzt reiß dich am Riemen, und mach den verdammten

Nudelsalat für Ricky Reiner!«, flüsterte sie scharf. Munter rief sie dann: »Gertilein, wir sehen uns dann auf der Party, ich freu mich schon!« Susi hängte auf. Wahrscheinlich war ihre Claudia ins Zimmer gekommen.

Am 28. Februar 1976 regnete es in Windhoek. Zum ersten Mal in diesem Jahr. Wie betäubt saß ich am Esszimmertisch und starrte auf die Tropfen, die an den Verandascheiben hinabrannen. Ein verheißungsvoller Duft stieg von den Steinplatten im Garten auf, er erinnerte mich an meine Kindheit, wenn an heißen Sommertagen endlich der erlösende Regen auf den heißen Asphalt fiel. Das gelbbraune Gras dampfte, und die Sträucher schienen sich dankbar zum Himmel zu strecken.

Jeden Moment würden die Kinder aus der Schule kommen und Kohldampf schieben. »Mami, was gibt's zu essen?« Dann würden sie ihre Schultaschen in die Ecke pfeffern und über ihre Lehrer meckern: »Der bescheuerte Herr Reuter gibt mir nur eine Drei in Deutsch, dabei spreche ich es viel besser als die Schüler, die hier geboren wurden! Aber er meint, ich spreche zu arg schwäbisch, und meine Schrift ist eine Sauklaue!«

Und ich würde lächeln und sie zu ihren Hausaufgaben nötigen müssen, so wie immer. Ich durfte mir nichts anmerken lassen, obwohl wir in zwei Stunden aufbrechen würden! Ich war wie gelähmt vor Angst. Da. Da ging schon die Haustür. Schritte hallten durch den Flur, die Türklinke wurde heruntergedrückt.

Als ich lächelnd aufblickte, gefror mir das Blut in den Adern.

Es war Leo. Leo, der um die Mittagszeit nie hier auftauchte. Mir blieb das Herz stehen.

»Scheißwetter!«, fluchte er und schüttelte sich die Tropfen aus den Haaren. »Ich brauche einen Schirm.«

»Einen Schirm, ja, natürlich, warte, ich hole ihn dir...« Wie eine aufgezogene Puppe drehte ich mich suchend im Kreis.

»Wo ist nur der Schirm hin, wir haben hier noch nie einen gebraucht. Er könnte in der Garage sein ...«

»Quatsch. Er ist oben im Kleiderschrank.«

Kleiderschrank. Leer. Brief. Kopfkissen. Das war jetzt kein guter Moment. Leo wandte sich schon zum Gehen, als ich ihn wie ein aufgeregtes Huhn überholte.

»Ich hole ihn. Setz dich, und ruh dich aus.«

»Spar dir das Getue! Ich muss oben sowieso mal in Ruhe aufs Klo.«

Leo stapfte mit seinen nassen Schuhen die Treppe hinauf. Er schwankte leicht. Er hatte mal wieder zu viel getrunken. Im Bad hörte ich ihn rumoren. Wie von der Tarantel gestochen flitzte ich ins Schlafzimmer und riss die Schranktüren auf. Gähnende Leere. Das Einzige, was noch in der hintersten Ecke lehnte, war ein zusammengeklappter, mit Plastikfolie überzogener Schirm!

Ich nahm ihn heraus und schloss dankbar die Augen. Wie eine Diebin schlich ich kurz darauf mit pochendem Herzen zur Badezimmertür und lauschte. Aha, der Herr war noch mitten in seinen Verrichtungen ... Ich schob sie millimeterweise auf. Der hereinfallende Lichtstrahl störte den Herrn in seiner Andacht.

»He! Was soll das, ich bin noch nicht fertig!«

»Entschuldige, Liebster, hier ist der Schirm ...« Vorsichtig schob ich das Objekt der Begierde durch den Türspalt. Leo griff danach. »Danke, passt schon.« Anschließend machte er die Klotür mit einem energischen Fußtritt wieder zu.

Ich eilte nach unten in die Küche, wo Bernd und Thomas bereits ahnungslos am Tisch saßen und mein Jüngster den Text absonderte, den ich schon vorhergesehen hatte:

»Nur ne Drei in Deutsch, der Schwachkopf kann doch selbst nur Sauerländer Platt! Sacht immer woll nech, sachma!« Thomas machte sich über seine Käsenudeln her. »Nur weil ich immer gell sag! Er meint, gell ist kein Wort. Dabei isch gell wohl ein Wort, gell, Mama! Müsse mer heut die ganze blöde Aufgab mache? Wir wolle doch im Rege spiele!«

»Kinder, Überraschung! Wir gehen heute ins Autokino«, ließ ich die Bombe platzen. »Der Ricky Reiner lädt uns alle in einen James-Bond-Film ein!«

Großes Gejubel am Küchentisch. Die Kinder sprangen auf und umarmten mich, dass ich kaum noch Luft bekam.

»Autokino, hurra, wir gehen ins Autokino!«

»Wer geht heute ins Autokino?« Wir wirbelten alle herum. Leo stand in der Tür. Mit Schirm. Er sah irgendwie seltsam aus.

»Ja, komm doch mit!«, bettelten die Kinder, »der Ricky Reiner gibt ne Party und lädt uns alle ein!«

Ich schloss die Augen und betete. Beschwor Gott, ihm jetzt eine Antwort in den Mund zu legen, die nicht »Au ja, gute Idee!« lautete.

»James Bond?«, fragte Leo gedehnt. »Autokino ist doch erst abends, wenn es dunkel ist. Das geht ja gar nicht. Weiße haben Ausgangsverbot.«

»Wir gehen ja auch gar nicht *aus*«, wandte ich ein. »Gell, Kinder? Wir bleiben ja im *Auto* sitzen!«

»Das ist ja Sinn und Zweck von Autokino«, eilte mir mein naseweiser Thomas zu Hilfe. »Papa, da kann uns gar nichts passieren! Wir verriegeln die Türen von innen!«

»O bitte, Papa, komm doch mit!«, bettelte Bernd. Er liebte seinen Vater ganz besonders, sah in ihm sein großes Vorbild.

Ich hielt die Luft an. Bitte, lieber Gott, wenn es dich gibt, dann sagt er jetzt …

»Das geht leider nicht, Jungs. Ich habe noch einen wichtigen Termin.«

Insgeheim seufzte ich erleichtert auf. Danke, lieber Gott.

»Aber ich komme später nach …« Leo ging auf den Nudelsalat zu, den ich für Ricky Reiners Party vorbereitet hatte, und schnupperte daran. »Oder besser: ich komm heute Abend nach Hause.«

Oje, er kam doch sonst oft nächtelang nicht. Wieso ausgerechnet heute Abend?

»Dein Nudelsalat ist unübertroffen, Gerti.« Leo legte den Arm um mich und spielte vor den Kindern den liebenden Ehemann. »Ich wünsche mir, dass wir heute Abend nach dem Autokino alle zusammen auf der Terrasse sitzen und Mamas Nudelsalat essen!«

»Au ja, Papa, und dann erzählen wir dir von dem Film!« Thomas trat in die Luft. »Da, nimm! Du Weichei! Feigling!«

Für den Bruchteil einer Sekunde glaubte ich in Leos Augen ein Flackern zu sehen, als er mich an sich zog. »Gerti, das war lieb von dir vorhin mit dem Schirm. Ich habe mich hier auf einmal wieder richtig zu Hause gefühlt. Lass es uns noch mal versuchen, hm?«, flüsterte er mir ins Ohr.

Ich bekam kaum noch Luft. Wusste er, ahnte er, spielte er mit mir? Ich konnte ihm nicht mehr glauben. Dafür hatte er mein Vertrauen zu oft mit Füßen getreten.

»Ich habe eingesehen, dass ich vieles falsch gemacht habe«, brummte Leo an meinem Ohr. Er schnurrte regelrecht. »Ich werde mich ändern, versprochen!« Er nahm meine eiskalten

Hände, durch die kaum noch Blut floss, und drückte sie an seine Brust. »Alles wird gut!«

Aus den Augenwinkeln sah ich, wie die Kinder diese Szene strahlend beobachteten.

»Heute Abend wünsche ich mir, dass alles genauso ist wie früher«, schnurrte Leo sanft. »Bitte mach mir noch eine Portion von deiner schwäbischen Essigwurst! Mit viel Zwiebeln!« Mit diesen Worten drehte er sich um, fuhr den Jungs noch einmal durchs Haar, nahm den Schirm, machte damit »peng!«, kniff verschwörerisch ein Auge zu und verschwand.

Ona, die gerade die Küche putzte, sah mich lange schweigend an. Mein Herz polterte so laut, dass ich glaubte, es müsste in tausend Scherben zerspringen.

»Missis Swimmingpool«, sagte sie. »Missis ausruhen.«

»Susi!«, flüsterte ich in höchster Not in den Hörer. »Er hat was gemerkt! Er war so lieb wie schon lange nicht mehr! O Gott, mir ist so schlecht! Wir können nicht fahren!«

»Bitte beruhige dich, Gerti! Reiß dich zusammen!«

»Ich kann nicht, ich kann nicht, oh, Susi ich …«

»Was ist denn passiert?«

Zusammenhanglos stammelte ich in den Hörer, was sich zugetragen hatte.

»Gerti, jetzt hör mir gut zu! In einer halben Stunde hole ich euch mit den Kindern ab. Bereite alles vor, hörst du!«

»Ich kann nicht, er steht bestimmt schon hinter der nächsten Ecke …«

»Gerti, jetzt oder nie!« Tut! Aufgelegt.

Wie in Trance taumelte ich ins Bad. Das konnte einfach nicht gut gehen. Entweder Leo würde die Flucht sofort vereiteln oder uns in Kapstadt einholen. Und selbst wenn wir es bis nach Deutschland schaffen sollten, im Sommerkleid, nur mit Handtasche und ohne Geld, die Jungs mit kurzen Hosen im Februar, was ohnehin ein Wahnsinn war: Er hatte immer noch ein Recht auf die Kinder. Er hatte das Recht, sie zurück nach Südwestafrika zu holen. Und ich würde obdachlos sein, mittellos und ganz auf mich allein gestellt.

Nein, ich schaffte das nicht. Dann lieber hierbleiben und unser Haus von den Schwarzen anzünden lassen. Plötzlich öffnete sich die Tür, und Ona schob sich herein.

»Missis krank?«

Sie tauchte ein Handtuch in kaltes Wasser und drückte es mir fürsorglich auf die Stirn. Ihr mitleidiger Blick traf mich mitten ins Herz.

»Kinder brauchen starke Mama! Hm?«

Bei diesen Worten kehrten die Lebensgeister zurück.

»Danke, Ona, ich glaube, es geht schon wieder ….«

Mithilfe der unerschütterlichen Ona rappelte ich mich auf und zog mich ins Schlafzimmer zurück. Zehn Minuten lang starrte ich auf den surrenden Ventilator an der Decke. Schließlich gab ich mir einen Ruck. Meine Freunde hatten alles für mich getan. Gleich würden sie vor der Tür stehen. Sie würden mich beschützen. Mit der unbesiegbaren Kraft einer Mutter zog ich mir das schönste Kleid an, schminkte mich, bürstete mir die Haare, bis sie glänzten, und legte einen dezenten Duft auf. So, der Tiefpunkt war überwunden. Ona hatte recht. Es ging hier nicht nur um mich. Es ging um die Kinder. Ich musste sie in Sicherheit bringen. Sie hatten ein Recht auf eine Zukunft.

24

In einer Kolonne von zwölf Autos brachten uns unsere Freunde zum Flughafen. Unter anderen Umständen hätte ich es genossen, wie eine Königin eskortiert zu werden, doch jetzt kam ich fast um vor Sorge. Die Kinder waren einfach nur aufgeregt: Für sie war es der Aufbruch zu einer Riesenparty. Autokino mit Freunden, hurra!

Sogar Willem und Carola waren in ihrem Jeep von der Farm gekommen und hatten ein Gewehr dabei. Meinen Schmuck händigten sie mir nicht aus, und ich fragte auch nicht danach. Vielleicht war es zu gefährlich, mir den Schmuck mit ins Handgepäck zu geben. Wir würden Aufsehen und Verdacht erregen. Jemand könnte die Behörden verständigen. Vielleicht wollten sie ihn aber auch behalten. Inzwischen hatte ich nämlich erfahren, dass Leo sich vor einem halben Jahr noch zwanzigtausend Mark von Willem geliehen hatte, mit der Lüge, uns heil nach Deutschland bringen zu wollen. Als Willem ihn irgendwann zur Rede stellte, lachte Leo ihm nur dreist ins Gesicht und meinte, Willem könne die »Kohle« doch locker verschmerzen, während er, Leo, sie dringend für seine Zweitfamilie brauchen würde. Da war auch beim gutmütigen Willem eine Sicherung durchgeknallt: Er war bereit, Leo über den Haufen zu schießen. Ich freute mich, dass er auf meiner Seite stand, hoffte aber sehr, dass es zu keiner gewaltsamen Konfrontation kommen würde. Die Jungs durften auf keinen Fall etwas mitbekommen! Ihre kleine heile Welt war noch so in Ordnung! Die Flucht würde sie genug erschüttern, da mussten sie nicht auch noch Handgreiflichkeiten gegen ihren Vater erleben.

Doch sollte Leo uns tatsächlich irgendwo auflauern, hatte er keine Chance, uns aufzuhalten. Ich fühlte mich wie ein von Bodyguards umringtes Staatsoberhaupt. Nur dass Staatsoberhäupter selten eine Schüssel Nudelsalat auf dem Schoß haben.

Nachdem wir über eine Stunde gefahren waren, wurden die Kinder unruhig. »Fahren wir denn NICHT ins Autokino?«

»Nein, Kinder, Überraschung, wir fliegen zu Oma und Opa nach Deutschland!«

Die Kinder jubelten und fielen einander um den Hals.

»Und Papa?«, fragte Bernd.

»Euer Vater kommt später nach«, mischte sich Susi vom Beifahrersitz ein. »Der muss noch ein bisschen arbeiten.«

Stunden vergingen, als wir Kapstadt erreichten, dämmerte es bereits. Die Kinder hatten im Auto geschlafen, jetzt rieben sie sich staunend die Augen. Panisch musterte ich die Autos, die neben und hinter uns fuhren: kein Leo? Und da, die Polizeisirene – galt sie uns?

»So, jetzt, wir sind da!« Nervös sah Henry sich um und parkte umständlich ein.

»Ich wage es nicht, auszusteigen …«

»Wir bringen dich zum Terminal. Hier sind die Tickets und die Pässe.«

Meine Hände zitterten. Ich steckte alles in meine Handtasche und bekam vor lauter Nervosität den Reißverschluss nicht mehr zu.

»Und wenn sie beim Einchecken etwas merken?«

Claudia und Bernd, unser Liebespaar, schritt händchenhaltend durch die Halle, und für das Flugpersonal sah es so aus, als sei es ausschließlich Trennungsschmerz, der uns so einen großen Bahnhof veranstalten ließ.

Man winkte uns milde lächelnd durch.

»So, liebe Liebenden, jetzt müsstet ihr euch bitte hinsetzen und anschnallen … Die junge Dame fliegt nicht mit? Dann müsstest du jetzt bitte aussteigen…«

Heiße Abschiedstränen flossen, als Familie Meyer die Maschine verließ. Wir drückten unsere verheulten Gesichter an die Bullaugen und konnten vor Aufregung kaum stillsitzen. Noch immer befürchtete ich, jeden Moment Leos Hände auf meinen Schultern zu spüren: »Du glaubst doch nicht, dass du mir entwischen kannst?«

Aber Leo war wirklich nicht an Bord – außer er hatte sich im Gepäckfach versteckt.

Wir hoben ab. Afrikas braune Erde verschwand unter uns. Die Kinder waren noch nie geflogen – die Hinreise hatten wir ja mit der MS *Europa* gemacht – und konnten sich vor Begeisterung gar nicht wieder beruhigen.

»Mama, wir fliegen!«

»Das ist ja noch viel besser als James Bond!«

Gnädig senkte sich die Nacht über uns, und ich saß angespannt auf meinem Sitz und versuchte, das Geschehene zu verdauen.

Wir waren mitten auf der Flucht. Noch war sie uns nicht gelungen.

25

»Du tanzt so leicht wie eine Feder!«

Jürgen Bruns hatte meine Hand an seine Brust gedrückt. Wir trugen beide Silvesterhütchen und waren mit Luftschlangen geschmückt.

Ich lächelte glücklich und fühlte mich zum ersten Mal seit Langem wieder geborgen.

»Es ist zehn vor eins«, kicherte ich leicht beschwipst. Die zwei Gläser Champagner waren mir sofort zu Kopf gestiegen. »Der Professor wird schimpfen, wenn wir nicht rechtzeitig wieder in der Klinik sind!«

»Gerti! Darf ich in Zukunft auf dich aufpassen?« Jürgens Augen kamen immer näher, als er sich zu mir hinunterbeugte.

»Ich weiß nicht, Jürgen ...« Leicht benebelt senkte ich den Blick. »Ich war in einer Falle und möchte nie wieder in einer landen!«

»Gerti, ich wünsche mir so sehr, du würdest mir vertrauen!«

»Wie soll das so schnell gehen?« Einerseits war es wunderbar, in seinen Armen dahinzuschweben, andererseits war es so schwer gewesen, endlich auf eigenen Füßen zu stehen!

»Es sind nicht alle Männer so wie dein Kohle-Wolf!« Jürgen Bruns lächelte traurig.

»Das weiß ich, Jürgen.« Ich griff nach meinem Mantel.

»Und du gefällst mir auch. Ich mag dich. Das war wirklich ein zauberhafter Abend – aber können wir jetzt bitte gehen?«

»Ja, natürlich.«

Jürgen half mir in den Mantel und schob mich zur Tür. Draußen wartete bereits das Taxi im Schnee.

»Meine Damen und Herren, wir haben die Flughöhe bereits verlassen und befinden uns im Landeanflug auf Frankfurt. Bitte stellen Sie die Rückenlehnen wieder senkrecht, und stellen Sie das Rauchen ein. Weiterreisende Passagiere mit Anschlussflügen bitten wir, sich beim Bodenpersonal ...«

Wir waren keine weiterreisenden Passagiere. Wir hatten unser vorläufiges Ziel erreicht. Wir mussten nur noch durch die Passkontrolle.

Als die Maschine an einem eiskalten 29. Februar – ein Tag, den es normalerweise gar nicht gab – im dämmrigen Frankfurt aufsetzte, schlug mein Herz bis zum Hals. Die Jungen rieben sich verschlafen die Augen und schauten verwirrt auf die Lichter des Flughafens, die sich auf dem Asphalt spiegelten. Klirrende Kälte erwartete uns. Und was noch? Ich fühlte mich elend.

»Haben Sie denn gar kein Gepäck?« Die freundliche Stewardess konnte den Anblick meiner fröstelnden Söhne in T-Shirts und kurzen Hosen kaum ertragen. »Behalten Sie einfach die Decken!«, bot sie uns an, aber ich hatte Angst, dass wir damit beim Bodenpersonal Aufsehen erregen würden.

Wenn Leo nach uns fahnden ließ, wovon ich nach vierundzwanzig Stunden Abwesenheit ausgehen musste, wollte ich nicht gleich der Polizei in die Arme laufen.

O Gott, flehte ich innerlich, bitte lass uns ungehindert durchs Ankunftsterminal kommen. Bitte lass Gitta und Walter da sein und mit uns irgendwohin fahren, wo Leo uns nicht findet. Am liebsten hätte ich mich an der netten Stewardess festgeklammert, aber wir mussten die Maschine verlassen. Natürlich fröstelten die Kinder und klapperten übermüdet mit den Zähnen, aber ich hielt sie fest an den Händen. »Gleich haben wir es geschafft, Gitta und Walter haben bestimmt Pullover und Jacken für euch dabei ... Einfach geradeaus gehen, Kinder, schön bei mir bleiben, keine Faxen jetzt!«

O Gott, meine Nerven! Im Strom der Passagiere ließen wir uns mittreiben und gelangten in die Ankunftshalle, blaue Schilder, Ausgang, Exit, da mussten wir hin. Mein Herz raste. Die Heimat, die Freiheit war zum Greifen nah.

Es roch nach Deutschland. Vertraut. Gleich hatten wir es geschafft. Wenn jetzt nicht noch ... Nein, nicht abergläubisch sein, beschwor ich mich. Mach dich nicht verrückter, als du schon bist. Nein, wir nehmen keinen Gepäckwagen und fahren Roller damit. Wir erregen kein Aufsehen. Es gibt uns eigentlich gar nicht, genau wie den 29. Februar.

Und dann war es so weit: Hinter der sich automatisch öffnenden Glastür entdeckte ich eine winkende Gitta und einen mit Pullovern bewaffneten Walter.

»Da! Da stehen sie!«

Jetzt ganz selbstverständlich weitergehen, so tun, als wenn nichts wäre ... Ich drückte die warmen Hände meiner Kinder. Sie gaben mir Kraft. Es konnte uns gar nichts passieren. Wir waren eine uneinnehmbare Festung. Die anderen Passagiere gingen alle in Richtung Gepäckband. Nur wir nicht.

Dann kam die Passkontrolle. Na, wenn das kein alltäglicher Anblick war. Eine Hausfrau mit zwei Jungs. Guten Morgen. Oh! Da vorne standen drei Polizisten mit Schäferhunden. Ach was, die stehen da immer. Ganz normal verhalten. Einfach freundlich weitergehen. Wir sind ganz normale Urlaubspassagiere, uninteressant. In dreißig Sekunden … In fünfundzwanzig, zwanzig …

»Treten Sie bitte auf die Seite.«

Eine uniformierte Gestalt versperrte uns den Weg. Mein Blick fiel auf die Pistole in ihrem Halfter.

Die Glastür schloss sich vor unseren Augen. Die Freiheit, zum Greifen nah, verschwand hinter einer milchigen Scheibe.

»Wenn Sie kurz mitkommen würden …«

Nein, bitte nicht! Verzweifelt brach ich in Tränen aus. Es war alles umsonst gewesen! Fünf Sekunden vor dem Ziel!

»Mami, ich bin bei dir«, flüsterte Bernd verstört. Wie ertappte Schwerverbrecher ließen wir uns abführen, in einen kleinen fensterlosen Raum mit einem Tisch und zwei Stühlen. Jeden Moment erwartete ich, Leo hier zu sehen. Oder einen Kommissar, der mir jetzt Handschellen anlegen würde. Wegen Kindesentführung.

Wie durch Watte hörte ich, wie mir der Polizist Fragen stellte.

»Was führen Sie für Waren ein?«

»Wie? Wie bitte?«

»Da. In den Plastiktüten.«

Der Beamte befahl mir, die Tüten auf den Tisch zu stellen.

»Aber das sind doch nur Zigaretten«, stammelte ich in höchster Not.

»Gute Frau, das sind sechs Stangen Zigaretten, haben Sie die beim Zoll angegeben?«

»Was?«

»Das Formular, zeigen Sie mir das Formular!«

»Welches Formular?«

»Sie dürfen nicht so viele Zigaretten einführen!«

»Mami, lass sie doch einfach liegen!« Bernd zerrte an meiner Hand.

»Wie, und das ist … alles?«

»Es sei denn, Sie hätten noch mehr nicht deklarierte Ware dabei?«

»Nur meine Kinder …«

»Die müssen Sie nicht verzollen.« Der Beamte lächelte über meine Naivität. »Das war ein langer Flug, was? – Wo soll's denn hingehen?«

»Nach Hause«, schluchzte ich, immer noch in Panik. »Bitte lassen Sie uns nach Hause!«

»Aber die Zigaretten müssen Sie noch deklarieren!«

Er schob mir ein Formular hin und wies mir einen Stuhl zu. »Einfach hier ausfüllen und unterschreiben.«

»Behalten Sie die Glimmstängel!«, schluchzte ich auf. »Wir wollen nur nach Hause!«

Der Zöllner warf seinem Kollegen einen vielsagenden Blick zu. Armes verwirrtes Frauchen, das hat wohl in Afrika zu viel Sonne abgekriegt.

»Ja, wenn das so ist …« Er zuckte grinsend die Achseln, nahm die Zigarettenpackungen und ließ sie dezent in einem Spind verschwinden.

»Bitte schön!« Der Zollbeamte wies uns den Weg in die Freiheit. Die milchige Glastür öffnete sich.

Wir fielen Gitta und Walter in die Arme wie Ertrinkende.

Gitta und Walter bewohnten ein Häuschen im Grünen in einem Vorort von Reutlingen. Für die beiden ewig Verliebten war das vollkommen ausreichend.

Sie hatten für uns »Platz gemacht«, und wir fühlten uns wie die Flüchtlinge damals im Krieg.

Mit angezogenen Beinen saßen wir auf dem Sofa, und unser schwäbisches Mundwerk stand nicht still.

»Du musst die Kinder sofort wieder hier einschulen«, erklärte mir Walter, der sich über unsere rechtliche Lage informiert hatte. »Wenn du die Kinder erst wieder krankenversichert und in der Schule angemeldet hast, kann Leo sie nicht so ohne Weiteres außer Landes bringen.«

Außerdem hatten meine treuen Freunde mir bereits einen Anwalttermin gemacht.

»Du musst sofort die Scheidung einreichen, das ist der wichtigste Schritt! Und beantrage sofort das alleinige Sorgerecht!« 1976 galt noch das Schuldprinzip.

Während die Kinder unter Gittas Obhut schliefen, brachte mich Walter zum Anwalt. Müdigkeit und Erschöpfung steckten mir noch in den Gliedern, und ich hatte keinen Bissen runtergebracht vor Aufregung, aber diese wichtigen Formalitäten duldeten keinen Aufschub.

Dr. Edmund Werner, ein netter älterer Herr, der mich noch aus meinen Kaltmamsell-Zeiten kannte, bekräftigte Walters Tipps und gab mir den gut gemeinten Rat, sofort Sozialhilfe zu beantragen. Je öffentlicher ich unsere Situation machte, umso mehr Zeugen hätte ich im Ernstfall auf meiner Seite. Dr. Werner sagte, er sei gern bereit, meine Scheidung zu übernehmen – mit Kohle-Wolf habe er ohnehin noch ein Hühnchen zu rupfen –, aber einen vierstelligen Vorschuss brauche er schon. Mir wurde ganz anders. Woher sollte ich bloß so viel Geld nehmen?

Auf dem Sozialamt saß eine Frau mit grauem Dutt, die mich verächtlich musterte.

»Sie sind also ein Flüchtling?«

»Ja, wenn man so will ...«

»Aus welchem Land sind Sie denn geflüchtet?«

»Aus Südwestafrika, aus Windhoek. Das ist Kriegsgebiet. Ich besitze nur das, was ich am Leib trage.« Und schon das war übertrieben: Der Anorak, die Mütze und der Schal gehörten Gitta.

»Oh. Ja, dann herzlich willkommen.« Die Frau musterte mich irritiert. Schließlich sprach ich mit schwäbischem Akzent, genau wie sie. »Wir haben hier ein Standard-Willkommensgeschenk für alle Flüchtlinge, egal aus welchem Kriegsgebiet sie kommen.«

Sie griff in eine Schublade und überreichte mir gönnerhaft zwei riesige Metalllöffel. »So, bitte schön. Willkommen im schönen Reutlingen.«

»Ähm ... was soll ich damit?« Ratlos drehte ich die Dinger hin und her.

»Kochen?«, schlug die Frau vor, die sehr zufrieden über ihr perfektes Willkommensgeschenk zu sein schien.

»Ich glaube, Sie verstehen die Situation nicht ganz«, unternahm ich einen Erklärungsversuch. »Wir sind ... mittellos. Komplett mittellos. Wir haben nichts zum Kochen.« Ich schüttelte meine Handtasche, in der sich noch ein paar Sandkörner aus unserem Garten befanden. »Ich habe kein Geld. Nicht einen Groschen. Und ich habe zwei Kinder, vierzehn und elf. Die schlafen gerade bei Freunden auf dem Sofa.«

»Dann gebe ich Ihnen einen guten Tipp!« Die Frau sah mich an, als würde sie mir ein wichtiges Geheimnis verraten. »Gehen Sie zum Wochenmarkt, und warten Sie, bis die Stände abgebaut werden.«

Sie sah auf die Wanduhr in ihrem Büro. »Sie haben Glück! Zwei Uhr! Da dürfen Sie alles, was am Boden liegt, aufsammeln und mitnehmen!«

Walter und ich sahen uns fassungslos an. Wollte sie uns auf den Arm nehmen?

»Und das ist alles, was Sie Frauen in Notsituationen anbieten?«, polterte Walter. »Zwei Kochlöffel und den Rat, Essensreste vom Boden aufzusammeln?«

»Das ist unser Standardprogramm für Flüchtlinge«, verteidigte sich die Beamtin beleidigt. »Ich finde, damit können Sie sehr zufrieden sein! Wo gibt es denn Lebensmittel im Überfluss?«

Walter regte sich immer mehr auf, aber ich zog den Empörten aus dem Rathaus.

»Walter, es fällt mir unglaublich schwer, das zu fragen, aber könntet ihr mir nur für den Anfang …?«

»Du meinst, Geld leihen?«

Ich biss mir auf die Unterlippe. Der Anwalt wollte mindestens tausend Mark Vorschuss, und ich musste ja auch was zu essen kaufen! Von Wohnung, Miete und Kleidung ganz zu schweigen! Tränen der Mutlosigkeit standen mir in den Augen.

Tapfer blinzelte ich sie weg.

»Mein liebes Mädchen«, sagte Walter und legte mir die Hände auf die Schultern. »Wir sind deine Freunde, Gitta und ich. Wir tun alles für dich. Nur Geld haben wir selbst keines. Und wie heißt es so schön? Geld verdirbt die Freundschaft.«

Er zeigte auf eine gelbe Telefonzelle, die vor dem Rathaus stand. »Ich gebe dir jetzt zwanzig Pfennig, und du rufst deine Eltern an.«

»Meine … *Eltern*?« Hatte Walter schon vergessen, dass sie bereits ihr einziges brauchbares Grundstück verkauft hatten, um meine Umzugskosten zu bezahlen? Ich konnte sie unmöglich noch einmal um Geld bitten! Vorher würde ich … ja was? Auf den Strich gehen? Wie tief sollte ich denn noch sinken?

Wie ein geprügelter Hund nahm ich die zwei Groschen von Walter entgegen und wählte die Nummer meiner Eltern. Mein Vater hob ab und meldete sich krächzend.

»Papa, hier ist die Gerti. Wir sind wieder da!« Ich musste schreien, weil mein Vater inzwischen fast taub war. Ich sah wieder vor mir, wie Sieglinde damals mit ihrem Baby vor der Tür gestanden war: »Papa, wir sind wieder da!« Wie er sie mit dem Schürhaken aus dem Haus geprügelt hatte. Aber ich hatte auch nicht vergessen, wie er mich vor der Familie Schratt gerettet, mich zu Tante Emmi gebracht und mir dabei versichert hatte, dass er mich liebe und er und meine Mutter von nun an immer für mich da seien.

»Gerti! Was hat das zu bedeuten?«

»Wir sind geflüchtet«, brach es aus mir heraus, und dann erzählte ich meinem Vater schluchzend, was uns in Afrika widerfahren war.

Ich sah, wie Walter fröstelnd von einem Bein aufs andere trat und immer wieder auf die Uhr sah, während er nervös eine Zigarette rauchte.

»Aber ihr dürft niemandem sagen, dass wir wieder da sind, erst recht nicht den Schwiegereltern«, bedrängte ich meinen Vater. »Die stehen sicherlich mit Leo in Verbindung!«

Inzwischen hatte meine Mutter den Hörer an sich gerissen.

»Die mussten ihr Haus verlassen und leben jetzt in einem Altersheim«, weihte sie mich ein. »Von Sozialhilfe. Das stand in der Zeitung: Die Eltern vom Kohle-Wolf nagen am Hungertuch. Papa und ich sind froh, dass es mit uns noch nicht so weit gekommen ist! Wir ackern noch Tag und Nacht!«

O Gott, was hatte Leo angerichtet! Wie viele geplatzte Träume hatte er auf dem Gewissen?

»Aber Gerti, du und unsere Enkel sollen nicht hungern müssen – nie mehr!«, schluchzte meine Mutter.

»Mädle, ich kann dir noch mal fünftausend Mark geben«, hörte ich meinen Vater dazwischenrufen. »Das Grundstück am Bach, auf dem die Apfelbäume stehen. Ein Bauer aus dem Dorf will es haben, und ich habe immer Nein gesagt, weil es unsere letzte Altersversorgung ist, aber …«

»Und das würdest du wirklich für mich tun, Papa?« Heftiges Schluchzen schüttelte mich. »Papa, ich schäme mich so …«

»Es ist doch für unsere Enkel, die Mama sieht das genauso.« Meinem Vater brach die Stimme. »Weißt, Mädle, wir sind einfach nur froh, dass du wieder da bisch.«

»Papa, ich werde mir hier sofort eine Arbeit suchen, und dann werde ich Tag und Nacht schuften und es dir auf Heller und Pfennig zurückzahlen …«

»Ist ja gut, Kind. Wenn eine arbeiten kann bis zum Umfallen, dann du.«

»Gerti? Bist du das?«

Die Verkäuferin bei Quelle starrte mich über ihren Brillenrand fassungslos an.

»Du bist ja noch viel dünner geworden … aber dafür tiefbraun! Warst du in Urlaub?«

»Ja, Bettina, ich bin's.« Beziehungsweise das, was von mir übrig ist, dachte ich beschämt. Ich war ein Nichts. Ein Niemand. Eine Obdachlose, die von Almosen ihrer Freunde lebte. Und die allen Ernstes auf dem Wochenmarkt Reste aufgesammelt hatte.

Bettina Serkenstiel kannte ich noch aus guten alten Zei-

ten. Ihre Kinder hatten mit meinen Jungs in der Krabbel-
gruppe gespielt. Sie saß im wahrsten Sinne des Wortes an der
Quelle.

»Frau Serkenstiel, bitte die NEUN!«, hallte es durch das
Kaufhaus.

Bettina missachtete die Lautsprecherdurchsage und beugte
sich neugierig vor.

»Wie ist es dir ergangen? Stimmt, du bist doch nach Afrika
ausgewandert?« Sie zog mich in eine ruhige Ecke. Wir sanken
auf die Wartebank vor den Umkleidekabinen. »Wenn ich ehrlich sein soll: Du siehst entsetzlich aus!« Bettina musterte
mich besorgt.

»So fühle ich mich auch, Bettina!« Schon wieder kämpfte
ich mit den Tränen vor Scham. Kurz und knapp erklärte ich
meiner früheren Freundin, was sich zugetragen hatte.

»Immerhin habe ich Bernd und Thomas sofort in Schwen-
dingen eingeschult«, seufzte ich. »Sie sitzen schon in der
Schule, haben aber keine Klamotten, nichts, keine Schulsa-
chen, keine Bücher … Außerdem sind es acht Kilometer vom
Haus meiner Freunde, bei denen wir vorerst untergekommen
sind … Sie brauchen ein Fahrrad…«

Bettina sah mich mitleidig an. »Mannomann, ich habe
noch nie was von deinem Kohle-Wolf gehalten«, entfuhr es
ihr. »Viele der anderen Krabbelgruppenmütter haben dich
um den beneidet, weil der so toll aussah und Geld hatte, aber
ich …« Vehement schüttelte sie ihre rote Lockenpracht.

»Ein Fahrrad?«, kam ich auf den Grund meines Besuchs
zurück.

»Du kannst bei mir anschreiben lassen«, sagte Bettina hilfsbereit. »Kein Problem. Such dir zwei Räder aus.«

Schon zog sie mich am Ärmel hinter sich her und stellte

zwei komplette Schulausrüstungen zusammen. Ich wusste gar nicht, wie ich Bettina danken sollte.

»Frau Serkenstiel, bitte die NEUN!«, kam es wieder aus dem Lautsprecher.

»Ja, gleich«, sagte Bettina gelassen. »Gerti, ich weiß, dass du das Geld bis auf den letzten Pfennig bezahlen wirst«, unterbrach Bettina mein hilfloses Gestammel. »Ich kenne dich und weiß, dass du eine ehrliche Seele bist.«

»Ach, Bettina, was würde ich bloß ohne dich machen?«

»Dafür sind alte Freunde da!«, sagte Bettina aufmunternd. »Frau Serkenstiel, bitte die NEUN!«

Bettina schleuste mich diskret zur Kasse und tippte eine furchterregend lange Zahlenkolonne ein, bis endlich das erlösende »Ping« ertönte. »Das macht insgesamt dreihundertsechsunddreißig Mark und vierundachtzig Pfennige.«

Ich schloss die Augen und atmete tief durch. »Das zahle ich dir noch vor dem ersten Mai zurück. Ich schwör's!«

»Lass dir Zeit. Bis Juli kann ich hier anschreiben. Ich versteh mich gut mit der Chefin.«

»Frau Serkenstiel, bitte die NEUN!«

»NOCH«, sagte Bettina und verdrehte genervt die Augen.

»Entschuldige, dass ich dich von deiner Arbeit abhalte …«

»Gerti, du musst dich nicht entschuldigen!«

»Danke, Bettina!« Ohne dass ich etwas dagegen tun konnte, kamen mir schon wieder die Tränen. »Geht schon wieder. Aber so tief muss man erst mal sinken, dass man auf dem Markt die Tomaten vom Boden aufsammeln muss …«

»Ach, Gerti, wenn ich mich daran erinnere, was du über deine Kindheit erzählt hast …« Bettina steckte mir ein Taschentuch zu. »Damals ging es dir schlechter als jetzt. Du hast immerhin Schuhe und eine Jacke an!«

»Gehören mir nicht«, flüsterte ich beschämt.

»Egal«, sagte Bettina. »Wenn es eine schafft, dann du!«

Ich entwickelte einen fast schon unheimlichen Kampfgeist. Mit meinen knapp fünfundvierzig Kilo machte ich mich auf Arbeitssuche, direkt nachdem Thomas und Bernd am nächsten Morgen mit ihren neuen Fahrrädern zur Schule gefahren waren. Ich werde etwas finden, beschwor ich mich selbst. Ich gebe nicht auf, ich schaffe das, ich habe schon so viel geschafft, und meinen Kindern wird kein Haar gekrümmt werden.

Ich lief an einem Kindermodengeschäft vorbei. Ein Schild hing im Fenster: »Verkäuferin gesucht!« Hier hatte ich früher oft eingekauft. Ralf Meerkötter, der Besitzer, kannte mich als treue und solvente Kundin. Eine halbe Stunde später hatte ich den Job.

Ich blieb gleich da, krempelte die Ärmel hoch und begann zu arbeiten. Schon bald war ich ganz in meinem Element. Die Menschen, die mich erkannten, drehten sich nach mir um und tuschelten: »Ist sie das nicht? Die Frau vom Kohle-Wolf? Ist sie wieder zurück?«

Walter hatte eine Zweizimmerwohnung in einem benachbarten Wohnblock für uns gefunden und half mir beim Einrichten. Er montierte mir Regale, schleppte drei einfache Bettgestelle an, einen Tisch, drei Stühle und ein Sofa.

Die Kinder teilten sich ein Zimmer und fanden das gemütlich, und ich hatte eines für mich. Sie fragten nicht nach Südafrika. Dafür waren sie viel zu sehr mit ihren neuen Freunden beschäftigt und mit ihrer neuen Fußballmannschaft, die sich abends zum Bolzen im Garagenhof der Siedlung traf. Der Frühling zog ins Land, die Abende wurden länger und milder, auf der Teppichstange vor dem Küchenfenster saß eine nimmermüde Amsel, deren Gesang mir Zuversicht einflößte. Ich würde es schaffen. Ich wollte meinen Kindern ein schönes Zuhause schaffen und würde wie eine Löwin dafür kämpfen. Der Anwalt kümmerte sich um die Scheidung und konnte mir guten Gewissens Hoffnungen machen:

»Sie haben gute Chancen, Frau Wolf. Sie haben alles richtig gemacht. Nur weiter so!«

Als wir endlich wieder einigermaßen festen Boden unter den Füßen hatten, fasste ich mir nach einigen Wochen ein Herz und rief die Schwiegereltern im Altersheim an. Sie fielen aus allen Wolken, als sie meine Stimme hörten.

»Gerti! Was hast du nur angerichtet! Der Leo sucht euch überall!«

»Ich würde euch gern besuchen und euch alles erklären!«

Zuerst hatte ich Mühe, ihr Vertrauen zurückzugewinnen. In der Version, die Leo ihnen erzählt hatte, war *ich* die Ehebrecherin, die Leo die Kinder weggenommen hatte. *Ich* hatte ihr Geld verjubelt, und *mir* war es zu verdanken, dass das Haus verpfändet war.

»Du musst sofort nach Afrika zurück und zu deinem Mann halten«, forderten mich die enttäuschten alten Leute auf. »Jetzt wo es politisch und wirtschaftlich schwierig wird, kannst du ihn doch nicht einfach im Stich lassen!«

Aber als sie meine Version der Geschichte hörten, änderten sie ihre Meinung.

»Da hat der Junge eine andere Frau in Afrika?« Mein Schwiegervater schüttelte fassungslos den Kopf. »Und noch zwei kleine Kinder mit ihr?«

»Marion«, sagte ich düster. »Alexander und Benjamin.«

»Unser Sohn hat ein Doppelleben geführt?« Ursula saß blass auf einer Gartenbank vor dem Altersheim und biss sich auf die Unterlippe. »Er hat dich nach Afrika gelockt, obwohl er dort längst eine zweite Familie gegründet hatte?«

»Wir haben noch zwei weitere Enkel? Die hat er uns verschwiegen? Und das Haus in Reutlingen hat er schon lange vor deiner Abreise der Bank überschrieben? Er hat uns also sehenden Auges in die Obdachlosigkeit schlittern lassen?«

»Und das, obwohl wir damals zweihunderttausend Mark aus unserer Lebensversicherung beigesteuert haben.« Ursula wischte sich immer wieder verstohlen die Tränen ab. »Dass mein eigener Sohn uns so etwas angetan hat…«

»Und uns hat er eingeredet, du seist an allem schuld!«

Die Schwiegereltern waren untröstlich. »Nun schau, wo wir gelandet sind! Wir leben von der Sozialhilfe!«

»Tja«, sagte ich traurig. »Wie man sich in einem Menschen doch irren kann. Auch ich stehe mit nichts auf der Straße. – Aber was zählt, sind Bernd und Thomas.«

Liebevoll nahm ich Ursulas Arm. »Hauptsache, wir sind wieder zusammen. Wie früher. Wir waren doch ein unschlagbares Team!«

Die Schwiegereltern hatten dafür nur ein trauriges Lachen übrig. »Wir dachten, wir hätten unser ganzes Glück Leo zu verdanken! Was haben wir den Jungen vergöttert!«

»Wir haben in ganz Reutlingen mit ihm angegeben, waren so stolz auf ihn.«

»Und dann die mitleidigen Blicke unserer früheren Kunden aus dem Lotto-Geschäft, als wir ins Altersheim übersiedeln mussten. Was für eine Schande das war!«

»Das Haus wurde zwangsversteigert, die Mieten gleich gepfändet, und die Pachterträge aus dem Lotto-Geschäft gingen sofort an das Finanzamt, sonst hätten wir noch eine Klage wegen Steuerhinterziehung an der Backe gehabt.«

»Ja, Leo konnte sehr überzeugend sein.« Fröstelnd rieb ich mir die Oberarme. »Die ganze Stadt ist auf ihn reingefallen! Und diese bedauernswerte Marion auch.« Mir tat die Frau inzwischen leid. Ob sie sich auch mit Fluchtgedanken trug? Ob sie zu ihrem Joachim nach Hannover wollte? Mit zwei Kindern, die gar nicht von ihm waren?

»Hauptsache, wir haben euch wieder, das ist das Wichtigste.« Die Schwiegereltern betrachteten liebevoll ihre Enkel, die wie wild mit ihren neuen Fahrrädern in der Parkanlage herumsausten.

»He, Kinder, nicht so wild!«, mahnte ich schwach.

»Ach, Mama, mach dir keine Sorgen! Wir sind Weltmeister im Rennradfahren!« Bernd vollführte eine Vollbremsung und ließ uns seine meterlange Bremsspur bestaunen. Dann riss er das Vorderrad hoch wie bei einem scheuenden Pferd. »Habt ihr das gesehen? Toll, was?«

»Die Jungs hatten solche Sehnsucht nach euch!«, beteuerte ich aufrichtig. »Es verging kein Tag, an dem sie in Afrika nicht von euch gesprochen haben!«

»Und wir hatten schon geglaubt, wir hätten euch für immer verloren«, schluchzte Ursula. »Aus den Augen, aus dem Sinn ...«

»Als ich gesagt habe, wir gehen gar nicht ins Autokino, sondern wir fliegen zu Oma und Opa, hättet ihr mal ihr Freudengeheul hören sollen!«

Bernd und Thomas ließen ihre Fahrräder auf den Rasen fallen und umarmten ihre geliebten Großeltern. Deren Herzen schmolzen wie die letzten Schneereste in der Sonne.

»Und jetzt muss ich wieder bei null anfangen«, sagte ich seufzend und hielt mein Gesicht Trost suchend in die wärmende Frühlingssonne. »Das wievielte Mal eigentlich?«

»Wir glauben an dich, Gerti.« Der Schwiegervater klopfte mir anerkennend auf die Schulter. »Du bist ein Stehaufmädchen.«

Nach diesem Besuch haben die Schwiegereltern jeden Kontakt zu ihrem Sohn abgebrochen. So enttäuscht waren sie von ihm. Was für eine bittere Erfahrung muss das für liebende Eltern sein!

Ich hatte Spaß an meiner Arbeit. Meine liebe Gitta stand mir immer zur Seite, wenn es darum ging, sich um die Jungen zu kümmern, und schon nach einem halben Jahr konnte ich nicht nur meine Schulden bei Quelle zurückzahlen, sondern auch mithilfe eines günstigen Kredits eine Vierzimmerwohnung in einem Wohnblock im Grünen kaufen. Wieder halfen mir Gitta und Walter beim Einrichten. Wir Frauen nähten Vorhänge und tapezierten mit Feuereifer, während Walter mit den Jungs bohrte, dübelte und Schränke aufbaute. Mit seiner Bohrmaschine tauchte er nach Feierabend und an den Wochenenden regelmäßig bei uns auf, und ich beglückte wieder alle mit meinen berühmten Schnittchen.

Es ging uns viel schneller wieder gut als befürchtet. Mein Vater hatte tatsächlich sofort sein letztes Grundstück zu Geld gemacht, sodass ich mithilfe dieser fünftausend Mark die nötigen Einrichtungsgegenstände kaufen konnte.

»Die Kinder brauchen doch jedes ein eigenes Zimmer, so wie früher«, hatte mein Vater gesagt. Ich fand das so rührend, dass ich weinen musste.

Wie anders war er nun als Großvater! Ich hatte damals nicht nur kein eigenes Zimmer gehabt, ich hatte auch kein eigenes Bett, keinen Platz am Tisch und keine eigenen Schuhe besessen! Aber meine Kinder sollten es besser haben.

Es brach mir das Herz, dass meine Eltern wegen dieser Afrikageschichte ihre Landwirtschaft aufgeben mussten, aber sie trösteten mich mit den Worten, dass sie froh und glücklich über unsere gesunde Rückkehr seien und ihnen damit auch eine große Last genommen sei: Die Landwirtschaft sei letztlich eine ziemliche Plackerei gewesen, beide Eltern sehnten sich nach einem bescheidenen Rentnerdasein. Sie zogen sich in ihr winziges Häuschen zurück und freuten sich darüber, dass sie uns einen Neuanfang ermöglichen konnten.

Zu meiner unglaublichen Freude kam nach Monaten mein ganzer Schmuck per Post aus Südwestafrika. Die Farmersleute Willem und Carola hatten Wort gehalten! Ich verkaufte ihn ohne jede Reue – im Gegenteil! Von dem Geld konnte ich wesentlich nützlichere Dinge kaufen. Zu Tränen gerührt war ich, als in einem riesengroßen Paket unsere Federbetten aus Windhoek kamen! Meine Freundinnen hatten sie liebevoll verpackt und dazugeschrieben, dass wir im kalten Deutschland bestimmt warme Gänsedaunen brauchen könnten.

Über Leo verloren sie kein einziges Wort.

Ich war froh, dass ich es geschafft hatte. Ich war frei. Ich war selbstständig. Ich war glücklich. Ende gut, alles gut – dachte ich.

26

»Schon wieder dieses Tatütata!«, bemerkte eines Tages Ralf Meerkötter, mein Chef im Kindermodengeschäft. »Man kann sich ja gar nicht konzentrieren! Frau Wolf, machen Sie das hier mit den Kinderpullöverchen?«

»Ja, gern.« Sofort zog ich mir die Leiter heran, um die neu angekommene Ware nach Größen und Farben sortiert in die oberen Regale zu falten. »Der Laden liegt halt in einer belebten Gegend«, sagte ich und sah auf die Spiegelglatze meines Chefs herunter. »Unser deutsches Martinshorn habe ich in Windhoek fast schon vermisst.«

»Dort haben die Unfallwagen wahrscheinlich einen ganz anderen Ton«, murmelte Ralf Meerkötter, der inzwischen schon wieder in seine Abrechnung vertieft war.

»Ja, das stimmt. Mehr so ein Jaulen, und hier ist es ein bestimmtes Tonintervall.«

»Eine Quart, Frau Wolf. Eine Quart.« Ralf Meerkötter war im Männergesangsverein und kannte sich mit solchen Sachen aus. Geduldig kontrollierte er die Lieferscheine. »Hatten wir die Strickpullunder bis Größe 164 oder bis Größe 170?«

»Moment, ich schau mal nach...« Vorsichtig zog ich die Leiter zwei Regale weiter... »Nein, nur bis 164. Soll ich nachbestellen?«

»Schon wieder das Martinshorn!« Ralf Meerkötter richtete

sich auf und spähte aus dem Fenster. »Gerade ist der Unfallwagen noch in Richtung Krankenhaus gefahren, und jetzt rast
er wieder zurück. Das hat nichts Gutes zu bedeuten.«

»Die Mädchenhosen mit den aufgenähten Taschen … Auf
den Bügel hängen oder ins Regal falten?«

»Bügel«, sagte Herr Meerkötter zerstreut. »Nehmen Sie die
kleinen Plastikbügel, im Lager ist noch eine ganze Kiste davon.«

»Was hat es denn zu bedeuten?« Eine Kinderhose unters
Kinn geklemmt, sah ich meinen Chef fragend an.

»Na ja, das bedeutet, dass der Unfall so schwer war, dass sie
den Fall in Reutlingen nicht behandeln können. Jetzt fahren
sie den armen Teufel nach Tübingen in die Unfallklinik.«

»Oh.« Betroffen kletterte ich von der Leiter und suchte im
Lager nach den Plastikbügeln.

»Ich kann mir gar nicht vorstellen, was hier Schlimmes
passieren kann.«

»Na ja, ne Schießerei wie bei Ihnen in Windhoek können
wir wohl ausschließen«, murmelte Ralf Meerkötter. »Das
muss ein grässlicher Autounfall gewesen sein.«

»Oder vielleicht ein Herzinfarkt?« Mit den Plastikbügeln
bewaffnet, starrte ich nun auch aus dem Fenster. Der Unfallwagen raste mit gefühlten zweihundert Stundenkilometern
direkt an unserem Laden vorbei.

»Nee, nee, das ist ein außergewöhnlich schlimmer Unfall.
Alles andere nehmen sie hier in Reutlingen an.« Ralf Meer-
kötter schüttelte betrübt den Kopf. »Ich mach mal kurz Pause.
Kriegen Sie das mit der Lieferung allein auf die Reihe?«

»Klar doch, Chef!«, sagte ich. »Machen Sie sich um den
Unfall nicht zu viele Gedanken. Es betrifft uns ja nicht.« Nach
diesen Worten widmete ich mich wieder dem Falten und

Einsortieren der Kinderhosen und hing meinen Gedanken nach.

Bis mich die Türglocke des Ladens aufschreckte. Vor mir standen zwei Polizisten.

»Frau Wolf?«

»Ja?« Mein Herz hämmerte. Die beiden sahen nicht so aus, als wollten sie Kinderkleidung kaufen. In ihren ernsten Gesichtern stand tiefes Mitgefühl.

Mir wurden die Knie weich. Bitte nicht, lieber Gott. Bitte nicht!

»Ihr Sohn Bernd hatte einen schlimmen Verkehrsunfall«, sagte der Ältere so sachlich wie möglich.

Mein Bernd. Mir sackten die Beine weg. Automatisch ließ ich mich auf die Leiter hinter mir sinken. Mein Mund war völlig ausgetrocknet.

»Was ist passiert?«

»Er ist mit dem Fahrrad in die Straßenbahnschienen geraten und von einer Straßenkehrmaschine erfasst worden. Ihr Sohn wurde über zwanzig Meter auf den Schienen mitgeschleift.«

Ich spürte, wie mir alles Blut aus dem Gesicht wich.

Sofort kam Ralf Meerkötter aus seinem Büro im hinteren Ladenteil. »War das das Martinshorn vorhin?«

Der Polizist nickte. »Ja. Ihr Sohn konnte in Reutlingen nicht operiert werden. Sie haben ihn in die Unfallklinik nach Tübingen gebracht.«

Mein Bernd war also der »besonders schwere Fall«, der »arme Teufel«, mit dem wir heute Morgen Mitleid gehabt hatten?

»O Gott«, brachte ich mit Mühe hervor. »Nicht mein Bernd.« Nicht nach allem, was war! Wie durch Watte fühlte ich Ralf Meerkötters Hand auf meiner Schulter.

»Ist er … bei Bewusstsein?«, hörte ich seine Stimme wie aus weiter Ferne.

»Der Junge stand unter Schock, als er unter der Straßenkehrmaschine hervorgeholt wurde«, fuhr der Polizist fort. »Er rief immer wieder: ›Meine Zähne, meine Zähne!‹«

Ich schlug die Hände vors Gesicht, um nicht laut zu schreien.

»Seine Oberlippe wurde komplett weggerissen«, murmelte der Beamte tief betroffen. »Es wird eine größere Transplantation vorgenommen, soviel ich weiß, haben sie vom Gesäß …«

Nein, das stimmt alles nicht. Das war bloß ein schlimmer Albtraum. Mein armer Bernd.

»Ist er … Kann ich?« Ich musste würgen, konnte unmöglich weitersprechen. Ralf Meerkötter reichte mir ein Glas Wasser, das ich zitternd an die Lippen hielt. Ich verschüttete die Hälfte davon.

»Nein«, schrie ich verzweifelt. »Nein, nicht mein Bernd!«

Es reicht jetzt mit Schicksalsschlägen!, dachte ich. Warum schleckt der Junge da vorn ein Eis, und meiner hat kein Gesicht mehr?

Ich heulte wie ein verwundetes Tier.

»Es tut uns so leid, Frau Wolf!«

Ich versuchte aufzustehen, war aber mit der Leiter verwachsen. Die Stimmen der Polizisten erreichten mich nur bruchstückhaft. »Seit vier Stunden in Tübingen operiert. Das ist im Moment alles, was …«

Ich weiß nicht, wie lange ich noch brauchte, um die Hiobsbotschaft zu erfassen.

Ralf Meerkötter rief meine beste Freundin Gitta an, und kurz darauf stand sie leichenblass da und fuhr mich mit dem Wagen nach Tübingen. Kopflos rannten wir zur Notaufnahme.

Man ließ uns aber nicht zu Bernd. Er wurde immer noch operiert. Man konnte uns noch nichts sagen. Wir saßen die ganze Nacht im Gang.

Bis wir die Nachricht erhielten, dass Bernd die schwere Operation überstanden hatte.

Als ich meinen kleinen Jungen dort liegen sah, den Kopf bandagiert, Arme und Beine eingegipst, grün und blau am ganzen Körper, konnte ich einen Entsetzensschrei nicht unterdrücken. Die ganze Nacht lang hatte ich mir vorgestellt, wie er wohl aussehen würde, aber so einen Anblick hatte ich mir nicht ausmalen können. Von meinem fröhlichen Bernd war nur noch ein Häufchen Elend übrig. Er hing an Schläuchen und Apparaten, die Angst machten. Die mitleidigen Blicke der Ärzte und Krankenschwestern sprachen Bände. Acht Stunden hatte die Operation gedauert. Aus seinem Gesäß hatte man Hautpartien transplantiert. Aber das war erst die erste Notoperation gewesen, viele weitere würden folgen. Bernd würde für immer entstellt sein. Mich schüttelte ein Weinkrampf. Ich hatte so viel mitgemacht, so viele Ängste ausgestanden, so viele Schläge eingesteckt, Hunger gelitten, geschuftet und ums Überleben gekämpft wie ein Tier. Aber jetzt wollte ich nicht mehr.

Gitta redete mir gut zu. »Du musst stark sein vor dem Jungen!«, beschwor sie mich eindringlich. »Lass dich jetzt nicht gehen!«

»Der arme Junge, der arme, kleine Junge! Was hat er denn getan, dass er so leiden muss?«, wimmerte ich. »Er hat doch wirklich schon genug hinter sich.«

Aber Gitta hatte recht. Mein Bernd würde spüren, wenn ich aufgab, und das kam nicht infrage.

»Gerti, du bist eine Löwenmutter, das hast du bewiesen!

Du musst ihm jetzt Kraft geben!« Energisch bugsierte Gitta mich zur Tür hinaus.

»Der Junge will keine Nahrung aufnehmen«, murmelte der Chefarzt ratlos, als ich Tage später bei ihm im Zimmer saß. »Sie müssen Ihren Jungen dazu bringen, dass er Nahrung zu sich nimmt. Das können nur Sie als Mutter.«

Drei Tage und drei Nächte wich ich nicht von Bernds Krankenbett, saß einfach nur da, hielt seine Hand und redete ihm gut zu.

Mit einem Strohhalm versuchte ich meinem Jungen pürierte Nahrung einzutrichtern – vergeblich.

»Wir versuchen ihn jetzt seit drei Tagen zu ernähren, aber er verweigert sozusagen die Mitarbeit.« Der Chefarzt war genauso verzweifelt wie ich. »Er hat keinen Lebenswillen mehr«, teilte er mir traurig mit. »Er lässt keinen Tropf an sich heran, ich bin langsam ratlos.«

»O Gott, Herr Doktor, so tun Sie doch irgendwas! Zwingen Sie ihn zum Essen!« Das musste ausgerechnet ich sagen, die ich selbst nur noch Haut und Knochen war.

»Er stirbt uns noch unter den Händen weg!« Der Chefarzt schüttelte müde den Kopf. »So was habe ich noch nicht erlebt! Der kleine Patient hat sich komplett aufgegeben!«

Ich schluchzte verzweifelt. »Herr Doktor, meine Kinder sind alles, was ich noch habe! Sie *müssen* ihn durchbringen!«

Der Chefarzt war selbst völlig übermüdet und erschöpft. »Ich habe keinen Zugang zu ihm. Fragen Sie ihn, was wir noch für ihn tun können. Ich möchte den Jungen wirklich nicht verhungern lassen, aber ich weiß mir auch keinen anderen Rat mehr. Wenn er nicht leben will, können wir ihn nicht dazu zwingen.«

Wäre Thomas nicht gewesen – ich hätte mich gleich zum

Sterben dazugelegt. Verzweifelt eilte ich zurück auf die Intensivstation, wo Bernd in seinem Bett lag und apathisch an die Decke starrte.

»Bernd«, stammelte ich, »Liebling! Du darfst dich nicht aufgeben! Ich brauche dich doch!«

Keine Antwort. Nur das Piepen der Überwachungsgeräte war zu hören.

Verzweifelt blinzelte ich die Tränen weg. »Wer hat mir denn so tapfer beigestanden bei unserer Flucht? Wer hat mir denn gesagt, ich bin bei dir, wir schaffen das?«

Aus Bernds Auge quoll eine Träne.

»Bernd! Schatz! Was kann ich für dich tun, dass du weiterleben willst?« Ich beugte mich über ihn und küsste ihm die Träne aus dem Augenwinkel.

Mein Junge gab einen Laut von sich, und ich hielt mein Ohr über das Loch, das einmal sein Mund gewesen war.

»Bernd, sag es mir. Ich tue alles, wirklich alles für dich! Womit kann ich dich ins Leben zurückholen?«

Bernd versuchte, etwas zu flüstern, eine Silbe, die gar keinen Sinn ergab, die er aber unablässig wiederholte. »Bah … bah …«

»Bitte Bernd, ganz langsam. Noch mal. Ich habe dich nicht verstanden.«

Und dann kam seine Antwort, dahingehaucht wie von einem sterbenden Tier, und ich brauchte eine Weile, bis ich sie in ihrer ganzen Tragweite begriff:

»Papa.«

27

Leo Wolf kam mit der nächsten Maschine aus Windhoek. Das passte ihm ganz ausgezeichnet, denn dort hatte er auch nur Scherben hinterlassen und entkam so einer frustrierten Marion ebenso wie seinen erzürnten Gläubigern. Er bezog ein Bett in Bernds Zimmer und hatte dort zwei Monate lang Vollpension, denn so lange dauerte es, bis Bernd die Krise überwunden hatte. Im Krankenhaus war Leo Wolf der große Held. Er galt als vorbildlicher Vater, der in Afrika alles hatte stehen und liegen lassen, um seinem Sohn das Leben zu retten.

Wenn ich direkt von der Arbeit kam, mit selbst gekochtem, püriertem Essen im Henkelmann, schien ich die innige Vater-Sohn-Wohngemeinschaft im Krankenhaus nur zu stören. Unser Sohn Bernd baute wieder ein ganz enges Verhältnis zu Leo auf, denn der war ja Tag und Nacht an seiner Seite, während ich Geld verdienen musste und dazu keine Zeit hatte. Meine Besuche fanden abends statt, und Leo bequemte sich nicht mal zur Tür hinaus, wenn ich mal mit meinem Sohn allein sein wollte. Es war zum Verrücktwerden! Da saß der wohlgenährte Leo zufrieden in seinem Bett, mit mehreren Kissen im Rücken und hochgelegten Beinen, und ließ sich von mir bedienen, genau wie früher. Ich durfte frische Wäsche bringen und mit den schmutzigen Schlafanzügen und Socken wieder abziehen. Das Allerschlimmste daran war, dass ich Bernd sein

»Fremdgehen« noch nicht mal verübeln konnte! Ich musste ja froh sein, dass er überhaupt wieder Lebensmut geschöpft hatte und bereit war, trotz seiner Entstellungen weiterzuleben. Endlich hatte sein Vater Zeit für ihn, zum ersten Mal in seinem Leben, das nun an einem seidenen Faden hing! Da konnte ich doch nicht eifersüchtig sein oder gar beleidigt und seinen frech grinsenden Vater zum Teufel jagen!

Nein, ich musste dankbar sein. Das hörte ich auch immer wieder von den ahnungslosen Ärzten und Krankenschwestern. Ich konnte ihre verständnislosen Blicke förmlich spüren: Was, den tollen Typen will sie verlassen? Einen Mann, der immer gut drauf ist und sich so liebevoll um seinen Jungen kümmert? Was ist bloß mit dieser Frau los? Die muss doch einen Dachschaden haben!

Aber das war noch nicht alles.

Als Bernd endlich entlassen wurde, stand er mit seiner Krücke und seinen Blessuren Arm in Arm mit Leo vor dem Krankenhaus und forderte: »Der Papa soll wieder bei uns einziehen!«

Da war ich sprachlos. Das durfte doch nicht wahr sein! Da musste ich mich wohl verhört haben. So weit würde Leo nicht gehen. So unverschämt war nicht mal er.

Doch Leo grinste breit und sagte: »Wenn es dir nichts ausmacht, Gertilein!«

Ich holte tief Luft und hätte ihn am liebsten angebrüllt: »Aber es *macht* mir was aus, du Arschloch! Du hast mein Leben zerstört, und wir leben in Scheidung!«

Stattdessen fiel mein Blick auf das zusammengeflickte Gesicht meines tapferen Jungen, der mich hoffnungsvoll ansah. »Gell, Mami, dann sind wir wieder eine Familie! Ich hab dem Papi schon erzählt, dass wir jetzt wieder eine Vierzimmerwohnung haben – und wir sind doch vier! Für jeden ein Zimmer!«

Der Kerl schien zu begreifen, dass Mami nicht mehr mit Papi ein Schlafzimmer teilen wollte. Aber es gab doch Kompromisse! Sein flehentlicher Blick ging mir durch Mark und Bein.

Konnte ich meinem tapferen Bernd diesen Herzenswunsch abschlagen?

Ich ballte die Fäuste, bis meine Knöchel weiß hervortraten. Nein, irgendwo musste doch Schluss sein. Alles bekam mein Junge von mir, aber Leo Wolf würde nicht wieder Einzug in mein Leben halten!

Nervös griff ich zur Zigarette und starrte Leo wütend an, der mir galant Feuer gab. Wir hatten ja reichlich Publikum. Alle Farbe war aus meinem Gesicht gewichen. Dass er es wagte! Der Chefarzt, der zum Abschied mit nach draußen gekommen war, tätschelte mir aufmunternd den Arm. »Alles, was zur Genesung Ihres Kindes beiträgt, sollte unbedingt erfolgen! Bernd braucht jetzt stabile Verhältnisse. Und außerdem muss sich ja jemand um ihn kümmern, während Sie arbeiten, nicht wahr? Sein Vater hat sich als Pfleger wirklich bewährt. Also, springen Sie über Ihren Schatten, gnädige Frau.«

Ach ja, Herr Doktor? Vielleicht noch ein kleiner Versöhnungsbeischlaf mit meinem Mann? Wie schmierig sollte diese Heile-Welt- Komödie denn noch werden? Ich reagierte nicht, und der Arzt runzelte die Stirn.

Nur keinen Schmerz zeigen jetzt. Keine Trauer. Keine Wut. Zäh bleiben, den Hintern zusammenkneifen und die Zähne zusammenbeißen. Ich schaffe das. Ich wachse daran. Es bringt mich nur weiter.

Ich ging zu Gittas kleinem Auto, das sie mir für diesen Tag

extra zur Verfügung gestellt hatte, damit ich Bernd mit seinen Krücken abholen konnte.

»Dann bitte ich die Herrschaften einzusteigen.«

Leo kletterte zu unserem kleinen Patienten auf den Rücksitz und schnallte ihn so sorgfältig an, dass es auch wirklich jeder mitkriegen musste. Er winkte gönnerhaft aus dem Autofenster und zwinkerte seiner drallen Lieblingskrankenschwester noch schelmisch zu. Fehlte nur noch, dass er ihr seine – meine! – Telefonnummer zugesteckt hatte!

Unser Zusammenleben war alles andere als harmonisch. Wie mein Mann da in meinem neuen Zuhause in »seinem« Sessel lehnte und darauf wartete, von mir bedient zu werden! Ich konnte Leos feiste Visage nicht mehr ertragen. Im Kampf um die Kinder musste ich notgedrungen den Kürzeren ziehen, war ich doch ständig am Putzen, Kochen und Arbeiten. Mir gefror immer öfter das Lächeln im Gesicht, während er immer zu Scherzen aufgelegt war oder am Telefon hing. An meinem Telefon, dessen Rechnung ich bezahlen musste! Und ihm fielen immer neue Dreistigkeiten ein: Als ich eines Abends von Arbeit und Einkauf nach Hause kam, wurde ich von einem riesigen Hund angesprungen, der hechelnd kundtat, dass er der neue Mitbewohner sei.

»Juhu, Mutti, Überraschung!«, kam es aus der Küche. »Wir haben einen Hund.«

Ich hatte mich noch nicht von dem Schreck erholt, da hatte der Köter bereits das frische Brot im Maul, das ich unterm Arm gehabt hatte.

Schwanzwedelnd trug er seine Beute in die Küche, während sich meine Söhne über mein verstörtes Gesicht totlachten.

»Oh, Mami, wenn du wüsstest, wie komisch du aussiehst!«

In Leos Augen sah ich Spott glimmen. Er lehnte mit verschränkten Armen in der Tür und sagte: »Die Jungs haben ihren früheren Hund so vermisst, da dachte ich, ich schenk ihnen einen neuen.«

»Du schenkst ihnen … von welchem Geld denn?«

»Das ist Erwin, Mama, wir haben ihn aus dem Tierheim. Ist der nicht süß? Der Papa hat ihn uns erlaubt!«

»Euer Vater wohnt hier nicht wirklich«, zischte ich zwischen den Zähnen hervor. »Der sucht sich am besten eine eigene Wohnung.«

»Wir sollten diese Scheißwohnung hier verkaufen und uns ein anständiges Haus kaufen«, belehrte mich Leo. »Dann ist das mit dem Hund auch überhaupt kein Problem.«

»Diese Scheißwohnung?«, brüllte ich. »In der ich dir Unterschlupf gewährt habe, obwohl wir in Scheidung leben?«

»Sei doch nicht immer so hysterisch«, wiegelte Leo ab und schlug mit der Hand auf die Zeitung. »Ich habe hier einen todsicheren Deal! Ein Haus am Stadtrand, für uns alle!«

»Ja!«, riefen die Kinder begeistert. »Dann wird alles so wie früher!«

»Spinnst du?«

»Du bist ja noch kreditwürdig, Gertilein! Ich habe mich schon erkundigt, dein Arbeitgeber meinte, er kann sich für dich bei der Bank verbürgen!«

»Ich höre wohl nicht richtig!«, keifte ich ihn an. »Mein Arbeitgeber geht dich überhaupt nichts an!«

»Oh, Mami, du bist so gemein!«

»Dann bin ich eben gemein«, schrie ich. »Aber dieser Hund kommt zurück ins Tierheim, und der Papa kann meinetwegen nach Timbuktu auswandern!« Natürlich gingen Bernd und Thomas stinksauer in ihre Zimmer.

Und auch in mir tobte eine blinde Wut. Ich wusste nur eines: Dieser Leo Wolf hatte nichts mehr in meinem Leben zu suchen. Keinen Tag, keine Stunde, keine Minute.

Ich würde mich scheiden lassen. Und zwar sofort.

»So, Ihre Frau ist also fremdgegangen.« Der Richter sah streng über seine Brillengläser hinweg und musterte mich wie eine Schwerverbrecherin. Ich schüttelte fassungslos den Kopf. Der Richter sah Leo forschend an: »Können Sie das beweisen?«

»Ja, natürlich. Und deshalb beantrage ich das alleinige Sorgerecht für die Kinder und natürlich einen angemessenen Unterhalt von meiner Frau.« Leo lehnte sich siegesgewiss zurück. »Damit ich weiterhin Zeit mit den Kindern verbringen kann.«

Mir wich alles Blut aus dem Gesicht. »Ich bin nicht …«

»Psst!«, machte mein Anwalt, der inzwischen mehrere vierstellige Raten Vorschuss von mir erhalten hatte, und legte seine Hand auf die meine.

Aber ich *war* doch nicht fremdgegangen! Genau andersherum war es gewesen! Wie kam Leo nur auf die grenzenlose Unverschämtheit, so etwas zu behaupten? Ich schluckte trocken. Warum half mir denn keiner? Warum saßen denn alle hier und ignorierten mich?

Leos Lächeln hatte wieder dieses Raubtierhafte. »Natürlich kann ich das beweisen, Euer Ehren. Sie ist sogar mit drei Männern gleichzeitig fremdgegangen.«

Er und sein Verteidiger steckten die Köpfe zusammen, und kurz darauf wurden die »Belastungszeugen« in den Saal geführt.

Ich erstarrte und traute meinen Augen nicht: Das waren doch die drei Kerle vom Schiff! Elmar, Peter und Rudi. Die drei Eintänzer, die mich so bedrängt hatten! Mir fiel der

Unterkiefer herunter. Wo kamen die denn her? Das war eine Verschwörung! Ein Komplott gegen mich, ein abgekartetes Spiel!

Genau das rief ich auch verzweifelt in den Raum, aber mein Anwalt gebot mir zu schweigen.

»Und hier, Euer Gnaden, haben wir auch noch die Beweisfotos …« Leos Verteidiger zog einige Fotos aus einem braunen Umschlag und reichte sie zum Richterpult. »Hier sieht man Frau Gerti Wolf mit Herrn Elmar Schwarz …«

Der Richter betrachtete mit gerunzelter Stirn das Foto und reichte es mir.

Ich war in stürmischer Umarmung mit Elmar zu sehen, meine Bluse war schon halb zerrissen, mein Rock hochgeschoben, eine eindeutig zweideutige Situation! Aber ich hatte doch nie … Wo war das überhaupt aufgenommen worden? Ach ja, vor dem Fotostand, auf dem Schiff! Als Elmar mich quasi überfallen hatte! Einer seiner Kumpels musste die Situation festgehalten haben. Mir wurde schlecht. Das war also alles … inszeniert gewesen. Verzweifelt versuchte ich, mir Gehör zu verschaffen. »Das Ganze ist eine einzige Schmierenkomödie!«, rief ich mit bebender Stimme. »Das sieht man doch, dass ich sexuell belästigt wurde!«

Der Richter schlug mit seinem Hämmerchen auf das Pult. Weitere Fotos machten die Runde.

»Stimmt das, meine Herren? Hatten Sie mit dieser Dame … sexuellen Kontakt?«

»Ich habe sie ganz bestimmt nicht sexuell belästigt oder gar vergewaltigt«, sagte Elmar. »Die hat alles freiwillig gemacht. Sie lacht doch, sehen Sie selbst!«

O Gott, das waren die Fotos vom Bordfotografen! Von dem Kostümfest und der Äquatorüberquerung. Die ich schon damals hatte vernichten wollen! Sie sahen wirklich … peinlich aus. Ich war als Squaw verkleidet, saß halb nackt auf Elmars Schoß und lachte aus vollem Hals.

»Sie hat sich uns ja regelrecht an den Hals geworfen«, behaupteten alle drei. »So sind viele allein reisende Kreuzfahrerinnen! Die wollen halt was erleben!«

»Aber das stimmt doch gar nicht!«

»Und das, obwohl sie die Kinder dabeihatte! Aber das hat sie nicht gestört. Die haben zugeschaut!«

»Und zwar wo und wann?«, fuhr der Richter ihm in die Parade.

»Auf der MS *Europa*. Bei der Überfahrt nach Südwestafrika im Jahr 1975.«

»Können Sie das beschwören?«

»Natürlich. Auf die Bibel, oder wie …?« Elmar sah sich fragend um.

»Es reicht, wenn Sie uns eine eidesstattliche Erklärung …«, rief Leos Anwalt aus dem Hintergrund.

»Aber das stimmt nicht«, wandte ich hilflos ein. »Ich wollte doch nur tanzen!«

»Psst! Frau Wolf! Verstimmen Sie den Richter nicht!« Wieder zupfte mich mein Anwalt am Ärmel.

Währenddessen bezichtigten mich die drei der ehelichen Untreue und unterschrieben eine Erklärung. Den enttäuschten Blick des Richters werde ich nie vergessen. »So war das nicht«, flüsterte ich mit letzter Kraft. »Er hat mich auf seinen Schoß gerissen, nur für das Foto! Und auf diesem da hat er mich fast vergewaltigt! Ein Ehepaar hat es gesehen!«

»Können Sie das Ehepaar als Zeugen beibringen?«, fragte der Richter streng.

»Nein«, sagte ich kleinlaut. »Ich weiß ja nicht mal seinen

Nachnamen. Aber ich kann es beschreiben: Er hatte einen Stock und sie eine Handtasche.«

Der Richter schüttelte genervt den Kopf.

Die drei »Gentlemen Hosts« lachten.

Leo lehnte sich grinsend in seinem Stuhl zurück und verschränkte die Arme. Na bitte!, sagte sein zufriedener Blick. Ich kriege alles, was ich will.

Ich war fassungslos. Er hatte diese Burschen bestellt gehabt! Um für später Beweisfotos gegen mich in der Hand zu haben! Und diese Schweine hatten ganze Arbeit geleistet.

Ich würde schuldig geschieden werden. Leo würde die Kinder bekommen. Und ich würde für ihrer aller Unterhalt schuften müssen.

Nein, nein, nein! Diesmal würde ich nicht stillhalten, dulden, einstecken! Diesmal nicht! Es reichte!

Der Richter vertagte die Sitzung, um uns Gelegenheit zum Sammeln von Gegenbeweisen zu geben.

»Vielleicht treiben Sie das Ehepaar mit dem Stock und der Handtasche doch noch auf«, sagte der Richter zu mir. »Das wäre in Ihrem Interesse, gute Frau.«

Leo Wolf, signalisierte ich ihm mit stummen Blicken, die nur noch Giftpfeile waren. Jetzt bist du zu weit gegangen.

Die Kinder kriegst du nicht.

Du wirst es nicht schaffen, mir das Einzige zu nehmen, wofür es sich noch zu leben lohnt.

Du wirst es nicht schaffen, das schwöre ich dir.

Bernd war mein Retter.

Trotz mehrerer Umzüge hatte er nach wie vor die Adresse des liebenswürdigen Kapitäns, mit dem er damals Briefmarken tauschen wollte. Ich telefonierte mit der Reederei, und eines Tages hatte ich den Mann an der Leitung. Er erinnerte sich noch an mich! Und an die schmierigen Kerle, die er eigenhändig an Land gesetzt hatte! Dieser Kapitän war ein Ehrenmann. Er kam eigens nach Tübingen gereist, um in der inzwischen dritten Instanz vor dem Richter zu beeidigen, dass die drei Burschen von ihm an Land gesetzt und der Polizei übergeben worden waren, weil sie sich unmöglich verhalten hatten. Sie hatten mich sexuell belästigt. Der Kapitän bezeugte, dass ich mit besagtem Ehepaar und mit zerrissenem Kleid bei ihm auf der Kommandobrücke aufgetaucht war, um mich über die Kerle zu beschweren.

Beim Anblick des Kapitäns gingen die drei »Gentlemen Hosts« in die Knie. Plötzlich legten sie ein kleinlautes Geständnis ab.

»Herr Wolf hat uns auf seine Frau angesetzt!«

»Wir sollten sie in Verlegenheit bringen!«

»Er hat uns die Reise spendiert, unter der Bedingung, dass wir möglichst viele kompromittierende Fotos mit seiner Frau zustande bringen!«

Der Richter hatte inzwischen die Faxen dicke von Leos Lügerei. »Ab jetzt weht hier ein anderer Wind, Herr Wolf! Sie müssen sich schon an die deutschen Gesetze halten, und Bestechung, Korruption und Falschaussagen sind hier strafbar!«

Dermaßen massiv unter Druck gesetzt, gab mein Mann schließlich zu, die drei Musketiere für je dreitausend Mark »gekauft« und für meine Rufschädigung engagiert zu haben.

»Und warum haben Sie das getan?«, herrschte der Richter ihn an. »Warum?«

»Weil ich mich meiner Frau entledigen, aber die Söhne haben wollte.«

Die Herren vom Gericht schnaubten fassungslos. Selbst

sein eigener Anwalt war sprachlos. So viel Kaltblütigkeit und Gerissenheit waren ihm noch nicht untergekommen.

Doch die Gegenpartei gab immer noch nicht auf.

Leos nächster Vorwurf lautete, ich hätte ihn »böswillig verlassen« und die Kinder aus Afrika »entführt«. Doch den konnte ich dank meines Abschiedsbriefs entkräften. Wie klug doch meine Freunde gewesen waren, darauf zu bestehen, dass ich ihn Leo aufs Kopfkissen legte! Wie ein Schulkind hatte ich ihn kurz vor unserer Flucht ins Reine geschrieben!

In dem Brief hatte ich sämtliche Schweinereien aufgelistet, die Leo sich zuschulden hatte kommen lassen: seine Zweitfamilie mit Marion, der Alkohol, die Schulden, das Wegnehmen der Pässe, die Freiheitsberaubung.

Endlich hatte der Albtraum ein Ende. Zumindest auf dem Papier. Leo verlor den Scheidungsprozess haushoch und wurde noch dazu verurteilt, mir und den Kindern Unterhalt zu zahlen. Die Kinder bekam ich zugesprochen. Er hatte lediglich ein Besuchsrecht, samstags alle vierzehn Tage, und auch das nur unter der Auflage, dass jemand vom Jugendamt dabei war.

Leo schäumte vor Wut. Weniger wegen der Kinder, sondern weil er verloren hatte.

Leo war ein schlechter Verlierer. Ab sofort hetzte er mir das Jugendamt auf den Hals. Mit einer der Damen, mit der er die Samstagnachmittage verbrachte, hatte er sich schnell angefreundet.

Jede Woche tauchten Beamte bei uns auf, inspizierten die Wohnung, schauten in die Kinderzimmer, Schränke und Kommoden und befragten die Kinder, ob es ihnen auch gut ginge. Meist endete dieser Besuch mit einem gemütlichen Kaffeetrinken in meiner Küche. Alle waren ganz begeistert von meinen Mutter- und Hausfrauenqualitäten. Trotz meiner

Ganztagsstelle war bei mir immer alles picobello. Und so zogen die Herrschaften vom Jugendamt nach einigen Monaten unverrichteter Dinge wieder ab.

Ich ballte die Fäuste. Zwei zu null für mich, Leo!

An ihren Geburtstagen durften die Jungs richtig ausgelassene Partys feiern; Leo erschien auch, aber er trug keinen Pfennig dazu bei. Tische und Stühle wurden beiseitegeräumt, der Teppich zusammengerollt, und dann wurde Tanzmusik aufgelegt. Ich war Discjockey und Kaltmamsell in einem. Wir lachten und hatten eine Menge Spaß. So verbrachte ich meine Wochenenden.

Wenn ich morgens um sieben zur Bushaltestelle ging, um zu meinem Kindermodengeschäft zu fahren, stand bereits das Frühstück für die jungen Herren auf dem Tisch. Das Mittagessen stand auf dem Herd und der Kuchen für den Nachmittag im Backofen. Im Grunde war ich dabei, mir gleich zwei neue verwöhnte Leos heranzuziehen und hätte eigentlich jetzt schon Mitleid mit ihren zukünftigen Ehefrauen haben müssen. Aber ein fast beängstigender Ehrgeiz hatte mich erfasst: Sie sollten Leo nicht vermissen. Sie sollten nicht noch mal nach ihm fragen. Und das taten sie auch nicht.

Drei zu null für mich, Leo!

Leo hatte sich inzwischen einer anderen Frau zugewandt. Sein Kapital war immer noch sein gutes Aussehen und sein Charme. Es war eine vermögende Witwe mit Eigenheim, die ihm zum Opfer fiel. Bei ihr saß er nun im Sessel und sah fern. Den ganzen Tag. Als »politischer Flüchtling« bekam er Sozialhilfe und ließ sich ansonsten von der Witwe durchfüttern. Ich konnte darüber nur lächelnd den Kopf schütteln.

Sein Auszug war dramatisch genug verlaufen: Trotz ausgesprochenem Scheidungsurteil und Schuldspruch für Leo hatte er sich geweigert, meine Wohnung zu verlassen! Im Gegenteil, er hatte sogar versucht, sie zu verkaufen und das Geld in neue Geschäfte zu investieren! Er hatte die Dreistigkeit besessen, meinen Chef um eine Bürgschaft auf meinen Namen zu ersuchen! Während ich eine Telefonrechnung über tausendachthundert Mark bekam: Er hatte jeden Tag von meiner Wohnung aus mit Südafrika telefoniert – mit seiner dortigen Frau und seinen Gläubigern. Das war der Gipfel der Unverschämtheit! Ich musste zahlen, und er hockte wie die Made im Speck und weigerte sich, aus meiner hart erarbeiteten Wohnung auszuziehen! Weil er doch schließlich ein politischer Flüchtling sei und nicht wisse, wohin!

Und was war *ich*, bitte schön? Und durch wessen Schuld? Nur dass ich in die Hände gespuckt und einen Job hatte, während Leo Wolf sich wieder auf Kosten anderer durchs Leben schummelte.

Ich hatte mir nicht anders zu helfen gewusst, als meinen Vater um Hilfe zu bitten. Der tobte vor Wut, reiste sofort an und lieferte sich ein lautstarkes Wortgefecht mit Leo. Ich konnte gerade noch die Kinder außer Hörweite bringen. Mein Vater war zwar alt und schwach, aber sein Hass auf Leo war so groß, dass er mit dem Stock auf ihn losging.

Leo brüllte, er habe doch keine Ahnung von der großen weiten Welt, und es sei doch nur zu unserem Besten, wenn er die Wohnung zu Geld mache, das er dann wieder in Geschäfte investiere. Mein Vater sei doch nur ein dummer Kleinbauer, der sein Leben lang von der Hand in den Mund gelebt hätte! Er, Leo Wolf, habe es schließlich zu was gebracht!

Wie es mein Vater letztlich geschafft hat, Leo aus der Wohnung zu prügeln, weiß ich nicht. Tatsache ist: Als ich mit den Kindern zurückkam, war er weg. Mein Vater saß leichenblass in der Ecke. Wenig später starb er beim Apfelpflücken auf seinem winzigen Grundstück. Ein Nachbar fand ihn tot im Garten.

Ich stand auf seiner Beerdigung und war längst mit ihm versöhnt. Er hatte vieles wiedergutgemacht und konnte hoffentlich in Frieden sterben.

Nun musste sich meine arme Mutter allein durchschlagen. Nachbarn halfen ihr zurechtzukommen.

Unser Alltag war zu turbulent, als dass ich mich um sie hätte kümmern können. Der Laden boomte, und die Kinder brauchten mich nach wie vor: Erster Liebeskummer, erste blaue Briefe, erste Sorgen, ob sie versetzt würden, zerrten an meinen Nerven.

Nachdem sich die Kindermode verkaufte wie warme Semmeln, bot Ralf Meerkötter, mein Chef, mir an, eine weitere Abteilung mit Damenmoden zu eröffnen.

Es gab einen großen Um- und Anbau, und anschließend hatte ich meine eigene Abteilung, ja wurde sogar am Umsatz beteiligt. Jede Mark, die ich so zusätzlich verdienen konnte, steckte ich in Sparbücher für die Ausbildung meiner Söhne. Nie wieder sollte es jemand wagen, meine Qualitäten als Ernährerin meiner Familie infrage zu stellen. Inzwischen arbeitete ich oft bis zweiundzwanzig Uhr im Laden. Meine Kundinnen waren selbst berufstätig und kamen mit ihren Sonderwünschen für Änderungen erst nach Feierabend zu mir ins Geschäft. Mit dem letzten Bus hetzte ich abends nach Hause, räumte auf, machte die Wäsche, putzte das Bad, wo ich inzwischen auch schon mal lange blonde oder schwarze Haare fand, und begann manchmal noch um Mitternacht, zu kochen und zu backen.

An mich selbst dachte ich schon lange nicht mehr. Nach höchstens drei, vier Stunden Schlaf sprang ich schon wieder aus dem Bett.

So machte ich es jahrelang. Zäh wie Leder und stolz wie eine Königin. Ich brauchte keinen Leo. Weder zum Mann noch zum Feind. Ich wollte nur noch meine Jungs in Würde großziehen. Damals wog ich zweiundvierzig Kilo und hatte Kindergröße 164.

28

»Du, Mama, das richtet sich jetzt nicht gegen dich, also bleib mal locker – aber ich hab beschlossen, ich ziehe zum Papa.«

Bernd, *mein* Bernd, für den ich alles getan hatte, stand lässig vor der Garage und wischte sich die ölverschmierten Hände an einem Lappen ab. Eine Art rötlicher Stoppelbart war inzwischen über seine Narben gesprossen. Er reparierte gerade sein Fahrrad, das zugegebenermaßen nicht mehr den Ansprüchen meines inzwischen siebzehnjährigen Sohnes entsprach.

Mir blieb die Luft weg. Bestimmt hatte ich mich da verhört. »Bitte was?«

Bernd war inzwischen zwei Köpfe größer als ich und sah fast mitleidig auf mich herab.

»Ja echt, Mama, guck dir diese Rostmühle hier doch mal an!« Bernd trat verächtlich gegen seinen Drahtesel. »Damit will ich nicht noch mal auf die Fresse fallen.«

»Aber Bernd! Was ist denn das für ein Vokabular? Und was hat das überhaupt mit deinem Vater zu tun?«

»Wenn ich zu ihm ziehe, hat der Papa gesagt, schenkt er mir ein Motorrad.«

Da hatte es Leo also nach Jahren wieder geschafft, meinem Jungen einen Floh ins Ohr zu setzen! Erst der Hund, und jetzt ein Motorrad? Bernd würde in wenigen Wochen achtzehn, da konnte er selbst bestimmen, wo er wohnen wollte.

Leo hatte die Witwe mit Eigenheim inzwischen geehelicht. Ein kluger Schachzug von ihm. Sein Haus lag viel zentraler als unser Mietwohnblock. Bernds bester Freund wohnte gleich in der Nachbarschaft. Ein größeres Zimmer, ein Motorrad, ein Vater mit coolen Sprüchen und noch mehr Versprechungen, der bester Freund gleich hinterm Gartenzaun: Jungenherz, was willst du mehr!

Ich ließ die Einkaufstüten fallen, schleppte mich wie eine uralte Frau die Treppen hoch und ließ mich noch im Mantel auf einen Küchenstuhl sinken. Ich konnte nicht mehr.

»He, Mama, jetzt mach doch nicht so'n Drama draus.« Bernd war mitsamt den Einkaufstüten nachgekommen und knallte sie vorwurfsvoll auf den Tisch. »Ich hab doch gesagt, das richtet sich nicht gegen dich!«

»Aber das tut es!«, flüsterte ich fassungslos. »Ich habe jahrelang alles für euch getan …« Meine Stimme bebte bedenklich.

»Och, Mama, bitte nicht *diese* Platte«, jammerte Bernd genervt. »Ich hab echt geglaubt, du bist cool, aber Papa hat ganz recht, du wirst sofort hysterisch!« Wütend schlug er mit der flachen Hand gegen den Türrahmen. »Ich werde jetzt achtzehn und kann selbst über mein Leben bestimmen!«

»Ich bin nicht hysterisch!«, schrie ich und griff nach meinen Zigaretten. »Ich habe nur Tag und Nacht geschuftet, damit ihr es schön habt, und das ist jetzt der Dank …« O Gott, ich wollte es nicht sagen, aber es brach einfach aus mir heraus.

»Aber bei Papa ist es eben schöner!« Bernd steckte trotzig die Hände in die Hosentaschen. »Das musst du leider zugeben, Mama! Der hat eine Terrasse, auf der man grillen kann und außerdem …«

»Außerdem … was?«

»… hat er deutlich mehr Zeit für mich.«

»Der Papa arbeitet nicht!«

»Na und? Das ist doch nicht mein Problem!«

Ich biss mir auf die Unterlippe. Jedes Wort, das nun fiel, würde verletzend sein, und das wollte ich nicht. Dazu fehlte mir einfach die Kraft. Mit ohnmächtiger Wut musste ich feststellen, dass Leo Wolf auch noch Jahre nach dem Scheidungsprozess am längeren Hebel saß. Obwohl er keinen Pfennig Unterhalt bezahlt hatte. Obwohl er jeden Menschen nur ausgesaugt hatte.

Er würde auch die Kinder aussaugen. Er würde sie zerstören.

»Der Papa sagt, er macht eine Motorradreise mit mir, wenn ich zu ihm ziehe! Nur wir zwei, über die Alpen!« Bernd sah mich aus zusammengekniffenen Augen an. »So ganz enge Kurven, in die man sich reinlegen kann …«

»Bernd, du hattest einen fürchterlichen Unfall!«

»Was hat das denn damit zu tun? Willst du mich jetzt in ein Glashaus sperren oder was? Du wirst mir das doch nicht versauen, bloß weil du Stress mit Papa hast?«

Müde schüttelte ich den Kopf. »Nein, das werde ich dir nicht versauen, Bernd.« Ich sah ihm traurig in die Augen, und er konnte meinem Blick nicht standhalten.

»Hach, jetzt tu doch nicht so!« Bernd ging zum Gegenangriff über. »Ich bin ein Mann und will nicht länger von dir verhätschelt werden!«

»Klar.« Ich beschwor mich, nicht loszuheulen. Nicht, solange Bernd hier in der Küche stand.

»Also wenn du nichts dagegen hast, gehe ich dann jetzt.« Bernd drückte mir einen flüchtigen Kuss auf die Stirn. »Auf die paar Wochen bis zu meinem Geburtstag kommt es ja wohl auch nicht mehr an.«

»Nein.« Er hatte offensichtlich schon gepackt.

»An meinem Geburtstag bin ich mit Papa über alle Berge!« Mich durchfuhr ein stechender Schmerz. Ich hatte bereits eine Überraschungsparty geplant und heimlich all seine Freunde eingeladen. Sogar die Familie Meyer mit seiner Jugendliebe Claudia, die inzwischen wieder in Deutschland lebte, wollte eigens aus Kiel anreisen. Sie hatte ihm ständig Liebesbriefe geschrieben, sogar ins Krankenhaus. Es wäre das erste Wiedersehen seit der Flucht geworden! Kurz überlegte ich, ob ich Bernd vor die Wahl stellen sollte, beschloss dann aber zu schweigen. Bernd war wild entschlossen zu gehen. Der Besuch der Meyers konnte warten. Bernd war einfach noch nicht reif genug dafür. Claudia würde fürchterlich enttäuscht sein.

»Also tschüs, Mama, trag es mit Fassung, ja? Ich melde mich.«

Ich zuckte zusammen, als die Wohnungstür ins Schloss fiel. Mein Bernd war weg.

Drei zu eins, dachte ich. Drei zu zwei, nein drei zu drei: Motorrad, Villa, Reise. Dagegen kam ich nicht an. Innerhalb von fünf Minuten war meine jahrelange Knochenarbeit völlig umsonst gewesen. Nun hatte ich nur noch Thomas. Aber wie lange noch?

Als Thomas vom Fußballplatz nach Hause kam, saß ich immer noch im Mantel in der Küche. Sein Blick glitt über die unausgepackten Einkäufe.

»Wieso ist das Essen nicht fertig?« Hungrig griff er in eine Tüte, zog einen Apfel heraus und biss hinein. »Und wo ist Bernd? Er wollte doch nachkommen! Er hat in meiner Mannschaft gefehlt, so ein Mist! Wir haben verloren!«

»Er ist zu seinem Vater gezogen.«

»Was? Und das hast du erlaubt?«

Thomas kickte seine Fußballschuhe in die Ecke. »Wenn der Bernd das darf, will ich das auch!«

Müde schaute ich zu meinem fünfzehnjährigen Sohn hoch, dessen Haar nach dem Training in alle Himmelsrichtungen abstand. Wie gern hätte ich ihm einmal über den Kopf gestrichen, wusste aber, dass das absolut unmöglich war.

»Thomas, du musst bei mir bleiben, sonst habe ich doch niemanden mehr!«

»Mama, das ist voll ungerecht! Ich will auch zu Papa! Er hat gesagt, wenn ich zu ihm ziehe, bekomme ich ein Moped!«

»Du bist ja noch nicht mal sechzehn!«, wandte ich müde ein.

»Aber ich *werde* sechzehn, und wenn der Bernd vor seinem Geburtstag gehen durfte, will ich das auch!«

»Und wie es mir damit geht, ist dir egal?«

»Och, Mama! Jetzt mach doch nicht einen auf Mitleid! Du hast doch sowieso keine Zeit! Du bist doch mit deinem Weibermodekram beschäftigt!«

»Und wenn ich mir ab sofort mehr Zeit nehme?«, wimmerte ich wie ein Kind.

»Kriege ich von dir trotzdem kein Moped.« Thomas biss krachend in den Apfel.

»Nein«, sagte ich leise. »Und zwar weil ich Angst um dich hätte. Bernds schrecklichen Unfall habe ich noch nicht vergessen.«

»Und deshalb muss *ich* ein Weichei sein, oder was?!« Thomas zielte mit dem Apfelstrunk auf den Abfalleimer. Er landete natürlich an der sauberen Wand.

Ein Wort gab das andere. Ich appellierte an seine Vernunft, an seine Loyalität – vergeblich.

»Der Papa ist cool, er hat Zeit für uns, er hat eine Villa, er schenkt mir ein Moped, und wo Bernd ist, da will ich auch sein.«

Eine halbe Stunde später war auch Thomas weg.

Wie ein Roboter arbeitete ich weiterhin in meinem Kinder- und Damenmodengeschäft. Nun blieb ich abends bewusst bis nach zweiundzwanzig Uhr im Laden, zu Hause wartete schließlich niemand mehr auf mich. Meine Kundinnen wussten das sehr zu schätzen, und natürlich auch Ralf Meerkötter, mein Chef. Während der Arbeit dachte ich unermüdlich an meine Jungs, die nun motorisiert unterwegs waren. Ich betete, dass ihnen nichts passierte, denn das würde ich nicht noch einmal überleben. Wenn sich zwei Polizisten dem Laden näherten, glaubte ich, der Boden unter meinen Füßen täte sich auf. Wenn ein Martinshorn zu hören war, blieb mir fast das Herz stehen. Abends fuhr ich zurück in meine leere Wohnung. Niemand hatte nasse Handtücher auf die Erde geworfen, in der Spüle standen keine schmutzigen Teller, alles war genauso unberührt wie morgens, wenn ich das Haus verließ! Das Essen gewöhnte ich mir endgültig ab. Es lohnte sich einfach nicht, nur für mich selbst einzukaufen und zu kochen. Ich ernährte mich von Kaffee und Zigaretten.

Es war eine trostlose, fürchterliche Zeit. Einmal bediente ich die Witwe, die Leo geheiratet hatte, im Laden. Sie brauchte ein Kleid in Größe vierundvierzig. Vorsichtig erkundigte ich mich nach den Jungen.

»Es geht ihnen bestens«, sagte sie. »Haben Sie das Kleid auch in Größe 46?«

Meine Mutter hatte Krebs und konnte sich nun nicht mehr selbst versorgen.

Meine Schwester Sieglinde nahm sie bei sich auf. Sie hatte inzwischen vier halbwüchsige Kinder und arbeitete in der Bäckerei, und ich kam fast um vor schlechtem Gewissen.

Aber ich konnte mich unmöglich um meine Mutter kümmern, nicht bei meinem Beruf.

»Sieglinde, du hast bei mir was gut«, sagte ich beschämt ins Telefon. »Danke, dass du dich um die Mama kümmerst.«

Nach einem halben Jahr bimmelte die Glocke an der Ladentür, und mein großer erwachsener Bernd stand in Motorradkluft vor mir. Sein Gesichtsausdruck war ernst und bedrückt.

Bitte, lieber Gott, ging es mir durch den Kopf. Bitte lass jetzt nichts mit Thomas sein!

»Die Oma liegt im Sterben!«

»Welche Oma?«

»Die Oma aus Glatten. Tante Sieglinde hat in der Wohnung angerufen, ich war gerade zufällig da, weil ich etwas holen musste. Tante Sieglinde sagt, die Oma ruft die ganze Zeit nach dir!«

Ralf Meerkötter hatte bereits den Kopf durch die Tür gestreckt. »Ach, Frau Wolf, Sie Arme!«, sagte er bedauernd. »Fahren Sie ruhig, fahren Sie zu Ihrer Mutter, ich gebe Ihnen drei Tage frei.«

Wieder rief ich meine Freundin Gitta an, um sie um ihr Auto zu bitten. Sie bot mir sofort an, mich zu Sieglinde nach Heidelsheim zu fahren und mir beizustehen, damit ich mich in Ruhe von meiner Mutter verabschieden konnte. Eine wundervolle Freundin!

Bernd stand mit gesenktem Kopf da und starrte auf seinen Motorradhelm. »Dann wünsch ich dir eine gute Reise, Mama. Und sag Gitta liebe Grüße!« Seine Stimme zitterte.

Behutsam strich ich ihm über die bärtige Wange, wozu ich mich auf die Zehenspitzen stellen musste. »Und, geht's dir gut, mein Junge?«

»Na ja ...«, druckste er herum und schaute auf den Fußboden. »Ich war eigentlich nicht zufällig in der Wohnung, weil ich etwas holen wollte.«

»Sondern?« Geistesabwesend hielt ich nach Gitta Ausschau. Das Lotto-Geschäft war nicht weit von hier. Ich zwang mich, meinen Jungen anzusehen. »Was ist, Bernd?«

Bernd hob den Kopf und sah mich an. »Ich wollte eigentlich wieder einziehen.«

Mir blieb die Luft weg. »Was? Aber wieso denn das?«

»Ja. Und Thomas auch.«

Aha. In meinem Innern tat sich nichts. Mein Herz machte keinen Freudensprung, kein Triumphgefühl wollte sich einstellen.

»Ist es denn bei Papa und der Witwe nicht schön?«

»Es ist die Hölle, Mama! Der Papa sitzt nur rum, säuft und schreit die Witwe an. Er macht seine krummen Geschäfte, die Motorräder sind Schrott, und über die Alpen ist er mit mir auch nicht gefahren. Claudia Meyer hat mir geschrieben, dass sie mich an meinem Geburtstag treffen wollte, aber der Papa hat gesagt, ich soll die Schlampe nicht wiedersehen!« An dieser Stelle kamen ihm die Tränen. »Der Papa ist so ein Arschloch ...«

Da sagte er mir nichts Neues. Ich fühlte mich plötzlich unsäglich alt. Draußen hupte Gittas gelber Kleinwagen. Vor dem Laden war Halteverbot.

»Bernd, Liebling, ich muss jetzt gehen«, sagte ich.

»Ist klar, Mama. Ist jetzt wohl kein so guter Zeitpunkt ...«

Ich suchte in meiner Handtasche. »Hier sind fünfzig Mark. Die Wohnungsschlüssel hast du ja noch.«

»Es ist also okay, wenn Thomas und ich …?«

»Natürlich.«

»Und du bist uns auch gar nicht böse?«

Ich sah Sieglinde vor mir, wie sie damals von den Eltern verjagt worden war. Mein Blick erfasste wieder Bernds zerknirschtes Jungengesicht. »Macht euch was Leckeres zu essen«, sagte ich. »Pizza ist in der Tiefkühltruhe.«

Es war kurz nach neun Uhr abends, als Gitta und ich endlich bei der Dorfbäckerei in Heidelsheim vorfuhren. Meine Schwester Sieglinde riss die Tür auf. Sie sah gefühlte hundert Jahre älter aus als ich, und ihr Gesicht war rot verweint.

»Oh, Sieglinde, sag, wo ist sie …?«

Ich rannte ihr sofort entgegen, während Gitta am Auto wartete.

»Ihr seid leider drei Stunden zu spät.« Sieglinde breitete die Arme aus, und ich ließ mich hineinsinken. »Sie hat es hinter sich.«

»O Gott!«, schrie ich. »Mama! Ich wollte mich doch noch von dir verabschieden!«

Heftig schluchzend gingen wir ungleichen Schwestern eng umschlungen ins Haus. Gitta folgte uns dezent. Die vier fast erwachsenen Kinder kamen aus ihren Zimmern und begrüßten uns schüchtern. Eine Tochter hatte ein Baby auf dem Arm. Automatisch streckte ich die Hände danach aus und liebkoste es. Es war ein Mädchen. Plötzlich dachte ich wieder daran, wie ich Sieglindes kleines Mädchen damals an mich gedrückt hatte. Wie hatte meine Mutter damals ihr Herz nur so verschließen können? Nun schlug es nicht mehr, dieses verhärtete Herz. Nun war es kälter denn je.

Zögernd näherte ich mich dem Totenbett.

Meine Mutter lag bleich und wächsern in einem abgedunkelten Zimmer. Ihr Gesicht hatte friedliche Züge angenommen. Ich nahm ihre Hand, aber sie war nur noch eine leere Hülle.

Mit einem Mal wurde mir bewusst, dass ihr Leben ein einziger Kampf gewesen war. Sie hatte nie die Chance gehabt, glücklich zu sein. Von ihrer Geburt bis zu ihrem Tod hatte sie sich tapfer durchs Leben gequält. Das Ende war dann der furchtbare Krebs gewesen, der sie ein Jahr lang von innen aufgefressen hatte. Und dennoch – oder gerade deswegen – wirkte sie erlöst. Befreit.

»Oh, Mutter«, schluchzte ich verzweifelt. »Jetzt habe ich dich in deiner letzten Stunde im Stich gelassen!«

»Ja, sie hat seit drei Tagen nach dir gerufen«, sagte Sieglinde. »Aber wir haben uns noch ausgesprochen, Mutter und ich. Sie hat mir noch versichert, wie unendlich leid es ihr getan hat, dass wir eine so schlimme Kindheit hatten. Dass sie uns keine Wärme und Liebe geben konnte, weil sie selbst nie welche erfahren hat.«

»Hauptsache, sie konnte in deinen Armen einschlafen«, sagte ich schließlich und drückte Sieglinde dankbar den Arm. »Sie war nicht allein in der Stunde ihres Todes.«

»Nein, das war sie nicht …« Sieglinde schnäuzte sich heftig, schob uns in die Küche und servierte uns Tee und Kuchen. »So nehmt doch, greift doch zu!« Auffordernd schob sie uns den Kuchen hin.

Sie war eben eine richtige Bäckerin. Ich selbst wollte natürlich nichts essen, nur rauchen. Ich lächelte sie warmherzig an. Mir hatte meine Mutter schon vor Jahren gesagt, dass es ihr leidtat, damals an Weihnachten in unserem schönen Reutlinger Haus in der Badewanne, und ich war schon lange mit ihr versöhnt. Es war gut, dass Sieglinde und sie auch noch zueinandergefunden hatten.

Wir halfen Sieglinde bei den Formalitäten für die Beerdigung und im Laden, so gut wir konnten, bis wir uns endgültig von meiner Mutter verabschiedeten.

»Und sie wollte mich wirklich besuchen?«

»Ja, Bernd. Damals zu deinem achtzehnten Geburtstag. Aber du warst damals so wild entschlossen, zu deinem Vater zu ziehen und mit ihm über die Alpen zu fahren …«

»Warum hast du mich nicht daran gehindert?« Bernd stand in der Küche meiner Wohnung und zeigte mir einen weiteren Brief von Claudia.

»Mein Sohn, manchmal ist es besser, seine Kinder ihre eigenen Erfahrungen machen zu lassen.« Ich wies mit dem Kopf auf den Brief. »Was steht denn drin?«

»Dass sie nach Amerika gehen will! Dort gibt es einen Typen, der sie heiraten will! Aber Mama, ich liebe sie doch!«

»Dann hol sie zurück!«

»Mama, meinst du echt?«

»Junge, worauf wartest du noch?« Ich zückte einen Hundertmarkschein. »Setz dich in den Zug, fahr nach Kiel und sag ihr, dass du sie liebst!«

»Mama. Ich will sie heiraten. Sie ist meine große Liebe.«

»Ich weiß.«

»Ich habe sie nie vergessen.«

»Sie dich auch nicht. Sie hat dir immer wieder geschrieben.«

Ich wandte den Kopf ab. Auch das war Leos Schuld. Bei unserer überstürzten Flucht damals hatten sich die Kinder nicht vernünftig verabschieden können. Als sie dann endlich volljährig waren und sich hätten sehen können, hatte Leo Bernd noch einmal mit leeren Versprechungen in seine Fänge gelockt.

Aber die Liebe dieser Kinder war stärker.

»Meinst du, sie will mich noch?«

»Ich weiß, dass sie dich will.« Lächelnd sah ich Bernd nach, der sich im Eilschritt davonmachte, um noch den Nachtzug nach Kiel zu erwischen.

Leo war inzwischen von der Witwe geschieden und hatte sie ausgesaugt, wie alle Menschen vor ihr. Er lebte von Hartz IV, hatte auf Kosten des Steuerzahlers bereits mehrere Entziehungskuren gemacht, verbrachte seine Tage aber dennoch trinkend vor dem Fernseher. Seine Eltern waren mittlerweile auch gestorben.

Ich schuftete in meinem Laden, der eine echte Goldgrube geworden war, und würde nun auch noch die Hochzeit für Bernd ausrichten. Das Geld dafür hatte ich. Ich war eine ungebrochene, stolze und selbstständige Frau.

Bernd und Claudia waren ein entzückendes Paar. Sie hielten sich genau so verliebt an den Händen wie damals in Afrika. Wie viele Tausende von Kilometern hatten jahrelang zwischen ihnen gelegen? Wie viel Leid war inzwischen passiert? Die Flucht, der schreckliche Unfall, finanzielle Katastrophen auf beiden Seiten: Auch die Meyers hatten nach ihrer Rückkehr nach Deutschland bei null anfangen müssen. Aber die Liebe der Kinder hatte gehalten.

Die Familie Meyer belegte die erste Kirchenbank. Ich saß daneben, eine halbe Portion, und doch unerschütterlich wie eine Säule.

Ich hatte es ganz allein geschafft. Aus meinen Jungs war etwas Anständiges geworden. Thomas wartete vorn am Altar als Trauzeuge. Groß und schlank und hübsch. Susi Meyer und ich wechselten einen Freundinnen-Blick voller Glück und Stolz. Wir nickten uns unmerklich zu.

Die Kirchentüre öffnete sich, und mit dem Brautpaar kam die strahlende Frühlingssonne herein. Man hörte die Amseln zwitschern und spürte den verheißungsvoll lauen Wind. Ich konnte mir die Rührungstränen kaum verkneifen, als Bernd und Claudia unter Orgelgebrause feierlich zum Altar schritten.

Als ich mich zu dem jungen Paar umdrehte, entdeckte ich Leos unverwechselbare Silhouette in einer der letzten Bänke.

Er war allein, sang aber laut und unverdrossen: »Großer Gott, wir loben dich!«

Die Reutlinger drehten sich nach ihm um und schauten schnell wieder weg.

Mit diesem Mann wollten sie nichts mehr zu tun haben.

Die Hochzeit war ein einziger Traum. Angefangen von der Sängerin, die wunderschön das *Ave Maria* sang, bis hin zu den Kindern, die Blumen warfen: Es sollte dem jungen Paar an nichts fehlen. Der Champagner floss in Strömen. Meine raffiniert dekorierten Platten waren ebenso Gesprächsthema wie die Kleider und Kostüme, die aus meinem Laden stammten... Wir tanzten und lachten bis in die frühen Morgenstunden.

Dann brach ich ohnmächtig zusammen.

29

Jürgen Bruns führte mich an der Hand durch den dunklen Tannenwald zurück in die Klinik. Unsere Schritte knirschten im Schnee. Wir waren in das neue Jahr getanzt: 1987.

Den Rest meiner Geschichte kannte Jürgen ja längst: dass ich mit Blaulicht in die nächste Klinik gekommen war. Dass man bei mir chronische Unterernährung, Schlaflosigkeit, Herz- und Kreislaufprobleme diagnostiziert hatte – eben das, was man heute »Burn-out-Syndrom« nennt. Und dass man mich quasi in letzter Sekunde vor dem Erschöpfungstod gerettet hatte.

»Jetzt verstehe ich, warum du dich einfach nicht wieder binden willst.«

Schweigend gingen wir weiter. Dankbar sog ich die klare würzige Luft ein. Es war zehn vor eins, und um eins sollten wir in unseren Zimmern sein. Tatsächlich waren wir auf die Minute pünktlich. Auf Jürgen war eben Verlass.

»Jürgen, es war ein wunderschöner Abend. Ich war lange nicht mehr so glücklich.«

»Das freut mich, Gerti. Mir geht es genauso. Ich möchte dir alle Zeit der Welt lassen und dich niemals bedrängen. Das verspreche ich dir.«

Mit einem liebevollen Gutenachtkuss verabschiedete sich Jürgen vor meiner Zimmertür. »Wenn es jemals wieder eine

Frau in meinem Leben geben wird, dann du. Aber ich kann warten. Schlaf gut, kleiner Engel.«

Vier Wochen später fuhr Jürgen ab. Ich selbst hatte noch weitere sechs Wochen Kur vor mir. Wir waren unzertrennlich gewesen, das »Klinik-Liebespaar«, wie die anderen Patienten uns augenzwinkernd nannten. So viel gelacht und herumgealbert hatte ich noch nie im Leben. Aber auch noch nie so viele tief gehende Gespräche geführt.

Wir waren tanzen gegangen, ins Theater, ins Kino. Wir waren gewandert, mal mit den anderen Patientinnen und Patienten, oft genug aber auch nur zu zweit. Wir hatten es einfach nur schön gehabt.

Aber jetzt war er wieder nach Göttingen, in sein altes Leben zurückgekehrt. Und wieder stand ich vor einem leeren Zimmer, und mein Magen zog sich schmerzhaft zusammen. Wieder schaute ich der Hausbesorgerin Ursula beim Bettenmachen zu.

»Na, Frau Wölfchen? Wollen Sie mir helfen? Aber Frau Wölfchen, Frau Wölfchen, Sie weinen ja!«

»Ach, es ist nichts …« Hastig wischte ich mir die Tränen weg. »Wenn Sie mich mithelfen lassen, höre ich sofort auf zu heulen!« Selbstmitleid war meine Sache nicht.

»Sie können den Schrank auswischen!« Frau Ursula zeigte auf einen Lappen. Ich öffnete den Schrank. Nichts als Leere. Sofort musste ich wieder an Afrika denken. Der leere Schrank. Nur noch der Schirm hatte darin gestanden. Ich kniff die Augen zusammen. Was war denn das da hinten? Ich griff danach. Es war mein Weihnachtsgesteck, das ich damals für »J. Bruns« gebastelt hatte! Die Kerze war bis auf einen roten Stummel heruntergebrannt. Die Tannennadeln rieselten sofort auf den

Boden. Blieb nur noch der kleine Engel aus Gips. Ratlos drehte ich ihn in den Händen.

Wie hatte Jürgen Bruns mich genannt? Mein kleiner Engel. Plötzlich erfasste mich eine ungeheure Sehnsucht.

»Sie vermissen ihn, was?« Ursula schüttelte energisch den Bettvorleger aus.

»Er hat versprochen anzurufen, wenn er angekommen ist.« Ich sah auf die Uhr. »Oh, es müsste jetzt jede Minute so weit sein!«

»Tschüs, Frau Wölfchen, und nehmen Sie es nicht zu schwer!«, rief die gutmütige Ursula hinter mir her. »Ich hab hier schon so viele Kurschatten kommen und gehen sehen, aber irgendwann kehrt wieder der Alltag ein.«

Rauchend wartete ich neben dem Telefon. Spätestens um zwanzig Uhr wollte er mich anrufen. Kurschatten!, hallte es mir in den Ohren. Kommen und gehen. Was sollte das bedeuten? Dass ich die Sache mit Jürgen nicht so ernst nehmen sollte?

Ja, bestimmt hatte ich der Sache viel zu viel Bedeutung beigemessen. So eine Kur ist doch letztlich ein Ausnahmezustand. Da ist man empfänglich für neue Begegnungen. Man öffnet sich, hat Zeit füreinander. Aber der Alltag sieht anders aus.

Ich wusste zwar, dass er geschieden war, aber bestimmt war er jetzt bei irgendwem, der – oder die? – auf ihn gewartet hatte. Ich sah schon Frauenhände seinen Koffer auspacken, seine Wäsche waschen. Ich sah Frauenhände, die ihn umarmten.

Autsch! Dieser Gedanke tat richtig weh. Ich würde mich doch nicht … Ich wollte mich doch nicht … Ich war doch so stolz auf meine Selbstständigkeit, wollte sie mir nie wieder nehmen lassen!

Frau Ursula hatte recht. Ich durfte mich da jetzt nicht reinsteigern. Aber warum tat ich es dann? Ich konnte nicht mehr stillsitzen. Ich ging zum Fenster, sah in die Nacht hinaus. Es würde ihm doch nichts zugestoßen sein?

Der Zeiger der Wanduhr schlich einfach weiter. Es war schon zwanzig nach acht. Nervös steckte ich mir die nächste Zigarette an. Ich legte mich aufs Bett, schloss die Augen und ließ all die wunderschönen Momente Revue passieren, die wir miteinander erlebt hatten. Die vertrauten Gespräche. Das erste Händchenhalten im Gruppenraum. Sein erster Gutenachtkuss. Sein erster Besuch auf meinem Zimmer. Meine Abwehrhaltung, als er mehr wollte. Meine Bitte um Geduld. Sein Verständnis dafür. Sein jungenhaftes Lachen, wenn wir den anderen Streiche gespielt hatten. Sein stolzer Blick, wenn er mit mir tanzte. Warum rief er dann nicht an? Er konnte mich doch nicht jetzt schon vergessen haben?

Um Viertel vor neun begann mein Puls zu rasen. Ich zog an meiner x-ten Zigarette. Es gab nur zwei Möglichkeiten: Entweder er war auf der Autobahn verunglückt und lag jetzt im Straßengraben. Oder aber er hatte mich belogen! Er liebte mich nicht! Er hatte nur mit mir gespielt, zum Zeitvertreib! Und lag jetzt in den Armen einer anderen Frau.

Ich wusste nicht, was schlimmer war.

Verstört wiegte ich mich mit dem Oberkörper vor und zurück. Vom Dorfkirchturm schlug es neun. Ich bin selbstständig, ich bin unabhängig, ich lebe mein Leben!, sagte ich mir immer wieder vor.

Frau Ursula steckte ihren Kopf zur Tür herein: »Und?«

Ich zuckte nur schweigend die Achseln.

»Es wird ihm doch nichts zugestoßen sein?«

Ich klammerte mich an mein Kopfkissen.

»Gehen Sie ins Bett, Frau Wölfchen. Morgen wissen wir mehr!«

Gehorsam schlüpfte ich unter die Decke, lauschte auf mein Herzklopfen, auf das Ticken der Uhr. Ich traute mich nicht in den Raucherraum. Er könnte ja in der Zwischenzeit anrufen! Also rauchte ich, obwohl das strengstens verboten war, im Bett. Lieber Gott!, betete ich verzweifelt, ich glaube, ich liebe diesen Menschen! Bitte lass ihm nichts passiert sein! Und wenn er mich angelogen und benutzt hat … Noch einmal stehe ich das nicht durch.

So weinte ich mich in den Schlaf.

Mitten in der Nacht schrillte das Telefon auf meinem Nachttisch. Benommen griff ich nach dem Hörer. Vor lauter Herzklopfen konnte ich gar nichts hören.

»Liebling, ich bin's«, sagte Jürgen dicht an meinem Ohr. »Entschuldige, dass ich dich so spät noch störe, aber ich hatte eine Panne und komme erst jetzt nach Hause!«

Ich war so erleichtert, dass ich nur noch schluchzen konnte.

»Mein kleiner Engel, was ist denn? Geht es dir nicht gut? Es tut mir so leid, dass ich dir Sorgen gemacht habe. Du weinst, Liebling, heißt das, du liebst mich auch?«

»Ja«, schluchzte ich. »Ich liebe dich auch!«

Schon am nächsten Wochenende war Jürgen wieder da. Und an den kommenden Wochenenden auch. Das waren jedes Mal vier Stunden Autofahrt, und er durfte auch nicht mehr in der Klinik übernachten. Er nahm sich ein Zimmer im Dorf, nur um in meiner Nähe zu sein. In diesem Zimmer kamen wir uns zum ersten Mal richtig nahe, und ich erlebte Dinge, die ich mit Leo Wolf nicht ein einziges Mal erlebt hatte. Dass es so etwas überhaupt gab! Nun war es endgültig um mich geschehen, nur mein Verstand wehrte sich noch vehement dagegen, dass ich meine Eigenständigkeit aufgab.

Wir unternahmen noch viele Spaziergänge, redeten über eine mögliche gemeinsame Zukunft, wogen ab, wer zu wem ziehen könnte, wer seinen Job zugunsten des anderen aufgeben sollte. Würde ich es schaffen, vierhundert Kilometer weit von meinen Söhnen fortzuziehen? Jürgen war über fünfzig, ein beruflicher Neuanfang in Reutlingen war für ihn so gut wie unmöglich. Doch was sollte ich in Göttingen anfangen? Hätte ich überhaupt die Kraft, noch einmal bei null anzufangen? Und wo wären meine Freunde, wenn es mit Jürgen schiefging?

Die Liebe wuchs, die Bedenken auch.

Unter der Woche dachte ich ausgiebig über alles nach. Ich besprach mich mit Professor Lenz und mit vertrauten Mitpatienten. Alle rieten mir, den großen Schritt zu wagen.

»Auf den Mann können Sie bauen, Frau Wolf!« Professor Lenz besaß eine gute Menschenkenntnis. »Der meint es wirklich ernst mit Ihnen.«

»Gerti, lass den bloß nicht wieder entwischen«, bestürmte mich Hilde, eine Kurfreundin, die selbst in Göttingen lebte und Jürgen schon lange kannte.

»Ihr passt zusammen wie ein Schuh zum anderen!«

»Ach je, wenn alle Kurschatten gleich ihr Leben über den Haufen werfen würden!«, warf Frau Ursula ein. »Hier in der Klinik werden alle versorgt und gepäppelt. Da fällt es jedem leicht, zum anderen nett zu sein! Aber wenn erst der Alltag und die Arbeit erst wieder über einen hereinbrechen, fällt auch die netteste Maske!«

Wochenlang überlegte ich hin und her und kam zu keiner

Entscheidung. Als meine Kur zu Ende ging, wusste ich immer noch nicht, was ich tun sollte.

Da erreichte mich ein Anruf von Sieglinde.

30

»Gerti, ich hatte einen Schlaganfall! Ich kann mich nicht mehr richtig bewegen! Die Kinder sind alle aus dem Haus, ich habe niemanden für die Bäckerei!«

Für mich war es Ehrensache, sofort in die Hände zu spucken und meiner Schwester aus der Patsche zu helfen. Wie hatte ich noch gesagt, als sie Mutter bei sich aufgenommen hatte: »Sieglinde, du hast was gut bei mir!«

Also stand ich schon am nächsten Tag in der Heidelsheimer Bäckerei hinterm Ladentisch und verkaufte frische Brötchen, Brot und Kuchen. Nachmittags erledigte ich für Sieglinde den Haushalt und pflegte sie, so gut ich konnte. Immerhin wog ich inzwischen wieder zweiundfünfzig Kilo. Ich fuhr sie zum Arzt, kochte für sie und genoss das Zusammensein mit meiner großen Schwester. Komischerweise erwähnte ich Jürgen mit keiner Silbe. Ich wollte diese kostbaren Gefühle noch für mich behalten und meine Entscheidung weiter vor mir herschieben. Hier ging es nicht um mich, sondern um Sieglinde.

So vergingen die Wochen, und ich kam vor lauter Arbeit kaum zum Nachdenken.

Eines Tages stand Sieglindes Tochter Beate weinend im Laden.

»Ja Liebes! Was ist denn!« Bestürzt eilte ich zu ihr und zog sie diskret nach hinten in die Backstube.

»Tante Gerti«, schluchzte die Nichte, »ich glaube, mein Mann geht fremd!«

»Aber wie kommst du denn darauf?« Ich sah der jungen Frau prüfend ins Gesicht. Ich musste an die Demütigung und Schande denken, als mir die anderen von Marion, von Leos Zweitfrau, erzählt hatten. Wie ein Nichts hatte ich mich gefühlt.

»Ich weiß nicht, aber er kommt erst nachts heim. Wie du weißt, haben wir gerade erst die große Gärtnerei eröffnet, sind bis zum Hals verschuldet und haben zwei kleine Kinder … Was soll denn aus mir werden, wenn ich den Gerhard verliere?«

Ich drückte das arme Mädchen nur stumm an mich. »Aber du bist dir nicht sicher?«, fragte ich vorsichtig.

»Nein! Es ist nur so eine Ahnung!«

»Und du möchtest ihm nicht nachspionieren?«

»Nein, das zerstört doch erst recht alles!«

Da hatte sie recht. Mitleidig sah ich sie an.

»Tante Gerti«, sagte Beate plötzlich und zog einen Zettel aus der Jackentasche. »Eine Freundin von mir meint, in Karlsruhe gibt es eine ganz tolle Wahrsagerin, die kann mir bestimmt sagen, ob Gerhard mich betrügt …«

Ich lachte laut auf. »Aber Kind, das ist doch Quatsch! Wieso soll eine fremde Frau in Karlsruhe …«

»Bitte, Tante Gerti! Bitte! Geh mit mir zu der Wahrsagerin!«

»Aber ich glaube nicht an so einen Unsinn! Da würde ich eher deinen Gerhard fragen als eine Wahrsagerin!«

»Bitte, Tante Gerti! Mit dir würde ich mich trauen, Mama ist ja durch ihren Schlaganfall nicht in der Lage …«

»Deine Mutter würde für so einen Mist kein Geld ausgeben.« Ich zog an meiner Zigarette und schnippte sie aus dem offen stehenden Backstubenfenster in den Hof. »Sie hat so hart gearbeitet! Wirf dein Geld nicht zum Fenster raus!«

»Tante Gerti, ich habe die Kinder bei einer Freundin gelassen …« Sie sah mich flehentlich an.

»Du bist wild entschlossen, was?«

»Ja, Tante Gerti! Komm, schließ die Bäckerei zu und fahr mit mir…«

Wer will der Jugend etwas abschlagen?

Abgesehen davon war mir auch mal wieder nach etwas Abwechslung. Und wenn es der Besuch bei einer blöden Wahrsagerin war! Genauso gut hätte ich zum Friseur oder ins Kino gehen können. Kurz darauf saß ich mit meiner Nichte Beate im Auto.

Die Wahrsagerin war sympathischer und normaler, als ich sie mir vorgestellt hatte. Sie las in der Hand meiner Nichte und sagte ihr dann klar und deutlich, dass ihr Mann ihr treu sei, sie liebe, abends nur Überstunden im Büro mache, um die Schulden loszuwerden. Dass sie eine glückliche Zukunft mit gesunden Kindern und einer boomenden Gärtnerei vor sich habe.

»Wirklich?« Beate wischte sich Tränen der Erleichterung ab.

»Wirklich!«, sagte die Wahrsagerin zufrieden.

Na toll. Dafür strich sie hundert Mark ein.

»Und jetzt Sie!«, sagte die Wahrsagerin zu mir.

»Wer … ich?«

»Ja. Sonst ist ja niemand im Raum.«

»Nein. Dafür gebe ich bestimmt keine hundert Mark aus.« Ich winkte ab, griff nach meiner Handtasche und wollte gehen.

»Aber *ich*, Tante Gerti!« Meine Nichte war so glücklich

370

und dankbar, dass sie einen zweiten Hunderter auf den Tisch knallte.

»Einmal, Tante, bitte. Vergangenheit, Gegenwart und Zukunft. Das ganze Programm.«

Nach dem Handlesen gab mir die Wahrsagerin einen ziemlich detaillierten Bericht über mein bisheriges Leben: Harte Kindheit, Hunger, Armut, die ganze Palette. Sie wusste von einem Ehemann, der nur aufs Geld aus war, der mich tief enttäuscht und in großes Unglück gestürzt hatte, von dem ich mich hatte befreien müssen, von zwei Söhnen, die ich allein großgezogen hatte. Einer davon habe schon seine große Liebe gefunden, und bei diesen Worten sah sie lächelnd von meiner Hand auf. Sie erzählte von sehr viel Arbeit, von einer tiefen Lebenskrise, die ich gerade überwunden hätte, und von einer großen Entscheidung, vor der ich stünde. Ich sei ein wahnsinnig hilfsbereiter, arbeitsamer Mensch und würde immer zuletzt an meine eigenen Bedürfnisse denken.

Hm. Das hatte ich nicht erwartet. Nun mal weiter!, dachte ich mir. Bei dem Preis …

»Ich sehe einen großen schlanken Mann mit grauem Haar«, sagte die Wahrsagerin, während sie weiter auf meine Handlinien starrte.

»Na, so grau auch wieder nicht«, widersprach ich unwillkürlich. »Höchstens an den Schläfen.«

»Zwischen Ihnen liegen vierhundert Kilometer. Er wartet auf Sie.«

Jetzt war ich aber wirklich platt. Das *konnte* sie doch gar nicht wissen! Von meiner Nichte Beate bestimmt nicht!

»Lassen Sie ihn nicht zu lange warten«, sagte die Wahrsagerin mit warnendem Unterton. »Er ist der Richtige für Sie. Er liebt Sie. Und Sie lieben ihn auch.«

»Ja, warum hast du mir denn nie was von ihm erzählt?« Sieglinde setzte sich auf ihrem Krankenlager auf und starrte mich halb amüsiert, halb vorwurfsvoll an.

»Ach, weißt du … Es ging ja jetzt erst mal um dich.« Ich schüttelte Sieglindes Kissen auf und öffnete das Fenster. Natürlich in erster Linie, um eine zu rauchen. Beate hatte natürlich geplaudert.

»Was hältst du davon, ihn hierher einzuladen?« Sieglinde zupfte sich bereits das Nachthemd. »Übermorgen ist Karfreitag, und dann ist Ostern. Vielleicht mag er kommen. Dann kann ich mir ein Bild von ihm machen und dir sagen, ob er der Richtige für dich ist.«

Ich rauchte nervös. »Sieglinde? Du hattest gerade einen Schlaganfall, hier sieht es aus wie bei Hempels unterm Sofa, Heidelsheim ist jetzt auch nicht gerade Paris …«

»Wenn er dich liebt, dann liebt er auch deine Familie und deine Umgebung.«

Meine Nichte Beate stand in der Tür und nickte heftig. »Der volle Härtetest, Tante Gerti! Außerdem sieht es hier überhaupt nicht aus wie bei Hempels unterm Sofa. So sauber und aufgeräumt wie jetzt war es noch nie!«

»Also? Was ist? Ruf ihn an!« Sieglinde wies mit dem Kopf auf das Telefon.

Es war Mittwochabend, und am Karfreitag früh um neun war mein lieber Jürgen da. Es war unglaublich: Sofort packte er im Haushalt mit an, ostersamstags bediente er ganz selbstverständlich in der Bäckerei, reparierte sogar noch dies und das, kehrte den Boden und brachte den Müll weg. Am Ostersonntag standen wir Schulter an Schulter in der Messe und ließen uns vom lieben Gott den Segen geben.

Abends gab ihn uns dann auch Sieglinde.

»Ihr beide seid wie füreinander gemacht«, sagte sie bestimmt. »Ich lasse dich keinen Tag länger hier, Gerti. Nimm den Mann und lauf!«

31

Und so kam es, dass ich mit Sack und Pack nach Göttingen zog.

Nachdem ich immer noch Angst vor dem Alltag und dem Zusammenleben hatte, nahm mich erst mal Kurfreundin Hilde in ihrer Wohnung auf. Mit ihr und ihrem Mann Karl-Heinz unternahmen Jürgen und ich die herrlichsten Wanderungen durch den Harz und den Solling, umrundeten mit dem Fahrrad die vielen Stauseen, erkundeten die romantische Studentenstadt Göttingen, gingen ins Theater, hörten Konzerte oder saßen an langen Sommerabenden einfach nur zusammen auf dem Balkon.

Hildes Nachbarin streckte ihren Kopf über die Geranien und eröffnete mir, dass man bei der Gemeindehilfe dringend Arbeitskräfte suche.

Ich bewarb mich für die Pflege Schwerstkranker, absolvierte einen Pflegekurs, bestand ihn mit Auszeichnung und arbeitete fortan beim mobilen Pflegedienst in Göttingen.

Insgesamt betreute ich acht todkranke Patienten, die ich in ihrem Zuhause pflegte, bis sie starben. Keiner von ihnen musste in ein Heim oder in ein Hospiz.

Ihr Tod ging mir sehr zu Herzen und ich weinte bitterlich, denn sie waren mir alle zu wertvollen Freunden geworden. Mein Jürgen stand die ganze Zeit zu mir und tröstete mich.

»Geh doch wieder in einen Haushalt«, schlug er vor. Er wusste, dass ich unbedingt arbeiten und mich nicht von ihm durchfüttern lassen wollte.

Also bewarb ich mich in einem Professorenhaushalt als Wirtschafterin und bekam die Stelle. Meine Koch- und Backkünste begeisterten die Göttinger Akademikerkreise, und auch wenn ich inzwischen eine etwas ältere Kaltmamsell war als damals in Reutlingen, machte ich mir auch hier wieder einen Namen.

Vor einer Heirat scheute ich mich nach wie vor, wusste aber, dass Jürgen der Richtige war.

Jürgen und ich waren inzwischen sieben Jahre lang zusammen. Sieben fette Jahre, wie Leo sich ausgedrückt hätte, waren es nicht. Aber sieben arbeitsreiche, wunderschöne, harmonische Jahre. Große Sprünge konnten wir uns nicht leisten, aber das wollten wir auch gar nicht. Wir waren einfach nur glücklich miteinander.

An einem Sonntag hielt er mit Blumen und Sekt um meine Hand an. Und ich sagte endlich Ja.

Jürgen hatte eine kleine kuschelige Wohnung gekauft, die wir uns gemütlich einrichteten. Am 6. Mai 1994 haben wir im engsten Familienkreis Hochzeit gefeiert, und ich habe es nie bereut. Denn Jürgen ist der liebste und fürsorglichste Ehemann, den man sich wünschen kann.

»Schätzchen, lauf nicht zu weit! Nur bis zum Waldrand, damit ich dich noch sehen kann!«

»Ja, Omi! Mach dir keine Sorgen! Ich bin schon groß!«

»Komm her, Claudia, gib mir den Kleinen.« Ich strecke die Hände nach meinem vierjährigen Enkel aus. »Probier mal den Johannisbeer-Sahne-Kuchen!«

»Oh, Schwiegermami, ich bin wieder schwanger und damit dick genug!«

»Und? Wie geht es euch? Ist alles gut mit Bernd?«

Ich lehne mich an die Wand unseres Blockhauses, das mitten in unserem wunderschönen Garten am Göttinger Stadtrand steht, und halte mein Gesicht in die tief stehende Sonne.

Jürgen und Bernd sind mit den größeren Kindern im benachbarten Freibad. Gleich wird noch Thomas mit seinen Jungs dazukommen, und wir werden grillen.

»Alles wunderbar, wirklich, Schwiegermami.« Claudia, die ihr drittes Kind erwartet, steht auf, legt die Hand vor Augen und schreit: »Ona, nicht so weit! Komm wieder, ja? Wir wollen dich noch sehen!«

»Mami, macht euch keine Sorgen! Die Madina passt doch auf mich auf!«

»Na hoffentlich«, sagt Claudia seufzend.

»Und, wie ist euer Au-pair-Mädchen?«, frage ich. »Taugt sie was?«

Claudia greift nun doch beherzt zur Kuchengabel und nimmt selig seufzend einen Bissen in den Mund.

»Wo kommt die Kleine noch mal her?«, frage ich und beobachte das etwa 18-jährige dunkelhaarige Mädchen, das da oben am Waldrand mit Ona Verstecken spielt.

»Kirgisien«, sagt Claudia mit vollem Mund. Jasper, mein vierjähriger Enkel, greift ebenfalls hungrig nach der Kuchengabel.

»Madina kann noch nicht mal Fahrrad fahren«, teilt er uns verächtlich mit. »Das Au-pair-Mädchen von meinem Kindergartenfreund hat schon den Führerschein!«

»Die ist ja auch aus Kalifornien«, sagt Claudia zu ihm und gibt ihrem naseweisen Sohn einen liebevollen Stups.

»In Kirgisien ticken die Uhren langsamer«, sage ich nickend. Wie in Glatten an der Glatt, denke ich.

»Sie ist noch etwas schüchtern und kann unsere Sprache noch nicht richtig, aber sie ist sehr lieb zu den Kindern.«

»Sie wirkt klein für ihr Alter, findest du nicht?«

»Ja, und viel zu mager ist sie auch.«

Auch ich lege schützend die Hand über die Augen und schaue zum Waldrand, wohin Ona und Madina mit dem Kinderfahrrad mit den Stützrädern verschwunden sind. Die beiden kichern und lachen, und ich höre Ona Anweisungen geben.

»Die Beine hochhalten, Madina, nicht wackeln!«

»Was machen die da?«

Claudia schiebt ihre Sonnenbrille auf die Stirn. »Seit Tagen versucht Ona, dem Mädel das Fahrradfahren beizubringen. Dabei sollte es eigentlich andersherum sein.«

Da sehe ich, wie das Kinderfahrrad die sanfte Böschung herunterrollt. Zuerst nur zögerlich, doch dann gewinnt es an Fahrt.

Es ist nicht die sechsjährige Ona, die jubelnd darauf sitzt, sondern Madina, das dunkelhaarige Au-pair-Mädchen, mit abgespreizten, viel zu langen Beinen.

Quietschend erreicht sie das Rasenstück mit den Johannisbeersträuchern am Rande unseres Grundstücks und lässt sich jubelnd mitsamt dem Fahrrad in die Wiese fallen.

Ona rennt hinterher und wirft sich lachend auf sie.

»Die beiden tun einander gut«, sage ich lächelnd. »Ich glaube, sie fühlt sich wohl bei euch.«

»Du, Schwiegermami, wäre es für dich und Jürgen okay, wenn wir unsere Rasselbande über den Sommer bei euch lassen?«, fragt Claudia und sieht mich flehentlich an. »Wir würden so gern vor der Geburt noch mal nach … Na, du weißt schon. Wir kommen sonst vielleicht nicht mehr dazu.«

»Ihr wollt nach Namibia?« Überrascht schaue ich sie an.

»Ja, nachdem Bernd jetzt befördert wird und Ona im September in die Schule kommt, wäre das unsere letzte Chance, noch mal zu zweit …?«

In mir steigt ein Glücksgefühl auf, das ich nicht beschreiben kann. »Das ist eine wunderbare Idee, Claudia! Natürlich macht ihr das!«

»Und ich darf dir Ona und Jasper dalassen? Ich meine, Madina wird dir natürlich helfen …«

Ich schaue in die tief stehende Junisonne. Die beiden Fahrradkünstlerinnen stehen schon wieder am Waldrand. Sie bringen das Kinderfahrrad in Position, und … was ist denn das? Jetzt setzen sie sich beide drauf? Sie lachen sich kaputt.

»Das Au-pair-Mädchen hat ein kindliches Gemüt«, sage ich.

Und plötzlich verschwimmt das Bild von den beiden spielenden Kindern vor meinen Augen. Ich sehe mich als Sechzehnjährige im roten Sommerkleid, in der Obhut Tante Emmis.

»Ich werde ihr das Schwimmen beibringen«, höre ich mich sagen. »Und ihr einen weißrot gepunkteten Badeanzug kaufen.«

»Du bist ein Schatz, Schwiegermami! Schau, da kommen die anderen!« Claudia steht auf, drückt mir einen Kuss auf die Wange und läuft dann dem Rest unserer Familie entgegen, der hungrig aus dem Freibad kommt.

Jürgen greift zur Grillzange, Thomas und seine Jungs werfen ihre Badesachen über die Leine. Bernd nimmt mich in den Arm. »Mama, habe ich dir je gesagt, wie stolz ich auf dich bin?«

Ich sehe ihn lange an. Wir umarmen uns. Es duftet nach Holzkohle und Bratwürstchen. Die Sonne verschwindet hinter dem Tannenwald. Ich habe eine Familie und ein Zuhause.

Endlich bin ich frei.

Nachwort der Autorin

Die Geschichte der Gerti Bruns kam mir wie viele andere zugeflogen. Zuerst lag sie eine Weile in der Schachtel »Noch nicht gelesen« und rutschte dort immer tiefer, bis nur noch sie übrig war. Dann lag sie in der Schachtel »Unbedingt machen« ganz obenauf. Die Protagonistin Gerti Bruns hat mich durch ihre ehrliche Art und ihre unglaublich spannende Lebensgeschichte überzeugt. Die Härte ihrer Kindheit in aller Deutlichkeit zu schildern – gerade im Zeitalter verwöhnter und überfütterter Computerkids – war mir als Mutter ein Anliegen. Ihr Abenteuer in Afrika war für mich außergewöhnlich mitreißend. Am meisten jedoch hat mich ihr Kampfgeist beeindruckt, der von unerschütterlicher Mutterliebe und einem starken Verantwortungsgefühl geprägt ist. Gerti Bruns hatte kaum Chancen auf Bildung, deshalb hat sie in ihrem Leben oft nicht die richtigen Entscheidungen treffen können. Sie hat manchmal den falschen Menschen vertraut. Aber ihr Fleiß und ihre Hilfsbereitschaft empfinde ich als wohltuenden roten Faden durch ihr Leben. Insofern hat die Protagonistin eine Vorbildfunktion für meine geschätzten Leserinnen. Ich erhebe keinen Anspruch auf eine vollkommen korrekte Wiedergabe der gesellschaftlichen und politischen Verhältnisse jener Zeit. Meine Hintergrundinformationen stammen zum Teil aus dem Internet, da Gerti Bruns' Manuskript wenig Fakten dazu enthielt. Es konzentriert sich auf ihre ureigensten Erfahrungen und Gefühle, die ich mit meiner Fantasie ausgeschmückt habe.

Alle Personen aus ihrem Umfeld habe ich entweder frei erfunden oder stark verändert.

Einzig und allein Bernd und natürlich Jürgen Bruns sind so dargestellt, wie Gerti Bruns sie mir geschildert hat. Die Figur des Leo Wolf habe ich stark verändert. Da ich ihn nicht kenne, habe ich ihm Worte in den Mund gelegt, die so sicherlich nie gesagt worden sind.

Nachdem der Diana Verlag und ich uns für diese Geschichte entschieden hatten, habe ich Gerti und Jürgen Bruns in ihrer gemütlichen Göttinger Dachwohnung besucht. Wie auch schon bei meinen anderen Protagonisten sprang der berühmte »Funke« sofort über.

Gerti Bruns brachte mir großes Vertrauen entgegen und hat mir erlaubt, ihre Lebensgeschichte zu einem Roman auszuschmücken. Dafür – und natürlich auch für ihre fantastische Kirschsahnetorte – möchte ich mich von ganzem Herzen bei ihr bedanken.

Hera Lind, im März 2012

Nachwort der Gerti Bruns

Als Hera Linds Zusage kam, meine Geschichte zu veröffentlichen, war ich ganz aus dem Häuschen vor Freude. Mein Mann Jürgen hatte sie für mich auf dem Computer ins Reine geschrieben. Wir haben immer daran geglaubt, dass es eines Tages klappen würde. Man muss nur mit Fleiß bei der Sache bleiben und Schritt für Schritt seinen Weg gehen. Mein Sohn Bernd hat mir das größte Lob dafür ausgesprochen: Mutter, für das, was du im Leben geleistet hast, muss man dir eine Krone aufsetzen.

Und die ist nun dieses Buch.

Sein Vater hat eingewilligt, dass diese Geschichte geschrieben wurde. Seinem Wunsch entsprechend haben wir seinen Namen und die äußeren Umstände geändert. Ich möchte noch einmal betonen, dass auch die Dialoge von Hera Lind frei erfunden wurden.

Auch den Schluss möchte ich noch vervollständigen:

Jürgen und ich sind jetzt seit achtzehn Jahren glücklich verheiratet. Ich habe noch in einem Haushalt gearbeitet, in dem beide Psychiater waren, aber das wäre noch mal ein ganzes Buch für sich. Bernd und Thomas haben inzwischen auch schon fast erwachsene Kinder. Für unsere fünf Enkel sind Jürgen und ich noch einmal in eine größere Wohnung umgezogen, denn sie kommen uns ständig besuchen.

Unser Schrebergarten mit dem Holzhäuschen darin ist der Treffpunkt für die ganze Familie. Wie wichtig eine harmonische Familie ist, in der Liebe, Toleranz, Heiterkeit und Warmherzigkeit herrschen, ist mir zunehmend klar geworden. Es gibt keinen größeren Reichtum auf der Welt. Das Streben nach Geld und Geltung ist ein großer Irrtum.

Jürgen und ich genießen nun das wohlverdiente Rentnerdasein. Wir haben große Radtouren durch ganz Deutschland gemacht, sind beide noch sehr aktiv und sportlich. Mit den Enkeln verbringen wir jede freie Minute. Auch sie haben inzwischen Partner, und wir sehen unseren Urenkeln mit Freude entgegen. Jürgen ist die große Liebe meines Lebens. Und ich wiege jetzt fünfundsechzig Kilo.

Zum Schluss möchte ich mich bei allen meinen Freunden bedanken, die diese Geschichte miterlebt und mir beigestanden haben. Wir haben noch heute ein freundschaftliches Verhältnis, und es erfüllt mich mit Stolz und Glück, dass ich ihnen am Ende unseres spannenden gemeinsamen Lebenswegs dieses Buch präsentieren kann.

Gerti Bruns, im April 2012

Hera Lind studierte Germanistik, Musik und Theologie und war Sängerin, bevor sie mit ihren zahlreichen Romanen von *Das Superweib* bis *Die Champagner-Diät* sensationellen Erfolg hatte. Im Diana Verlag erschien zuletzt *Männer sind wie Schuhe.* Auch mit ihren Tatsachenromanen *Wenn nur dein Lächeln bleibt, Der Mann, der wirklich liebte* und *Himmel und Hölle* eroberte sie wieder die *SPIEGEL*-Bestsellerliste. Hera Lind lebt mit ihrer Familie in Salzburg.